KYRA GROH

Tage zum Sternepflücken

Buch

Layla hat keine Zeit für die Liebe – und nach den Erfahrungen, die sie bisher gemacht hat, sollte sie es sowieso lieber lassen. Sie konzentriert sich lieber auf ihr Musikstudium – denn das ist zumindest etwas, das sie sehr gut kann. Darüber hinaus braucht sie viel Zeit für ihre Familie und Freunde, die alles andere als pflegeleicht sind: Ihre Mutter gibt hauptberuflich Jogakurse und Glücksseminare, backt Kuchen nur mit Vollkornmehl und glaubt fest daran, dass man Krankheiten loswerden kann, indem man dem eigenen Körper gut zuredet. Ihre kleine Schwester singt leidenschaftlich gerne mit Layla Disney-Duette, ihr pubertierender Bruder will eigentlich nur in Ruhe gelassen werden, Kajalstifte benutzen und ziemlich laut Emo-Rock hören. Ihr bester Freund Golo heißt eigentlich Tobias, hat einen Ambitus von fünf Oktaven und wird nicht müde, Layla vorzuschwärmen, dass er seiner Traumfrau beim Singen und Atmen zuschauen will. Neben diesem ganzen Chaos bleibt für große Gefühle nur wenig Platz. Doch als ihr Professor sie für die Arbeit am neuen Uni-Musical einspannt, wird Layla nicht nur mit der Liebe, sondern ungewollt auch mit ihrem Dasein als ewige Zweitbesetzung konfrontiert.

Autorin

Kyra Groh, geboren 1990, hat in Gießen Geschichte und Fachjournalistik studiert. Sie lebt in Frankfurt, wo sie als Texterin arbeitet.

Von der Autorin bereits erschienen:

Pinguine lieben nur einmal (38044)
Halb drei bei den Elefanten (38076)

Kyra Groh

Tage zum Sternepflücken

Roman

blanvalet

Besuchen Sie uns auch auf www.Facebook.com/blanvalet und
www.twitter.com/BlanvaletVerlag.

FSC
www.fsc.org
MIX
Papier aus verantwortungsvollen Quellen
FSC® C014496

Verlagsgruppe Random House FSC® N001967

1. Auflage
Deutsche Originalausgabe April 2016 bei Blanvalet, einem Unternehmen der Verlagsgruppe Random House GmbH, München.

Dieses Werk wurde vermittelt durch die Michael Meller Literary Agency GmbH, München.
Umschlaggestaltung: Johannes Wiebel
Umschlaggestaltung: © Johannes Wiebel | punchdesign,
unter Verwendung von Motiven von Shutterstock.com
Redaktion: Angela Troni
ED · Herstellung: sam
Satz: Buch-Werkstatt GmbH, Bad Aibling
Druck und Einband: GGP Media GmbH, Pößneck
Printed in Germany
ISBN: 978-3-7341-0175-5

www.blanvalet.de

Diese Geschichte widme ich
dem besten Duettpartner, den ich je finden werde:
meinem Bruder Gianluca

LAYLA, DER DÄMONISCHE HIWI MIT DEM SAXOFONKOFFER

Innerlich grinsend streiche ich über die drei dicken, schweren Notenhefte in meinen Händen. Ich mochte es schon immer, wie sich Notenpapier anfühlt. Klar: Streng genommen ist es auch nur Papier. Aber es hat die bestmögliche Karriere hingelegt, die einem gefällten Baum jenseits des Lebens auf der grünen Wiese widerfahren kann. Es ist zu einem Stück Musik geworden. Und das ist immerhin besser, als ein Dasein als *Bild*-Zeitungs-Seite zu fristen. Oder als Poster einer Boyband. Oder als Infobroschüre über sexuell übertragbare Krankheiten.

Ich tätschle den Notenstapel, als wollte ich sagen: »Keine Sorge, lieber Baum. Du hast dein Holz für eine gute Sache gelassen. Bald schon wird ein Student der Stage and Music School die Noten für die Hauptrolle im Musical *Sweeney Todd – Der dämonische Barbier aus der Fleet Street* von dir ablesen.

Sorgfältig reihe ich die Hefte einzeln vor mir auf und staple je einen CD- und einen DVD-Mitschnitt des Musicals darauf. Nachdem ich die letzten beiden Tage damit verbracht habe, diese Noten (ebenso wie die dreißig anderen Sätze für die Nebenrollen) zu kopieren und zu binden, warte ich nun gespannt vor den verschlossenen Türen unserer Uni-Aula auf den »Vorentscheid« und all die Sänger und Sängerinnen, die in den »Recall« kommen. Ich setze diese Begriffe bewusst in Anführungszeichen, weil sie nicht zu meinem Vokabular gehören. Sie stammen von Jochen Hecker, seines Zeichens Professor für Saxofon an der Stage and Music School, der die musikalische Leitung der Musicalaufführung übernimmt und gewissermaßen mein Chef ist. Das heißt, er beauftragt mich, wenn es zum Beispiel mal wieder dreiunddreißig Notenhefte zusammenzustellen gilt. Oder wenn er Appetit auf etwas Leckeres vom Bäcker hat.

Professor Hecker war es auch, der mich gebeten hat, vor der Aula zu warten, während er und sein Kollege Jagdmann den »Vorentscheid« durchführen. In den letzten zwei Stunden sind schon eine Menge enttäuschte Studenten durch die großen Schwingtüren getreten und davongezogen, ohne dass sie eines meiner liebevoll erstellten Notenhefte mitnehmen durften.

Gelangweilt male ich Fingerkreise auf den Tisch vor mir und singe dabei gedankenverloren eine zentrale Melodie des Musicals vor mich hin, als sich die Türen endlich öffnen.

Eine kräftige Gestalt stürmt heraus, so schnell, dass ihr blaugestreifter Schal im Gegenwind flattert. Sie bremst vor mir ab, schlingt sich erzürnt den Schal über die Schulter, bedenkt mich mit einem Ausdruck der Niedertracht und raunt mit ausgestreckter Hand: »Gib mir die Noten.«

Mein bester Freund Golo erntet einen verdutzten Blick. Seine Gesichtsfarbe wechselt von Schweinchenrosa zu Ziegelrot, während sich seine Brust vor Anspannung unnatürlich stark hebt und senkt. Ich kann förmlich sehen, wie die Belastung, unter der seine Hemdsknöpfe stehen, ins Unermessliche wächst.

»Sie nehmen dich?«, frage ich erstaunt und reiße die Augenbrauen hoch.

»Ja.«

»Wirklich?«

»Ja, Herrgott!«

»Sie nehmen einen hundert Kilo schweren Bariton für die Rolle des jungen Anthony?«

»Was? Ich … hundert Kilo? Ich … ich … doch keine hundert Kilo!«

Weil ich fürchte, dass sich einer von Golos Knöpfen gleich vom Faden löst und mit mehreren Dutzend km/h durch die Luft gegen meine Stirn donnert, sage ich beschwichtigend: »Ach, Golo, das war doch bloß ganz grob aufgerundet. Es hat mich nur so überrascht, dass sie dir die Rolle eines Tenors geben. Entschuldige.«

Rasch suche ich das Paket für die Anthony-Bewerber heraus und reiche Golo sein Notenheft, die CD und die DVD.

»Ich habe einen Ambitus von fünf Oktaven. Ich könnte fast jede Rolle in diesem Stück singen. Ich habe schon Whitney Houstons *I Will Always Love You* gesungen, als du noch Blockflöte gespielt hast, meine Liebe.«

Ich verkneife mir die Bemerkung, dass das lange vor seinem Stimmbruch gewesen sein muss und daher nicht ganz so spektakulär wäre, wie er es sich in diesem Moment vielleicht erhofft.

»Na, dann mal herzlichen Glückwunsch, Whitney! Ich wette, du freust dich auf deine Rolle als romantischer Liebhaber.« Ich zwinkere ihm verschwörerisch zu, weil ich weiß, dass Golo den Part des Anthony in erster Linie wegen dessen Bühnenromanze übernehmen wollte.

»Pirelli«, brummt Golo undeutlich durch die Lippen.

»Bitte?«

»Pirelli!«

»Pirelli? Der hat keinen romantischen Part in *Sweeney*

Todd«, erkläre ich ihm mit kritischem Blick. »Er ist mehr so der … du weißt schon … der alberne Hampelmann, der von Sweeney plattgemacht wird.«

»Vielen Dank, Layla, reit ruhig noch drauf rum. Ich darf – nein! MUSS – den Signor Pirelli übernehmen, nicht Anthony. Ja, ausgerechnet Adolfo Pirelli, eine Rolle, die ich in meinem ganzen Leben nie haben wollte. Also gib mir die verdammten Noten und lass mich mit meinem Kummer alleine.« Damit reißt er mir die Noten aus den Händen und rauscht davon.

»Pirelli ist doch super!«, rufe ich ihm noch hinterher, kann mir ein Kichern aber nicht verkneifen.

In der Filmversion (mit Johnny Depp als Sweeney Todd), die das Musical erst bekannt gemacht hat, wird Signor Pirelli von Sacha Baron Cohen dargestellt, den jeder als Borat kennt. Als Pirelli trägt er seltsame, aufgeblasene Kostüme, Schmalzlocken und Schönheitsfleck. Er ist ein Barbierkollege von Sweeney und (Achtung: Spoiler!) wird von selbigem abgestochen. Ich bin mir sicher, dass Golo einen fantastischen Abgang hinlegen wird, nachdem der Held ihm auf der Bühne die Kehle aufgeschlitzt hat, aber es ist zweifelsohne nicht dasselbe, wie die Musical-Schönheit Johanna abzuschleppen.

»Ja, echt super! Für … wie hast du noch gleich gesagt? … einen HAMPELMANN!«, brüllt Golo zurück.

Hinter ihm sind in der Zwischenzeit eine Menge weiterer Akteure aus der Aula getreten, und ein Anwärter auf die Hauptrolle sieht mich etwas verstört an.

»Das Gute ist: Wenn du den Part kriegst«, sage ich und lächle den Sweeney an, »dann darfst du den da abmurksen.« Der irritierte Sweeney guckt noch entgeisterter, als ich eine Handbewegung zu Golo hin mache.

»Du willst doch Sweeney Todd werden? Der dämonische Barbier aus der Fleet Street? Der die Leute …« Vielsagend fahre ich mir mit dem Finger über die Kehle.

Sweeney schüttelt fragend den Kopf, nimmt die Noten und geht.

Der Kopf meines Professors lugt aus der Tür heraus. »Layla? Alles in Ordnung? Kann es weitergehen? Dann schick doch bitte die Bewerberinnen für die weiblichen Parts rein.«

Mit einem Nicken plappere ich irgendwas vor mich hin, dann weise ich eine Horde Studentinnen an, in die Aula zu gehen. Ein Mädchen fällt mir besonders ins Auge: Alisa Dobnagel. Eine blonde, klapperdürre Ziege, die sich für die Rolle der Johanna bewirbt. Eine blonde, klapperdürre Ziege, in die Golo leider unsterblich verknallt ist. Eine blonde, klapperdürre Ziege, die mal mit einem Mann geschlafen hat, mit dem ich zu diesem Zeitpunkt sozusagen »in einer Beziehung« war. Kurz: eine blonde, klapperdürre Ziege, die ich aus gutem Grund nicht ausstehen kann.

Bevor mich ihr Anblick in einen Hass stürzen kann, der der Vergangenheit angehören sollte, klingelt mein Handy. Es ist meine beste Freundin Mimi.

»Layla, Licht meines Lebens, können wir bitte, bitte, bitte jetzt sofort telefonieren?«

»Oh, Stern meiner dunkelsten Stunden«, säusle ich. Schmierige Kosenamen haben sich bei uns eingebürgert, wir verschleiern gerne durch übertriebenen Witz, wie sehr wir uns mögen. »Ist gerade echt schlecht.« Ich klemme das Handy zwischen Ohr und Schulter.

»Echt schlecht? Aber es ist wichtig!«

»Na, dann schieß los.«

»Wir bekommen heute Ferien. Das heißt, wir müssen heute Abend irgendwas Gutes unternehmen. Feiern, trinken, Disco, ist mir alles egal. Das Dumme ist nur: Tom ist in der Stadt. Das heißt, ich werde jetzt den ganzen Tag so tun, als würde ich nicht wollen, dass er mitgeht, dabei will ich nur, dass du sagst, du fragst ihn, ob er mitgehen will, aber kennst mich ja, ich kann das nicht zugeben, deshalb dachte ich, wir überspringen alles dazwischen, und du fragst ihn einfach direkt.«

»Aha«, erwidere ich knapp, lächle einem der Sweeney-Bewerber vor mir zu und reiche ihm sein Notenpaket.

Als er nicht weitergeht, um den übrigen Platz zu machen, grinse ich noch mal (dieses Mal deutlich gekünstelter), aber er geht immer noch nicht.

»Wann gebt ihr uns Bescheid, wer die Rolle bekommt?«, löchert er mich.

»Das weiß ich nicht«, sage ich.

»Okay. Und wer wird Misses Lovett spielen?« Es klingt, als wäre die Besetzung seines weiblichen Counterparts relevant dafür, ob er die Hauptrolle überhaupt antreten wird.

»Das kann ich dir leider auch nicht sagen«, brumme ich – nun schon mit etwas mehr Nachdruck.

»Werden die Kostüme ähnlich aussehen wie in dem Film mit Johnny Depp?«

»Ich bin hier nur der Hiwi«, erinnere ich ihn, »nicht die Kostümbildnerin.«

»Sei nicht so böse zu dem Unwissenden«, mahnt Mimi am Telefon.

»Aber er nervt mich.«

»Dann sollte ich mir wahrscheinlich die Haare wachsen lassen oder?«, nervt der potenzielle Sweeney Todd weiter.

»Wir sind hier doch nicht am Broadway, kurze Haare sind sicherlich okay.« Ich grinse ihn scheinheilig an und male ihn mir mit schwarzem Wuschelhaar und weiß blondierten Ponysträhnen aus.

»Bist du sicher?«, fragt er.

»Nein. Wie gesagt, ich bin lediglich Herrn Heckers Hiwi. So, bitte weitergehen!« Ich winke ihn weg.

»Was ist, Layla? Rufst du Tom an?«

Hektisch gebe ich dem nächsten Sweeney-Anwärter die Noten und will mich dann hinsetzen, um in Ruhe mit Mimi zu sprechen.

»Ruf ihn gefälligst selbst an. Ich kenn ihn doch kaum!«

»Er war Bens bester Freund. Natürlich kennst du ihn.«

Zuerst erinnert mich Alisas Anblick an meine Zeit mit Ben und jetzt auch noch Mimi. So viel Nostalgie an nur einem Tag ist echt schwer zu ertragen. »Hatten wir uns nicht darauf geeinigt, Du-weißt-schon-wen aus jeglichen Konversationen zu streichen?«

»Lord Voldemort?«

»Lord Ben Riesenarschloch Fassbinder!«

»Stimmt. Entschuldige. Aber Tom ist so süß, und er war nun mal … Lord Riesenarschlochs Freund.«

Fahrig pittele ich an meinen Fingernägeln herum und will dazu ausholen, dass Tom die Pest ist, allein deshalb, weil man sie nicht mehr alle beisammen haben kann, wenn man mit Lord Riesenarschloch befreundet war, aber dieser erneute Trip in die Vergangenheit wird mir vermasselt.

Ein abgehetzter Jemand stürmt auf mich zu und keucht außer Atem: »Hey … hi.«

»Ja?«, frage ich und sehe hoch.

Vor mir steht ein Typ in Lederjacke, der eine Gitarrentasche auf dem Rücken trägt und sichtlich außer Atem ist. Seine Stirn glänzt von Schweiß, und in seinem Gesicht liegt ein dezenter Ausdruck von Panik.

Er streckt die Hand aus und sagt: »Ich brauch einen Satz Sweeney-Todd-Noten.«

Meine linke Augenbraue nähert sich meinem Haaransatz. »Entschuldigung?«

»Es ist dringend. Kannst du mir die Noten geben?«

Fragend sehe ich ihn an.

»Swee-ney-Todd-No-ten!«, blafft er mich Silbe um Silbe an, als wäre ich schwer von Begriff.

»Ich bin nicht blöd«, blaffe ich zurück.

»Was ist denn jetzt schon wieder los?«, fragt Mimi in der Leitung.

»Sorry, ich ruf zurück«, vertröste ich sie und lege auf.

»Kluges Mädchen«, sagt der Typ plötzlich.

Kluges Mädchen? Hat er das gerade echt gesagt? Das wäre dann die dritte Referenz zu Ben, die mich heute vollkommen unvorbereitet trifft. Ich nehme den Kerl in der Lederjacke genauer unter die Lupe, und mir stockt der Atem.

Ach herrje.

»Du … äh … ich hab nur Noten für drei. Da … muss …« Was muss da? Keine Ahnung. Wenn ich das nur wüsste. Wenn ich dafür nur klare Gedanken fassen könnte. Ich weiß nicht mal mehr, wie ich heiße. Layla Woll. Oh, ich weiß es doch noch. Aber: Meine Güte, das ist mal ein Gesicht!

»Dann sing ich ohne.«

»Du singst ohne …«, plappere ich nach.

Mit hochgezogenen Augenbrauen sieht er mich an, so als wäre ich grenzenlos unterbelichtet. Richtig verübeln kann ich ihm das derzeit nicht.

Noch mal räuspern, dann fange ich mich wieder. »Das Vorsingen für Sweeney Todd ist eben zu Ende gegangen.«

Er verschränkt die Arme. »Aber da drin singen sie doch gerade noch.«

Ich lehne mich zurück und muss mich anstrengen, seinen Blick zu erwidern. »Ja, wenn du für eine Frauenrolle vorsingen willst, darfst du gerne reingehen. Wie wäre es mit Johanna? Ich freue mich jetzt schon wahnsinnig darauf, wenn du das hohe Fis singst.« Ironisch klimpere ich mit den Wimpern und setze eine falsche, zuckersüße Miene auf.

»Haha«, macht er sarkastisch und verzieht das Gesicht. Er kneift das linke Auge zusammen und schiebt die Hände in die Taschen seiner schwarzen Jeans, in der ein großes Loch klafft. Sein schlankes Knie ist zu sehen, darüber der Ansatz eines muskulösen Oberschenkels.

Mein Blick wandert von dem Flecken nackter Haut rauf zu der Gitarre, die er in einer Tasche geschultert hat. Lederjacke, löchrige Jeans und Gitarrenkoffer – all meine Schwächen in Personalunion.

»Okay, hör zu.« Er zieht die Jacke auf und wippt auf den Fußballen. »Ich gehe da jetzt rein und singe für Sweeney Todd vor. Seit ihr vor ein paar Wochen den Zettel fürs Casting ausgehängt habt, freue ich mich da drauf. Echt Bock hab ich da drauf. Ich bin nur zu spät, weil ich einen verdammten Auftritt hatte.« Ein Wink zum Gitarrenkoffer. »Es tut mir leid, okay?«

»Okay«, seufze ich. »Gib mir eine Sekunde.« Dann reiße ich die Tür der Aula auf und bin stolz darauf, dass ich ausgerechnet Alisa Dobnagel während ihres Geträllers unterbreche. »Herr Hecker«, rufe ich.

Er dreht den Kopf und nickt mir zu.

»Hier ist ein … » Ich sehe den Typen fragend an.

»Julius Herzsprung.«

Julius Herzsprung! Das ist doch ein Künstlername. Das *muss* ein Künstlername sein.

Wieder räuspere ich mich. »Hier ist ein Julius Herzsprung, der für Sweeney vorsingen will.«

»Da ist Julius Herzsprung wohl zu spät«, donnert Professor Jagdmann durch die Aula.

Professor Jagdmann, der nicht nur viel breiter und größer ist als Hecker, sondern auch eine geballte Portion Autorität und Antipathie ausstrahlt, wirft sich in die Brust. Jede Pore seines Körpers drückt aus, dass es für den Zuspätkommer kein Pardon gibt.

»Das ist doch affig!«, brüllt Julius Herzsprung hinter meinem Rücken direkt in mein Ohr. Sein Atem riecht nach Zigarettenrauch und Pfefferminzkaugummi.

Jagdmann erhebt sich drohend von seinem Stuhl und macht einen symbolischen Schritt auf die Tür zu. Ich sehe bereits den Konflikt aufziehen, den ich gleich beilegen muss. Das übersteigt eindeutig meinen Kompetenzbereich. Denn, wie bereits mehrfach erwähnt, ich bin bloß Layla, der Hiwi. Nicht Layla, die Meistermediatorin, die Streitigkeiten zwischen Professoren und verspäteten Sängern beilegen muss.

»Musik bedeutet: Regeln und Pünktlichkeit, Herr Herzsprung.«

»Ach ja? Für mich hat Musik bisher so was wie Freiheit bedeutet«, knurrt Julius Herzsprung für Jagdmann unhörbar und versetzt mir damit einen gewaltigen (Vorsicht: Wortwitz!) Herzsprung.

Hecker hält sich zurück. Er weiß wohl, dass sein Kollege die Richtlinienkompetenz bei diesem Projekt innehat.

»Lassen Sie ihn doch vorsingen«, sage ich kleinlaut, als sich zwischen den Geruch von Zigaretten und Kaugummi ein weiterer mischt: der holzige, testosteronhaltige Geruch eines leicht schwitzenden Mannes. Ich glaube, oder vielmehr ich *hoffe* zwar, dass ich keinen Fetisch habe oder so, aber manche schwitzenden Männer schaffen es einfach, beeindruckend wohl zu riechen. Herb, irgendwie. Diesen Geruch, den tausende teuer beworbene Parfüms mit aufregenden Namen und Flakons versprechen und trotzdem nicht erreichen.

Oh mein Gott. Der leicht schwitzende Julius Herzsprung mit seinem Zigaretten-Pfefferminz-Atem riecht besser als alles, was ich Zeit meines Lebens in der Nase hatte.

Unwillkürlich drehe ich den Kopf, um zu sehen, wie er darauf reagiert, dass ich ihn zu verteidigen versuche. Mein Gesicht ist dem seinen sehr nahe. Er hat einen dunkelblonden Dreitagebart. Und ein Muttermal am Hals, links neben dem Kehlkopf.

Ich muss ihm schon einmal in der Uni begegnet sein, denn er kommt mir sehr bekannt vor. Gleichzeitig kann es nicht sein, dass ich dieses Gesicht schon mal gesehen und wieder vergessen habe.

»Bei wem studieren Sie, Herr Herzsprung?« Jagdmann beherrscht es perfekt, seine Abneigung subtil auszudrücken.

»Herrn Seidel.«

»Professor Seidel unterrichtet Gitarre.«

»Was Sie nicht sagen.«

»Wir suchen für die Besetzung unseres Titelhelden einen Sänger, keinen Gitarristen.« Jagdmann verschränkt die Arme vor seinem kräftigen Bauch.

Julius Herzsprung lacht verächtlich. »Warum veranstalten Sie diesen Müll hier überhaupt, wenn für Sie schon vorher feststeht, wem Sie eine Chance geben und wem nicht?«

Ich werfe einen Blick zur Bühne, wo Alisa Dobnagel mit geschwellter Brust steht, als würde sie gerade zu einem Ton ansetzen, den das menschliche Ohr nicht vernehmen kann. Sie schaut Julius beeindruckt an, als er sich umdreht und aus dem Raum rauscht. Aus dem Augenwinkel sehe ich, wie er den Stuhl umkickt, auf dem ich eben noch gesessen habe, und sich trotzig auf den Tisch setzt.

Jagdmann räuspert sich, zieht das Hemd über seinem strammen Bauch straff, rafft seine Notenbögen zusammen, wendet sich Alisa zu und sagt bloß: »Hervorragend.« Mit diesem Wort rauscht er aus der Aula, ohne Julius Herzsprung eines Blickes zu würdigen, und zieht entrüstet davon.

Hecker sieht verlegen drein, blinzelt mich an und zuckt die Schultern. Schließlich stapelt auch er seine Unterlagen und will aufstehen.

»Jetzt haben Sie sich doch nicht so, Jochen Hecker.« Aus Versehen nenne ich ihn tatsächlich bei seinem vollen Namen.

Er sieht mich verwundert an. Auch Alisa und die anderen Sängerinnen werfen sich verwirrte Blicke zu, entscheiden einvernehmlich, dass es Zeit sei, das Feld zu räumen, und gehen hinaus.

»Sorry«, sage ich zu Hecker, »aber anstatt sich zu freuen, dass die Leute Interesse daran haben, hier mitzumachen, vergrault Professor Jagdmann sie.«

»Wir wollten die Solisten nun mal gerne mit Gesangsstudenten besetzen.«

»Sie müssen ihm die Rolle ja nicht geben. Er will doch bloß vorsingen.« Ich deute aus dem Raum, wo ich vermute, dass Julius Herzsprung noch sitzt. »Stellen Sie sich mal vor, dieser Kandidat wäre der beste Sweeney Todd aller Zeiten, und Sie hätten ihn sich nicht angehört. Was dann? Dann vergeben Sie den Part vielleicht an den Vollpfosten, der mich vorhin angeguckt hat wie ein Auto, als ich ihm eröffnet habe, dass die Rolle, für die er gerade vorgesungen hat, die eines Massenmörders ist.« Ich traue mich nicht, mich nach Julius umzusehen, weil mir diese spontane Rede plötzlich echt peinlich ist.

Hecker seufzt, lächelt dann und sagt: »Na gut. Anhören schadet ja nichts. Schicken Sie den vielleicht besten Sweeney Todd aller Zeiten noch mal zu mir.«

Ich mache kehrt, sehe Julius in der Tür stehen, schaue ihm für einen klitzekleinen Moment in die Augen und sage, als ich an ihm vorbeischiebe: »Kannst reingehen.«

Und schon rauscht er an mir vorbei.

Sagt nicht mal danke, der gut riechende Julius Herzsprung.

ERST FÜNF

Draußen wird's mal wieder dunkel. Es ist schon eine ganze Weile her, dass ich im Hellen nach Hause gekommen bin. Ich sitze in meinem Hiwi-Büro und gebe mir größte Mühe, nicht daran zu denken, wie es Julius Herzsprung bei seinem Vorsingen ergangen ist. Ob er so gut singt, wie er riecht, ob er Jochen Hecker überzeugt hat und ob dieser ein gutes Wort bei Jagdmann für ihn einlegt.

Es ist ja erst fünf, rede ich mir gut zu. Mit ein bisschen Glück bin ich um sieben zu Hause. Dieser Gedanken könnte noch ein kleines bisschen Motivation aus mir herauskitzeln. Ich glaube ja nicht so recht daran.

Es ist ja erst fünf. Ich könnte auf den Weihnachtsmarkt gehen, wenn ich heimkomme. Um sieben die Haustür hinter mir schließen, rasch in wärmere Klamotten schlüpfen, ein paar Freunde zusammentrommeln – das sollte drin sein. Da der Weihnachtsmarkt um acht die Pforten schließt, schaffe ich es in der verbleibenden Stunde bestenfalls, einen heißen Glühwein zu trinken. Und ich kann euch sagen: Ein Glühwein reicht heute nicht. Heute brauche ich vier. Mit Schuss, versteht sich. Oder fünf. Oder gleich ein ganzes Fass.

Es ist ja erst fünf! Vielleicht Kino. Hab gehört, der neue Streifen mit Cameron Diaz soll gut sein. Von wem hab ich das noch gleich gehört? Richtig, von Mimi. Wenn Mimi sagt, der Film sei gut, dann ist es sicher eine romantische Komödie. Nee, besser nicht. Ich würde mir jetzt lieber

Geballere und Stumpfsinnigkeit ansehen. Vielleicht noch ein paar durch die Luft fliegende Körperteile.

Außerdem erstens: Wenn Mimi den Film schon gesehen hat, mit wem sollte ich dann reingehen? Mit Kara eventuell. Doch Kara findet romantische Komödien generell blöd.

Außerdem zweitens: Ich finde Cameron Diaz furchtbar. Die grinst immer, als wäre sie geistesgestört.

ES IST JA ERST FÜNF! Ach, wem mache ich hier eigentlich was vor: Es ist *schon* fünf. Fünf und stockfinster!

Der Dezember macht mich echt fertig. Ich bin seit sechs Uhr früh auf den Beinen, hatte von halb acht bis zwei durchgehend Uni, habe mich dann vor der verschlossenen Aula als Casting-Gehilfin rumgeplagt, dem vielleicht besten Sweeney Todd aller Zeiten zu einem Vorsingen verholfen, und seitdem sitze ich an einem Bigband-Arrangement des Klassikers *Birdland.*

Das einzige Tageslicht habe ich heute durch muffige Vorhänge und schmierige Fenster gesehen, und bewegt habe ich mich summa summarum nur etwa fünfhundert Meter. Dafür habe ich eine ganze Packung Pepperidge Farm Cookies gegessen. Jap. Eine Packung! Wahrscheinlich übersteigen schon zwei Kekse den empfohlenen Tageskalorienbedarf eines jungen Nilpferdes.

Gleich werde ich zusammenpacken und meine frisch arrangierten Noten ausdrucken, um sie meinem Prof ins Büro zu bringen. Dann werde ich mich beeilen, um die U-Bahn um halb sechs noch zu erwischen, und damit meinen täglichen Heimweg mit dem Nahverkehr antreten. Mit der U-Bahn zur nächsten S-Bahn-Haltestelle, von dort zum Hauptbahnhof und weiter mit dem Zug. Um zwanzig vor sieben bin ich dann in meiner Heimatstadt und muss nur noch zehn Minuten nach Hause laufen.

Dort erwartet mich meist ein Abend vor dem Fernseher. Ich werde mir eine US-Serie ansehen, während mein Bruder direkt über dem Wohnzimmer wie jeden Abend zu laut Musik hören wird. Meine Schwester wird neben mir sitzen und wie jeden Abend so lange an meiner Wahl des TV-Programms rummäkeln, bis unsere Mutter sie um neun ins Bett schickt. Ich höre sie schon meckern: »Ich will nicht, bin nicht müde, noch 'ne halbe Stunde, noch die Sendung, ich hab noch Hunger, ich will Kakao.« Mama wird sie gewähren lassen, Brote schmieren und Milch aufkochen, damit Lucy ihr Zubettgehen hinauszögern kann. Ich werde den Fernseher ausschalten und mit Lucy und ihr über meinen Tag reden müssen. Nick wird fein raus sein. Nick darf immer in seinem Zimmer bleiben, sein Teenagerdasein zelebrieren und sich die Trommelfelle mit Musik verschleißen, die diese Bezeichnung kaum verdient hat.

Na, wenigstens komme ich heute kurz und bündig aus diesem Gespräch raus: »Wie war dein Tag?« – »Scheiße!«

Mit dieser rosigen Aussicht stopfe ich meine Sachen in den Rucksack, schiebe den Instrumentenkoffer auf meinen Rücken und buckle zu Professor Heckers Büro.

Ich klopfe. Er reagiert nicht. Ich klopfe noch mal. Ich weiß genau, dass er noch hier ist. Er verabschiedet sich immer von mir – weil er mich einerseits gut leiden kann und weil er andererseits immer wissen muss, ob ich noch da bin. Er braucht die Gewissheit, dass immer jemand da ist, der ihm (»Aber nur, wenn's Ihnen nichts ausmacht«) beim Bäcker über die Straße einen Snack besorgen könnte, falls ihn eine seiner häufigen Hungerattacken heimsucht.

Mir fällt etwas ein: Hecker vergisst gelegentlich, die

Ohrstöpsel rauszunehmen, die er im Instrumentalunterricht trägt, und dann ist er temporär taub.

Erst als ich regelrecht gegen die Tür prügle, öffnet er sie endlich.

»Oh. Oh, Layla, Sie sind's. Ich hatte die Stöpsel drin, die sind so … ja. Damit kann man eigentlich echt gut arbeiten. Man hört die nervigen Streicher von oben nicht.« Er lacht mich an. »Die darf man aber nicht rumliegen lassen. Einmal hatte ich diesen Kollegen …« Jetzt kommt die Gummibärchenstory, ich weiß es ganz genau. »… der hat meine Stöpsel für Gummibärchen gehalten und hatte sie schon fast im Mund, ehe ich ihn aufklären konnte.«

Zum dreißigsten Mal lache ich über die Gummibärchenstory. Warum habe ich nicht den Schneid, ihn zu unterbrechen und die Pointe vorwegzunehmen? Beim nächsten Mal, sage ich mir.

Was seine Anekdoten betrifft, ist Professor Hecker wie ein alter Mann. Dabei ist er erst Anfang vierzig. Er hat ein Repertoire von zehn Geschichten, die er in Endlosschleife wiederholt.

»Bevor ich gehe, wollte ich Ihnen das nur schnell bringen.« Ich reiche ihm den Notenstapel.

Er nimmt ihn nicht. »Haben Sie das alles heute gemacht? Sie sind ja wahnsinnig!«

»Dann habe ich am Montag frei«, sage ich und glaube selbst nicht daran.

»Seien Sie nicht immer so fleißig. Sie ruinieren noch mein Bild von der Jugend von heute.« Er lächelt und sieht plötzlich jünger aus. Jünger als der Hecker, der ständig von seinen Ohrenstöpsel-Gummibärchen redet, und jünger, als er wirklich ist. Fast attraktiv mit seiner zerzausten Frisur und der runden Brille, die ihm einen Hauch von Johnny-Depp-Charme verleihen. Aber wirklich nur einen Hauch. Ich bin immer wieder verdutzt, wie schnell er vom kauzigen Professor zum lässigen Jazz-Saxofonisten umschalten kann.

»Moment, ich habe etwas für Sie.« Er verschwindet kurz in seinem Büro, das ich nicht oft betreten darf, weil er sich – nicht ganz unberechtigt – für seine Unordnung schämt. »Veröffentlichung ist erst übernächste Woche.« Er drückt mir eine CD von seiner Jazz-Combo JochenHeckerundBand in die Hand.

»Danke«, sage ich mit entspannterer Miene, schaue aber demonstrativ auf die Uhr, um das Gespräch abzukürzen. »Ich muss die Bahn erwischen«, rede ich mich heraus. Stimmt ja auch. Bisher hat die Drecksbahn nämlich noch nie auf mich gewartet.

»Ja, natürlich. Klar. Wir sehen uns dann morgen im Unterricht, Coltrane«, sagt er und winkt mir mit dem Zeigefinger zu.

»Jap. Coltrane.«

»Seien Sie mehr wie Coltrane«, sagt er beinahe in jeder Stunde. Alle seine Studenten sollen mehr sein wie Coltrane.

Ein zweites Mal will ich ihm den Notenstapel in die Hand drücken.

»Ach, sind Sie doch so gut und geben das Arrangement unten bei Sabine Kleister ab, die will noch einen Blick drauf werfen.«

Natürlich bin ich so gut.

In Eile stürze ich die Treppe hinunter und weiter zum Büro von Sabine Kleister, einer wissenschaftlichen Angestellten. Sie ist nicht da. Also knicke ich die Notenblätter zu einem Packet zusammen und versuche, sie in den Briefkasten zu stopfen. Die Dinger wollen aber nicht reingestopft werden. Sie wehren sich vehement.

Dann spielen mir die Physik, der Zufall und ein Volltrottel, der in Lichtgeschwindigkeit um die Ecke geschossen kommt, einen miesen Streich. Der Volltrottel rempelt gegen meinen Koffer, bleibt am Griff hängen, reißt mich herum, und vierzig sortierte Notenblätter, vierzig Seiten *Birdland*-Noten für klassische Bigband-Besetzung, segeln zu Boden.

Der Volltrottel ruft anständigerweise noch »Sorry!«, während er mit seinem Gitarrenkoffer und wehender grüner Jacke um die Ecke verschwindet und mich in meinem *Birdland*-Meer stehen lässt.

»Herzlichen Dank!«, schreie ich zurück, sammle motivationslos Seite für Seite auf und merke dabei, dass ich vergessen habe, sie zu nummerieren. Klasse! Via Konfrontationstherapie mal wieder die eigenen Fehler vor Augen geführt bekommen.

Ich will nach Hause. Einfach nur nach Hause.

Als ich an der U-Bahn-Haltestelle ankomme, ist es zwanzig vor sechs, und ich verabschiede mich von meinem Zug und meiner Abendplanung. Ich wollte sowieso nie pünktlich daheim sein.

EIN WORT ZU MIR

Mein Name ist Layla Woll. So wie die Frau aus dem Song von Eric Clapton. Genauer gesagt, wurde ich sogar nach der Dame aus dem Lied benannt. Meine Mutter ist ein heißblütiger Eric-Clapton-Fan, auch wenn sie kaum geboren war, als der Song herauskam.

Ich bin zweiundzwanzig. Dass Jochen Hecker der Meinung ist, ich sei ein schlechtes Beispiel für meine Generation, liegt vermutlich daran, dass mir manchmal die Zeit fehlt, mich wie zweiundzwanzig zu benehmen. Wenn ich Partyabende, Trinkspiele und bewusstseinserweiternde Kräuter ablehne, weil ich wahlweise »morgen arbeiten«, »noch was lernen« oder »auf meine Schwester aufpassen« muss, dann fühle auch ich mich eher wie Mitte bis Ende fünfzig. Doch dieses Gefühl wird regelmäßig ausgeglichen, indem ich mich unsicher wie eine pubertierende Dreizehnjährige benehme. Mein Alter ist also tagesformabhängig. Da ich Herrn Hecker und ein paar Dutzend Studenten von früh bis spät durch die Gegend gejagt und organisiert habe, ist heute so ein Tag, an dem ich mich wie Mitte bis Ende fünfzig fühle.

Mal Hand aufs Herz: Zweiundzwanzig zu sein ist längst nicht so toll, wie die meisten denken. Ich weiß, dass meine Mutter mich für diese Aussage verabscheuen würde, weil sie »gerne noch mal Anfang zwanzig« wäre und ich »mich später sicher zurücksehnen« werde. Nur wonach? Nach den Nachmittagen, an denen ich Nachwuchsmusiker unterrichte? Nach den Nächten, in denen ich für die Uni lerne, weil ich tagsüber keine Zeit dafür habe? Nach den Standpauken, die ich meinen Geschwistern halten muss, weil meine Mutter zu nachgiebig mit ihnen ist? Oder nach dem ständigen Gefühl, etwas zu verpassen?

Wir wohnen in einer Stadt vierzig Kilometer vor Frankfurt, wohin ich jeden Tag mit den Öffentlichen pendle, um an einer Privatuni Saxofon zu studieren. Ein Studium, das nicht nur viel Zeit, sondern auch verdammt viel Kohle kostet. Die Reaktionen auf mein Studienfach fallen für gewöhnlich wie folgt aus: »WAAAS, du studierst Saxofon? Dann bist du ja voll gut, odeeer?«

Ja. Mit reinem Gewissen kann ich behaupten, dass ich talentiert bin. Ich spiele ordentlich vom Blatt, bin in Musiktheorie astrein und habe eine sehr saubere Fingertechnik (Letzteres darf man so nie sagen, wenn man einen Mann kennenlernt, aber ich lerne sowieso selten Männer kennen). Bei meinen regelmäßigen Gastauftritten in guten Bigbands und Jazz-Combos besetze ich meist das bodenständige zweite Altsaxofon. Grundsätzlich bevorzuge ich aber Orchester und Ensembles, weil mir die Rolle einer strahlenden Solo-Saxofonistin, die an der Spitze einer Funkband vor sich hin dudelt, einfach nicht steht.

Besonders gut bin ich wohl darin, JochenHeckerund-Band diverse Dinge sowie den für sein Alter zu gut geformten Allerwertesten nachzutragen.

Jeden Mittwochnachmittag unterrichte ich Schüler in unserer örtlichen Musikschule, meist Anfänger zwischen acht und achtzig. Das ist kein Scherz. Einer meiner Schüler ist achtundsiebzig und hat sich den Traum erfüllt, Tenorsaxofon zu lernen. Stunde um Stunde bete ich, dass aus diesem Herzenswunsch kein Lungenproblem erwächst. Wenn es mich nicht gerade in den Wahnsinn treibt, macht mir das Unterrichten sehr viel Spaß, und ich würde gerne mehr Stunden geben, was nicht geht, da ich auch noch Zeit für den Hiwi-Job aufbringen muss. Solange ich besser darin bin, Jochen Hecker seine geliebten Marzipanschnecken zu besorgen, als darin, die Rampensau rauszulassen, bin ich eben nicht Coltrane genug. Und nicht genug Parker. Und nicht genug Kenny G. Manchmal bin ich nicht mal genug Layla. Das sind dann die Tage, an denen ich mich wie dreizehn fühle und Selbstbewusstsein streng rationierte Mangelware ist.

Kommt es mir nur so vor, oder komme ich gerade rüber wie eine unzufriedene Pestbeule? Falls ja, möchte ich das richtigstellen: Ich bin keine Pestbeule. Unzufrieden bin ich bisweilen schon, aber nicht bösartig. Leute, die ich nicht gut kenne, lasse ich vielleicht etwas zu oft abblitzen, das stimmt. Doch ich glaube (und hoffe), dass ich im Allgemeinen eine ganz angenehme Zeitgenossin bin. Ich lache gerne und viel, wenn ich nicht gerade einsam, übermüdet und im Dunklen aus der Uni komme. Dass es mir auf der Bühne unmöglich ist, mich in den Mittelpunkt zu stellen, bedeutet nicht, dass ich mich in normalen Lebenslagen in ein Schneckenhaus zurückziehe. Im Gegenteil: Ich bin die, über die alle lachen, wenn man abends zusammensitzt, weil ich die Witze mache oder mich mal wieder doof angestellt habe. Ich bin ein humorvoller Mensch, zumindest an jenen Tagen, an denen ich mich so alt fühle und benehme, wie ich tatsächlich bin, und die Menschen in meiner Umgebung mag.

Warum ich das erzähle? Ach, ich hab's ganz gerne, wenn die Leute mich mögen. Das gebe ich zwar nicht gerne zu, aber es ist mir sehr viel lieber, gemocht zu werden, als mich durchzusetzen. Deswegen schlucke ich auch lieber etwas herunter, statt mal auf den Tisch zu hauen.

Als frustrierte Ziege würde ich mich im Allgemeinen also nicht beschreiben. Ist jemand nett zu mir, dann bin ich auch nett, dann kann ich sogar sehr aufopfernd werden. Für meine Freunde und Familie würde ich fast alles machen. Ich will jetzt nicht sagen, dass ich für sie durchs Feuer gehen würde, denn ich bin mir sicher, dass das höchst schmerzhaft ist. Aber ich würde schon so … sagen wir mal … hundert Kilometer zu Fuß laufen. Das ist unglaublich großzügig für jemanden, der den Bauch mit sechs handtellergroßen Cookies voll hat, die aus fünfzig Prozent Butter, fünfzig Prozent Zucker und fünfzig Prozent Schokolade bestehen (Kenner der Marke wissen, dass diese zunächst mathematisch widersinnig erscheinende Zutatenliste der Realität entspricht).

ALLES WIE IMMER

Endlich zu Hause, lasse ich die Tür hinter mir ins Schloss und meinen Saxofonkoffer auf den Boden unter der Garderobe fallen. Unsere Garderobe besteht aus einer Ansammlung von bunt bemalten Holzresten unterschiedlichster Form und Größe, die meine Mutter an die Wand genagelt und mit Haken versehen hat. Lucy beansprucht immer die rosa- oder lilafarbenen Holzstücke, um daran ihre rosa- oder lilafarbene Kleidung und Schultaschen aufzuhängen. Nick knäuelt seine Jacken bevorzugt irgendwohin, wo sie stören.

Es ist halb acht. Meine Mutter sitzt mit Lucy auf der Couch, Mama im Schneidersitz, meine Schwester auf ihren Schenkeln wie in einer Wiege. Mama flicht ihr die blonden Korkenzieherlocken zu zwei dicken Zöpfen. Lucy isst Schokokekse und sieht fern. Es läuft *Der König der Löwen*, unser liebster Disney-Film. Oft singen wir zusammen den Soundtrack mit verteilten Rollen, was Teil meiner Jobbeschreibung als große Schwester ist.

»Hi«, brumme ich und dehne die Arme hinter dem Rücken.

Lucy winkt, ohne mich anzugucken, Mama dreht mir den Kopf zu, lächelt breit und sagt: »Auf dem Herd stehen Nudeln für dich.«

Ich wärme das Essen auf und setze mich neben die beiden aufs Sofa.

Mama stellt den Ton leiser (Lucy protestiert) und fragt:

»Wie war dein Tag? Du bist spät dran, ich wollte dich schon anrufen.«

»Heute war das Casting für unser Musical. Da habe ich ausgeholfen. Danach musste ich für Jochen Hecker noch ein Monster-Arrangement schreiben. Und dafür seine Hieroglyphen dechiffrieren. War 'ne elende Scheißarbeit.«

Sie sieht mich vorwurfsvoll an.

Lucy ergänzt: »Scheiße nimmt man nicht in den Mund.«

»Jetzt hast du's auch in den Mund genommen«, necke ich sie und verknote ihre Zöpfe.

»Jochen Hecker verlangt ganz schön viel von dir, oder? Vielleicht solltest du dich zwischen dem Hiwi-Job und dem Unterrichten entscheiden. Du bist ja kaum noch zu Hause.«

Der Name Jochen Hecker ist zu einer Institution in unseren Gesprächen geworden, daher nennen wir ihn immer beim Vor- und Nachnamen. Wie den Bundeskanzler. Oder Popstars. Oder Uni-Professoren.

Ich brumme ausdruckslos. Natürlich könnte ich einen der Jobs aufgeben. Dann müsste ich aber auch jegliche Freizeitaktivitäten, die Geld kosten, aufgeben. Und das will ich nicht. Ab und an unternehme ich nämlich doch ganz gerne mal was mit Freunden. Oder lege mir von Zeit zu Zeit etwas Neues zu. Ich kaufe gerne Musik, Bücher, Klamotten und Nagellack, und zwar nach dem Motto »viel hilft viel«.

»Wie war dein Tag sonst? Hat Jochen Hecker dich gelobt?«

»Er hat mir eine CD geschenkt.«

»Oh, wirklich? Seine letzte CD war einfach fantastisch. Sag ihm das mal von mir, ja? Und vergleiche ihn am besten noch mit irgendjemand Berühmtem. Er soll denken, dass ich Ahnung habe.«

Ich grinse sie an. Für meine Mutter ist Jochen Hecker eine unerreichbare Lichtgestalt. Eben wie der Bundeskanzler oder ein Popstar.

»Sag ihm, dass ich die neue auch fantastisch finde.«

»Noch hast du sie nicht gehört.«

»Ach, papperlapapp. Ich höre sie mir gleich morgen früh an, sie ist bestimmt fantastisch. So … gefühlvoll, irgendwie sinnlich.« Sie wedelt mit den Armen und greift ins Leere, als wollte sie das Gefühlvolle und Sinnliche aus der Luft filtern.

Mit Sicherheit werde ich morgen *nicht* zu Jochen Hecker gehen, ihn mit einer Berühmtheit vergleichen und ihm ausrichten, dass seine fantastische Musik in den Ohren meiner Mutter gefühlvoll und sinnlich ist. Der Ärmste würde glatt rot anlaufen und vor Schreck seine Gummibärchen-Ohrstöpsel aufessen.

Mama guckt Lucy mit dem Es-ist-Zeit-ins-Bett-zu-gehen-Blick an, meine Schwester hält sofort dagegen: »Nur noch den Film, bitte!«

Sie bekommt *Nur noch den Film, bitte!*, dazu warme Milch und Kleiekekse zum Eintunken. Wie in einer überspitzten Familienkomödie mit Steve Martin erfüllt sich nicht nur dieses von mir vorhergesagte Ereignis, sondern auch das zweite: Fast zeitgleich erklingt ein wummernder Bass im ersten Stock.

»Mamaaaa, wie lange willst du Nick noch *seine Freiheit lassen?* Es nervt, dass er die Musik immer erst so spät laut stellt. Er will doch nur provozieren!«

»Dein Bruder probiert sich aus, er lernt sich kennen. Natürlich will er uns provozieren, aber je weniger wir darauf eingehen, umso schneller hört es auch wieder auf. Es ist wirklich wichtig, ihm seine Freiheit zu lassen.«

»Ja, aber die Freiheit des einen hört dort auf, wo die Freiheit eines anderen beginnt«, klugscheißere ich.

»Wo du dieses diplomatische Gerede herhast, ist mir ein Rätsel.«

»Von Jean-Jacques Rousseau.«

Mama schenkt mir einen scherzend tadelnden Blick, schiebt Lucy lachend von ihrem Schoß, fasst nach meinem Zopf, löst die Haare und dreht die braunen Locken auf meinem Hinterkopf zusammen. »Du solltest die Haare hochstecken und ein paar Strähnen raushängen lassen. Das sieht so toll aus, Layla, es macht dein Gesicht schlank.«

Vorwurfsvoll schiebe ich ihre Hand von mir. Ich mag es nicht, wenn man an mir rummäkelt. Wollte ich mir die Haare hochstecken, würde ich es tun. Und mein Kugelkopf wird auch durch die höchste Turmfrisur nicht schlanker.

»Guck doch nicht so! Du hast eben ein eher herzförmiges Gesicht. Aber mit ein paar tollen Ohrringen … Die Jungs würden gucken.«

»Herzförmig« ist die schönste Umschreibung für Pausbacken, die ich je gehört habe. Aber Mama strahlt mich an, streicht mir eine Locke hinters Ohr und greift sich dann unwillkürlich an den eigenen Kopf, um das geknotete Tuch enger zu ziehen.

»Das sähe wirklich hübsch aus«, wiederholt sie noch mal.

Oben dröhnt der Bass, Lucy stellt den Ton wieder lauter, tunkt Kleiekekse in Milch, und Mama ermahnt mich, nicht zu schmollen, ich wisse doch, wie es gemeint sei.

Jaja. Also alles wie immer.

EIN WORT ZU MAMA

Wenige Minuten nachdem ich mich innerlich mit Familientrott, Fernsehen und freitäglichen Kleiekeksen abgefunden habe, eröffnet mir eine WhatsApp-Nachricht, dass doch nicht alles so ist wie an einem gewöhnlichen Wochentag. Sie ist von Mimi, die nebst vierhundert Smileys mit Herzchenaugen stolz verkündet, dass sie sich getraut hat, Du-weißt-schon-wessen-Kumpel anzuchatten. Eine Antwort kam zwar noch nicht, doch sie möchte offenbar den ganz normalen Frauenwahnsinn abziehen. Zumindest lässt ihre Nachricht darauf schließen: »Hey, Layla. Ich hab Tom geschrieben!! Warte noch auf Antwort. Aber so oder so heißt das, wir müssen uns jetzt wohl oder übel was vornehmen. Weil sollte er antworten und ich hab uneingeschränkt Zeit, wirke ich viel zu verfügbar. Lass uns was trinken gehen, dann kann er bestenfalls DAZUSTOSSEN!«

»Teuflischer Plan«, tippe ich ins Nachrichtenfenster und frage mich einmal mehr, ob wir Frauen eigentlich alle geistesgestört sind. Wir brauchen fünf Stunden, um uns zu überwinden, einen Typen zu fragen, was er heute Abend macht, nur um uns dann für genau diesen Abend anderweitig zu verabreden.

»Ich geh wohl noch was trinken«, murmele ich meiner Mutter zu.

»Oh! Ja schön! Das ist doch schön, Layla.« Man erkennt daran, dass man eindeutig zu selten vor die Tür geht, wenn die eigene Mutter eine Verabredung am Freitagabend gleich zweimal mit »schön!« lobt. »Vielleicht lernst du ja jemanden kennen.«

Man erkennt daran, dass die Anzahl der Schwiegersohnbewerber eindeutig als zu gering eingestuft wird, wenn allein das Verb »trinken« in der Mutter Hoffnung auf ein Date auslöst.

»Was trinken mit Mimi und Kara«, spezifiziere ich.

»Hach, man weiß nie. Ich habe mal einen Mann kennengelernt, als ich eine Packung Tampons gekauft habe. Die für die starken Tage.«

»Toll, Mama, bitte erzähl mir mehr.«

»Damit will ich nur sagen, dass das Schicksal niemals schläft. Vielleicht sollte ich mitgehen und für dich die Augen aufhalten. Dein Geist ist vermutlich zu verschlossen.«

Ich werfe ihr einen Blick zu, der diesem Vorschlag gerecht wird. Eine Mischung aus drastisch hochgezogenen Augenbrauen und Verscheißer-mich-nicht-Miene.

Vermutlich sollte ich noch etwas zu meiner Mutter sagen, damit ihr diese Situation richtig einschätzen könnt. Die Kurzfassung geht so: Meine Mama hat einen kleinen Vogel. Das ist nun mal so, und ich meine es auch gar nicht böse. Ganz im Gegenteil. Jeder andere Mensch, der das Leben meiner Mutter gelebt hätte, hätte wohl mehr als einen kleinen Vogel. Eher einen Albatros oder so.

Mama pflegt einen Lebensstil, der auf ihrem Glauben an die verschiedensten Philosophien basiert. Ein Außenstehender würde behaupten, dass sie eine hippiemäßige Esoteriktante ist, die ihren Lebensunterhalt mit brotlosem Firlefanz verdient. Sie gibt Yoga-Kurse und Glücks-Seminare, hält kinesiologische Sitzungen ab und verdient ihr Geld mit allerhand anderen Beschäftigungen, nach denen man im Register der eingetragenen Berufe lange suchen kann. In ihren Yoga-Kursen bringt sie den Leuten bei, ihre Schenkel hinter dem Kopf zu verknoten, ohne dabei komplizierte Knochenbrüche oder schwere innere Verletzungen zu erleiden. Leuten, bei denen derart schwerwiegende Verletzungen schon mal vorlagen, versucht sie dagegen mit diesem Kinesiologie-Zeugs weiterzuhelfen. Da werden Chakren geöffnet, Körperenergien zum Fließen gebracht, da wird in den Tiefen des emotionalen Unterbewusstseins nach tatsächlich physischen, aber auch psychischen Beschwerden geforstet (so oder so ist in den meisten Fällen eine schlimme Kindheit und/oder ein Kiefertrauma schuld). In den Glücks-Seminaren versucht sie, man kann es sich fast denken, andere Menschen glücklich zu machen. Dabei verkauft sie ihnen keine Wundercremes oder Zauberkerzen, sondern spricht einfach mit Personen, die nach eigener Aussage unglücklich sind, um ihnen zu beweisen, dass sie es selbst in der Hand haben, glücklich zu werden.

Unzufriedenheit wird in diesem Haushalt daher wie eine schwerwiegende Krankheit behandelt, die nicht mit Antibiotika, sondern mit ausgiebigen Gesprächen behandelt werden muss.

Zum Beispiel kann Mama es absolut nicht als naturgegeben akzeptieren, dass ich auch mal einen Abend lang auf der Couch rumliegen und eine Fresse ziehen will. Für sie ist das stets ein deutliches Vorzeichen einer Depression (die auf einer schlimmen Kindheit und/oder einem Kiefertrauma beruht. Als Scheidungskind mit Zahnspangen-Vorgeschichte ist das natürlich nicht unwahrscheinlich). Nie lässt sie mich auch nur ein bisschen unausgeglichen sein. Denn Unausgeglichenheit ist bei uns Nicks Privileg. Der darf das. Der muss das sogar. Der pubertiert.

Meine Mutter sagt immer, unser Körper sei das Wichtigste, was wir haben. Und das sagt sie nicht aus der Perspektive eines Victoria's-Secret-Supermodels, sondern aus der einer Person, die schon mal ziemlich krank war, gesund wurde und daraufhin beschlossen hat, ihre Gesundheit, wo immer es möglich ist, selbst in die Hand zu nehmen. Fragt man sie danach, verfällt sie in einen endlos langen Sermon, in dem sie erklärt, dass der Körper unseren Geist umhülle und wir deshalb gut auf ihn aufpassen müssten, dass unser Körper ein Tempel sei und wir doch nur diesen hätten, dass ein starker Körper einen starken Geist zeige – und wenn ich noch ein einziges Mal das Wort Körper höre, muss ich brechen und/oder vierzehn Stück Trüffeltorte von Starbucks essen. Ich glaube, diese Einstellung ist von Epikur. Also jetzt nicht das mit der Trüffeltorte. Sondern die Starker-Körper-starker-Geist-Geschichte. Oder auch nicht. Mein Fachwissen in antiker Philosophie ist lückenhaft.

Um ihren Körper als gute Hülle für ihren wertvollen Geist in Schuss zu halten, achtet Mama auf eine ausgewogene Ernährung. Sie hat die halbe Küche und den kompletten Balkon mit allem bepflanzt, was sich irgend möglich ohne Kleingarten kultivieren lässt. So erntet sie in den Sommermonaten regelmäßig Salatköpfe, die im selben Topf wie die Petunien gewachsen sind. Oder Zucchini, die entweder nur unwesentlich größer sind als mein kleiner Finger oder aber Größe und Gewicht eines stattlich entwickelten Neugeborenen haben. Sie verzichtet auf raffinierten Zucker, künstliche Zusätze sowie alles, was den Buchstaben E auf der Verpackung trägt. Fleisch kommt nur dann auf den Tisch, wenn Mama das Tier vor der Schlachtung persönlich kennengelernt und für emotional und physisch stabil befunden hat.

Warum ich nicht von meinen siebzig Kilo herunterkomme, obwohl ich in einer solchen gesundheits- und körperverbiegenden Umgebung lebe, weiß ich nicht genau. Könnte daran liegen, dass Herr Hecker mich so oft zu den Marzipanteilchen schickt und die in der Auslage unglücklicherweise direkt neben den Zimtschnecken liegen. Wenn unser Körper tatsächlich unsere Seele spiegelt, dann wohnt in mir eben eher eine Art undisziplinierte, fünf bis sechs Kilo zu schwere Zimtschneckenseele mit zu Frizz neigendem Haar.

Wenn ich vor meiner Mutter über meine Figur meckere, hat sie dafür einerseits kein Verständnis (»Ich verstehe dein Problem nicht. Du hast einen starken, gesunden Körper« – ja genau, einen starken, gesunden Körper, der Hosen in Größe 40 trägt, über deren Bund gerne mal links und rechts der Lendenspeck quillt. Toll!). Andererseits versucht sie natürlich, mein Unglück nachzuvollziehen, damit sie es schleunigst umwandeln kann (Glücks-Seminare und so). Daher schlägt sie mir regelmäßig vor, mit ihr zusammen Safttage einzulegen, um den Körper zu entschlacken. Mama macht erschreckend oft Safttage. Safttage sind das Furchtbarste, was ich mir vorstellen kann. Denn man nimmt an diesen Tagen nichts zu sich außer, nun ja, Saft. Allerdings keinen leckeren Multivitamin- oder Fruchtsaft, sondern Gemüsesaft. Wie es dem Körper guttun soll, wenn man ihn derart foltert, ist mir ein Rätsel. Und an Schlacken glaube ich sowieso nicht. Die sind wissenschaftlich nicht nachgewiesen. Schlacken sind sozusagen die Einhörner unter den Ernährungsweisheiten.

Nichtsdestotrotz bin ich beeindruckt von der Tatsache, dass meine Mutter noch immer an ihrem Glauben festhält. Denn obwohl Mama seit Jahren ihren eigenen Regeln treu ist, scheint es bei ihr nicht zu fruchten. Meine Mutter hat nämlich Krebs.

Es gab eine Zeit, als sie noch keinen hatte, und es gab eine Zeit, als sie ihn besiegt zu haben schien. Und ich weiß, wie es war, als er zurückkam. Mama war immer unbeirrt. Sie ließ Chemos über sich ergehen, weil die Ärzte ihr dazu rieten. Obwohl sie lieber auf alternative Heilmethoden gesetzt hätte. Sie tat es uns zuliebe. Ich war damals fünfzehn, pubertär und durfte unausgeglichen sein. In einem meiner Unausgeglichenheitsanfälle zwang ich sie schlichtweg dazu, die Chemo zu machen. Ich schrie sie an, dass der »kreuzbeschissene Krebs« sich wohl kaum von selbst aus ihrem Körper verpissen würde, nur weil sie ihm gut zuredete. Als Nächstes hörte ich auf, ihren »kreuzbeschissenen Ökofraß« zu essen. Das tat ich drei Tage. Meine Mama erkannte wohl, dass es mir verdammt ernst war, wenn meine Zimtschneckenseele sogar auf Nahrung verzichtete.

Seit knapp einem Jahr ist Mama in Remission, was in etwa heißt, dass zwar keine Metastasen in ihrem Körper sind, man sich aber noch nicht traut, von Heilung zu sprechen. Das ist zumindest meine nüchterne Definition des Begriffs. Mama in ihrem unbeirrten Glauben an das Gute in der Welt und das Gute und Gesunde in ihr scheint manchmal regelrecht vergessen zu haben, dass sie je krank war. Aber so war es auch in ihrer letzten Remissionsphase.

Ach, eigentlich mag ich gar nicht darüber nachdenken.

MIMI UND KARA

Mimi und Kara trudeln um halb neun bei mir ein. Mein Zimmer unter dem Dach ist allerdings nur ein Zwischenstopp an diesem Abend, den wir – das konnte ich klären – ohne meine Mutter verbringen werden, die Augen und Aura nach einem Märchenprinzen für mich aufhält. Ein Zwischenstopp auf dem Weg zu der Location, die Tom davon überzeugen soll, dass Mimi eine sehr gefragte, unerreichbare Frau ist.

Ich liege unladylike mit breiten Beinen in meinem Sitzsack und lackiere meine Fingernägel tannengrün. Mimi guckt mich fast schon angewidert an. Sie würde sich nie die Fingernägel tannengrün lackieren. Wenn schon, dann farblos; pastell wäre das höchste der Gefühle. Alles andere würde sich auch mit ihrem Kleidungsstil beißen. Mimi trägt gerne Tücher mit Blumenmotiven, Jäckchen mit Holzknöpfen und immer Schuhe mit Absatz. Immer. Sie besitzt gar keine Turnschuhe.

»Layla, ich muss dir an dieser Stelle echt mal sagen: Du hast etwa fünfzig Nagellackfarben, und alle fünfzig sind furchtbar.«

»Danke, das Kompliment weiß ich zu schätzen.«

Ich bin froh, dass ich Freunde habe, die mich, ohne nach ihrer Meinung gefragt worden zu sein, beleidigen. Kein Mist. Das weiß ich wirklich zu schätzen. Genau diese Freunde sagen dir nämlich auch die Wahrheit, wenn man sie dann doch mal um ihre Meinung bittet. Sie gehören zu jenen Freunden, die all die kreuzunmusikalischen Menschen, die sich bei *Deutschland sucht den Superstar* zum Affen machen, leider nicht haben.

Meine Mutter lugt zur Tür rein, winkt uns zu und fragt, wann wir losziehen.

»Wann immer sich der Typ meldet, auf dessen Nachricht Mimi wartet«, erkläre ich ihr.

Mimi streckt mir die Zunge raus.

»Man muss nicht immer auf die Männer warten, Mimi«, weiß meine Mutter. »Man muss solche Dinge fließen lassen, dann geschehen sie ganz von alleine. Vorausgesetzt, sie sollen geschehen.«

»Amen«, predige ich mit aneinandergelegten Händen.

Mama sieht zuerst mich und dann meine Kommode vorwurfsvoll an. »Deine Universumskerze brennt ja gar nicht!«, tadelt sie mich. Dabei deutet sie auf die dicke Blockkerze, die sie in meinem Zimmer aufgestellt hat, weil in unserer Wohnung offenbar noch nicht genug Kerzen rumstanden.

In unserem Zuhause findet sich in jedem Raum eine ihrer Universumskerzen, die sie sofort entzündet, sobald sie sich länger als drei Sekunden darin aufhält. Das Licht soll dafür sorgen, dass das Universum dich sieht und sowohl deine Wünsche in die Tat umsetzt als auch deine Sorgen auflöst. Na ja, damit das Universum quasi deine Vibes bemerkt. Oder so.

Bevor ich lange diskutiere, entzünde ich die Kerze unter Karas kritischem Blick mit einem Streichholz. Mama grinst zufrieden und verlässt mein Zimmer.

»Wenn ich's nicht besser wüsste, würde ich denken, deine Mutter hat einen Dachschaden«, stellt Kara nicht ganz unrichtig fest.

Ich verdrehe die Augen und wende mich Mimi zu. »Du

hast fünfzig Schals mit Blumenmotiven, und alle fünfzig lassen dich um dreißig Jahre altern«, kontere ich endlich.

»Oh, ich hatte mich schon gewundert, dass du das auf dir sitzen lässt.« Sie grinst mich an, und ich weiß in diesem Moment wieder einmal, warum sie meine Freundin ist.

»Jetzt hört auf, euch vor lauter Liebe zu beleidigen. Das ist ja frustrierend.«

Kara steht mit Schwung von meinem Bett auf, dreht sich vor dem Spiegel und zieht ihre enge Jeans hoch. »Können wir endlich mal los?«, fragt sie. Karas Partyhunger ist unstillbar. Sie kann eine ganze Woche lang jeden Abend feiern gehen, pro Nacht nur drei Stunden schlafen und tagsüber arbeiten. Und dabei immer noch fantastisch ausschauen. Das hat sie bereits mehrfach unter Beweis gestellt.

»Wir müssen noch auf Toms Antwort warten.«

»Ich dachte, wir müssen unerreichbar wirken«, zische ich zynisch und kann ein Gähnen nicht ganz unterdrücken.

»Du bist irgendwie immer müde, oder?«, fragt Kara und sieht mich lachend an.

»War ein anstrengender Tag heute.«

»Du arbeitest zu viel.«

»Man hat sie angepöbelt«, wirft Mimi ein, während sie ihr Handy hypnotisch anstarrt.

»Wer?«, fragt Kara, so als wollte sie sagen: Den mach ich platt!

Das würde sie glatt, da bin ich sicher. Und sie würde es wohl auch schaffen. Für mich ist Kara der athletischste Mensch der Welt, sie nimmt ständig an Triathlons teil und übt jede Sportart aus, die ich kenne. Und das sind mindestens fünf.

Einmal hat sie sich fast eine eingefangen, weil sie sich mit einem Typen angelegt hat, der zu mir gesagt hat, ich hätte einen Arsch wie ein Brauereigaul.

»Angepöbelt?« Ich sehe von Kara fragend zu Mimi.

»Na, als wir telefoniert haben. Da hat dich im Hintergrund einer dumm angemacht. Hab ich doch gehört.«

»Na, was jetzt? Dumm angemacht oder gepöbelt?«

»Ach, das ... ähm ... Nee, das war ... das war gar nichts.«

Kara sieht Mimi an und schmunzelt. »Hab ich da gerade ein Zögern gehört? Was ist passiert?«

»Nichts Besonderes. Heute war das Casting für das neue Musical, und ein Typ, der das Vorsingen verpasst hat, hat ein wenig rumgemeckert. Ein Gitarrenstudent, was Besseres erwarte ich von denen schon gar nicht mehr.«

Um zu überspielen, dass mein Herz gerade Protest anmeldet und meine Zimtschneckenseele sich an dem Gedanken an Julius' Gesicht labt, fange ich an, das frisch aufgetragene Tannengrün vom kleinen Finger zu nagen.

»Oh Mann, dieser Ben hat dich echt auf ewig gebrandmarkt.« Mimi schaut nicht mal von ihrem Handy auf, von dem sie sich nichts sehnlicher wünscht, als dass es schnellstmöglich eine Nachricht vom ehemals besten Freund des Brandmarkers anzeigt.

»Ich hab nur dazugelernt.«

Endlich rettet mich der Piepton ihres Telefons davor, weiter reden und weiter überspielen zu müssen.

Mimi quietscht und ruft: »Wir gehen ins Bogey's!«

»Seit wann geht sie gerne ins Bogey's?«, höre ich Kara fragen, nachdem wir in besagter Bar Platz genommen und Mimi dabei zugesehen haben, wie sie Tom mit ihrem Kindchenschemagesicht begrüßt hat. Es stimmt, dass Mimi für gewöhnlich nicht gerne hierherkommt. Sie bevorzugt schickere Bars und kann dem provisorischen Charme, den ich persönlich am Bogey's sehr mag, so gar nichts abgewinnen. »Und seit wann zählt es als unerreichbar, einfach in dieselbe Bar zu gehen wie ein Typ, der noch nicht mal richtigen Bartwuchs hat?«

Ich merke, dass ich die Schultern zucke, den Blick durch die Bar schweifen lasse und plötzlich so steinhart und unbeweglich werde wie die Wand hinter mir.

Da vorne ist … Oh mein Gott! Allah rette mich! Buddha steh mir bei! Beim Teutates! Ich weiß nicht mehr, was ich tun oder sagen oder machen soll. Irgendeine Gottheit muss mir doch helfen können? Wo vor einer Sekunde noch mein Gehirn war, ist jetzt bestenfalls ein nasser Schwamm. Vielleicht auch nur Hohlraum. Ich rutsche auf meinem Barhocker herum und trinke viel zu schnell mein Weinglas leer.

»Layla? Hallo?« Ich wende mich zu Kara um. »Hast du ein Gespenst gesehen oder so? Du guckst wie damals, als wir Ben in Frankfurt bei H&M getroffen haben. Ist er hier irgendwo?«

Quatsch, doch nicht Ben! »Ben? Quatsch, doch nicht Ben!« Könnten wir für heute bitte mit diesem Thema aufhören? Ja? Danke!

Als wir Ben vor gut einem Dreivierteljahr in einem Frankfurter H&M gesehen haben, dachte ich, ich müsste sterben. Ich hätte mich am liebsten mit einem Strickpullover am nächsten Kleiderhaken aufgeknöpft. An diesem Tag (oder überhaupt an irgendeinem Tag) sah ich nämlich nicht gut genug aus, um ihm unter die Augen zu treten. Natürlich wirkte er enorm sexy, ganz ohne sich darum zu scheren – oder vielmehr gerade weil er sich nicht darum scherte.

Da hinten in der Ecke einer meiner Lieblingsbars steht natürlich nicht Ben.

Da steht Julius Herzsprung.

WASWIEWOWARUM?

Also: Das ist jetzt kein dummer Scherz. Er steht da wirklich. Oder, besser gesagt, er hängt. Er lässigt dort vor sich hin.

Was macht Julius Herzsprung denn hier? Und warum nenne ich ihn beim Vor- und Nachnamen? Ist er schon eine Instanz? Nein. Ich will Distanz aufbauen.

Auf einmal meldet sich mein Herz wieder. Es klopft von innen gegen meinen Brustkorb und sagt: »Entschuldige mal bitte, Layla. Jetzt tu doch nicht so, mir kannst du nichts vormachen. Ich muss hier schließlich pochen wie bescheuert, seit du ihn entdeckt hast. Nur damit du's weißt: Das ist ein Kraftakt.«

»Der Typ da«, zische ich Kara zu und nicke so unauffällig wie möglich in die Ecke, »den kenne ich.« Den kenne ich? Na ja … ich weiß, wie er heißt, was er studiert und für welche Rolle er sich bei unserem Musicalprojekt beworben hat. Er und ich, wir sind also fast so etwas wie langjährige dicke Freunde. Bevor meine Übertreibung auffällt, relativiere ich sie. »Na ja, also nicht kennen. Der ist an meiner Uni.«

Kara will sich zu ihm umdrehen.

»NEIN! Nicht gucken, ich glaube, er hat mich gesehen.« Angestrengt schaue ich in mein Weinglas und richte meinen Schal, damit er so viel von meinem Gesicht bedeckt, dass er mich eventuell nicht erkennt, und gerade noch genug frei bleibt, damit mich keiner für eine Bankräuberin hält.

Kara schaut dennoch kurz in seine Richtung und sagt dann langgezogen: »Oh, là làààà.«

Ich werfe ihm einen erneuten Blick zu und kann nur bestätigen: *Oh, là làààà* beschreibt Julius Herzsprung ziemlich präzise.

Im nächsten Moment sieht er mir direkt in die Augen, und in seinem Gesicht flammt ein Lächeln auf, das nur eine Deutung zulässt: Er hat mich erkannt.

»Hilfe, Kara, er hat mich gesehen. Oh Gott, er kommt her.« Ich luge über den Rand meines Weinglases und kann's nicht fassen.

Warum kommt Julius Herzsprung an unseren Tisch? Kann er das nicht bleiben lassen? Bitte!

Hätte ich doch bloß diese dämliche Universumskerze nicht angezündet. Das hab ich davon. Jetzt hat das vermaledeite Universum meinen Wunsch nach Kontakt mit Julius Herzsprung in die Tat umgesetzt. Ich meine ja nur, liebes Universum, bei allem nötigen Respekt, aber so war das wirklich nicht gemeint. Ich hatte den Wunsch ganz bewusst in meinem Unterbewusstsein gelassen, weil ich mich erstens nicht lächerlich machen und zweitens nicht ins Unglück stürzen will.

Kara lacht. »Was genau ist falsch daran, dass dieses Schnittchen an unseren Tisch kommt?«

»Dieses Schnittchen ist der Typ, der mich heute Morgen angepöbelt hat.«

»Na, sieh mal einer an!«

Ich sehe mal einen an und beobachte, wie Julius Herzsprung wie in Zeitlupe auf unseren Tisch zusteuert, während die Jukebox in meinem Kopf dazu das *Peter Gunn Theme* von den Blues Brothers spielt.

»Du, ich weiß, das klingt jetzt dämlich, aber sehe ich okay aus?«

»Layla-Schatz, du siehst hammer-okay aus.«

Könnte ja sein, dass er gar nicht hierherkommt. Vielleicht biegt er ja kurz vor unserem Tisch in Richtung Toiletten ab. Vielleicht sitzt direkt hinter mir ein atemberaubend schönes Mädchen, mit dem er hier verabredet ist. Nein. Hinter mir sind bloß die kalte Backsteinwand und das Foto einer lokalen Unterhaltungsmusikband, die dem Barbesitzer für die Unterstützung ihrer Karriere dankt. Daneben hängt eine alte Akustikgitarre, die nur noch eine Saite hat.

Der Ostinato-Bass von *Peter Gunn* in meinem Kopf wird immer lauter. Unmittelbar vor dem imaginären Saxofonsolo wird mir klar, dass Julius tatsächlich auf mich zukommt. Auf *mich.*

»Hi … Ähm, du … du bist doch Heckers Hiwi, richtig?« Ich lächle, blinzle verlegen und sehe dabei wohl ratlos und irritiert aus, denn Julius fügt hinzu: »Julius? Sweeney Todd? Das Vorsingen heute Morgen? Du warst sozusagen meine Retterin in letzter Not.«

Dann schenkt er mir ein schlichtweg umwerfendes Lächeln. Ich nehme die Vorlage dankbar an und tue so, als hätte ich vergessen, wer er ist.

»Ähm … ja … Stimmt, ich erinnere mich.«

»Ich hab dich gesehen und dachte, ich komm mal rüber. Krasser Zufall. Was machst du hier? Wohnst du hier?«

Nein, ich wohne nicht in der Bar. Er meint wohl, ob ich in der Stadt lebe. Ja, das tue ich. Und ich bin heute nur zufällig hier, weil Mimi unbedingt Tom wiedersehen wollte, der kommt dummerweise aus dem Nachbarkaff und ist Stammgast. Tom ist übrigens der beste Freund von dem Typen, wegen dem ich keine Musiker mehr treffen möchte.

Nicht dass irgendwer mich falsch versteht. Ich freue mich sehr, Julius zu sehen. Mein Herz trommelt wie besessen auf irgendwelchen Congas herum, aber … ich mag das alles nicht. Ich mag mir nicht gerne Gedanken darüber machen, ob ich hübsch genug bin. Ich mag es nicht, wenn mein Kopf übersteuert und Menschen in mit Blues-Brothers-Songs unterlegter Zeitlupe auf mich zugehen lässt. Ich mag lieber irgendwo unbemerkt rumsitzen und mit meinen Freundinnen quatschen.

»Ja. Ich … Ich wohne quasi um die Ecke, in der Nähe vom Marktplatz.« *Bei meiner Mama* lasse ich als Detail lieber außen vor. »Wir kommen immer mal wieder her. Das ist Kara. Julius«, stelle ich vor.

Brav schüttelt er Kara die Hand und lächelt dabei. Ich fürchte, dass er sie hübscher und interessanter finden könnte als mich, weil das meistens so ist. Wenn wir abends ausgehen, greift Mimi immer die Männer ab, die auf kleine Püppchen abfahren, und Kara diejenigen, die kurvige Powerfrauen sexy finden. Wenn Männer kurvige Powerfrauen haben wollen, haben sie anscheinend keine Frau mit Größe 40 im Sinn, sondern eine Triathletin. Ich bekomme an solchen Abenden dann gerne den Typen mit der randlosen Brille ab, der mir zunächst sittsam zuprostet, mein höfliches Grinsen missinterpretiert und schließlich mit mir zu irgendeinem Song aus den Charts Discofox tanzen will. Oder aber so einen kleingewachsenen Südländer, der zwar keine Statur, dafür aber eine Schwäche für Amazonen hat und mir bei einem engumschlungenen Tanz seine Gelfrisur unters Kinn schmieren möchte.

In der Annahme, mir einen Gefallen zu tun, entschuldigt sich Kara auf die Toilette und lässt mich mit Julius alleine.

»Sorry, ich weiß ja gar nicht, wie du heißt«, sagt er und lächelt immer noch.

Schon ein seltsamer Kerl, dieser Julius Herzsprung. Noch heute Morgen hat er den Anschein gemacht, als wollte er die Welt und alles, was darauf atmet, vernichten, und jetzt strahlt er nichts als Sanftmütigkeit und Sympathie aus.

Das Schlimme ist ja: Diese vielschichtigen Typen gehen mir runter wie Sirup. Ich lasse den Blick über seine Lippen und Augen wandern. Herr im Himmel!

»Layla«, ich ergreife seine ausgestreckte Hand und spüre die spröden Gitarristenfingerkuppen auf meinem Handrücken.

Spontan singt er den Gitarren-Break aus dem Clapton-Song, nur zwölf Töne zu einer kurzen Melodie zusammengefügt. »Sorry, das hast du sicher noch nie gehört.«

»Na ja, du wirst staunen, aber aus unserer Generation haben den Song nur wenige parat.«

Na toll! Eine Unterhaltung, die mit einem Statement über »unsere Generation« beginnt, endet bestimmt selten in einem Flirt.

Julius schiebt die Hände in die Hosentaschen seiner schwarzen Jeans. »Hey, also … Ich wollte fragen, ob ich dich auf was zu trinken einladen darf.«

Meine Augen werden so groß wie Platzteller. (Diese Formulierung habe ich mal in einem Buch gelesen. Ich bin mir nicht mal sicher, ob ich weiß, was ein Platzteller ist, aber es soll wohl heißen, dass meine Augen sehr groß werden.) Es bringt Julius zum Schmunzeln. Er sagt schnell: »Keine Angst, ich will dich nicht angraben. Ich will mich bloß bedanken. Für heute Mittag. Weil du den Hecker überzeugt hast, mich vorsingen zu lassen. Das war saunett.«

Wehmut überkommt mich. Er will mich gar nicht angraben? Schade, irgendwie. Nachdem ich den ersten Schockmoment unbeschadet überstanden habe, wäre es vielleicht ganz okay gewesen, von ihm angegraben zu werden.

»Das … war schon okay. Ist ja mein Job, das zu koordinieren und so weiter.«

»Ja, aber … Ist ja auch egal. Was willst du trinken?«

Ich schwenke den letzten Schluck Wein in meinem Glas, trinke es aus und sage: »Ich nehme noch einen Weißwein. Riesling. Trocken.«

»Ahnung von Wein, he?«

»Nicht wirklich. Ich tu nur gern so, um mein Gegenüber einzuschüchtern.«

Gut gelaunt nimmt er mir mein Glas ab und verschwindet in Richtung Bar.

Kaum ist er weg, gruppieren sich Kara und Mimi um mich. Ich weiß das sehr zu schätzen, schließlich musste sich Mimi dafür von Tom trennen.

»Was geht hier ab?«, fragt Mimi so überrascht, als würde Julius mir an der Bar kein Glas Wein, sondern ein Prinzessinnenschloss kaufen.

Aber ihre Überraschung ist nicht verwunderlich. Ich bin nun mal nicht die, die von Männern angesprochen wird. Zumindest nicht von Männern ohne Bierbauch und über eins fünfundsechzig.

»Den kenne ich vom Casting heute Morgen. Er will sich nur bei mir bedanken.«

»Was für ein wohlerzogener Knabe«, wertet Kara und sieht ihn an. »Noch dazu mit einer suuuper Hinteransicht. Ich freu mich für dich, Layla!«

»Hallo? Das hier ist … quasi geschäftlich, ja?«

Ich lasse die beiden am Tisch zurück und gehe Julius entgegen.

ERSCHRECKEND EINFACH

Das ist es: Erschreckend einfach. Erschreckend einfach, hier mit Julius Herzsprung an der Theke auf Barhockern zu sitzen. Ich trinke Wein, er trinkt Gin Tonic. Die Unterhaltung läuft gut. Sehr gut. Ich lache viel und laut. Dadurch habe ich gar keine Zeit, mich davor zu ängstigen, dass ich nicht weiß, wie man flirtet. Wahrscheinlich ist der Flirt zwischen Julius und mir verdorrt, bevor er überhaupt keimen konnte, aber unsere Unterhaltung ist trotzdem toll. Nur fliegen die Funken eben bestenfalls One-way.

Ich habe erfahren, dass er fünfundzwanzig ist und im sechsten Semester Gitarre Rock-Pop studiert. Er wohnt in derselben Stadt wie ich, was der Grund dafür sein könnte, dass er mir bekannt vorkam. Er erzählt mir, dass Jochen Hecker seine Performance toll fand und ihm gute Chancen auf die Sweeney-Rolle ausrechnet. Daraufhin lädt er mich auf einen weiteren Wein ein. Er besteht darauf und will von meinen Protestversuchen, die sowieso gestellt sind, nichts hören, sondern enttarnt sie sofort.

»Tu doch nicht so. Ich weiß genau, dass du noch einen Wein trinkst. Und dass ich bezahle, ist dir nicht peinlich – im Gegenteil. Also zier dich nicht so!«

Beeindruckt strahle ich ihn an.

Als ich Wein Nummer drei gegen seinen Gin Tonic Nummer fünf stoße, merke ich, dass ich inzwischen tüdelig genug bin, um eigeninitiativ zu werden und Fragen zu stellen. »Was treibt einen Rockgitarristen dazu, für eine Musical-Hauptrolle vorzusingen?«

Julius hebt eine Schulter. »Keine Ahnung. Ich hab den Aushang gesehen. Ich mag den Film, ich kenne die Texte, ich finde, es ist eine großartige Rolle. Die Musik hat was und, na ja, die Handlung unterscheidet sich ja ziemlich von der anderer Musicals.«

»Stört es dich nicht, dass … ich meine … Sorry, aber haben Musicalsänger nicht einen gewissen Ruf?«

»Ach ja? Keine Ahnung, klär mich auf.«

»Du weißt schon!«

Lässig verzieht er einen Mundwinkel zu einem Grinsen, sieht mich von unten her aus halb geschlossenen Augen an und sagt: »Nein.«

»Wird vielen Musicalsängern nicht nachgesagt, dass sie schwul seien?« Nun muss ich selbst kichern.

»Du findest Musicalsänger schwul?«

»Ich? Nein, um Gottes willen! Nein, wirklich nicht. Das ist nur, du weißt schon, das wird ihnen bloß oft unterstellt.«

Julius fängt mit dem Zeigefinger einen Tropfen auf, der sein Glas herunterrollt. »Unterstellungen sind mir ziemlich wurscht.«

»Das find ich cool«, gebe ich zu, und wir sehen uns in die Augen.

Dann schweift sein Blick ab, und ich bemerke, dass er mein Gesicht und meinen Ausschnitt abscannt. Eine lange versteckte Selbstzufriedenheit durchströmt mich, und ich ziehe den Schal vom Hals.

Hallo? Was mache ich denn da? Will ich Julius etwas zum Gucken anbieten, oder was?

Jap, genau das will ich. Selbstzufriedenheit ist was Herrliches.

Aus dem Augenwinkel sehe ich, wie Julius den Tropfen von seinem Finger ableckt. Ich wünsche mir in diesem Moment wirklich sehr, ich hätte es nicht gesehen. Gleichzeitig wünsche ich mir, ich wäre der Tropfen. Ich wünsche mir außerdem, ich hätte das Talent zum Songwriting. Dann würde ich mich augenblicklich mit Bleistift und Papier hinsetzen und einen Song darüber schreiben, wie unglaublich *erotisch* er dabei aussieht, wenn er sich einen Tropfen Gin Tonic vom Mittelfinger leckt und dabei gleichzeitig den Blick von meinem Hals herunter zum Kragen meines Oberteils wandern lässt.

Vielleicht könnte ich sogar eine ganze LP darüber schreiben. Ein Doppelalbum. Eine Oper. Oder besser eine Sinfonie, weil mir jetzt, während ich drüber nachdenke, keine Worte einfallen, die ich zu einem Songtext verarbeiten könnte.

»Layla, wir wollen mit Tom und seinem Kumpel noch nach Frankfurt fahren und irgendwo tanzen gehen, kommst du mit?« Mimi sieht mich fragend und entschuldigend zugleich an.

Was soll ich denn jetzt tun? Ich habe so was von keinen Bock, die vier zu begleiten. Mimi wird an Tom kleben, Kara wird garantiert angesprochen werden, und der Kumpel sieht aus wie E.T. – mit dem möchte ich nun wirklich keine Zweckkoalition eingehen.

Außerdem bin ich doch hier mit Julius, und Julius ist … Na ja, ist *sehr nett*. Mimi sollte wissen, dass es ihre Aufgabe, nein, ihre Pflicht, wäre, den Abend im Bogey's auszuharren, bis Julius sich nicht mehr mit mir unterhalten will. Nennt mich Egoistin, aber mit Altruismus wurden bestimmt noch nicht viele Männerherzen gewonnen.

Ähm … will ich Julius' Herz gewinnen? NEIN! Natürlich nicht. Wie würde mein bester Freund Golo sagen? »Er ist ein dämlicher Rocker. Hast du schon mal gute Erfahrungen mit dämlichen Rockern gemacht, Layla?« Nein, habe ich nicht. Aber sollte mir die Panne mit Ben wirklich die gesamte Gattung madig gemacht haben? Selbst wenn sie Lederjacken tragen und zart nach Holz riechen? Demgegenüber steht natürlich der Grundsatz, dass man seine Freunde niemals vernachlässigen und ich demnach Mimi und Kara begleiten sollte.

Einen kurzen Moment hasse ich Mimi dafür, dass sie mich in diese unangenehme Situation bringt. Unwillkürlich sehe ich Julius an. Menno, wir haben uns so gut verstanden. Vielleicht hätte er sich gleich mit Hintergedanken erkundigt, ob ich einen Freund habe. Vielleicht hätte er nach meiner Handynummer gefragt. Vielleicht hätte er mich nach Hause begleitet, und es wären kitschige Sterne am Himmel gewesen und so. Vielleicht hätte ich aber auch nur viel zu viel Wein getrunken und ihm Dinge erzählt, die man bei der ersten Unterhaltung lieber für sich behalten sollte. So was wie: »Manchmal teile ich mir noch mit meiner kleinen Schwester das Badewasser.« Oder: »Vor vier Wochen ist mir mein Saxofonkoffer auf den kleinen Zeh gefallen, seitdem ist der Nagel schwarz, und ich warte darauf, dass er abfällt.«

Julius lächelt mich an, als warte er auf meine Antwort.

»Oder quatscht ihr einfach noch ein bisschen, und wir hören uns morgen«, schlägt Mimi vor.

Warum in Dreiteufelsnamen sagt sie das? Mir ist schon klar, dass sie mir damit behilflich sein will. Ist sie aber nicht – und das wiederum sollte *ihr* klar sein.

Julius schaut auf die Uhr, und damit ist klar, dass ich verloren habe. Jetzt kommt der Moment, in dem er mich abserviert. »Geh ruhig mit«, wird er sagen. »Wir sehen uns dann in der Uni.« Oder so ähnlich. »War nett, bist ein echter Kumpel.« Irgendetwas Schreckliches in der Art wird er gleich von sich geben. Dann werde ich die anderen in einen schwachsinnigen Tanzschuppen begleiten und mit einem Versicherungsvertreter Mitte dreißig, der in etwa so viel Taktgefühl wie Kopfhaare hat, Foxtrott tanzen.

»Ich glaube, ich komme nicht mit«, sage ich, in Gedanken noch bei dem Versicherungsvertreter. »Ich mache mich dann einfach auf den Weg nach Hause. Ist okay, fahrt ihr ruhig.«

»Sicher?«

Jaja, sicher, sicher. »Ich bin eh müde, die ganze Arbeit und so … »

Julius sieht mir dabei zu, wie ich meine Jacke anziehe, und winkt dann den Kellner an den Tisch. Er bezahlt.

»Ich komme mit, ich muss in die gleiche Richtung wie du.«

Jetzt bin ich überfahren. Mein Gehirn erlaubt sich einen kleinen Exkurs in die Fantasiewelt: Warum will Julius mit mir nach Hause gehen? Möchte er vielleicht fragen, ob wir uns noch einmal treffen? Plant er, mit hochzukommen? Fragen über Fragen.

Unsicher wanke ich auf die Straße und traue mich nicht, über die Schulter zu gucken, ob Julius mir auch wirklich folgt. Außerdem will ich auf keinen Fall das Gesicht des Freundes sehen, mit dem er hier ist. Der hat schon die ganze Zeit so dämlich zu uns herübergeschaut und mit einem dritten Bekannten dumme Sprüche gemacht. Weil ich nicht über sonderlich viel Selbstvertrauen verfüge, denke ich in solchen Momenten immer, dass sie sich gerade fragen, was ein Typ wie Julius Herzsprung mit einer langweiligen, brauereigaulärschigen Tante wie mir will.

Ich überschlage, dass ich bis nach Hause etwa eine Viertelstunde zu Fuß brauche. Am Marktplatz sind wir in etwa zwölf Minuten. Dort trennen sich unsere Wege, weil Julius im Neubaugebiet zehn Minuten weiter nördlich wohnt. Damit habe ich genau zwölf Minuten Zeit, um das Bestmögliche aus unserer Begegnung herauszuholen. Was soll ich sagen? Soll ich flirten? Soll ich mich vielleicht irgendwie … weiß auch nicht … irgendwie so präsentieren, dass er mich in Erinnerung behält? Vielleicht sollte ich ein bisschen prahlen. Ich kann das Saxofonsolo aus *In the Mood* auswendig und alleine spielen, obwohl es für zwei Saxofone arrangiert ist. Das könnte ich zum Beispiel nebenbei erwähnen. Andererseits: Vermutlich gibt es keinen Saxofonisten, der das nicht kann.

Julius kommt eilig hinter mir her und schiebt ein Fahrrad neben sich.

»Seit wann spielst du?«, fragt er nach kurzer Stille.

»Saxofon? Seit ich acht bin.« Besagtes Solo beherrsche ich seit meinem neunten Lebensjahr. Ist also wirklich keine besonders eindrucksvolle Chose. Damit könnte ich bestenfalls bei dem glatzköpfigen Versicherungsvertreter punkten.

»Spielst du sonst noch irgendwelche Instrumente?«

»Ja, Klarinette. Das ist ja sehr ähnlich. Und Querflöte. Ist vom Greifen auch ähnlich. Aber ich bin nicht besonders gut. Und ich spiele noch einigermaßen passabel Klavier.«

»Wow, nicht schlecht. Ich bin ein miserabler Pianist, ich würde es gern können, aber… na ja. Ich bin eher bescheiden.«

»Du spielst bestimmt noch Bass«, sage ich.

»Ja, toll, was?« Die meisten Gitarristen können Bass

spielen, die einen besser als die anderen. Julius lacht ein warmes, offenes Lachen.

»Du bist ein Tenor«, spricht der Wein aus mir.

»Jop.«

»Ist meine liebste Tonlage.« Schon wieder der Wein.

»Wirklich?« Er lacht erneut.

Ich will jetzt flirten, Julius! Komm schon, mach mit!!

»Welches Lied hast du heute Morgen beim Casting ausgewählt?«

»My friends.«

»Wow, lass mal hören.«

»Hier auf der Straße? Nein. Dazu fehlt mir noch ein Gin Tonic. Singst du auch? Vermutlich Alt, oder?«

»Mezzosopran. Meine Sprechstimme ist recht tief«, erkläre ich und glaube fast, dass es ihn wirklich interessiert.

Ein ähnliches Gespräch habe ich mal mit Ben geführt. Ihn hat es nicht interessiert. Er wollte auch nie herausfinden, ob ich singen kann oder nicht. Und dass ich mehr Instrumente spielen konnte als er, hat ihn eingeschüchtert.

»Du könntest doch für Misses Lovett vorsingen«, schlägt Julius grinsend vor.

»Nee, lass mal. Vor Publikum singe ich nicht. Eigentlich singe ich gar nicht. Es liegt mir nicht so, die Rampensau zu mimen.«

»Oh! Und ich dachte, Rampensautitis wäre eine chronische Krankheit bei Saxofonisten.«

Ein lautes Lachen bricht aus mir heraus, darüber, dass er das erkannt hat, und über seine Formulierung. Dass ich das witzig finde, stachelt ihn an, noch einen draufzusetzen.

»Jetzt mal im Ernst. Ist das nicht Berufsvoraussetzung? Bestimmt muss man da einen Extratest machen, wenn man sich bei der Uni bewirbt. Bitte bestandene Eignungsprüfung, Abiturzeugnis und Rampensautitis-Bescheinigung vorlegen!«

Daraufhin lache ich noch ausgelassener, und Julius stimmt ein.

Dann stehen wir auf dem Marktplatz und sehen uns verlegen an.

»Das ist meine Richtung«, sage ich, deute in eine Seitenstraße und das Herz schlägt mir bis zum Hals.

»Okay«, sagt Julius leise. »Hey, also, wenn du willst … Ich meine, wenn du noch nicht die Schnauze von mir voll hast, könntest du noch mit zu mir kommen. Wir könnten ein paar Platten hören. Noch einen Wein trinken.«

Ich überlege nicht lange. Alles ist so erschreckend einfach.

»Ja.«

SCHWIMMLEERGANG

»Keine schlechte Hütte«, lautet mein Urteil, als ich durch die Wohnung von Julius streife, die im Dachgeschoss seines schnieken Elternhauses liegt. Es ist ein großes, freistehendes Haus mit einer enormen Veranda und schnieker Nachbarschaft (links eine Arztpraxis, rechts ein Haus mit Swimmingpool). In der Garage habe ich zwei Autos gesehen: eine BMW-Limousine und ein Mini Cabrio. Auf dem Bürgersteig vor dem Haus steht ein 1er BMW mit den Initialen von Julius. (Wie ein 1er BMW aussieht, weiß ich, weil Golo sich hin und wieder den von seiner Mutter ausborgt, um damit auf dem Uniparkplatz Eindruck zu schinden.)

»Danke, danke«, erwidert Julius und zieht mit einem kurzen Stöhnen den Korken aus der Flasche Rotwein, die er sich zwischen die Beine geklemmt hat, um mehr Kraft aufwenden zu können. Er schenkt den Wein in stilechte, bauchige Rotweingläser.

»Noch ein Glas und ich bin betrunken«, warne ich ihn vor und merke, dass ich das nur sage, weil ich schon betrunken bin. Ich habe ihn nämlich gerade mit zuckender Augenbraue angehimmelt.

Warum sieht Julius Herzsprung bloß so gut aus? Und warum befinde ich mich trotzdem in seinem Wohnzimmer? Oder ist das sein Schlafzimmer? Da steht eine Couch, da steht ein Bett … Warum befinde ich mich sowohl in seinem Wohn- als auch in seinem Schlafzimmer?

Er strahlt mich an, und seine Augen funkeln. »Ist schon okay«, sagt er.

»Was?«, frage ich.

»Na, dass du betrunken wirst. Ist okay.«

Nachdem das geklärt ist, inspiziere ich die wichtigste Ausstattung einer Wohnung: die Musiksammlung. Nicht nur dass Julius ein mit herausragend guter Musik prall gefülltes CD-Regal hat (ja, ein richtiges Regal, keine Cloud). Er hat auch eine Schallplattensammlung, für die mir die Worte fehlen. Beeindruckt versuche ich zu überschlagen, wie viele Scheiben das sein müssen, die da dicht an dicht auf zwei einen Meter langen Regalböden aneinandergereiht stehen.

Daneben hängen seine Gitarren an der Wand. Ich kenne genug Gitarristen, um zu erahnen, dass diese Exemplare nicht sein vollständiges Equipment sein können. Es sind eine halbakustische Zwölfsaitige, eine Fender E-Gitarre und eine Les Paul. Mein Insiderwissen über Modelle und Marken stammt noch aus der Zeit mit Ben, und ich wünschte kurz, ich wüsste nicht so gut Bescheid. Dann könnte ich Julius jetzt die Gelegenheit geben, ein bisschen zu prahlen und mir die guten Stücke zu erklären.

Auf seinem Bett liegt, als hätte er sie eben noch angespielt, eine alt aussehende sechssaitige Akustikgitarre.

»Lass mich raten: dein Baby.« Ich streiche über den Gitarrenhals.

»Korrekt. Sie heißt Rosanna.« Er reicht mir ein Weinglas. »Prost.«

»Rosanna?«

»All I wanna do when I wake up in the morning is see your eyes. Rosanna, Rosanna.«

»Toto«, schließe ich. Nicht schwer zu erahnen, dass er

ein guter Sänger ist. Eine Songzeile *Rosanna* hat gereicht, um das rauszuhören.

»War das erste Lied, das ich auf ihr gespielt habe.«

Mein Gott! Wenn ich heute Morgen auch nur einen Gedanken daran verschwendet hätte, bald in seinem Schlafwohnzimmer zu sitzen und Rosanna kennenzulernen, hätte ich mich vermutlich in eine psychiatrische Anstalt einweisen lassen.

Gegenüber von seinem Bett entdecke ich sein Aufnahme-Equipment. Ein Mikrofon, mehrere Boxen und Mischpulte, angeschlossen an einen Mac. Ich lasse mich ungebeten auf der Matratze nieder.

»Hast du was aufgenommen?«

»Ja, heute Mittag. Deshalb liegt das Baby auch noch hier.« Er deutet auf die Gitarre.

»Was denn?«

Er setzt sich neben mich. »Neugieriges Mädchen«, sagt er und stupst doch tatsächlich gegen meine Nasenspitze.

Mich durchfährt es heiß, und ich fühle mich so sehr zu ihm hingezogen, dass ich beide Hände in die Bettdecke kralle, um ihn nicht anzufassen. Er riecht so gut. Dieser holzige, raue Eigengeruch. Als würde man in einem Wald stehen, und irgendwo würde jemand ein Feuer machen und feuchtes, moosiges Holz verbrennen.

Ach herrje! Was für ein dummer Vergleich war das denn? Keinen Wein mehr für mich.

Er riecht einfach nur.

Ich rieche bestimmt auch.

Alles ganz normal.

Menschen riechen nun mal. Kann man nicht ändern. Muss man aber auch nicht preisen. Ist halt so.

»Ich hab einen YouTube-Channel und stelle manchmal Videos ins Netz.«

Och nö, schon wieder so einer. Aber irgendetwas sagt mir, dass Julius kein selbstdarstellerischer Narziss ist. Er ist nur ein … ein Künstler, der sich mit Hilfe der neuen Medien Feedback einholt. So wird es sein. Er ist kein bisschen wie Ben, rede ich mir ein. Dennoch gebe ich mich nüchtern.

»Ist ja 'n Ding.«

Julius guckt überrascht. »Normalerweise kann man Mädchen damit beeindrucken. Aber ich sehe schon, bei dir beiße ich auf Granit.«

»Normalerweise beeindrucke ich Typen damit, dass ich das Saxofonsolo aus *In the Mood* auswendig kann.«

»Könnt ihr Saxofonisten das nicht alle?«

»Eben. Deswegen hab ich ja auch *normalerweise* gesagt.«

»Du meinst, da wir aus derselben Branche kommen, müssen andere Taktiken her, wenn wir uns gegenseitig beeindrucken wollen?« Julius stützt sich auf den Handflächen ab.

»Du wolltest mich beeindrucken?«

»Kann ja nicht schaden.« Er stürzt seinen Wein auf ex herunter und lässt sich auf die Ellenbogen sinken. »Du könntest ein gutes Wort für mich bei Hecker einlegen.« Er zwinkert im Scherz.

»Was soll ich ihm sagen?«

»Dass ich die Rolle will.«

Meine Flirt-Laune wird von einer kritischen Wolke überschattet. »Ist das der Grund, warum ich mit dir hier bin und Wein trinke, der sicherlich nicht vom Discounter ist?« Na toll! So musste es ja kommen.

»Gib mir mal die Gitarre.«

Ich gebe sie ihm und sehe ihn verwirrt, fasziniert und – zugegeben – verknallt an.

Dann beginnt er einzelne Saiten zu zupfen und singt die ersten Zeilen aus *My friends,* eine Art Lovesong, den der Barbier Sweeney Todd für seine Rasiermesser singt.

Mein Versuch zu lächeln misslingt wohl, denn Julius stupst wieder gegen meine Nase und sagt: »Doch beeindruckt? Na ja, wegen deiner Frage: Nein.« Er nimmt mir das Glas ab und stellt es auf den Boden. »Dass ich die Rolle will, war der Grund, warum ich dich im Bogey's angequatscht habe. Der Grund, warum du hier bist … Keine Ahnung, musst du wissen.« Er beobachtet mich mit schelmischem Blick

»Du hast mich gefragt.«

»Du hast zugestimmt.«

»Ich wollte nicht unhöflich sein!«

Julius steht auf, räumt die Weingläser weg, legt eine Platte auf und schaltet das Licht aus. Dann legt er sich neben mich auf die Seite, streicht mir über die Wange und sagt: »Machen wir uns mal nichts vor, oder? Wir sind wahrscheinlich beide hier, weil wir genug getrunken haben, um uns einzugestehen, dass wir heute Nacht nicht alleine in unseren Betten sein wollen.«

Peng.

Mein Kopf explodiert.

Was soll ich dazu noch sagen?

Hat er mich gerade indirekt gefragt, ob wir Sex haben wollen? Oder … oder will er nur … *kuscheln?*

Was soll ich denn jetzt tun? Das, was er da andeutet – das kann ich doch gar nicht! Auf einmal fühle ich mich, als hätte ich vor einer halben Ewigkeit das Seepferdchen gemacht, wäre danach nie wieder im Wasser gewesen und sollte jetzt bei Olympia mitschwimmen.

Ob ich etwas sagen soll? Ob ich es stoppen soll, bevor es anfängt?

Nein. Zu spät. Mein Körper gehorcht mir nicht mehr. Meine verkrampften Hände lassen die Bettdecke los. Wir sehen uns in die Augen. Dann zieht Julius mich an sich und küsst mich.

Mir fällt gerade noch ein, dass man Schwimmen nicht verlernt. Wenn man ins Wasser geschubst wird, kommen die Bewegungsabläufe ganz von alleine zurück.

Und dann schlafe ich mit Julius Herzsprung, einem Typen, den ich seit Freitag, den 21. Dezember, um 12.30 Uhr kenne. Das ist jetzt vierzehn Stunden und etwa fünfzehn Minuten her.

NICHT ALLEINE IM BETT

Hier sitze ich jetzt und kann nicht schlafen. Ich habe mir eine Decke um die Schultern gespannt, hocke mit angezogenen Beinen in seinem Bett und frage mich, wie Julius einfach schlafen kann.

Er ruht auf dem Rücken, das Gesicht mir zugewandt, seine Brust hebt und senkt sich langsam. Die vollen, weichen Lippen nur einen Millimeter geöffnet, die Haare kleben ihm auf der Stirn. Honigfarben sind sie oder vielleicht eher zimtfarben. Kurzgeschnitten, vorne etwas länger, damit er sie bei Gelegenheit aus dem Gesicht schnicken kann. Kein Gitarrist, der es nicht beherrscht, seine Haare effektvoll aus der Stirn zu schütteln.

Sein Kopf ruht auf dem Kissen, und ich frage mich, was darin gerade passiert. Ob er träumt? Ob er denkt? Ob alles schwarz ist?

Seine Augenbrauen haben exakt die Honigzimtfarbe seiner Haare und betonen die mandelförmigen, großen Monchichi-Augen über den hohen, breiten Wangenknochen. Ich wusste bis eben nicht, warum hohe Wangenknochen bei Männern als attraktiv gelten. Und wie genau Mandelaugen aussehen, wusste ich auch nicht. Verdammt, bis eben hatten Mandeln und Augen für mich rein gar nichts miteinander zu tun.

Der Übergang zwischen Stirn und Nasenwurzel ist ein wenig fliehend, die Nasenspitze ein bisschen zu spitz, und der kratzige Dreitagebart bricht mit den weichen Zügen seines ovalen Gesichts. Mein Blick wandert von seiner herzförmigen Oberlippe (bis eben wusste ich auch nicht, wie herzförmige Oberlippen aussehen) zu dem kleinen Muttermal auf seinem linken Augenlid. Seine Augen sind geschlossen, trotzdem weiß ich genau, welche Farbe sie haben. Ich glaube nicht, dass ich das so schnell vergessen werde. Sie sind olivgrün. Einfach nur olivgrün ohne Muster. Und sie haben mich so aufgeregt angeguckt. So wachsam. So als wollten sie alles verfolgen, was ich tue, wie ich mich bewege.

Wie oft er das wohl macht? Wie oft nimmt er Mädchen aus einer Kleinstadtbar mit nach Hause, um ihnen Rosanna vorzustellen und Musicalsongs anzustimmen? Bin ich nur eine von vielen?

Mein Bauch fühlt sich flau und schwummerig an. Überhaupt, mein Bauch! Wie konnte ich das nur tun? Wie konnte ich zulassen, dass er mich nackt sieht? Bin ich komplett wahnsinnig? Mein Bauch ist doch viel zu … weich und viel zu viel und … viel zu ich! Jetzt bin ich verwundbar. Damit hat er mich am Haken. Er wird rumerzählen, dass ich ein unerfahrenes kleines Mädchen bin, dem es unangenehm ist, beim Sex auch nur einen Ton von sich zu geben, und das noch dazu einen Schwabbelbauch hat.

Vielleicht sollte ich eine Saite von Rosanna abmontieren und mich daran erhängen.

Wobei: Wenn Julius rumerzählen würde, dass er was mit mir hatte, dann würde das zumindest bedeuten, dass ich ihm nicht peinlich bin.

Ich kann das alles immer noch nicht glauben. Als ich mir vor ein paar Stunden die Fingernägel lackiert habe, war die Möglichkeit, heute Abend Sex zu haben, in etwa so wahrscheinlich wie die Vorstellung, dass ich noch heute eine Reise zum Mars unternehme. Wenn ich ehrlich bin, dachte ich, dass ich eher zum Mars fliege, als dass sich in naher Zukunft jemand findet, der mich ausdrücklich dazu auffordert, mit ihm zu schlafen.

Mit den Fingerspitzen tippe ich grob die Griffabfolge einer schwierigen Fingerübung auf die Decke, um meine Gedanken von dieser Matratze wegzuführen, hinein in eine Welt, in der ich mich auskenne. Die Laken rascheln im Takt meiner tanzenden Finger.

Julius' Atem verändert sich, er kneift die Augen zusammen, und ohne sie zu öffnen murmelt er verschlafen: »Was machst du?«

»Nachdenken.«

»Hör auf damit.«

Er streckt mir seine Hand entgegen. Ich lege meine Hand hinein, und er zieht mich zu sich unter die Decke, tätschelt seine Brust, um mir anzubieten, meinen Kopf daraufzulegen. Ich tue es und fühle mich auf einmal schläfrig, eingelullt, zufrieden, behütet.

Da legt er mir den Arm um die Taille, senkt die Finger auf meine Hüfte und murmelt: »Man muss nicht immer nachdenken.«

Ich bemerke die Anwesenheit eines anderen Hitze ausstrahlenden Lebewesens neben mir, bevor mein Körper richtig funktionstüchtig ist. Das muss ein Urinstinkt sein. Mein Nervensystem erlaubt meinem Organismus eine Ruhephase, weil es weiß, dass jemand da ist, der mich im Notfall verteidigen kann. Das habe ich schon lange nicht mehr empfunden. Vielleicht sogar noch nie. Wann immer es neben Ben aufgewacht ist, dachte mein Nervensystem sicher nur: »Hilfe! Layla, wach auf und nichts wie weg hier!« Neben einem von Zigaretten-, Alkohol- und Schlafentzug ausgezehrten Körper wie dem von Ben kann ein menschliches Nervensystem, das sich seit der Steinzeit nur geringfügig weiterentwickelt hat, keine Ruhe finden.

Gleichzeitig mit dem Gefühl von Geborgenheit sind auch die Sorgen aufgewacht. So eine Dummheit mit einem beinahe Unbekannten führt zwangsläufig zu anhaltendem Nachdenken. Ich kann meinen eigenen Morgenatem riechen und schäme mich dafür. Was, wenn Julius gleich aufwacht und mich küssen will? Gestern Nacht habe ich noch lecker nach Rotwein geschmeckt. Jetzt schmecke ich nach Rotwein, der eine ganze Nacht in meinem Magen gegoren und nun nach oben in meinen Mund ausdünstet. Vielen Dank, liebe Evolution! Muss das sein? Können wir nicht aufwachen und, wenn schon nicht nach Rosen, dann wenigstens schlicht nach gar nichts aus dem Mund riechen?

Geistesgegenwärtig habe ich mir gestern Nacht noch Unterhose und T-Shirt angezogen. Das erspart mir wenigstens die unglaublich unangenehme Situation, im Bett nackt nach meiner Kleidung wühlen zu müssen. Ich müsste dabei sicher Verrenkungen machen, die Julius, falls er aufwachen würde, einen Einblick in Körperregionen von mir geben würde, die er bei Tageslicht und nüchtern definitiv nicht sehen soll.

Dummerweise fällt mir erst jetzt auf, dass ich gar nicht mein T-Shirt trage, sondern das von Julius. Es ist schwarz, verwaschen, Markenware (Carharrtt), riecht nach ihm und jetzt leider auch nach mir. Da mein Körper es gewohnt ist, nach dem Aufstehen augenblicklich geduscht zu werden, erdreistet er sich, ähnlich wie mein Mund, morgens nicht besonders gut zu riechen. Noch dazu sind meine Haare strähnig.

Verdammte Hacke! Der arme Kerl wird gleich den

Schreck seines Lebens bekommen, wenn er mich sieht. Und riecht. Er wird seine Libido verfluchen und sich aus dem Fenster stürzen. Nackt! Denn Julius ist tragischerweise nackt. Zumindest war er nackt, als ich mich zum Einschlafen an seine Brust gekuschelt habe. Ehrlich gesagt, ganz so tragisch ist es natürlich nicht. Aber wie schaffen es Männer, so unglaublich im Einklang mit ihrem Körper zu sein? Ich weiß es nicht. Diese Gelassenheit ist der Grund, warum Männer mühelos meist besser aussehen als Frauen. Wir reden uns ja schon morgens vor dem Spiegel ein, dass wir unförmig, verpickelt und übergewichtig sind, und versuchen ebendies möglichst charmant mit Kleidung und Schminke zu vertuschen. Männer hingegen ziehen sich ohne einen Blick in den Spiegel einfach irgendeine Jeans und irgendein T-Shirt (wenn es wärmer als fünfzehn Grad ist) oder irgendeinen Pulli (wenn es kälter als fünfzehn Grad ist) über. Damit gehen sie aus dem Haus und strotzen nur so vor Selbstbewusstsein. Zumindest ist das bei allen Männern so, an die ich gerate. Das trifft sich nicht sehr gut, denn genau so bin ich eben nicht.

Dort, wo sich die Decke zwischen unseren Körpern spannt, luge ich in die Tiefen des Bettes und lasse in Gedanken Zeige- und Ringfinger über die weiche Haut an Julius' Rücken streifen. Nur mit meiner Vorstellungskraft ertaste ich seine Wirbelsäule, schließe die Hand um seine Schultern und drücke den Handballen auf seine Rückenmuskeln. Oh Mann! Warum müssen meine Gedanken auch so verdammt unkooperativ sein?

Was soll ich denn bloß sagen, wenn Julius gleich aufwacht? Oder soll ich mich vorher vom Acker machen? Wäre ich doch mal häufiger in eine der romantischen Komödien mit Cameron Diaz gegangen. Dann wüsste ich jetzt, wie ich mich in solch einer Situation verhalten sollte. Allerdings wacht Frau Diaz in ihren Kinofilmen immer perfekt geschminkt und wohlduftend auf.

Vielleicht sollte ich mich mal umdrehen …

Ich drehe mich um.

Julius ist wach. Er liegt auf dem Rücken, einen Arm hinter den Kopf gestützt, in der anderen Hand das Buch, in dem er gerade liest. In seinen Ohren stecken In-Ear-Kopfhörer. Ich kneife die Augen gegen das Licht zusammen, das durchs Fenster fällt und mich blendet. Er bemerkt mich und zieht die Stöpsel aus den Ohren.

»Hey«, sagt er, und sein Blick schweift suchend über mein Gesicht.

»Hi«, sage ich leise.

»Ich wollte dich nicht wecken.«

»Hast du nicht. Wie viel Uhr ist es?«

Er dreht sich zur Seite, greift nach einem Radiowecker. Mein Blick wandert seinen Rücken hinunter. Ach herrje! Hätte er sich in der Zwischenzeit nicht wenigstens Boxershorts anziehen können?

»Viertel nach acht.«

»So früh? Warum bin ich schon wach?«, frage ich und drücke das Gesicht ins Kissen.

»Langschläferin?«, fragt er.

Ich nicke und blicke wieder zu ihm auf. Mein Herz beginnt zu klopfen. Ich senke den Kopf, weil ich wissen will, wie das Buch heißt, das er liest, und erkenne das markante Buchcover sofort.

»Ist das …Jonathan Safran Foer?«

Überrascht sieht er mich an. »Ja, ist von meiner Mutter.« Er wedelt mit dem Buch.

Julius liest *Extrem laut und unglaublich nah* von Foer. Ich fasse es nicht. Kann er nicht einfach, keine Ahnung,

Manga-Comics lesen? Das würde mir vielleicht helfen, ihn aus meiner Erinnerung zu verbannen, bevor er sich da auf so beschissene Art und Weise einzunisten droht wie damals … wie Ben damals. Moment. Einen Ausweg gibt es noch.

»Gefällt es dir?«

»Ja«, sagt er und nickt.

Einfach nur ja. Bescheiden, aber respektvoll. Dann liest er den Satz oder Absatz oder das Kapitel zu Ende, legt das Buch weg und schaltet den iPod aus.

»Was hast du gehört?«

»Newton Faulkner. Ist so ein Singer-Songwriter. Sehr guter Gitarrist und …«

» Sein *Hand Built by Humans* ist eines meiner Lieblingsalben.«

Er sieht mich mit offenem Mund an, verzieht ihn dann zu einem Lächeln. »Dein Lieblingstrack?«

»Dream Catch Me.«

»Du hast einen echt guten Geschmack.« Er stützt seinen Kopf auf die Faust. »Du bist ein Jazzmusiker mit weitem Horizont, ja?«

Ich verfange mich kurz in einem Geflecht aus utopischen Gedanken, Wünschen und Zukunftsvorstellungen.

Julius fischt seine Shorts aus dem Deckengewühl und schlüpft hinein, ohne sich darüber Gedanken zu machen, ob ich seine Verrenkungen doof oder den Anblick unansehnlich finde. Diese Gedanken wären sowieso unbegründet, weil ich mir sicher bin, dass Julius momentan tun könnte, was er will, ich könnte dem nichts Negatives abgewinnen. Außerdem schafft er es, selbst beim Unterwäscheanziehen so etwas wie Grazie auszustrahlen. Er steht auf, zupft den Bund der Boxershorts gerade und streckt sich.

Da! Auf der Innenseite seines linken Oberarmes ist eine Tätowierung.

Schnell drehe ich den Kopf und erkenne den Spruch sofort, der da in seiner Haut steht, obwohl ich ihn kaum eine Sekunde lesen kann. *Das Beste in der Musik steht nicht in den Noten.*

Es ist ein Zitat von Gustav Mahler. Und es lässt mich erstarren.

»Hey, dieser Spruch«, beginne ich euphorisch und will Julius sagen, dass ich weiß, dass es sich dabei um ein Mahler-Zitat handelt, und will ihm erklären, warum ich das weiß. Außerdem will ich ihm sagen, dass *Extrem laut und unglaublich nah* eines meiner Lieblingsbücher ist. Aber ich bin zu aufgeregt. Warum, WARUM nur muss er so verdammt … perfekt sein?

»Hey, Layla …«

Einen kurzen Moment freue ich mich sogar ernsthaft darüber, dass er meinen Namen noch weiß.

»Ja?«

Mein Lächeln gefriert, als mein Blick auf sein Gesicht fällt. Er reibt sich mit den Händen erst über die Augen, dann krallt er sie in die Haare und schenkt mir einen verkniffenen Blick.

»Ähm, hör zu, ich muss dir was sagen.«

OH MEIN GOTT, daran habe ich ja noch gar nicht gedacht! Natürlich! Oh Scheiße! Scheiße, Scheiße! Gleich sagt er bestimmt so was wie: »War schön, aber jetzt geh bitte.« Warum zum Teufel hab ich bisher nicht daran gedacht, dass er mich irgendwie wieder loswerden muss. Ich meine – okay –, ich bin nicht dumm genug zu denken, dass wir nun ein Paar sind. Um zu wissen, dass Sex nicht automatisch zu einem Wiedersehen führt, habe ich schon ausreichend romantische Komödien mit Cameron Diaz gesehen. Aber irgendwie haben mich sein nächtliches Kuscheln und das Hör-auf-nachzudenken-Blabla zuversichtlich gestimmt. Abrupt setze ich mich auf.

»Hey«, Julius schmunzelt, »cooles Shirt.« Wieder sieht er mich suchend an und scannt mit den Augen mein Gesicht ab. Dann beißt er sich auf die Unterlippe und sagt: »Ich glaube, du bist ziemlich cool. Und man kann gut mit dir reden und so, denke ich. Du bist echt verdammt klug und …«

»Klug genug, um zu wissen, dass du gerade um den heißen Brei herumredest.« Ich stehe aus dem Bett auf, das Herz schlägt mir bis zum Hals, nein, bis zum Kopf, nein, es schwebt klopfend über meinem Scheitel. »Aber du musst dir keine Gedanken machen. Ist schon okay. Ich werde dich ganz sicher nicht jeden Abend anrufen und fragen, wie dein Tag war oder so. Ich schreibe dir auch keine Nachrichten mit irgendwelchen peinlichen Küsschen-Smileys. Ich – pff – ich habe ja nicht mal deine Handynummer, und ich werde 'nen Teufel tun und dich danach fragen. Anders gesagt: Ich weiß, dass das heute Nacht bloß betrunkener Sex war.«

Huch. Hut ab, Layla. Das hat ja richtig selbstbewusst geklungen. Beinahe abgeklärt. So als würde ich das jede Woche tun. Als würde ich gleich heimgehen, ein Kerbe in meinen Bettpfosten schnitzen und in mein One-Night-Stand-Logbuch notieren:

Name: Julius Herzsprung.
Wo abgeschleppt: Bogey's.
Wie war's: Schwer zu sagen, habe noch nicht wirklich verstanden, was da genau passiert ist. Schön, aber auch ein bisschen mechanisch.

Sonstiges: Beeindruckende Plattensammlung, tolle Tenorstimme, hört gute Musik, liest kluge Bücher und hat Gustav-Mahler-Tattoo.

Alles in allem klingt es überhaupt nicht nach mir. Sondern nach jemandem, der ich nie sein wollte.

Julius sieht mich überrascht an. »Ooookay«, sagt er, »weil …«

Ich steige in meine Jeans und funkle ihn herausfordernd an. Raus mit der Sprache, sagt mein Blick, ist doch jetzt sowieso egal, du dämliche Kerbe in meinem dämlichen Bettpfosten.

»… ich habe eine Freundin.«

DAS BESTE IN DER MUSIK

Eigentlich hatte ich gehofft, dass mich niemand hört, als ich mich zu Hause reinschleiche und meine Jacke an einen der bunten Haken hänge. Aber genau in dem Moment, als ich in den Wohnbereich gehe, wird Musik aufgedreht, und ich sehe meine Mutter und Lucy vor dem Sofa um einen riesigen Haufen Ton herumhüpfen.

»Hi«, grummle ich und will schnurstracks die Treppe hoch. In mein Zimmer. Weg von allem und jedem, der Fragen stellen könnte.

»Laylali, da bist du ja.«

Na klasse.

Meine Mutter und Lucy tragen die alten Kochschürzen, in denen Mama immer, wie sie es nennt, »künstlerisch gestaltet«.

»Nimm dir eine Schürze, wir erstellen eine Skulptur.«

»Es ist erst neun.«

»Na und!«, kreischt Lucy und beginnt den Ton zu kneten.

Jetzt erst fällt mir auf, dass sie die JochenHeckerund-Band-CD abspielen.

Mama bewegt sich mit kreisenden Händen und Hüften zur Musik und sagt: »Wirklich, Layla, Jochen Hecker muss ein total sinnlicher Mensch sein. Diese Musik!«

Jochen Hecker? Ein sinnlicher Mensch? Ich versuche, seine runde Hornbrille und den weichenden Haaransatz mit dem Wort sinnlich zu vereinbaren. Immer noch unmöglich. Müde reibe ich mir den Kopf.

»Ich geh in mein Zimmer.«

»Wo kommst du überhaupt her? Warst du bis jetzt feiern? Und …» Ich will den rettenden Ast gerade glücklich ergreifen und die Frage bejahen, da entdeckt sie es. »Wessen T-Shirt ist das?«

»Ich geh rauf in mein Zimmer«, brumme ich und renne an dem Tonklumpen, meiner Mutter, meiner Schwester und der Stereoanlage mit dem sinnlichen Jochen Hecker vorbei die Treppe hoch bis unters Dach in mein Zimmer.

Oben lasse ich mich aufs Bett fallen, beginne zu heulen und verheddere mich in einem einzigen Gedanken: Wie? Konnte? Das? Passieren? Das bin nicht ich! Wieso war ich an diesem Ort – und nicht zu Hause mit Lucy und Simba auf der Couch? Wieso war nicht einfach alles wie immer?

Wie auf der Suche nach einer Antwort starre ich auf die Worte, die ich mit meiner Mutter an dem Tag, an dem ich für die Uni zugelassen worden bin, an meine Zimmerwand gemalt habe:

Das Beste in der Musik steht nicht in den Noten.
Gustav Mahler

SO KONNTE DAS PASSIEREN

Bis zum nächsten Morgen habe ich weitestgehend rekonstruiert, wie es zum gestrigen Abend kommen konnte. Eigentlich begann alles an einem Nachmittag vor etwa einem Monat, an dem mich mein bester Freund Golo im Foyer unserer Uni aufhielt.

Er wirkte aufgeregt, und seine Stimme donnerte mit dem mir allzu bekannten Singsang durch den Flur, als er meinen Namen rief: »Layla! Layla, warte kurz!«

Ich drehte mich nach ihm um und sah ihm dabei zu, wie er mit dem ungelenken Hopsen eines Menschen, der nicht allzu oft rennt, auf mich zujoggte und schon nach wenigen Metern außer Atem war. »Ich … hee … puuuh … also, heeey, Layla.«

»Ja, hi«, sagte ich und war zusehends verwirrt von seiner Nervosität.

»Wo gehst du hin?«

»Ich muss zu Hecker.«

»Aaaah. Okay. Mhm …« Er druckste herum, knöpfte sich den Mantel auf und lockerte seinen Designerschal, der sich wie eine Natter um seinen kräftigen Hals wand. »Warm hier, findest du nicht?«

Er rückte seine Umhängetasche zurecht und wartete so offensichtlich darauf, dass ich ihn fragte, was los mit ihm sei, dass es mir fast schon widerstrebte, diesem Wunsch nachzukommen. Dabei sollte man seinem besten Freund diesen Gefallen wahrscheinlich tun. Ich weiß nur aus Erfahrung, dass Golo derartige Szenen einfach zu gern abzieht. Sie passen ziemlich gut zu seiner Gesamterscheinung: Er mag lederne Umhängetaschen, gestreifte Schals und zweireihige Mäntel, deren Kragen er unglücklicherweise auch noch aufstellt. Dazu zieht er sich gerne einen Scheitel durch das glänzend schwarze Haar. Er ist Stammkunde im Marken-Outlet, kleidet sich gern in Tommy-Hilfiger-Strickpullovern über knallbunten Polohemden oder langärmeligen Kragenshirts von Ralph Lauren und Napapijri. Und das aus Überzeugung.

»Warum schon wieder Hecker? Hattest du nicht eben erst bei ihm Unterricht?«

»Spionierst du mir nach?«

»Du bist meine beste Freundin. Ich muss deinen Stundenplan kennen.«

Ich nickte mit zusammengezogenen Augenbrauen, lächelte aber. »Das klingt mehr nach Blair Waldorf als nach dir, aber ich will es mal akzeptieren. Gibt's denn irgendwas Bestimmtes?«, fragte ich.

»Du, äh, nee … Wollte nur, ach keine Ahnung, vielleicht Kaffee oder so?« Golo redet gerne in bruchstückhaften, grammatikalisch fragwürdigen Sätzen.

»Nee, sorry, keine Zeit.« Provokativ schwang ich mir den Instrumentenkoffer über die Schulter. Außerdem versuche ich, mehr Tee zu trinken, seit meine Mutter mir die schrecklichsten Dinge über Milch erzählt hat.

»Ach so, ja, wegen Hecker, stimmt.« Er drehte den komischen Schal durch die Finger.

In meiner Erinnerung flammt sehr lebendig ein ebenso komischer Ring auf, den er immer am Finger trägt.

»Dann geh ich jetzt mal zu ihm. Hecker hat geklungen, als ginge es ausnahmsweise mal um etwas Wichtigeres als Backwaren.« Ich klopfe bedächtig auf Golos Arm.

»Eigentlich wollte ich noch mit dir über Alisa reden«, lüftet er endlich das Geheimnis um seine Herumdruckserei.

Ich war mehr als froh, dass Heckers Anliegen wirklich dringend zu sein schien und ich daher einem Plausch über Golos Lieblingsthema entkommen konnte. Mein bester Freund spricht am liebsten vierundzwanzig Stunden täglich über Alisa Dobnagel, eine Gesangsstudentin, die ich – um es kurz zu machen – schlicht und ergreifend nicht ausstehen kann.

»Lass uns nachher Kaffee trinken. Ja, oder wann anders.«

Daraufhin ging ich durch das Foyer auf das Treppenhaus zu und passierte all die Auszeichnungen und Konzertplakate, die wie eine kleine Rechtfertigung für die hohen Studiengebühren sämtliche Vitrinen und Wände unserer Uni säumen: Schaut her! Dafür nehmen eure Eltern einen Kredit auf.

»Herein, herein«, bat mich eine freundliche Stimme, nachdem ich nur einmal gegen die Tür gepocht hatte (die Gummibärchen-Ohrstöpsel hatte er wohl am Ende der letzten Instrumentalstunde rausgenommen). »Sie müssen nicht klopfen, wenn wir verabredet sind«, sagte Jochen Hecker.

Er hockte sich mit einer halben Pobacke auf die Kante seines Schreibtisches, wies mir einen Platz zu und sah mich dann grinsend an. Ich lächelte verlegen zurück. *Wenn wir verabredet sind.* Inständig hoffe ich, dass ich bisher noch nie mit meinem Prof *verabredet* war.

»Es geht um Folgendes.« Er faltete die Hände und machte eine Kunstpause.

Diese Kunstpause war der Beginn von allem. Diese Kunstpause ist der Grund, warum ich neben Julius Herzsprung aufgewacht bin. Diese Kunstpause hat mich zu einer Betrügerin gemacht!

Ich weiß noch, dass ich total gespannt war und mich fragte, ob er mich vielleicht befördern will. Oder ob ich ihm irgendeinen Bigband-Klassiker binnen zwei Stunden in ein klingendes Ges-Dur transponieren sollte? Handschriftlich vielleicht? Für ein zwanzigköpfiges Dudelsackorchester?

»Wir, also der Udo Jagdmann und ich, wir starten da etwas«, sagte er stattdessen.

»Okay«, erwiderte ich zögerlich und dachte: Wenn es sich dabei um den Beginn einer Liebesbeziehung handelt, will ich es lieber nicht wissen.

Zu meiner Überraschung malte er mit großen Gesten und Vorfreude in der Stimme zwei Wörter in die Luft. *»Sweeney Todd.«*

»Wie bitte?«

»Sweeney Todd!«

»Der Film mit Johnny Depp?«

»Film? Layla! *Film?* Was ist denn nur los mit Ihnen?«

Zum dreitausendsten Mal wünschte ich mir, er würde mich endlich duzen. Dieses alberne *Layla, was ist denn nur los mit Ihnen?* macht mich ganz kirre.

»Das Musical meine ich natürlich.«

»JA! Was halten Sie davon?«

»Ich habe es nie auf der Bühne gesehen. Aber ich liebe den Film. Er ist einer meiner absoluten Lieblinge. Ich bin ein großer Tim-Burton-Fan und …«

Hecker schnitt mir das Wort ab. »Ja, nicht wahr? Für ein Musical ist es geradezu großartig. Grusical nennen sie es ja.«

»Es ist von Steven Sondheim, der hat …«

»Richtig, Layla«, platzte er dazwischen, »der hat die Texte für *West Side Story* geschrieben. Schön, dass Sie diesen Bogen geschlagen haben. Das trifft sich gut.«

»Welchen Bogen?«

»Na ja. Wir haben vor zwei Jahren *West Side Story* aufgeführt, und nun werden wir *Sweeney Todd* aufführen.«

»Wer?«

»Na, wir. Die Uni. Udo und ich setzen unsere – zugegebenermaßen oftmals kritische – Zusammenarbeit fort und inszenieren es. Die Musik ist super, viele abgefahrene Elemente, sehr mitreißend und für ein breites Publikum – aber mit Anspruch. Und der Plot, na ja, der ist doch wirklich speziell, deshalb nennen sie es ja Grusical – aber relevant.«

Weil derartige Emotionen bei Hecker wirklich nicht oft vorkommen, zeigte auch ich etwas mehr Enthusiasmus. »Das ist wirklich einer meiner Lieblingsfilme.«

»Jetzt seien Sie doch mal ruhig, von wegen Film. Musical! Wir sind eine Musikhochschule! MUSICAL! Wir werden es im Juni aufführen.« Er strahlte mich an, als wäre die einzig mögliche Reaktion darauf grenzenlose Begeisterung.

Doch ich betrachtete es realistisch. »Im Juni?« Wir führten dieses Gespräch Ende November, und ich erklärte Hecker für komplett größenwahnsinnig.

»Na sicher im Juni! Wir sind eine ausgezeichnete Universität, unsere Studenten sind Spitzenklasse, die spielen das vom Blatt. Wir haben auch schon einen Regisseur kontaktiert. Ab nächster Woche werden wir die Rollen ausschreiben und das Vorsingen für die Solorollen arrangieren. Im neuen Jahr müssen alle Gesangparts besetzt sein. Die Orchesterproben starten dann im Januar.«

»Warum wollten Sie mich jetzt unbedingt sprechen? Bin ich, nun ja, irgendwie wichtig?«

»Sie sind doch beinahe schon meine rechte Hand.«

»Ihre Sekretärin ist Ihre rechte Hand.«

»Na, dann eben meine linke! Ich brauche Sie, Layla. Verfassen Sie mal einen netten Aushang. Sie können das so gut. Wenn ich den schreibe, bewirbt sich keiner, und fügen Sie noch ein hübsches Bild ein. Damit die Studenten auch teilnehmen. Nehmen Sie ein Foto aus dem Film, das zieht bestimmt. Irgendwas mit Johnny Depp, dann rennen sie uns die Bude ein. Na ja, Sie kriegen das schon hin.«

ICH KRIEGE DAS EBEN NICHT HIN

Ja, zugegeben: Vielleicht bin ich etwas streng, wenn ich diesem Gespräch die Schuld an allem gebe. Aber irgendwo muss der Hund begraben sein. Immerhin gehe ich nicht so weit und behaupte, dass Jochen Hecker daran schuld sei, dass ich mit Julius geschlafen habe, weil er mich gebeten hat, die Castings zu organisieren. Oder dass ich Stephen Sondheim den schwarzen Peter zuschiebe, weil er *Sweeney Todd* geschrieben hat.

Als wir dieses Gespräch geführt haben, rechnete ich einfach nur damit, meine Rolle als brave Studentin zu erfüllen, pflichtbewusst das zweite Saxofon zu spielen und Jochen Hecker in den Wochen vor der Premiere mit gutem Zureden, Kaffee und Marzipanschnecken am Leben zu erhalten. Organisation, Planung, Koordination und den musikalischen Teil würde ich hinbekommen, mit dieser Aussage hatte Hecker recht. Konnte ja keiner ahnen, wohin das führt.

»Schnappen Sie sich den Bernardo«, hat Hecker damals noch gesagt und damit Golo gemeint.

Golo, der natürlich weder Bernardo noch Golo heißt, sondern Tobias. Mittlerweile bin ich nur nicht mehr sicher, ob Jochen Hecker das weiß. Namen sind nämlich seine Schwäche.

Doch jetzt sollte ich mir seinen Rat zu Herzen nehmen und mir tatsächlich den Bernardo-Golo-Tobias schnappen. Denn Bernardo-Golo-Tobias kennt meine ganze Leidensgeschichte in Sachen sexy musikalische Männer und wird es sicher gestatten, dass ich ihm mein Herz ausschütte, wenn er im Gegenzug ein bisschen von Alisa Dobnagel schwärmen darf.

Abends mache ich es mir in meinem Zimmer vor dem Laptop bequem und sehe mir zum wiederholten Male die *Sweeney-Todd*-DVD an. Während ich an einem Keks kaue, der erstaunlich lecker dafür ist, dass meine Mutter ihn mir als Hafer-Chiasamen-Cookie vorgestellt hat, stelle ich mir in jeder einzelnen Szene vor, wie Julius den Part des Sweeney Todd inszenieren wird. Ob seine Stimme auch so rau klingt? Ob er tanzen kann? Ob er den Hass der Figur genauso eindrucksvoll darstellen kann wie Johnny Depp?

Mein Plan, Golo um Rat zu fragen, erwacht zu neuem Leben, als Anthonys Solonummer *Johanna* über den Bildschirm flackert. Plötzlich wird mir klar, warum Golo gestern Vormittag beim Casting aus allen Wolken gefallen ist, als sie ihm die Rolle von Signor Pirelli zugewiesen haben. Golo wollte eigentlich den Anthony singen – einen jugendlichen Tenor, der überhaupt nicht zu seiner Tonlage passt. Man kann meinem besten Freund einen fragwürdigen Kleidungsstil und eine gewisse Großspurigkeit vorwerfen, aber sicher keine Fähigkeit zur Selbsteinschätzung, wenn es um die Besetzung von musikalischen Rollen geht. Golo will nur aus einem Grund den schmalbrüstigen Tenor Anthony verkörpern: weil er sein Mädchen abgreifen möchte! Anthony ist ziemlich verschossen in eine gewisse Johanna, die im Film von einer zerbrechlichen, untergewichtigen weißblonden und leicht anämisch wirkenden Sopranistin verkörpert wird.

Bisher habe ich mir ausschließlich über die Besetzung

der Hauptrolle Gedanken gemacht (und Julius bereits mit einer weiß-schwarzen Strubbelperücke Walzer tanzen sehen). Spätestens jetzt wird mir bewusst, was dem liebestrunkenen Golo sofort in den Kopf gekommen sein muss. Alisa Dobnagel ist DIE Idealbesetzung für Johanna. Selbst ich als nicht gerade ausgewiesener Fan von ihr muss gestehen, dass sich Alisa den Gang zum Vorsingen fast hätte sparen können.

Ich kralle mir mein Handy und rufe Golo an.

»Hallo«, nuschelt er nach einiger Wartezeit verschlafen in den Hörer.

»Hast du schon gepennt?«, frage ich verdutzt.

»Schon?«, grummelt er und nach kurzem Zögern, er guckt wohl auf die Uhr: »Wir haben halb eins.«

»Na und? Wir haben Samstag! Sollten wir da nicht Cranberry-Wodka aus Literflaschen trinken?«

»Was willst du, Layla?«

So angenervt kenne ich Golo nicht. Ich beschließe, ihn gleich darauf festzunageln. In meinem Kopf formt sich das Wortspiel »Golo auf Alisa festdobnageln«, und ich muss mir ein ziemlich albernes Lachen verkneifen, bevor ich ihn tatsächlich festdobnagele. »Du wolltest den Anthony singen, weil du denkst, dass Alisa Dobnagel die Johanna singen wird«, falle ich mit der Tür ins Haus.

»Nenn sie nicht immer Alisa Dobnagel!«

»Aber so heißt sie doch.«

»Na und? Ich nenn dich ja auch nicht immer Layla Woll.«

»Indem ich sie beim Vor- und Nachnamen nenne, verdeutliche ich, dass ich mich von ihr distanziere, weil ich sie nicht leiden kann.« Eine gelungene Erklärung, finde ich.

»Ich weiß. Deswegen sollst du es ja auch lassen.«

»Erstens: Nein! Zweitens: Das ist doch der Grund, oder? Du bist ein schlechter Anthony, und das weißt du auch.«

»Warum?«

»Weil er ein etwa sechzehnjähriger Tenor ist.«

Golo studiert klassischen Gesang (Bariton), arbeitet wie ich als Hiwi und hat nach eigener Aussage einen Ambitus von fünf Oktaven. Ich habe ihn im zweiten Semester kennengelernt, als wir damals unter der Leitung von Jochen Hecker und Udo Jagdmann das Musical *West Side Story* aufgeführt haben. Die beiden Professoren können sich eigentlich auf den Tod nicht ausstehen, führen ständig ellenlange Diskussionen über musikalische Grundsätze und bekämpfen sich. Jazz gegen Klassik, neu gegen alt, Progression gegen Tradition. Aber genau aus diesen Gegensätzen schöpfen die beiden eine ziemlich eigenartige Kreativität. Während der Arbeit an *West Side Story* trieben sie mit dieser Einstellung die Orchester- und Gesangsbesetzung zu wahren Höchstleistungen an. Wir schafften es sogar in die überregionale Presse, mitunter mit einem ganzseitigen Bericht im Feuilleton der *Frankfurter Allgemeinen,* und bekamen derart gute Kritiken, dass Hecker und Jagdmann fortan ihre Hassliebe für eine optimale Arbeitsgrundlage hielten. Dabei sind sie im Grunde beide der Meinung, dass Musicals großer kommerzieller Mist sind, nichts als Geldmacherei und banale Kunst.

Meine Einstellung zu Musicals ist: Ich mag sie eigentlich ganz gerne. Jedenfalls solange ich bei der Aufführung im Orchestergraben sitzen und brav das zweite Saxofon spielen darf und nicht auf der Bühne stehen, tanzen oder singen muss.

Für Golo dagegen gibt es nichts Schöneres, als auf der

Bühne zu stehen, zu tanzen und zu singen. Er hat den Bernardo mit der Inbrunst eines Opernsängers interpretiert und ist den beeindruckendsten Bühnentod gestorben, den die West Side je gesehen hat. Die intensive Probezeit drei oder vier Wochen vor der Premiere hat mich und Golo zusammengeschweißt. Es war damals üblich (streng genommen ist es unter Musikern immer so), die Wochenendproben mit einem gemeinsamen Absacker zu beenden. Beinahe jeden Freitagabend trank ich mehr Cranberrysaft, als meine Mutter je an einem ihrer Kurtage zu sich genommen hat. Allerdings mit Wodka verdünnt, was meinen Schlacken bestimmt nicht allzu gut gefiel. Aber es besiegelte meine Freundschaft mit Golo. Denn eines Freitagabends saßen wir plötzlich nebeneinander, die Zungen ganz rot vom Saft und gelockert vom Wodka, und taten, was man eben so tut, wenn man betrunken einen neuen Menschen kennenlernt. Wir redeten über die zwei großen L. Das Leben und die Liebe. Damals waren wir alle beide hoffnungslos in einen Musiker verliebt (oder in Golos Fall: in eine Musikerin), und so etwas verbindet. Golo war geradezu aufopferungsvoll in seine *West-Side-Story*-Bühnenschwester Maria verliebt, verkörpert von Alisa Dobnagel, die sein Interesse an einer inzestuösen Bühnenliebe nicht zu teilen schien.

»Ich kann locker einen Tenor singen. Ich habe einen Ambitus von fast fünf Oktaven.« Plötzlich ist der eitle Gockel hellwach.

Stimmt. Das hat er mir ja auch erst … hm … grob geschätzt fünfhunderttausenddreihundertsiebenundachzigmal erzählt.

»Es geht trotzdem nicht. Dafür brauchen wir jemand

Weichgespülten. Jemanden aus dem Pop-Bereich, du weißt schon. Die albernen Popper.«

»Musst du noch Salz in die Wunde streuen? Sie geben mir die Signor-Pirelli-Rolle, das habe ich dir doch gestern schon gesagt.«

»Noch hast du sie nicht.«

»Es gab keine weiteren Bewerber. Weil niemand den dämlichen Signor Pirelli singen will.«

Ich stutze. »Ja, Anthony hätte trotzdem nicht zu dir gepasst.«

Es wäre eine Farce geworden. Golo mit seiner kräftigen Statur, die besser zu einem achtundvierzigjährigen Banker als zu einem vierundzwanzigjährigen Studenten passt, in seinen sauberen Schnürschuhen und Snob-Hemden, wie er im Falsett die mürrisch dreinblickende Alisa Dobnagel ansingt, die derart schlecht gelaunt und dünn aussieht, dass man sie augenblicklich auf einen Big Mac einladen möchte.

»Alisa wird selbstverständlich die Johanna singen. Sie ist fantastisch. Sie ist eine Göttin. Sie ist geboren für diese Rolle. Sie ist …«

»Noch ein Wort, und sie ist in der Nacht von Samstag auf Sonntag auf tragische und bisher ungeklärte Weise zu Tode gekommen. Überhöhe sie nicht immer so. Davon wird mir ganz schlecht.«

Habe ich schon erwähnt, dass Golo nach wie vor auf aufopferungsvolle Art in Alisa Dobnagel verliebt ist? Doch! Ist er. Sehr aufopferungsvoll. Um nicht zu sagen: ER NERVT MICH ZU TODE MIT DIESEM MÄDCHEN! Aber ich möchte eine gute beste Freundin sein, daher höre ich ihm nach wie vor zu, wenn er über sie sprechen möchte. Nur wenn er, wie manchmal, beiläufig das Lied *Maria* aus *West Side Story* zu singen beginnt, weil er so unauffällig ein Gespräch über sie einzuläuten versucht, wird es mir zu bunt. Alisa Dobnagel war meiner Meinung nach die fehlbesetzteste Maria aller Zeiten. Ein dürres Ding von fünfundvierzig Kilo, ungleichmäßig verteilt auf einen Meter sechzig, mit hellblonden Haaren und weißer Haut, verkörpert eine Puerto-Ricanerin nun mal in etwa so gut wie Reiner Calmund die Schwanenkönigin.

Das sehe komischerweise nur ich so, alle anderen haben ihre Fragilität gelobt. Fragilität – das Wort ist eine schallende Ohrfeige auf meine wohlgenährten Wangen.

Während der Proben zu *West Side Story* befand sich Alisa Dobnagel in einer Beziehung zu einem Kerl, mit dem Golo, das muss man bei aller Liebe leider so sagen, selbst dann nicht mithalten könnte, selbst wenn er … Wenn er was? Egal! Nichts an sich könnte Golo so verändern, dass er werden würde wie Alisas damaliger Freund. Der war Mitte zwanzig, groß, muskulös, attraktiv und arbeitete als Deep-House-DJ im Tanzhaus West. Der Frankfurter Club ist vor allem für elektronische Musik und reichhaltigen Drogenkonsum bekannt. Kurzum: Der Typ war der totale Anti-Golo.

»Papperlapapp! Ihre Stimme, Layla, du kannst sie dir nicht vorstellen, ihre *Stimme!*« Golos Stimme bebt vor Ekstase, beinahe Lust. Uuuh, gruselig, Lust.

Ich kenne niemanden, der Musik mit ähnlicher sexueller Begierde begegnet wie Golo. Musik ersetzt ihm jede Form körperlicher Nähe. Hat er selbst mal gesagt. Aber wahrscheinlich nur, weil er zurzeit niemandem körperlich nahe ist.

»Ihre Stimme hallt noch durch den Raum, auch wenn sie schon lange fort ist. Du verstehst?«

Ich verstehe. Golo ist der Typ Mann, der Frauen mit roten Rosen und Pralinen für sich gewinnen will. Na ja, er wäre dieser Typ Mann, wenn er sich denn trauen würde, um eine Frau ins Rennen zu gehen.

»Am Freitag nach dem Casting hab ich sie gesehen. Stell dir vor, sie hat mich gegrüßt. Und dann ist sie einfach weitergegangen. Zu den albernen Rockern. In die Raucherecke. Hat mit einem von denen geredet. Ich mag den nicht.«

Ich ziehe die Augenbrauen hoch und ziehe eine künstlich schockierte Schnute. Die albernen Rocker, damit meint er jene Kommilitonen, die Rock-Pop-Gesang, Gitarre, Schlagzeug oder Bass studieren. Ich selbst zähle für ihn zu der Kategorie »unmelodische Jazzer«. Aber das ist okay, denn Golo gehört für mich in die Kategorie »spießige Klassiker«. Das ist eher seinem Auftreten und Stil geschuldet als seinem Studienfach, denn eigentlich mag ich klassische Musik sehr gern.

»Wer war es denn?«

»Na, so ein ganz alberner. Mit so 'ner dämlichen Mütze. Wie nennt man die noch gleich? Bandana?«

»Bandana ist mehr so eine Art Tuch.«

»Nein, diese Mützen, die so halb auf dem Kopf hängen. Die so aussehen, als wären sie für Alienköpfe gestrickt worden.«

»Ach, du meinst eine Beanie.«

»Beanie. Du weißt so was natürlich wieder. Du stehst ja auch auf die albernen Rocker. Auf Beanies und Lederjacken. Warum tragen die eigentlich alle Lederjacken? Gottverdammte zwei Grad draußen, und die haben nichts als dünnen Stoff an.«

Er hat recht. Ich habe eine unvorteilhafte Schwäche für Beanie- und Lederjackenträger. Es ist aber auch verdammt schwer, einem Lederjackenträger NICHT zu verfallen. Warum ist die Welt so unfair? Als Mann musst du nichts tun, außer deinen auf magische Weise von Natur aus schmalen Hintern in eine gut geschnittene Jeans und deine breiten Schultern in eine Lederjacke zu zwängen, und schon bist du verdammt gut angezogen. Immer. Für jeden Anlass. Ich kann ihnen einfach nicht widerstehen. Männer in Lederjacken sind für mich sozusagen die Zimtschnecken unter all den Milchbrötchen in der Auslage.

Eine Lederjacke und ein paar Glas Wein reichen, und ich liege mit dem albernen Rocker in seinem Schlafwohnzimmer und tue Dinge, die ich längst verlernt glaubte.

»Okay. Ich habe es vernommen: Du magst es nicht, wenn Alisa mit Männern in Lederjacken redet.«

»Das ist ja nicht mal echtes Leder. Alles fake. Ein recyceltes Neunziger-Jahre-Kunstledersofa. Aus demselben Material machen sie PVC-Böden. Würdest du mit jemandem Raucherpause machen, der sich bei zwei Grad einen PVC-Boden um die Schultern hängt?«

»Nein! Ich würde mich immer nur mit stilsicheren Boss-Wollmantel-Trägern blicken lassen.«

»Meiner ist von Joop«, korrigiert er.

»Alisa wird schon noch merken, dass sie mit einem klassischen Gentleman wie dir viel besser dran ist.« Und zwar genau dann, wenn der klassischen Gentleman ihr Goldschmuck in die moderne Stadtvilla mitbringt, ihre Kreditkartenrechnung, ohne mit der Wimper zu zucken, bezahlt und zweimal im Jahr mit ihr und den beiden Kindern Noemi und Pascal in den Urlaub fährt. Saint-Tropez im Sommer, Sankt Moritz im Winter.

»Okay. Du meinst also, das hat nichts zu bedeuten?«

»Ach Quatsch, mach dir keinen Kopf.« Frag trotzdem vorsorglich mal bei Joop nach, ob sie vielleicht auch Lederjacken im Angebot haben, füge ich in Gedanken hinzu.

»Genau das mache ich. Schließlich fangen diese albernen Rocker jetzt auch schon an, in deinen Gefilden zu fischen, nicht nur bei den Frauen. Da waren tatsächlich ein paar alberne Rocker beim Casting. Und Jagdmann hat mir erzählt, dass ein Gitarrist einen Riesenaufstand geprobt hat, weil er unbedingt Sweeney Todd übernehmen will. Ein Gitarrist!« Er lässt das verächtlichste Prusten der Menschheitsgeschichte los. »Aber wem sag ich das. Wenn einer miese Erfahrungen mit diesem Menschenschlag hat, dann ja wohl du.«

»Hehe. Ja, genau …« Ich knabbere an einem Fingernagel, starre auf das Zitat an meiner Zimmerwand und bemerke, dass ich bereits seit mehreren Minuten geistesabwesend Julius' T-Shirt durch die Finger drehe.

»Du wolltest mir doch was erzählen. Schieß los. Warum trinkst du am Samstagabend nicht Cranberry-Wodka aus Literflaschen?«

»Ich … ach … nichts Bestimmtes.« Nachdem er mich an meine schlechten Erfahrungen erinnert hat, traue ich mich nicht mehr, ihm meinen Fauxpas mit Julius zu schildern. Außerdem: Golo und ich reden nicht über den Sex, den wir haben, sondern bestenfalls über den, der uns verwehrt bleibt.

DIE ALBERNEN ROCKER

Mit den albernen Rockern ist das so eine Sache.

Wir Frauen in der Alterskategorie 13+ können einfach nicht anders, als ihnen hemmungslos zu verfallen. Hängt man einem Mann eine Gitarre um, strahlt er augenblicklich eine Aura aus, für die es kaum Worte gibt. Ähnliches gilt für Männer hinter einem Schlagzeug oder schlicht hinter einem Mikrofon, in das sie (wenn alles gut läuft) charmant hineingrölen.

Dabei sind sie alle Vollidioten. Heute Morgen wäre ich vielleicht noch bereit gewesen zu relativieren, dass sie lediglich *fast* alle Vollidioten sind. Doch dann hat mir Julius Herzsprung gestanden, dass er soeben mit mir fremdgegangen sei. Also sind sie wohl doch alle Vollidioten, und als diejenige, die diese Erkenntnis hatte, muss ich euch warnen: Tut euch einen Gefallen, Mädels, und lasst es bleiben. Nehmt die Jazzmusiker. Scheut allerdings die Saxofonisten, denn auch die finden allzu oft den Weg in eine Rockband. Versucht es lieber mit den Poppern. Oder den Klassikern. Von mir aus auch mit den Ravern. Oder geht auf Nummer sicher und sucht euch Männer, die etwas Anständiges gelernt und mit Musik nichts am Hut haben.

Denn eigentlich sind alle Musiker Diven, auch die männlichen. Männer können nicht damit umgehen, wenn man sie wegen eines Talentes anhimmelt. Sie können das daraus resultierende Selbstbewusstsein nicht richtig dosieren. Sie freuen sich nicht einfach über Komplimente, sagen danke, und gut ist. Nein. Sie schießen immer, immer, wirklich immer, übers Ziel hinaus. Und nicht nur so ein paar Meter. Sie bleiben nicht mal in der Erdatmosphäre, sondern steuern direkten Weges auf entfernte Galaxien zu.

Komischerweise können wir Frauen sie aber nicht NICHT anhimmeln. Denn, verflucht noch mal, leider finden wir diese Musikeraura ziemlich verführerisch. Ich habe die Theorie aufgestellt, dass das daran liegt, dass in Musikern zwei Typen stecken, deren Personalunion die Evolution bisher entgegengearbeitet hat: der harte Jäger und der gefühlvolle Denker.

Die harten Jäger rocken sich auf der Bühne einen ab, betrinken sich, rüpeln, schlagen sich, tragen Tattoos und zerrissene Kleidung. Trotzdem bringen sie etwas so Gefühlvolles wie Musik zustande. Schreiben womöglich sogar eigene Texte, sind Lyriker, Emotionsmenschen, sie lassen ihre Gefühle heraus, machen Seelenstriptease in aller Öffentlichkeit. Noch dazu machen sie eine gute Figur in engen Jeans, die ihre Converse Chucks in Größe 44 wie lächerliche Clownsschuhe wirken lassen.

Ich mache der Alterskategorie 13+ deshalb keinen Vorwurf. Wie sollte ich?

Meine schlechten Erfahrungen, auf die Golo anspielt, sind der Grund, warum ich eine extrem rigorose Ansicht entwickelt und den Rockern (eigentlich) entsagt habe. Zu der Zeit, als ich Golo kennenlernte und mir mehrfach täglich anhörte, dass Alisa Dobnagel das hinreißendste und atemberaubendste Geschöpf auf Gottes schöner, ungerechter Erde sei, außerdem wie rein ihre Haut und wie glänzend ihr Haar sei, war ich selbst ziemlich unwürdig verliebt. Allerdings in jemanden, der weitaus weniger glänzendes Haar hatte. Generell fand ich für diese Liebe weitaus weniger hochtrabende Beschreibungen als Golo, dessen Vokabular gerne mal ins gnadenlos Kitschige abdriftet, sobald die Sprache auf Alisa kommt. Noch nie habe ich ihn sagen hören, dass er sie gerne vernaschen/flachlegen/vögeln würde. Nein. Golo will mit ihr Duette singen, dabei das Heben und Senken ihres Brustkorbs beobachten und sie bei Kerzenschein und Streichquartett zum Essen einladen. Sind wir mal ehrlich: Wir Frauen wollen nicht wirklich dabei beobachtet werden, wie sie teuren Käse fressen, während sich ihr Brustkorb beim Singen auf und ab bewegt. Eigentlich wollen wir schon ein bisschen, dass er seinen Kumpels erzählt, wir seien das heißeste Gestell, das er je gesehen hat. Und dass wir einen hervorragenden Charakter haben, natürlich.

Gegen Golos Schwärmerei auf höchstem Niveau klingt meine Ben-Geschichte geradezu trivial.

DIE BEN-GESCHICHTE

Es war mein erster Tag an der Uni, an dem ich nicht nur zum ersten Mal auf Jochen Hecker traf, sondern auf dem Weg in seinen Instrumentalunterricht auch auf Benjamin Fassbinder. Der Grund, warum ich Benjamin Fassbinder bei seinem Vor- und Nachnamen nenne, liegt auf der Hand: nicht weil er eine Institution ist, so wie Jochen Hecker, sondern weil ich ihn noch geringer schätze als Alisa Dobnagel. Benjamin Fassbinder ist sozusagen die festgekrustete Ablagerung am Boden meiner Geringschätzung!

Auf dem Weg plusterte ich mich auf, um selbstbewusster zu wirken, als ich es war. Ich versuchte zu überspielen, dass ich mich fühlte, als gehörte ich nicht auf diese teure Hochschule, zu den ganzen Musikern, von denen ich annahm, dass sie sehr viel besser waren als ich. Mit einer gehörigen Portion künstlichem Selbstvertrauen riss ich auf meinem Jungfernstreifzug durch die Gänge die erstbeste Tür auf. In dem Raum dahinter saß Benjamin Fassbinder, sein Oberkörper halb versteckt hinter einer akustischen Gitarre, auf der er gerade wunderschöne Töne produzierte. Er spielte *Hero of War* von Rise against. Das weiß ich, als wär's heute gewesen.

Drei Takte hatte Benjamin Fassbinder gerade gespielt, als er mich bemerkte. Drei Takte, und ich war nicht auf den ersten Blick in ihn verknallt oder verschossen, ich schwärmte auch nicht oder fand ihn schlicht gut. Ich war augenblicklich unsterblich in ihn verliebt. Vielleicht *liebte* ich ihn vom ersten Ton an.

So traf ich also Ben. Die Macht die Gewohnheit: Alle nannten ihn nur Ben, weshalb es mir ziemlich schwerfällt, ihn konsequent Benjamin Fassbinder zu nennen. Dass ich ihn nachfolgend nur noch Ben nenne, bedeutet keineswegs, dass er in meiner Achtung gestiegen ist. Ben konnte gut singen. *Gut,* nicht überragend. Das kann ich heute sagen. Heute, da ich alle Dateien mit seiner Musik von meinem Computer gelöscht und sämtliche Erinnerungen weggeschlossen habe. Damals dachte ich, er wäre der beste Sänger diesseits des Äquators, und hielt sein Gitarrenspiel für göttlich. Was auch stimmt. Er ist der beste Gitarrist, den ich je erlebt habe.

Ich bin mir ziemlich sicher, dass Ben nicht mehr als diese drei Takte brauchte, um zu bemerken, dass ich ihn lieben und vergöttern würde, wenn er jetzt aufschauen, grinsen und Hallo sagen würde. Also schaute er auf, grinste und sagte Hallo.

Und ich sagte: »Oh!«

Weil man schnell lernt, das Studienfach eines Kommilitonen an dem Koffer zu erraten, den er oder sie mit sich herumschleppt, sagte er: »Saxofon, was?«

Ich nickte und sagte sinnigerweise: »Gitarre, was?«

Ben lachte. »Kluges Mädchen.«

Kluges Mädchen. Dieselben Worte, die Julius benutzt hatte, hatten mir vor einigen Jahren das Herz geklaut.

Doch in dem Moment, als mich Ben damals zum ersten Mal so nannte, begann etwas, das ich bis heute noch nicht verarbeitet habe.

Ben ist kein Typ für feste Bindungen. Bis dato hatten ihn etwa zehn Bands mit Begeisterung aufgenommen und wieder rausgeworfen. Es ist nicht sein Ding, sich darum zu scheren, was andere wollen oder denken, nicht wollen oder nicht denken. Er ist sich selbst der Nächste und auch der Liebste. Er ist der geborene Solokünstler mit einem oft angeklickten YouTube-Channel. Seine Videos werden hauptsächlich von jungen Mädchen angesehen und kommentiert. Sie schreiben ihm, wie süß und *heiß* er sei, dass sie ihn heiraten oder zumindest mal in sein Bett steigen wollen. In allen Sprachen dieser Erde gestehen sie ihm ihre Bereitschaft, sich bei Bedarf jederzeit mit ihm zu paaren. Dabei ist Ben jemand, dem man auf der Straße vielleicht nur kurz hinterherschauen würde. Und das nicht, weil er so attraktiv ist, sondern weil er sich komisch, pseudogrungy kleidet. Aber sobald er mit einer Gitarre vor der Webcam sitzt, liegen ihm alle zu Füßen. Die Qualität seines Gesangs tritt hinter seiner Rockstar-Gesamterscheinung zurück, weshalb er sich für Gottes Geschenk an die Frauen hält. Und ich? Ich habe ihn darin bestätigt.

Einen Tag nach unserer Begegnung in diesem Raum traf ich ihn in der Mittagspause auf dem Campus. Er saß da, stilecht mit Gitarre, Kippe und Kaffee (seinem Künstlermittagessen), und ich suchte eigentlich nur einen Platz, an dem ich alleine leiden konnte. Denn ich war neu an der Uni, wo ich keinen Menschen kannte und – so hätte ich schwören können – niemals Freundschaften schließen würde. Am Abend zuvor hatte ich mich auf Diät gesetzt, denn natürlich hatte ich mich an dieser dummen neuen Uni auch noch auf den ersten Blick in einen offensichtlich heißbegehrten Vollidioten verliebt. Ich wollte schön und schlank werden, um diesen geheimnisvollen Typen zu beeindrucken, der die ersten drei Takte von *Hero of War* so beeindruckend gespielt hatte.

Dummerweise hatte ich es in den letzten zwölf Stunden nicht geschafft, schön und schlank zu werden, daher trat ich Ben bei unserer zweiten Begegnung ziemlich elendig unter die Augen. Ich nagte an einem Stück Kohlrabi und trank widerwärtigen Entschlackungstee, von dem meine Mutter einen Liter am Tag in sich reinschüttet, weil sie schwört, dass er schön und schlank macht. Genau das wollte ich ja werden.

Ich persönlich wäre ja stillschweigend an Ben vorbeigeschlichen, er jedoch sprach mich an. Wenn Männer wie Ben dich ansprechen, dann bleibst du halt stehen. Wenn sie dir anbieten, dich zu ihnen zusetzen, dann setzt du dich eben dazu. Das ist ein Naturgesetz.

Ben trug löchrige Jeans und kinnlange Haare mit einer grauen Wollmütze darüber. Und er sprach ausgerechnet mich an – also bitte: Was hätte ich denn tun sollen? Das Gespräch begann so:

»Na, Erstsemester?«, gefolgt von ein paar Basisinformationen.

Ben war fünf Jahre älter als ich, damals also fünfundzwanzig, studierte im fünften Semester und hätte aus den verschiedenen Studentinnen, mit denen er seit Studienbeginn bereits geschlafen hatte, gut und gerne sein persönliches Sexorchester zusammenstellen können. Das wusste ich zu diesem Zeitpunkt noch nicht offiziell, aber ich konnte es mir denken. Denn ich war zwar verliebt, aber nicht doof. Ich kannte solche Typen vom Hörensagen. Vielleicht war es sogar Teil meiner Faszination für ihn, dass er erfahren war und mich zu einer seiner Auserwählten erkor.

Eine Stunde später redeten wir bereits über sehr viel persönlichere Dinge. Ich erzählte ihm von meiner Angst, solo aufzutreten, für die Uni nicht gut genug zu sein, keine Freunde zu finden oder auch nur ansatzweise jemanden zu treffen, der mich leiden kann.

Darauf antwortete er das, was jeder in dieser Situation wohl gerne hört: »Wer sollte dich nicht mögen?« Dazu zwinkerte er.

Obwohl ich wusste, dass es eine Menge Leute gibt, denen es sehr leicht fällt, mich nicht zu mögen – von da an hatte er mich am Haken.

Wenn er mich auf dem Gang traf, sprach er mich jedes Mal an. Manchmal wartete er auch vor dem Raum, in dem ich Unterricht hatte. Am neunzehnten Tag nach unserem ersten Treffen fragte er, ob ich auch zu der Uni-Party gehen würde. Natürlich ging ich hin, obwohl ich das nie im Leben vorgehabt hatte. Ich ging alleine hin und trug schöne Unterwäsche. Eine Aktion, die mir anfangs peinlich war, weil ich bis dato noch nicht aus eigener Erfahrung wusste, warum es ratsam war, für den Besuch idiotischer Partys schöne Unterwäsche anzuziehen. Es sollte sich im Nachhinein als klug erweisen.

Lange Zeit saß ich alleine und bedröppelt herum, bis Ben gegen elf auftauchte, eine halbe Stunde so tat, als würde er mich nicht sehen, und mit x anderen Mädchen sprach. Ich verschickte in dieser Zeit etwa dreißig SMS an meine Freundin Mimi, die mich tadelte, dass ich sie nicht mitgenommen und ihr bis dato noch nichts von Ben erzählt hatte. Meine Ausrede war gut: Sie hätte mich schlicht für bescheuert erklärt, weil ich mich in einen Typen verliebt hatte, der den melancholischen Musiker raushängen lässt.

Meine letzte SMS an diesem Abend war: KANN NICHT MEHR SCHREIBEN. ER KOMMT.

Die erste am Morgen darauf: MIMI, ICH BRAUCHE KUCHEN.

Ich brauchte definitiv Kuchen. Denn nach der endlosen Tortur kam Ben auf mich zu und sagte: »Das Saxofon-Mädchen, hi! Cool, dass du da bist, hab dich gar nicht gesehen.« Dann zündete er sich eine Zigarette an, nahm mich an der Hand, führte mich nach draußen und meinte: »Wir sollten vielleicht woanders hingehen.«

»Hey, die Band hat noch nicht mal gespielt«, protestierte ich. Das Letzte, was ich wollte, war, mit ihm nach Hause zu gehen.

»Ich weiß, … Ich wollte, na ja, ich würde lieber irgendwo alleine mit dir sein.«

Was zum Teufel hätte ich da tun sollen? Kurzum: Ich bin mit ihm nach Hause in seine studentische Drecksbude gefahren, hab mir erst *Hero of War* vorsingen und mich dann küssen und ausziehen lassen. Der Rest ist sozusagen Geschichte.

Im gesamten nachfolgenden Jahr rief mich Ben immer mal wieder an, wenn er rollig war. Die Vorstellung, dass ich vor ihm mit keinem anderen Mann geschlafen hatte, kickte ihn irgendwie, und deswegen verzichtete er sogar eine Weile lang darauf, nebenher auch was mit anderen Mädchen zu haben. Einen Exklusivvertrag hat er mir jedoch nie unterschrieben. Ich erzählte meinen Freunden zwar, dass er mein Freund sei, und ein paar Mal kam er auch mit, wenn ich mich mit ihnen traf, doch ich war mir durchaus bewusst, dass wir kein Paar waren. Ich war zu feige, das meinen Freunden zu erzählen. Sie hätten sowieso nur versucht, mich zu belehren. Die Wahrheit wollte ich damals einfach nicht wissen. Ich dachte, ihn gar nicht mehr zu haben, kann nur noch schmerzhafter sein, als auf diese Weise mit ihm zusammen zu sein. Ich sollte mich – wieder einmal – täuschen.

Ben hat mir in dem einen Jahr, das unsere krankhafte Beziehung anhielt, nie ein Lied geschrieben, sosehr ich auch darum bettelte. Er hat mir nicht mal eins gewidmet.

Ich durfte mir immer nur Lieder von anderen anhören, ihn anhimmeln und danach blank ziehen. Das Traurigste an der Sache ist: Zwischen dem Moment, an dem ich ihn in diesem Unterrichtsraum gesehen habe, und dem Moment, an dem ich das erste Mal mit ihm geschlafen habe, lagen genau neunzehn Tage. Ich weiß, ich müsste mich schämen, ihm und vor allem mir selbst nicht ein bisschen mehr Zeit gegeben zu haben. Aber ich schäme mich viel mehr dafür, dass es überhaupt passiert ist.

Ben war der erste Mann, mit dem ich geschlafen habe, ein Mensch, den ich zu diesem Zeitpunkt neunzehn beschissene Tage kannte, der ein Jahr lang mit mir gespielt hat, den ich seit Monaten nicht gesehen habe und auch niemals wieder sehen möchte. Dieser Jemand hatte die Ehre, mir mein erstes Mal zu klauen. Die jungfräuliche Saxofonistin in Benjamin Fassbinders Sexorchester? Definitiv nicht meine beste Besetzung.

An dem Abend, als Golo mir von Alisa Dobnagel vorschwärmte, hatte mir Ben den Laufpass gegeben. Sehr einfühlsam und würdevoll natürlich. Ben wechselte damals an eine Uni nach München und sagte, wir könnten uns ja sehen, wenn ich *zufällig mal* in München wäre.

München erschien mir so weit weg wie der Mond. Wann ist man schon *zufällig mal* auf dem Mond? Ich fragte, ob wir uns denn nicht regelmäßig am Wochenende besuchen könnten. Da lachte er höhnisch auf mich herab, so als hätte ich eine selten kindische Frage gestellt, stupste mir gegen die Nase und sagte, das ginge wohl eher nicht.

Für mich ist an diesem Tag eine Welt zusammengebrochen. Gleichzeitig konnte ich die Trümmer dieser Welt zumindest wieder mit klarem Blick sehen. Ich verstand, warum er mir nie ein Lied geschrieben hatte, und erfuhr außerdem, dass er Alisa Dobnagel flachgelegt hatte.

Das verschweige ich Golo allerdings bis heute. Es würde ihn ziemlich verletzen, dass seine zarte Sopranistin mit den albernen Rockern nicht nur die Raucherpause, sondern auch das Bettchen teilt.

LADYTALK

Meine Mutter schafft es tatsächlich, mich erst am Sonntag darauf anzusprechen, dass ich in der Nacht von Freitag auf Samstag gar nicht – und dann schlussendlich in einem fremden Männershirt – nach Hause gekommen bin. Wahrscheinlich wollte sie mir Zeit geben, »selbst auf sie zuzukommen«. Als ich mich schon gefragt habe, ob sie ihre Einstellung zum Thema »Man muss mit seinen Kindern reden« geändert hat, ist sie dann doch eingeknickt. Fast dreißig Stunden Wartezeit – das muss ein neuer Rekord sein.

Sie klopft (»Man muss seinen Kindern Privatsphäre zugestehen«), kommt rein und stellt eine Kanne mit Tee auf meinen Nachttisch, dann setzt sie sich auf die Bettkante.

»Für dich. Ich habe echte Pfefferminze aufgegossen.« Sie schenkt mir eine Tasse ein (»Man muss seinen Kindern zuhören und sie umsorgen. Wenn man ihnen ab und zu ihren Lieblingstee serviert, sind sie in emotionalen Tiefphasen eher bereit, sich zu öffnen.«).

Ich nehme die dampfende Tasse entgegen und frage versöhnlich: »Wie läuft's mit eurer Skulptur?«

»Großartig. Lucy ist wirklich talentiert. Vielleicht geht sie mal in Richtung bildende Kunst. Meine Kinder sind ja so musisch begabt.«

»Nicks einziges Talent ist, besonders laut Musik zu hören.«

»Nick konnte immer so toll zeichnen. Und du weißt doch, er bringt sich selbst das Gitarrespielen bei.«

»Mama. Er besitzt diese Gitarre seit letztem Jahr Weihnachten, und er kann noch keine drei Akkorde spielen! Sogar ich kann besser Gitarre spielen als Nick.«

»Ich habe angeboten, ihm ein paar Unterrichtsstunden in der Musikschule zu bezahlen.« Sie nimmt sich eine Tasse Tee. »Aber er möchte es selbst schaffen. Du weißt ja, er ist sehr …«

»Pubertär?«

»Charakterstark!«

Mir entfährt ein schnaubendes Lachen.

»Genauso charakterstark wie du. Jetzt erzähl mal: Warum sitzt du das ganze Wochenende in deinem Zimmer und starrst die Wand an?«

Meine Abwehrhaltung und ein energisches Schulterzucken stimmen sie nicht zufrieden.

»Deine Augen werden immer dick, wenn du weinst, also behaupte nicht, es wäre nicht so. Du leugnest immer, dass du geweint hast. Das war schon so, als du vier warst.«

»Ich habe Freitagnacht etwas ganz Dummes gemacht.«

»Gut so! Du bist in einem Alter, in dem man dumme Sachen tun sollte. Außerdem«, sie streichelt mir übers Haar, »ist es nichts Dummes, wenn man bei einem Jungen übernachtet.«

Kaum sehe ich sie an, kommen mir auch schon wieder die Tränen. Tränen, in denen nicht nur die Sache mit Julius schwimmt. Sondern auch die Erfahrungen mit Ben und das wiederbelebte Gefühl, nicht gut genug zu sein. »Doch.«

»Aber warum denn? Layla, du bist zweiundzwanzig. Du musst doch Erfahrungen sammeln.«

»Ja, aber nicht solche!«

Mama erkennt meine Verzweiflung nicht, denn sie fragt immer noch fröhlich weiter. »Woher kennst du ihn?«, fragt sie.

»Kennen? Ich kenne ihn überhaupt nicht.« Ich schluchze.

»Mach dir deshalb keine Gedanken. Man muss auch mal ein Abenteuer erleben.«

»Mama! Das läuft doch verkehrt! Du solltest mir sagen, dass das so nicht in Ordnung ist, und ich sollte so tun, als wäre alles cool.«

Meine Mutter schüttelt amüsiert den Kopf. »Aber du bist doch immer die Vernünftigere von uns beiden.«

»Ja, nee, anscheinend nicht. Ich! Bin! So! Doof! Das ist eine einzige Katastrophe.«

»Eine Katastrophe?«

»Ja, es war furchtbar.«

»Du meinst …« Mama sieht mich geheimnistuerisch an und fragt: »Du meinst, er hat dich nicht befriedigt?«

»MAMA!«, kreische ich sie an, »Ich! Was? Hallo? Nein, ja, doch … Zwing mich nicht, dieses Gespräch zu führen.«

Meine Mutter kann sich nicht länger zusammenreißen, während meine Gesichtsfarbe von Schweinchenpink zu Ziegelrot wechselt. In diesem Moment hätte ich gerne eine Mutter aus den fünfziger Jahren. Die Art von Frau, die den ganzen Tag mit Kochen und Putzen beschäftigt war und in ihrem Leben nie etwas »künstlerisch gestaltet« hat, außer wenn sie mal ein besonders tückisches Loch in den Socken ihres Mannes stopfen musste. Eine Frau, die nie auf die Idee gekommen wäre, ihre Tochter nach ihren Orgasmen zu befragen.

»Irgendetwas hab ich in deiner Erziehung falsch gemacht. Es sollte dir nicht peinlich sein, mit deiner Mutter darüber zu reden.«

»Nein, Mama. Das gehört zu den Gesprächsthemen, die einem gegenüber seiner Mutter peinlich sein *müssen.* Sonst ist wirklich etwas falsch gelaufen in der Erziehung.«

»Du bist doch kein kleines Kind mehr. Sonst hättest du ja nicht Sex mit einem fremden Mann gehabt.«

Diese Aussage ist wie ein Tritt in die Eingeweide. Ja, so ist es: Ich hatte Sex mit einem fremden Mann. Wenn man die Tatsache aus dem Mund eines anderen hört, wird sie einem erst richtig bewusst. Ich glaube, ich habe bis eben innerlich immer noch gehofft, dass wir in Wahrheit nur *Stadt, Land, Fluss* gespielt haben.

»Können wir es bitte einfach nie mehr erwähnen?«

»Also seht ihr euch nicht wieder?«

Ich setze ein verzweifeltes Gesicht auf. »Schön wär's. Ich bin mir fast sicher, dass er die Hauptrolle in unserem Musical bekommen wird. Das heißt, ich sehe ihn«, ich zögere kurz, »ständig.«

»Hey, Layla, vielleicht entwickelt sich dann ja etwas zwischen euch.«

»Nein, Mama, lass gut sein. Ich will nicht länger drüber nachdenken.«

»Wenn du nicht länger drüber nachdenken willst, warum trägst du dann sein T-Shirt?«

Weil es nach ihm riecht, verdammt. Ist doch klar. Und weil ich diese Erinnerungen eigentlich nicht abstreifen will. Weil ich mich fühle, als müsste ich endgültig damit abschließen, wenn ich es ausziehe.

Mein Blick fällt wieder auf den Spruch an meiner Wand an. Verdammt. Das kann doch nicht wahr sein!

»Bist ein bisschen verknallt, was?«

Meine Mutter fragt das, als wäre es etwas Tolles. Etwas, worauf ich furchtbar stolz sein muss. Etwas, das auch sie stolz macht. Dabei bin ich nicht in Julius verknallt. Verknallt war ich, als ich ihn zum ersten Mal gesehen habe. Vorgestern. (Ach je, war das wirklich erst vorgestern?) Aber jetzt … jetzt weiß ich auch nicht.

»Wie ist er denn so?«, fragt sie und lässt nicht von ihrem sehnlichsten Wunsch ab. Meine Mama will augenblicklich mit mir Ladytalk führen. Sie will, dass ich ihr von seinen interessanten Wesenszügen, umwerfenden Augen und geheimen Talenten vorschwärme. Sie will wissen, wie ich mir unser gemeinsames Leben vorstelle. Sie will meine Visionen hören. Und dann will sie sicher, dass ich ein dämliches Bild male, um die Visionen zu visualisieren, und die dumme Universumskerze anzünde, damit die frisch visualisierten Visionen auch wahr werden.

»Ist egal, wie er ist, Mama.«

»Warum?«

»Ach, Mama, weil er … weil er mir … weil er eine Freundin hat!«

»Oh.«

PERFEKTE SCHEISSE

»WAAAS?«, brüllt Mimi.

Sie hat mich und Kara zu einem Vierter-Advent-Kaffeekränzchen eingeladen. Mimi veranstaltet gerne Kaffeekränzchen, sie passen so gut zu ihren Oma-Schals. Sie backt ziemlich leckeren Kuchen und hat immer unendlich viele Teesorten vorrätig – um nichts in der Welt würde ich diesen Nachmittagen also fernbleiben. Selbst wenn es bedeutet, dass ich mich wegen der Julius-Geschichte auseinandernehmen lassen muss.

»Schau mich nicht so vorwurfsvoll an«, bitte ich sie. »Ich find's ja selbst nicht gut. Ich hätte es doch nie getan, wenn ich das gewusst hätte. Oder wenn ich vorher mal richtig drüber nachgedacht hätte.« Schnell stopfe ich mir eine Ladung Kuchen in den Mund. »Iff hätte einfach mit euff und E.T. tanfn gehen ffolln«, mampfe ich.

»Nee, nee, jetzt verdreh hier mal nicht die Tatsachen«, mischt sich Kara streng ein und haut sogar mit der Faust auf den Tisch. »Es ist ja wohl dein gutes Recht, mit jemandem nach Hause zu gehen und mit ihm zu schlafen, wenn du möchtest.«

»Danke«, murmele ich.

»Es ist nicht deine Schuld, wenn er seine Freundin betrügt. Du bist nur für dich selbst verantwortlich.« Ein Schulterzucken meinerseits. »Er war ein bisschen bedrückt, aber ich glaube nicht, dass er ein Problem damit hatte.«

»Was für ein Arschloch«, urteilt Kara. »Bei aller Liebe, wenn man schon so was macht, sollte es einem hinterher wenigstens leidtun.«

»Warum hat er es dir denn überhaupt gesagt?«, fragt Mimi und rührt vor Aufregung so schnell in ihrer Teetasse, dass sie sie mit einer Stange auf dem Kopf balancieren könnte, wie diese Clowns, die auf Kindergeburtstagen auftreten.

Erneut zucke ich die Schultern. »Ist das nicht … keine Ahnung, aber ist das nicht eigentlich ganz anständig von ihm?«

»ANSTÄNDIG? Von allen existierenden Adjektiven passt das ja wohl am wenigsten zu ihm!«, echauffiert sich Mimi.

»Vielleicht wollte er mir damit deutlich machen, dass ich bloß nicht wieder bei ihm ankommen soll.«

Mimi und Kara schütteln missbilligend die Köpfe.

»Was für ein Arschloch«, wiederholt Kara noch mal.

»Wie hast du reagiert, als er gesagt hat, dass er eine Freundin hat?«, fragt Mimi.

»Na ja, ich habe … ich habe ›okay‹ gesagt. Dann hab ich zugesehen, dass ich wegkam. Mir war die ganze Sache ziemlich unangenehm.«

An ihren verzerrten Gesichtern kann ich erkennen, dass sie die Situation nachempfinden können. Mir war selten so unwohl zumute. Ich meine: Bis gestern wusste ich noch nicht mal, dass ich Fremdgehmaterial bin! Wenn man schon seine Freundin betrügt, tut man das dann nicht mit jemandem, mit dem es sich lohnt? Jemand mit viel Erfahrung und wenig Körperfett?

»Was soll ich denn jetzt tun? Ich wette, er bekommt die Sweeney-Rolle. Er ist … er ist echt richtig gut.«

»Im Bett?«

»Kara!«

»War nur eine Frage …«

»Natürlich als Sänger. Er wird die Rolle sicher bekommen, und dann muss ich ihn ständig sehen. Was soll ich denn dann zu ihm sagen?«

»Dass er ein Arschloch ist.«

»Ist er aber nicht«, rutscht es mir heraus.

Vier entgeisterte Augen starren mich an und fragen mich, ob ich den Verstand verloren habe.

»Wirklich nicht. Er ist …« Ich winke ab.

Julius ist perfekt. Das wollte ich sagen. Aber die traditionelle Definition von perfekt bietet leider keinen Raum für einen Mann, der in einer Beziehung ist und mit Treue nicht viel am Hut zu haben scheint. Trotzdem steckt mir dieses Wort im Kopf fest. Es schwirrt dort vor sich hin und stößt hin und wieder mit den Erinnerungen an unsere gemeinsame Nacht zusammen. Wie er neben mir gelegen und geschlafen hat. Wie er riecht. Das Muttermal auf seinem Augenlid. Seine Unbeschwertheit. Jonathan Safran Foer, Newton Faulkner und Gustav Mahler.

Mist.

»Layla, kann es sein, dass du dich verliebt hast? Ich frag nur, weil du ihn so verteidigst.«

Warum merken mir das alle an?

Kara fährt fort: »Erinnere dich mal an die Sache mit Ben.«

»Nee, lieber nicht.«

»Ja, eben. In den warst du auch so schnell verliebt. Ich hab einfach nur Angst, dass du dich wieder in etwas verrennst. Und, na ja, Julius und Ben sind irgendwie ähnliche Typen.«

»Findest du?«, fragt Mimi entgeistert.

»Ja. Oder, Layla?«

Ich sage dazu besser nichts und stopfe mir das Maul mit Kuchen.

»Ben war immer so – sorry, Layla – aber der war immer so ungepflegt«, sagt Mimi und fuchtelt wild mit den Händen.

»Ungepflegt?« Vor Entrüstung sprühe ich Kuchenfunken über den Tisch.

»Ja. Immer diese zerrissenen Hosen und die ausgelatschten Schuhe. Und diese Haare!«

»Julius trägt auch zerrissene Hosen.«

»Ja, aber er hat ein schnuckeliges Gesicht, und dieser Dreitagebart ist irgendwie toll.« Mimi unterstreicht ihr Statement, indem sie besonders schwungvoll ihren Tee umrührt.

»Das sagt sie jetzt, und dann geht sie trotzdem mit so 'nem Milchgesicht wie Tom aus«, flüstert Kara mir gespielt zu und kichert dabei.

Mir ist nicht nach kichern. Mir ist das alles viel zu blöd. Vor allem weil sie eine Parallele zu Ben gezogen haben, die ich nicht gezogen haben möchte. Und weil mich die Gedanken an das schnuckelige Gesicht mit dem tollen Dreitagebart irritieren, weil es auch irgendwie perfekt ist.

Perfekte Scheiße.

SUPERMARKTTANZ

»Ihr kommt ohne mich klar, oder?«

»Sind doch nur ein paar Tage.«

Der gepackte Koffer meiner Mutter steht im Wohnzimmer nebst der »künstlerisch gestalteten« Skulptur, die sie und Lucy gestern, am zweiten Weihnachtsfeiertag, fertiggestellt und mir gewidmet haben. Aus Mitleid. Nachdem ich mich erdreistet hatte zu sagen, dass ich mich zwar geehrt fühle, die Skulptur aber aussehe wie eine Büste von Konrad Adenauer, meckerte meine Mutter mich beleidigt an. Ich verstünde nichts von Kunst, und Taktgefühl hätte ich auch keines. Daraufhin habe ich sie bloß schräg angeguckt, denn bisher habe ich mein Taktgefühl für überdurchschnittlich gehalten. Sie spezifizierte: »Nicht das musikalische Taktgefühl, das zwischenmenschliche.«

Ja, das kann sein. Ist eben leichter, ein Stoffel zu sein.

Auf jeden Fall kann ich jetzt mit Stolz behaupten, dass mir eine Skulptur Adenauers gewidmet wurde, die laut Mama und Lucy die Einzigartigkeit eines jeden Menschen ausdrücken soll. Wenn das wahr ist, muss ich Mama wohl recht geben: Von bildender Kunst habe ich wirklich keine Ahnung.

Mama besucht ihre Schwester, die in der Schweiz lebt. Das ist zumindest die Version der Geschichte, die sie mir und meinen Geschwistern aufgetischt hat. Was allerdings weder Mama noch Nick und Lucy wissen: Unsere Tante hat mich vor einigen Wochen angerufen, um sich einen musikalischen Tipp einzuholen. Es muss Ende November gewesen sein, als Tante Elisabeth mich in einer ruhigen Minute am Festnetztelefon erwischte und mir erzählte, dass sie ihren Mann zu Weihnachten mit einer Reise nach Florenz überraschen wolle. Sie schwärmte mir eine halbe Stunde von dem Hotelzimmer vor, das sie für die Tage nach Weihnachten gebucht hatte, und rückte schließlich mit der Sprache heraus, dass sie die Reise mit einem Opernbesuch krönen wolle. Elisabeth war ihr Lebtag noch nicht in der Oper. Ihr Mann hingegen schon. Er ist Konzertpianist, er trägt Frack, und in seiner Freizeit züchtet er Pfingstrosen. Kurz: Er liebt die Oper.

Elisabeth ratterte mir also am Telefon die verfügbaren Vorstellungen in der Florentinischen Oper herunter, und ich empfahl ihr aufs Geratewohl den *Don Giovanni* – nachdem ich sie mehrfach darauf hingewiesen hatte, dass ich über die Qualität der Oper in Florenz im Allgemeinen und die Qualität ihrer *Don-Giovanni*-Inszenierung im Speziellen nicht besonders gut im Bilde und generell nicht die allergeeignetste Ansprechpartnerin für klassische Musik sei.

Warum ich das erzähle? Weil ich den fernen Glanz in Mamas Augen bemerkt habe, als sie uns dreien vor einigen Tagen erzählte, sie würde nach Weihnachten ihre Schwester in der Schweiz besuchen. Dabei hockt Elisabeth da mit ihrem Mann in einer Opernaufführung in Italien, die ich ihr höchstselbst und blindlings ans Herz gelegt habe. Ein kleiner Funken in mir sagte mir, dass Mama wusste, dass ich weiß, dass sie nicht die Wahrheit sagt.

Keine Ahnung, warum ich sie nicht damit konfrontiert habe. Wahrscheinlich weil wir eine Familie sind, in der Offenheit und Ehrlichkeit an oberster Stelle stehen.

Wir geben beides und erwarten beides, und unsere Mutter hat sie uns gelehrt wie die Zehn Gebote. Sie hat mir mehr als einmal erzählt, dass sie meinen Professor sinnlich findet – und das ist mir der Ehrlichkeit viel zu viel. Genau deshalb will ich nicht hinterfragen, warum sie uns in diesem Fall anlügt. Weil ich mir sicher bin, dass sie es zu unserem Schutz tut und ich schlechte Nachrichten gerade nicht gebrauchen kann. Also hat etwas in mir dichtgemacht, sich abgeschottet. Zu, Feierabend, Sperrstunde.

Während ihrer Abwesenheit habe ich die ehrenvolle Aufgabe, auf meine Geschwister aufzupassen. Na ja, auf Lucy aufzupassen und dafür zu sorgen, dass Nick überlebt. Er wird mir nicht häufig über den Weg laufen; sein Weihnachtsgeschenk war ein Spotify-Premium-Abonnement, und seither ist er fünfzehn Stunden am Tag mit Musikhören beschäftigt. Ganz so, als wollte er das ganze Potenzial des Abonnements ausschöpfen, indem er jeden verfügbaren Song bis Ende des nächsten Jahres gehört hat.

Gerade sitzt er auf der Sofalehne und guckt verbittert. Es stört ihn, dass er für fünf Minuten aus seinem Zimmer hervorkriechen musste, um Tschüss zu sagen.

Mama umarmt mich und Lucy, sagt, sie werde uns drei vermissen, ermahnt mich, nicht in überflüssigem Kummer zu versinken, und streicht Nick den schwarzgefärbten Haarvorhang aus den Augen.

»Du musst jetzt sagen, dass du deine Mami auch vermissen wirst«, witzelt sie, als Nick den Kopf wegzieht, damit sie seine sorgsam gescheitelten Haaren nicht durcheinanderbringt.

»Ich werd's überleben«, brummt er. »Hab noch ein Date mit My Chemical Romance.«

»Wer ist My Chemical Romance?«, fragt Mama an mich gewandt.

»Der Grund, warum ich zuerst in Nicks Zimmer suche, wenn ich meinen Kajalstift nicht finden kann.«

»Ah.« Sie macht auf verständnisvoll, der Junge muss sich ja noch finden, seine Freiheit ausleben, ein Mann werden, blabla. Ob es der beste Weg ist, ein Mann zu werden, wenn man schwarze Schminke benutzt, bezweifle ich derzeit noch. Ich hätte gerne meinen blonden Bruder zurück, der schwarze T-Shirts aus modischer und nicht aus ideologischer Motivation trägt.

Nick sieht mich mit dem Todesblick an und fummelt an einem der Lederbändchen herum, die seine Handgelenke zieren. »Hör lieber mal das Mixtape, das ich dir geschenkt hab. Ist 'ne musikalische Lektion für dich. Deine Ohren werden sich freuen.«

Ich muss lachen. Das Mixtape, das Nick mir zu Weihnachten geschenkt hat, ist eine CD mit seinen Lieblingssongs, die mir den Jazz aus- und den Emo-Punk eintreiben soll. Den Begriff kennt Nick nur, weil die Neunziger derzeit ein Revival haben. Denn nicht mal ich habe noch an einem Kassettenrekorder Songs zusammengestellt.

»Mach ich heute Abend, versprochen.«

Bevor Mama das Haus verlässt, drückt sie mich erneut, und ich spüre die Gewissheit und ihre Dankbarkeit fürs nicht Nachfragen durch ihre Fingerspitzen in meinen Körper strömen. Ich versuche einfach, an gar nichts zu denken.

Gegen halb neun stehe ich im Supermarkt und suche nach einem Nachtisch, der meinem Appetit und Frust irgendwie gerecht werden kann.

Auf meinen Ohren sitzen neue Kopfhörer, die mir Mama und meine Großeltern zu Weihnachten geschenkt haben. Ich bin mir jetzt schon sicher, dass es nie besser angelegte hundertfünfzig Euro gab. Mit Extrabass und keinerlei Außengeräuschen zappe ich mich durch Nicks Playlist und streife derweil durch den Supermarkt. In meinem Einkaufskorb liegen die kulinarischen Wünsche von mir und meinen Geschwistern: Nick will scharfe Peperoni-Pizza, Chili-Chips und Red Bull. Lucy will Dosenravioli und eine Packung von diesen Schoko-Riegeln, die im Supermarkt im Kühlfach aufbewahrt werden. Ich bin süchtig nach asiatischem Fast Food und habe deshalb Hunger auf Instant-Nudeln und tiefgekühlte Frühlingsrollen. Kurzum: Wir wollen alle genau das, was wir nur ungestraft essen dürfen, wenn unsere Mutter samt ihrer Ernährungsberatung weit weg ist. Die Schweiz erscheint mir gerade weit weg genug. Selbst wenn Mama gar nicht wirklich dort ist.

Zum gefühlt hundertsten Mal schlendere ich durch die Regale mit dem Eis und kann mich einfach nicht entscheiden. Ich bin der einzige Mensch, der am 27. Dezember durch den örtlichen REWE tigert und sich fragt, ob es sich lohnt, fünf Euro für einen Becher Ben&Jerry's in der Fünfhundert-Gramm-Packung auszugeben, oder doch lieber zwei Euro für ein Schokoladeneis der Eigenmarke im Ein-Kilo-Eimer. Ich bin hin- und hergerissen, denn ich weiß, dass das teure Eis besser schmeckt. Spontan beschließe ich, erst noch eine Runde durch die Weinabteilung zu drehen und ein Lied aus Nicks Playlist erneut einzuschalten.

Weil die Straßen und Wege vereist sind, musste ich zu Fuß hierhergehen. Auf dem Weg zum Supermarkt habe ich viermal das Lied *Welcome to the Black Parade* von der Kajalstift-Band My Chemical Romance gehört und überlege seither, wie ich Nick möglichst schonend beibringe, dass ich den Song gut finde. Ich bin heilfroh, dass es zu dieser Jahreszeit so früh dunkel wird und ich hoffentlich unbeobachtet war, als ich mich unterwegs emotionsgeladen zu dem Song bewegt habe. Ich schwöre, das war mehr als peinlich.

Zurück bei den Eistruhen, geht es wieder ein bisschen mit mir durch, ich wiege mich im ausgestorbenen Supermarkt in Sicherheit und beginne im letzten Refrain zu nicken und im Rhythmus wippend zu laufen.

Als jemand mich an der Schulter berührt, erschrecke ich so sehr, dass mir die Eispackung aus der Hand fällt, die ich gerade inspiziere. Ich wirble herum, greife nach der Packung und stoße dabei am Kopf mit dem Schulterberührer zusammen, der sich ebenfalls danach bückt.

Es ist Julius.

Herzlichen Dank, gottverdammtes Universum. Verpiss dich! Geh gefälligst dorthin, wo man deine Hilfe auch haben will.

Oh Gott! Es ist Julius! Und ich trage uralte Jeans und eine Outdoorjacke, die eigentlich Nick gehört und mir zu eng ist, weil mein Bruder ein Spargeltarzan ist und ich über Weihnachten etwas zu viel gegessen habe. Außerdem bin ich nicht geschminkt. Nicht mal ein bisschen. Es kleben auch keine Mascarareste vom Vortag oder Vorvortag mehr in meinen Wimpern, denn ich habe über die Feiertage kein einziges Mal Make-up getragen. Meine Haare sind ungewaschen und deshalb zu einem wüsten Nest auf meinem Hinterkopf zusammengeknotet. Und erst diese Kopfhörer! Warum kann ich nicht wie jeder andere Mensch mit In-Ears das Haus verlassen? Warum gehe ich überhaupt vor die Tür wie der letzte Penner? Der letzte Penner mit verdammt teuren Kopfhörern, aus denen Emo-Rock dröhnt. Warum befinden sich nur Lebensmittel in meinem Korb, die diese Bezeichnung kaum verdienen? Pizza, Chips, Dosenfraß und Red Bull? Er wird denken, ich veranstalte eine LAN-Party!

Warum stupst er mich überhaupt an? Warum geht Julius nicht einfach beschämt an mir vorbei und tut so, als wäre ich ihm nicht aufgefallen?

Ploppen in seinem Kopf etwa keine Bilder auf, wenn er mich sieht? Solche Bilder, wie sie sich zuhauf in meiner Erinnerung tummeln? Von ihm ohne T-Shirt. Und ohne Hose. Wie er seine Brust tätschelt, damit ich den Kopf darauf lege und wir einschlafen wie ein verfluchtes Pärchen. So wie er sonst nur mit seiner Freundin einschläft … Ich werde sauer. Anlässlich des gesteigerten Frustes beschließe ich, das teure Eis zu kaufen. Man gönnt sich ja sonst nichts.

Ich ziehe die Kopfhörer vom Kopf und lasse sie um den Hals hängen, wodurch das peinliche Lied noch lauter zu hören ist.

»Hi«, sagt er und lächelt mich an.

Schnell drücke ich auf die Stopptaste meines iPods und sage: »Oh, hi, sorry, ich …« Dann hebe ich das Eis auf und verstaue es wieder in der Kühltruhe.

Wäre ich Cameron Diaz in einem Film mit Cameron Diaz, dann hätte ich beim ersten postkoitalen Treffen mit meinem One-Night-Stand-Partner sicher besser ausgesehen. Ich hätte einen Push-up getragen und zehn Kilo weniger gewogen und so.

Dass Julius fantastisch aussieht, muss ich sicher nicht extra erwähnen. Dreitagebart, wache olivfarbene Augen, außerdem riecht er gut, seine Jacke stammt nicht von einem untergewichtigen Geschwisterchen, und er hält auch keinen Einkaufskorb voller Junkfood in den Händen, sondern nur eine Packung Spaghetti und eine Flasche Rotwein. Julius mit einer Flasche Rotwein löst ebenfalls schöne Erinnerungen in mir aus. Schreckliche, meine ich natürlich, ganz schreckliche Erinnerungen.

»Was machst du hier?«, fragt er.

»Einkaufen. Das hier ist ein Supermarkt, weißt du.« Eigentlich mag ich es nicht, wenn man mir Fragen stellt, deren Antwort offensichtlich ist. Doch bei Julius ist es irgendwie süß. Es fühlt sich an, als wollte er einfach nur gerne mit mir sprechen.

Ich wandle auf einem schmalen Grat: Einerseits möchte ich Julius gerne die Haut von seinem schönen Leib reißen, weil er ein betrügerischer Mistkerl ist, andererseits möchte ich ihn umgarnen, beeindrucken und ihm nahe sein.

Daher versuche ich es noch mal auf die etwas nettere Tour. »Ich bin mit meinen Geschwistern alleine zu Hause und wir… na ja, wir wollen heute Abend nur Müll essen.«

»Cool«, sagt er. »Bei mir geht's eher klassisch zu.« Er wedelt mit der Flasche und den Nudeln.

Bestimmt ist seine Freundin zu Besuch, bestimmt kochen sie romantisch, bestimmt haben sie danach Sex in dem Bett, in dem noch vor wenigen Tagen ich Sex mit ihm hatte. Urrrgrgggggg … GEHIRN! Warum tust du mir das an?

Das Universum tut mir in diesem Moment einen Gefallen und lässt mein Handy klingeln. Ich entschuldige mich und gehe ran. Es ist Nick, der mir sagt, ich solle Wasser mitbringen, Mama hätte sich eben bei ihm gemeldet und ihn darauf hingewiesen, dass wir keines mehr haben. Keine Ahnung, wie ich mit einem Kasten Wasser und meinen Einkäufen eine Viertelstunde zu Fuß gehen soll. Als ich Nick frage, wie ich das anstellen soll, blafft er, darauf wüsste er auch keine Antwort.

Julius sieht mich fragend an.

»Mein Bruder«, erkläre ich.

»Ah«, sagt er und folgt mir an die Kasse.

Auf dem Weg dorthin sammle ich noch einen Sixpack Wasser ein, der mir schon auf den wenigen Metern durch den Laden ungeheuer schwer vorkommt. Im Ernst: Was packen die da rein? Edelmetalle?

Entweder ist Julius die Situation nicht so unangenehm wie mir, oder er kann es gut überspielen. Jedenfalls wirkt er vollkommen gelöst, entspannt und auf absolut natürliche Weise freundlich. Er bezahlt nach mir, und wir treten gemeinsam auf den dunklen, vereisten Parkplatz vor dem Markt.

»Mein Auto steht da drüben«, sagt er.

Ich grinse – was soll ich auch sonst tun? – und sage: »Okay, dann … Ich geh in die Richtung.«

»Du gehst? Du meinst, zu Fuß?«

»Ja.«

»Das sind neun Kilo Wasser, die du da mit dir rumschleppst, ist dir das klar? Und es ist eiskalt. Komm, ich fahr dich heim.«

Alles, nur das nicht. Lieber würde ich mit neun Kilo Wasser bis nach Timbuktu marschieren. Nein. Würde ich nicht. Ich hasse laufen.

»Es geht schon, wirklich.«

»Layla!« Es ist so schön, wie er meinen Namen ausspricht. Er singt ihn fast. »Jetzt hab dich nicht so. Ich will dich nur nach Hause fahren.«

Ja, und am Freitag wollten wir *nur* einen Wein trinken.

Trotzdem lasse ich mich darauf ein. Natürlich, denn es gibt ja diesen Teil in mir, der ihm nahe sein will.

Julius verlädt meine Einkäufe in den Kofferraum seines Autos und wartet dann, bis ich mich auf den Beifahrersitz gesetzt habe.

Ich versuche ihn nicht anzusehen während der Fahrt, die wegen der glatten Straße eine Ewigkeit zu dauern scheint.

»Weißt du was?«, fragt er auf halber Strecke.

»Mhm?«

»Wenn ich dich vorher nie getroffen hätte, sondern eben hier im REWE zum ersten Mal, mit diesen erstklassigen Kopfhörern, mit denen du durch die Regale getanzt bist, ohne dich darum zu kümmern, ob dich irgendjemand sieht – ich hätte dich auf jeden Fall angesprochen.«

Mir bleibt die Spucke weg. Wenn er das sagt, klingt es fast, als wäre das gar nicht peinlich, sondern anziehend und liebenswert. Aber ich muss sachlich bleiben oder in diesem Falle eher unsachlich.

»Ach ja? Wenn ich dich vorher nie getroffen hätte und nicht wüsste, dass du eine Freundin hast, die du am Wochenende gerne mal betrügst, hätte ich mich ganz bestimmt von dir ansprechen lassen.«

Julius starrt mich überrascht an und schaut dann wieder auf die Straße.

Jetzt findet er mich sicher zickig.

»Mir ist klar, dass mich das nicht gerade sympathisch macht. Und es tut mir leid, dass du da mit reingezogen wurdest.«

Ich sehe ihn entgeistert an. Keinen Schimmer, was ich darauf sagen soll. Er geht ganz schön locker damit um, dass er seine Freundin mit mir betrogen hat. Dieser Scheißkerl. Dummer, blöder, perfekter Scheißkerl.

»Das … ist … nicht mein Problem.«

»Ja, das ist mir bewusst. Mir ist nur wichtig, dass du es zu deinem Problem machst.«

»Können wir bitte nicht weiter drüber sprechen«, blocke ich ab.

»Ist gut«, sagt er und wirkt erleichtert.

Dann fährt er mich nach Hause und besteht darauf, mir beim Tragen zu helfen.

»Hast du nicht ein Spaghetti-Dinner, das auf dich wartet?«, frage ich ihn, während ich vor unserer Haustür nach dem Schlüssel krame, und bin fast ein bisschen genervt von seiner Nettigkeit. Kann er nicht bereuen, was passiert ist?

»Die Spaghetti sind noch nicht gekocht, schlecht werden sie also nicht.«

Ich öffne die Tür, schiebe Julius, der das Wasser trägt, schnell an dem Chaos im Flur vorbei, werfe meine (Nicks) Jacke dazu und höre schon, dass sich im Wohnzimmer eine Katastrophe anbahnt.

Nick und Lucy brüllen sich an.

KATASTROPHENMANAGEMENT

Als wir das Wohnzimmer betreten, verstummen sie kurz, um mir dann gleichzeitig in der Dezibelstärke eines startenden Flugzeugs ihre jeweilige Sicht der Dinge zu schildern.

»Layla, der kann doch oben Gitarre spielen! Ich will fernsehen!«

»What the fuck? Nein! In einer Viertelstunde zeigen sie 'ne Aufzeichnung von 'nem Rise-Against-Konzert. Und ich guck das!«

»Ja, aber ich will *jetzt* fernsehen, und ich kann nichts hören, weil du hier Gitarre spielst. Außerdem spielst du grottenschlecht.«

»Punkt für Lucy«, werfe ich ein.

»Kannst du mal die Fresse …«

»Nick, jetzt mach mal 'nen Punkt. Bist du sechs oder sechzehn?« Ich packe die Einkäufe auf die Ablage in der offenen Wohnküche und zeige Julius, wo er das Wasser hinstellen soll.

»Was willst du überhaupt? Hast du dich vermehrt, oder so?« Er nickt kritisch in Richtung Julius.

»Oh, ja, sorry. Ich bin Julius«, stellt er sich vor.

»Alter …« Nicks Gesicht verändert sich schlagartig. Es wechselt binnen Sekunden von brodelndem Welthass zu Nachdenklichkeit, dann in Faszination. »Alter … bist du etwa der von YouTube?«

Mit monströsen Augen sehe ich von Nick zu Julius

und wieder zu Nick, dann mache ich aus Verlegenheit Lucys Raviolidose auf.

»Ähm, ja, kann sein, dass du mal eins von meinen Videos gesehen hast.«

»Krass, Mann! Ja, meine Freundin steht total auf dich.«

Ach ja, stimmt: Nick hat eine Freundin, die fünfzehn ist und mit der er sich gerne mal gemeinsam die Haare schwarz färbt. Nur dass sie dazu meist einen blauen oder rosa- oder lilafarbenen Pony wählt. Sie heißt Luna-Franziska, aber dafür kann sie nichts. Sie ist alles in allem ein nettes Ding, und ich glaube, dass sie Nick ziemlich happy macht, und das wiederum macht mich happy.

Aber was erzähle ich da überhaupt? WIE BITTE? Luna-Franziska kennt Julius, und Nick kennt ihn auch, und zwar von YouTube? Dem größten Online-Video-Portal der Welt? In dem tagtäglich hunderte, Quatsch, tausende Menschen Videos von ihren meist zweifelhaften Gesangskünsten online stellen, die dann wiederum von Millionen von Menschen angesehen werden?

Wie groß ist da bitte die Wahrscheinlichkeit, dass Julius in einer Kleinstadt einen Fan hat? Dass gleich mehrere Leute ihn kennen? Überhaupt: Julius hat einen Fan?

Meine Freundin steht total auf dich. Das ist ja wie damals bei Ben. Ich weiß nicht, wie viele sogenannte Abonnenten Bens YouTube-Channel mittlerweile hat. Damals waren es fünftausend, was ganz gut ist, aber nicht sehr gut. Ben hat es fast in den Wahnsinn getrieben, dass andere YouTube-Musiker mehrere Millionen Abonnenten haben.

Ich weigere mich seit einem Jahr, mir Bens Videos anzusehen, deshalb weiß ich nicht, wie es derzeit um seine Internetkarriere bestellt ist.

»Oh«, meint Julius, »das ist cool. Richte ihr aus, ich weiß das zu schätzen.«

»Du weißt das zu schätzen?«, bricht es unangemessen aus mir raus. »Sorry, aber wie abgebrüht klingt das denn? Als würdest du das täglich hören.«

Wie erwähnt: Mürrisch und unausstehlich zu sein gestaltet sich deutlich einfacher, als nett und sympathisch rüberzukommen. Und es hilft definitiv dabei, jemanden nicht mehr toll zu finden. Hoffe ich zumindest.

Julius ist trotzdem amüsiert. »Na ja, sie kennt mich ja gar nicht – sie leitet das nur aus meinen Videos ab. Es passiert häufiger, dass Mädels irgendwas von mir in der Art kommentieren.«

Ich wünsche mir auf der Stelle den alttestamentarischen Gott zurück. Er soll eine Plage auf Julius herniederregnen lassen. Sofort. Meinetwegen auch auf diese Mädels, die dergleichen kommentieren. Oder am besten auf mich, dann müsste ich mich mit all dem nicht mehr herumschlagen.

Ich will keinen Musiker. Nie mehr. Nie mehr dieses Über-Ego ertragen müssen. Keine dicken Grinsegesichter, die mit Freude durchlesen, wie wildfremde Mädchen ihre Videos »kommentieren«. Mädchen, deren musikalisches Know-how sich in Sätzen wie »Biiiiiitte heirate mich!« oder »Du bist so süß. Love you!« erschöpft. Ich will solche Typen nicht mehr gut finden! UND ERST RECHT NICHT MIT IHNEN SCHLAFEN!

»Wenn ich ihr sage, dass du hier warst, wird sie ausflippen. Dein letztes Video war echt gut. Ich meine, also … Ist eigentlich nicht mein Geschmack, bisschen zu lahm, dieses Akustik-Zeug, aber na ja, meine Freundin hat mich gezwungen es zu gucken, also …«

»Gezwungen?« Julius findet das Gott sei Dank lustig, sonst müsste ich Nick nachher aus Scham verkloppen.

»Rise Against haben auch schon lahmes Akustik-Zeug gemacht.«

Nick schürzt die Lippen und wägt in Gedanken das Argument ab.

»Ich hab Hunger«, wirft Lucy ein und kommt zu mir.

»Du spielst Gitarre?«, fragt Julius und setzt sich auf die Sofalehne neben Nick.

Verdammte Hacke! Was soll das? Das nimmt keine gesunde Wendung. Der Streit zwischen meinen Geschwistern ist zwar beigelegt, aber jetzt sitzt der Typ, mit dem ich aus Versehen geschlafen habe, neben meinem Bruder bei uns auf der Coach, während meine Schwester (im Pferde-Pyjama) und ich (mein momentanes Äußeres habe ich bereits hinreichend beschrieben) hinter der Küchenzeile unser ungesundes Abendessen vorbereiten.

»Joa, also … ja, schon.«

Nick strapaziert die Wahrheit so sehr, dass ich nicht anders kann, als mich einzumischen.

»Er versucht es.«

»Warum machst du mich immer platt?«, fragt er mich aggressiv.

»Tschuldigung! Ich meinte natürlich, Nick ist ein Virtuose an der Gitarre.«

Er zeigt mir den Mittelfinger.

»Kannst du mal was spielen?«, fragt Nick und reicht Julius die billige Akustikgitarre, die er gelegentlich für seine eher kümmerlichen Fortschritte verantwortlich macht. Mama hat ihm – »der Junge braucht seine Freiheit« hin oder her – eine elektrische verboten.

Julius nimmt das Instrument. »Rise Against, ja?«, fragt er schelmisch, denkt einen kurzen Moment nach und fängt an zu spielen.

Er schlägt Achtelnoten an, streicht über die Saiten, und

mir rutscht alles in die Hose. Nicht nur mein Herz, einfach alles.

»Hey, bitte, nicht dieses Lied, ja?«

Julius und Nick sehen mich erstaunt an.

»Auf jeden Fall dieses Lied. *Hero of War* ist saugeil!«

»Ich denke, das ist lahmes Akustik-Zeug?« Fragend blinzle ich Nick an und schiebe seine Pizza in den vorgeheizten Ofen. »Und jetzt lass Julius in Ruhe. Danke fürs Heimfahren, aber du musst hier wirklich nicht meinen Bruder bespaßen.« Vor allem nicht mit diesem Lied.

Ich gebe Lucys erhitzte Ravioli auf einen Teller. Sie setzt sich damit Julius gegenüber und guckt ihn fasziniert an.

»Hey, ist echt kein Problem. Was spielst du so momentan?«, fragt Julius Nick interessiert.

»Na ja, also … Layla hat vielleicht recht. Ich bin noch nicht so der Bringer.«

»Spiel noch mehr«, fordert meine Schwester.

»Lucy, lass ihn doch!«

»Du heißt Lucy?«, fragt er. Sie nickt freudig. »Dann kennst du doch bestimmt dieses Lied hier, oder?«

Sofort schrammt er kurz auf der Gitarre und singt den Refrain von *Lucy in the Sky with Diamonds.* Na klasse, er kann auch noch spontan einen beliebigen Beatles-Song nachspielen. Mit einer Stimme, die auf dem haardünnen Grat zwischen butterweich und kratzig wandelt, in einer Tonlage, die einen ungeübten Sänger sofort auf die Schnauze fallen lassen würde.

Ich liebe die Beatles. Aber das tut nichts zur Sache, denn jeder liebt sie. Die Beatles zu lieben ist in etwa so, wie Schokolade zu lieben oder die Fernsehserie *How I Met Your Mother.*

Trotzdem: Julius spielt aus dem Stegreif einen

Beatles-Song an, der nie als Single veröffentlicht wurde. Der Song war nie Nummer eins in den Single-Charts und gehört nicht zum Standardrepertoire. Hätte er jetzt *Let it be* oder *Yesterday* angestimmt, wäre das nichts Besonderes gewesen.

Julius' Ausstrahlung, während er spielt, ist unglaublich. Er wirkt selbstbewusst, aber nicht eingebildet. In gesundem Maße von sich selbst überzeugt, jedoch nicht überheblich.

»Das klingt schön«, freut sich Lucy. »Hast du das geschrieben?«

Julius und ich müssen gleichzeitig losprusten. »Leider nicht. Ich wünschte, ich hätte es geschrieben«, sagt er.

»Schreibst du auch eigene Songs?«, will Nick wissen.

»Ja, manchmal.«

»Ist ja krass. Du hast es ganz schön drauf. Echt krass. Kannst du bitte mal die Nummer spielen, die du am Samstag upgeloaded hast? Die meine Freundin mir gezeigt hat?«

Julius sieht mich kurz an und spielt und singt dann den Refrain eines Songs, der mir glatt die Schuhe auszieht. Die Schuhe und auch den Rest meiner Kleider, sodass ich wieder so nackt bin wie Freitagnacht in seinem Bett.

There's a place I go, when I'm alone.
Do anything I want, be anyone I want to be.
But it is us I see and I cannot believe I'm falling.
That's where I'm going, where are you going?
Hold it close, don't let this go.
Dream catch me, dream catch me when I fall.
Or else I won't come back at all.

Als Julius endet, beobachtet er mich lange. Ich weiche seinem Blick aus. weil ich nicht weiß, was er mir damit sagen will. Weil ich nicht weiß, was er von mir möchte, was das alles soll und warum zum Teufel er überhaupt in unserem Wohnzimmer sitzt und ein Lied spielt, über das ich gesagt habe, dass ich es mag.

»Ich wünschte, ich könnte so spielen, Mann.«

»Wenn du magst, kann ich dich unterrichten.«

»Boah, Mann, das wär krass! Echt jetzt?«

Julius nickt und schreibt ihm dann seine Nummer auf.

Es ist zum Durchdrehen! Jetzt hat mein kleiner Bruder doch tatsächlich Julius' Handynummer, bevor ich sie habe. Hallo? Ich habe mit ihm geschlafen. Ich hätte diese Nummer verdient. Nick ist einfach nur ein schlechter Gitarrist. Ich weiß nicht, was ich von dieser neuen Verbindung halten soll. Doch, eigentlich weiß ich es: Ich hasse sie.

»Meine Freundin wird komplett austicken, wenn ich ihr das erzähle.«

Warum muss er Luna immer »meine Freundin« nennen? Das ist total nervig. Mich nennt schließlich auch nie jemand »meine Freundin«. Ich stelle den Wasserkocher aus und übergieße meine Instant-Nudeln mit dem heißen Wasser.

»Apropos: Sie fragt sich immer, ob du eine Freundin hast?«

Das heiße Wasser spritzt beim Eingießen auf meine Hand, und ich fluche vor Schmerz.

Julius dreht sich zu mir um. »Alles okay?«, fragt er.

»Ja. Ja, wirklich. Und Nick, sag Luna, dass er eine Freundin hat.« Ich beschieße Julius mit einem finsteren Blick. Kann er nicht endlich gehen?

»Ey, Gott sei Dank. Dann kommt sie wenigstens nicht auf die Idee, mich mit dir zu betrügen, he?« Nick deutet mit einem Pistolenfinger auf ihn, als hätte er soeben den reißerischsten Witz des Jahrhunderts gemacht.

Ich wünsche mir sofort die alttestamentarische Plage herbei.

»Na ja«, Julius steht endlichendlichendlich auf. »Ruf an wegen des Unterrichts, wenn du willst.«

»Auf jeden!«, schwört Nick.

Ich bringe Julius zur Tür.

»Ich weiß, dass du sauer auf mich bist«, sagt er dann.

»Verdammt! Dabei habe ich so doll versucht, es zu überspielen.« Ich verschränke die Arme. In meinem Körper breitet sich dieses komische Gefühl aus, das man bekommt, wenn der Mund etwas anderes ausdrückt, als der Rest des Körpers empfindet.

»Ich wollte nicht, dass du sauer bist«, wiederholt Julius noch einmal.

»Schon klar.«

»Es war nur …«

»Will immer noch nicht drüber reden.«

»Na gut. Wir sehen uns in der Uni, denke ich. Schöne Ferien noch. Und guten Rutsch.«

Ich nicke nur. Viel Vergnügen beim Candle-Light-Dinner mit deiner Freundin, du doofer … perfekter Penner.

Nachdem Julius weg ist, beginnen Lucy und Nick wieder zu streiten. Ich bin verwirrt. Als eine Art Kurzschlussreaktion entschließe ich mich, den Computer hochzufahren und den YouTube-Channel von Julius zu suchen. Auf gut Glück gebe ich einfach seinen vollständigen Namen ein und entdecke als Erstes einen Kanal namens JULIUSmakesyourHEARTJUMP. Das ist also das Pseudonym, unter dem das Netz Julius Herzsprung kennt. Ich starre eine Weile auf das Suchergebnis, ohne einen einzigen Klick zu tun. Wieder und wieder lese ich die Kurzbeschreibung seines Profils: JULIUSmakesyourHEARTJUMP. Hi, mein Name ist Julius Herzsprung, und du hast den Ort gefunden, an dem ich tue, was ich am liebsten mache: singen, Gitarre spielen und Songs schreiben.

Erst um zwei Uhr nachts, der Streit meiner Geschwister ist lange verklungen, und draußen tobt schon wieder der Schnee, traue ich mich, die vollständige Seite aufzurufen und das neueste Video anzuklicken, das ganz oben angezeigt wird. Ich sehe Julius, der in die Kamera strahlt und sein Video vorstellt.

»Hi«, sagt er, »mein Name ist Julius Herzsprung, und ihr seht jetzt mein neuestes Video. Es ist ein Cover! Ihr liebt Cover, ich weiß. Warum schreibe ich eigentlich eigene Songs?« Er krallt sich kurz mit einer sympathischen, bubenhaften Miene die Faust in den Haaransatz. »Egal! In diesem Fall ist das Cover einfach passender und besser als alles, was ich selbst je fabrizieren könnte. Denn ich bin … heute Morgen aufgewacht und … na ja, ich glaube, ich hatte ein paar ziemlich krasse Träume letzte Nacht. Vielleicht kennt ihr das. Auf jeden Fall … na ja, aus irgendeinem Grund hatte ich dann diesen Song hier im Kopf, deshalb … na ja, deshalb spiel ich ihn jetzt für euch: *Dream Catch Me* von Newton Faulkner.«

Noch während mein Blick zum Datum des Uploads huscht (es ist tatsächlich der Tag nach unserer gemeinsamen Nacht), beginnt er ihn zu spielen, diesen Song, den er »aus irgendeinem Grund« im Kopf hatte. Ich kann's nicht fassen. Ich bin derart fassungslos, dass ich aus Überforderung anfange zu heulen. Sein Cover ist unglaublich gut. Seine Stimme, wie er auf den Korpus der

Gitarre klopft, um den Schlagzeugbeat zu imitieren, der Tonartwechsel in der Bridge vor dem letzten Refrain – alles! Ich höre den Song in Endlosschleife, bis mir um drei Uhr fast die Augen zufallen.

Gerade als ich YouTube schließen will, fällt mir etwas auf. »JULIUSmakesyourHEARTJUMP hat vor weniger als einer Minute ein neues Video hochgeladen«, steht da. Der Titel des Videos und damit auch der Titel des Liedes, das er singt, machen mich so sprachlos, dass ich sofort darauf klicke.

Wieder sieht man Julius. Diesmal lächelt er nicht. Er reibt sich über die Augen und spricht kurz zu seinen Zuschauern: »Hi, Leute, mein Name ist Julius Herzsprung und so weiter und so fort, ihr kennt das. Es ist schon ziemlich spät, deshalb will ich gleich auf den Punkt kommen. Ich habe wieder mal einen Song für euch, der leider nicht von mir ist. Aber der mir hoffentlich dabei hilft, etwas Schlaf zu finden. *Lucy in the Sky with Diamonds* von den Beatles.«

Jetzt bin ich mehr als verwirrt.

FREUNDSCHAFT BESTÄTIGEN?

Ich spiele den Boten. Nicht Amor oder so. Nein, ich verteile keine Liebesnachrichten. Mir kommt eine ähnliche Rolle zu wie dem Notar, der bei RTL-Castingshows die verhängnisvollen Umschläge mit den Ergebnissen der Zuschauer-Votings an Daniel Hartwig übergeben muss. Bloß hänge ich einen Zettel an Jochen Heckers Bürotür auf, den ich eben in meinem Hiwi-Verschlag an meinem uralten Hiwi-Computer getippt habe.

Die Weihnachtsferien waren definitiv zu kurz. Der Stress aus Uni, Hiwi-Tätigkeiten, Unterrichten und Auftritten hat mich längst wieder eingeholt.

Kaum habe ich den letzten Klebestreifen angeklebt, öffnet Hecker die Tür. Dass er mich gehört hat, kann nur bedeuten, dass er endlich mal daran gedacht hat, die Ohrstöpsel rauszunehmen, oder dass er sie erneut für ein Gummibärchen gehalten und dieses Mal aufgefuttert hat. Das würde das Ohrstöpselproblem ein für alle Mal lösen.

»Layla«, sagt er, »Sie sind schon fertig mit der Liste?«

»Ja.« Ich tippe auf das festgeklebte Blatt Papier, auf dem oben steht: SWEENEY TODD – BESETZUNG. »Ich hänge gleich noch eine an Professor Jagdmanns Tür.«

»Warten Sie bitte noch einen Moment. Kommen Sie rein.«

Verdutzt folge ich ihm in sein unordentliches Büro.

Er setzt sich mit der halben Pobacke auf die Kante seines vollgemüllten Schreibtisches und hält mir einen Umschlag hin. »Das ist für Sie.«

»Was ist das?«

»Betrachten Sie es als nachträgliches Weihnachtsgeschenk.«

Ich öffne den Umschlag und halte zwei Eintrittskarten für JochenHeckerundBand in den Händen.

»Vielleicht haben Sie ja an dem Abend noch nichts vor. Ich würde mich freuen, wenn Sie kommen würden. Und ... vielleicht wollen Sie die zweite Karte ja Ihrer Mutter geben, ihr gefallen die CDs doch so gut.«

Ich grinse ihn an. »Danke, das ist lieb. Ich werde sie fragen.«

»Schön«, erwidert er und schielt auf die zweite Liste in meiner Hand, die ich an Jagdmanns Bürotür kleben soll. »Wie finden Sie unsere Besetzung?«

Auf der Liste lese ich unter anderem einen Namen, der sich in mein Gehirn eingebrannt hat. Wann immer ich die Augen schließe, sehe ich diesen Namen und den dazugehörigen Menschen vor mir. Selbst wenn ich nur mal kurz blinzle.

Ganz oben an erster Stelle steht: Sweeney Todd – Julius Herzsprung.

Ausweichend erkläre ich: »Bei den Castings war ich ja nicht im Raum. Ich werde dann wohl bei den Proben hören, wie die Sänger so sind.«

»Ja, da haben Sie recht. Aber dieser Herzsprung, mein lieber Scholli! Wo war er, als wir *West Side Story* aufgeführt haben? Ich habe ihn vorher nie gesehen. Ein super Sänger. Sie müssten ihn hören.«

»Hab ich schon«, rutscht es mir heraus. Verdammt! Mist! Supermist! Natürlich habe ich ihn schon gehört. Ich habe die komplette letzte Woche damit verbracht, mir jedes einzelne seiner YouTube-Videos anzusehen. Mehrfach. Nicht mehrfach im Sinne von »so ein-, zweimal«, sondern wie in »ich habe rund um die Uhr nichts anderes getan und hin und wieder dabei auch ein bisschen dümmlich vor mich hin gegrinst und/oder geweint«.

»Wirklich? Und wie finden Sie ihn?«

»Ja. Weiß nicht, ich denke, er … er ist ganz gut«, versuche ich die Sache herunterzuspielen.

Jochen Hecker grinst mich an. »Sie werden ihn noch lieben lernen.«

Innerlich grummelnd und fluchend gehe ich die Treppe hinunter zu Jagdmanns Büro. Ehrlich gesagt weiß ich gar nicht, warum ich so grummelig und fluchelig bin. Jochen Hecker kann doch nichts dafür, dass ich Julius längst lieben gelernt habe und seit zwei Wochen eifrig damit beschäftigt bin, ihn lieben zu *ver*lernen. Aber es klappt einfach nicht.

Es stört mich, dass ich nichts mehr von ihm gehört habe, seitdem er bei uns zu Hause auf dem Sofa saß und tolle Musik machte. Bis auf die Tatsache – und das erregt mich ebenso positiv wie negativ –, dass er mir auf Facebook eine Freundschaftsanfrage geschickt hat. Julius Herzsprung – Freundschaft bestätigen? Ich habe mich gefragt: Freundschaft? Bestätigen? Und erst mal nicht reagiert. Wann auch immer ich jetzt meinen Facebook-Account öffne, steht da, dass ein gewisser Julius Herzsprung fragen lässt, ob ich mit ihm befreundet sein möchte. Dabei will ich das doch gar nicht! Man kann nicht mit Leuten befreundet sein, mit denen man Sex hatte. Noch nicht mal online …

Mein Bruder konnte die Anfrage bestätigen. Denn noch am selben Tag hat mich Facebook wissen lassen, dass Nick Woll jetzt mit Julius Herzsprung befreundet sei, außerdem gefalle Nick Woll nun JULIUSmakesyourHEARTJUMP.

Ich habe dadurch zwei Sachen festgestellt. Erstens: Nick ist ein Schleimer. Zweitens: Julius hat nicht nur eine normale Facebook-Seite für Freunde und Bekannte, sondern auch eine Fanseite für Menschen, denen er gefällt. Aus Jux und Tollerei habe ich diese Seite neulich angeklickt und bin erstarrt. Unter einem tollen Schwarzweißbild von Julius, auf dem ihm Rosanna um den Hals hängt und er leicht abwesend ein paar Zentimeter an der Kameralinse vorbeiguckt, steht: JULIUSmakesyourHEARTJUMP – 13586 Personen gefällt das.

13586 Personen gefällt das. Drei-zehn-tau-send-fünf-hun-dert-sechs-und-acht-zig.

Mein Bruder war die dreizehntausenfünfhundertsechsundachtzigste Person, die in die Suchleiste das YouTube-Pseudonym von Julius eingegeben hat und nun der Welt zeigt, dass er ihm gefällt.

Weil ich nicht wusste, wie das zu bewerten ist, habe ich in eben diese Suchleiste »BenFassbinderMusic« eingegeben, Bens YouTube-Namen. Auch er hat eine Seite, und diese Seite gefällt fast fünfzigtausend Menschen. Fünf! Zig! Tau! Send!

Es ist zwar total bescheuert, und ich schäme mich auch dafür, aber einer meiner ersten Gedanken war: Ich habe mit zwei gottverdammten Berühmtheiten geschlafen. Auf diese Überheblichkeit folgt allerdings ein ziemlich dringliches Gefühl von Eifersucht und Verlustangst. Denn unter dreizehntausenfünfhundertsechsundachtzig Personen findet sich bestimmt das eine oder andere Girl, für das man mich vom Hof jagen würde. Das heißt: Zuerst wird natürlich die feste Freundin in den Wind geschossen, anschließend ich. Und dazwischen noch die unbestimmte Anzahl etwaiger zusätzlicher Affären.

Ich verjage die Facebook-Spionageaktion aus meinen Gedanken und klebe mit Nachdruck den Zettel mit dem Cast an Jagdmanns Bürotür. Eine Nanosekunde später lugt mir Golo über die Schulter. Sicher kann er es riechen, wann immer er irgendwo für einen zentralen Part besetzt wird.

»Hi«, knurrt er.

»Hi, Golo.«

»Ich hab die Rolle, nicht wahr?«

»*Sí,* Signor Pirelli, Sie haben die Rolle.«

»Na toll. Hab gehofft, die überlegen es sich vielleicht noch mal. Wer spielt den Anthony? Nein … Nein, bitte sag's nicht. Will's gar nicht wissen … wer sie küssen darf und so. Sie ist doch Johanna, oder?« Er guckt auf die Liste und nickt. »Natürlich ist sie's.« Frustriert schiebt er die Hände in die Taschen seiner Nadelstreifenhose und guckt wieder auf die Liste. »Leander Siebert. Leander Siebert? Nicht ihr Ernst. Fucking LEANDER SIEBERT?«

»Leander Siebert ist perfekt für den Anthony, Golo, das weißt du selbst.«

Ich verpacke den Tesafilm in meinem Rucksack und ziehe meine Jacke zu.

»Er ist … Er … Nein!«

»Doch.«

Ich kenne Leander Siebert. Er studiert Klavier und Gesang und ist in meinem Jahrgang. Er ist ein Zweiundzwanzigjähriger im schlanken, noch undefinierten, einen Meter siebzig großen Körper eines Siebzehnjährigen mit einem weichen, glatten Gesicht, blassblauen Augen und dunkelblonden Haaren. Nicht zu vergessen: mit einer glockenklaren Tenorstimme. Ihn umschwirrt das Flair des naiven Jünglings, der für seine erste große, blinde Liebe schlicht alles tun würde.

Ich habe ihn bereits auf verschiedenen Uni-Konzerten live erlebt und auch in ein paar von Julius' Videos hatte er einen Auftritt. Er stellt ihn darin als seinen guten Freund vor, einen tollen Sänger und den »verfickt geilsten Pianisten der Erde«. Wörtliches Zitat. Der bloße Gedanke an die Version der beiden von The Frays *How to Save a Life,* bei der Leander Klavier spielt und die zweite Stimme singt, beschert mir eine Gänsehaut. Verdammt! Ich wollte doch nicht mehr in Social-Media-Erinnerungen an Julius schwelgen.

Am eifersüchtigen Blick in Golos Augen erkenne ich, dass auch er weiß, dass Leander Siebert eine tolle Besetzung ist.

»Wer ist Julius Herzsprung?«, fragt er und geht näher an den Aushang heran, als ob sich ihm dann erschließen würde, wer dieser Unbekannte ist.

»Sweeney Todd.«

»Ja, danke, das sehe ich selbst.«

»Das ist der Gitarrenstudent, der sich erdreistet hat, für dein Musical vorzusingen.«

»Der … was? *Der* hat die Hauptrolle? Die infiltrieren uns, Layla.«

»Uns? Ich studiere ebenfalls ein Instrument, falls du das vergessen hast.«

»Ja, aber du kennst deinen angestammten Platz.«

Ich will mich gerade entrüsten, als der dreiste Emporkömmling um die Ecke eilt.

Oh nein. Oh Himmel, nein. Das Tempo meines Herzschlags wechselt übergangslos von moderato nach presto. Gleichzeitig schaltet mein Gehirn auf Generalpause, und mein Magen fühlt sich plötzlich an wie ein Hohlraum.

Meine Augen scannen über Julius, als wollten sie jeden Millimeter auf ewig festhalten. Lederjacke, offen, darunter ein Shirt mit Band-Logo, The Clash, dunkelbraune Hose, Cord, schwarzer Gürtel, Leder, auffallende Schnalle, schmutzige beige Sneakers, Asics, mit Schneerändern. Und sein Gesicht! Glatte Wangen, frisch rasiert, wache Augen, ein Lächeln auf den Lippen, Wollmütze.

Er steckt gerade eine Zigarettenschachtel in die hintere Hosentasche (nicht an seinen Hintern denken, bloß nicht an seinen Hintern denken) und unterhält sich mit Alisa Dobnagel. Super klasse.

Golo und ich glotzen beide wie vom Blitz getroffen den Flur hinunter. Er auf Alisa. Ich auf Julius.

Mein Freund sieht mich an, dann wieder das Pärchen, das auf uns zukommt.

»Hängt die Liste?«, ruft Alisa über den Flur.

Golo eilt auf sie zu, nimmt sie am Arm und umschwärmt sie. »Ja, ja, Alisa. Oder sollte ich sagen Johanna? Hahahaha, herzlichen Glückwunsch!«

Alisa freut sich. Laut, quietschend, nervig.

Julius steht mir gegenüber und sieht mich unschlüssig an. »Hi«, sagt er schließlich.

»Hi, Julius. Oder sollte ich sagen Sweeney?«, äffe ich Golo nach.

»Wirklich? Ist ja krass.« Julius vergewissert sich selbst mit einem Blick auf den Aushang und stößt dann einen freudigen Ruf aus. In diesem Moment sieht er so zufrieden und glücklich aus, dass ich ihn gerne in den Arm nehmen würde.

Doch Alisa übernimmt diesen Part. Geradezu vereinnahmend schlingt sie beide Arme um seinen Hals und fragt, ihren Mund nur wenige Zentimeter von seinem Gesicht entfernt: »Muss ich dich jetzt Papa nennen?« Sie berührt seine Brust. Ich hoffe, sie hat ganz üblen Mundgeruch. Sie hat keine Berechtigung dazu, diese Brust zu berühren. Ich verbiete es ihr. Ich will das nicht. Und ich will nicht, dass ich es nicht will.

»Ich übernehme Signor Pirelli«, bringt sich Golo ins Gespräch, mit auf einmal doch recht stolzgeschwellter Brust.

»Glückwunsch, Tobi, wirklich. Herzlichen Glückwunsch. Es wird so toll. Ich weiß es, es wird so toll.« Alisa löst sich von Julius und tätschelt Golo mit einer Freundschaftlichkeit den Oberarm, die zu der stürmischen Umarmung von eben in keinem krasseren Gegensatz hätte stehen können.

»Was machst du?«, fragt mich Alisa.

»Ich? Nun ja, ich hänge hier die Zettel auf.«

»Ach so.« Sie wirft mir einen abschätzenden Blick zu.

Daraufhin verabschiede ich mich und gehe in Richtung Treppenhaus.

»Du benimmst dich kindisch, weißt du das?«, höre ich Julius rufen, der mir offenbar auf die Treppe gefolgt ist.

»Warum?«

»Weil du mit mir redest, als würdest du mich gar nicht kennen. Außerdem guckst du so, keine Ahnung, so genervt. Was soll das denn?«

Ich bleibe auf dem Treppenabsatz stehen, mein Herz klopft schwer. »Stimmt doch, ich kenne dich wirklich kaum.«

Er legt den Kopf schief, als wollte er sagen: »Wir haben uns nackt gesehen. Das nennst du ›kaum kennen‹?«

Sofort kontere ich: »Wie soll ich denn deiner Meinung nach mit dir umgehen? Soll ich dir zur Begrüßung vielleicht einen Kuss geben?«

»Nein, aber ich glaube, wir würden uns wirklich super

verstehen. Wär doch schade, wenn wir … keine Ahnung, wenn das zwischen uns stehen würde. Vielleicht sollten wir's einfach vergessen und Kumpel sein.«

»Kumpel?«, rufe ich, und meine Stimme schnellt dabei theatralisch um zwei Oktaven in die Höhe. Ich greife mir an die Schläfe und beschließe kurzerhand, dass Ehrlichkeit in diesem Fall am besten ist. »Okay, hör zu. Du hast vielleicht Übung darin, mit fremden Menschen ins Bett zu gehen und danach mit ihnen befreundet zu sein, als wäre nichts gewesen – obwohl du eine Freundin hast, wohlbemerkt. Aber ich kann das nicht. Mir ist so etwas noch nie passiert, und ich bin damit ziemlich überfordert. Ich habe ein schlechtes Gewissen, obwohl ich deine Freundin nicht einmal kenne. Ich kann das Ganze nicht so leicht ad acta legen wie du. Die Nacht schwirrt mir seit Wochen im Kopf herum. Du schwirrst mir im Kopf herum. Also verlang bitte nicht von mir, dass ich das alles vergessen soll. Wenn ich wüsste wie, dann hätte ich es längst getan. Außerdem … außerdem … du brauchst mich doch gar nicht zur Freundin. Küre doch einfach einen deiner 13586 Facebook-Fans zu deinem neuen Kumpel!«

Sein Gesichtsausdruck ist schwer zu beschreiben, nachdem ich meine Predigt beendet habe. Er sieht ein bisschen amüsiert aus, fast schmunzelt er. Aber er ist auch irritiert. Und plötzlich genervt. »Hast du mich etwa gestalkt?«

»Du hast mich gefragt, ob wir ›Freunde werden‹ wollen.«

»Ja, mit meinem privaten Profil. Und das auch nur, weil ich keine Nummer von dir hatte. Ich wollte dir nur eine Nachricht schicken. Außerdem hast du ja nicht mal auf meine Anfrage reagiert. Weil du dich kindisch benimmst, wie gesagt.«

»Ich bin kindisch, weil ich mir keine Illusionen darüber mache, dass man befreundet sein kann, nachdem man Sex hatte? Na dann, entschuldige bitte meine Infantilität!« Das Wort Infantilität finde ich selbst sehr klugscheißerisch, kaum dass es raus ist.

»Infantilität? Ich wollte nur mit dir reden.«

»Na ja, jetzt haben wir ja geredet.«

»Du hast geredet.«

Mein Gemüt wird wärmer. Ich will ihn eigentlich gar nicht anmeckern. Ich bin bloß komplett überfordert – das habe ich eben in meiner Rage schon ziemlich gut festgestellt.

Ich ächze. »Sorry, ich will nicht so sein«, sage ich dann und gehe weiter die Treppe hinunter.

»Hast du jetzt Feierabend?«, fragt er und schiebt sich neben mich.

Ich nicke.

»Du sagst wahrscheinlich nein, aber soll ich dich mit nach Hause nehmen?« Dann räuspert er sich. »Ich meine … haha, das klang jetzt irgendwie doppeldeutig. Ich meine natürlich nur, weil ich mit dem Auto da bin. Ich fahre dich heim, wenn du magst.«

Ich muss über sein doppeldeutiges Angebot unfreiwillig lachen und sehe auf die Uhr. Wenn ich mich mitnehmen lasse, bin ich eine ganze Stunde früher zu Hause. Es wäre also rein aus pragmatischen Gründen klug, ja zu sagen. Außerdem werde ich gerade in den Bann seiner Stimme und seines Geruchs gezogen. Ich sage also ja. Julius freut sich. Warum, weiß ich auch nicht. Schließlich war ich eben ziemlich grob zu ihm. Vielleicht hofft er ja, dass wir auf der Autofahrt Kumpel werden.

PENISKOMPENSATIONSKARRE

»Du bist also ein BMW-Fahrer«, fange ich irgendein Thema an, weil ich Julius' freundliches, stilles Schmunzeln nicht länger ertragen kann. Männer reden bestimmt gerne über ihre Autos, vor allem wenn sie dafür eine Stange Geld hingeblättert haben, für die ich in etwa zweitausend Stunden Saxofonunterricht erteilen müsste.

Er brettert in einer Geschwindigkeit über die A 3 Richtung Heimat, die ich noch nie gefahren bin. Der alte Opel Corsa meiner Mutter, den ich mir hin und wieder ausleihe, würde bei diesem Tempo elendig verrecken. Ich vermeide einen Blick auf den Tacho. Denn sollte sich meine grobe Schätzung bestätigen, dass die Nadel gerade an der Zweihunderter-Marke kratzt, würde ich höchstwahrscheinlich vor Angst sterben. Ich bin nun mal kein schneller Mensch. Ich mag's lieber bequem.

Ob Julius denkt, er könnte mich mit seinem Fahrstil beeindrucken? Dabei hat er wirklich genügend andere Qualitäten, mit denen er Frauen schwach machen kann. Sich eine Gitarre umhängen und in die Kamera lächeln zum Beispiel. Schwupps: 13586 potenzielle Sexualpartnerinnen, ohne auch nur einen Cent für Sprit auszugeben. Na ja. Vielleicht sind es auch nur 13585 – Nick würde wahrscheinlich nicht ganz so weit gehen.

Ich schiele zu ihn hinüber und werde plötzlich von meinem eigenen Unterbewusstsein attackiert. Es bombardiert mich mit einem Strom aus Erinnerungen. Bumm:

Julius, wie er mich küsst. Bumm: Julius, wie er mein Becken gegen seines drückt. Bumm: Julius, der sich das T-Shirt über den Kopf zieht und mich dabei anlächelt, als wären wir vertraut und würden ein lange eingeübtes Duett spielen. Bumm: Julius, der mir sagt, dass er eine Freundin hat. Bumm: Ich, wie mein Hals staubtrocken wird, die Beine wie Pudding, die Enttäuschung über mir zusammenbricht, mir alle Fehlinterpretationen bewusst werden, wie alle Träume, denen ich mich kurz hingegeben habe, in der Mitte zerreißen.

Obwohl ich bemüht bin, Julius doof zu finden, finde ich momentan nur einen Menschen wirklich doof: mich selbst. Weil ich es eben nicht hinkriege, ihn zu verachten. Je mehr ich es versuche, umso toller wird er. Sein Schmunzeln zum Beispiel.

»Mein Vater hat ein BMW-Autohaus.« Oder die feinen Härchen auf seinen Unterarmen.

»Aha.« Das Muttermal auf dem Augenlid.

»Ist ein tolles Auto.« Die Zahnlücke zwischen den Schneidezähnen.

»Ich hab keine Ahnung von Autos. Ich weiß nur, dass das hier eigentlich eine Peniskompensationskarre ist.«

Julius bricht in schallendes Gelächter aus. Dafür gibt es zwei Gründe. Der erste ist meine Wortschöpfung. »Peniskompensationskarre? Sehr gut.« Der zweite ist, dass mir anscheinend ein sachlicher Fehler unterlaufen ist. »Aber Layla, das ist nur ein Einser! Ein BMW X6 – das wäre eine Peniskompensationskarre.«

»Gut, dass ich weiß, was das ist.«

»Wenn ein Sportwagen und ein Geländewagen heiße Autoliebe machen würden und dabei ein sehr properes Baby herauskäme, das wäre ein X6.«

»Das klingt definitiv nach Geschlechtsorgankompensation«, sage ich verständnisvoll. »Wie du vielleicht schon bemerkt hast, ich habe keine Ahnung. Ich stehe nicht so auf Autos.«

»Worauf stehst du denn dann?«

Wäre das hier ein Teenie-Film mit Hang zu überdrehtem, realitätsfremden Humor, würden mir an dieser Stelle die Worte »Auf dich!« herausrutschen. Stattdessen grinse ich lieber und versuche dabei kess und geheimnisvoll, spielerisch und auffordernd auszusehen. Es gelingt mir wohl, denn Julius erwidert diesen Blick. Sieht bei ihm sehr viel gekonnter und überzeugender aus.

Ich spüre ein Drücken in meiner Brust, flaue Leere in meinem Magen und das Verlangen, ihm zu sagen, dass ich heute Nacht wieder nicht in meinem Bett allein sein will.

Memo an mich: das mit dem kessen und geheimnisvollen, spielerischen und auffordernden Grinsen lieber bleiben lassen. Zu effektiv.

Er sieht mich von der Seite lächelnd an.

Ich lächle zurück.

Vergiss Memo eins. Neues Memo an mich: Warum mit den flirtenden Blicken aufhören? Ich kann nicht aufhören, ihn zu wollen, sosehr ich mir auch vor Augen führe, dass er eine Freundin hat. Außerdem könnte er es mir erheblich leichter machen, wenn er nicht gutaussehend *und* lustig *und* sexy wäre. Aber nein.

REALITÄTSEINBRUCH

Am nächsten Tag in der S-Bahn wird mir bewusst, in was ich mich da gerade hineinmanövriere. Erkenntnisauslöser ist vermutlich das Telefonat, das ich gestern Abend, nachdem mich Julius zu Hause abgesetzt hat, mit Kara geführt habe. Zuallererst musste ich ihr und vor allen Dingen mir selbst eingestehen, dass ich ziemlich verknallt in ihn bin.

»Ich bin nicht der Typ für unverbindlichen Sex, das wusste ich von Anfang an. Das heißt bei mir was«, erklärte ich ihr und fühlte mich dabei unheimlich bradshawesk. Außerdem verkündete ich mit stolzgeschwellter Brust, dass ich bereit sei, gegen die unbekannte Nebenbuhlerin in den Ring zu steigen, um mein eigenes Glück an die erste Stelle zu setzen. Ich trat die Parole aus all den Frauenfilmen richtig schön breit, und Kara feuerte mich auch noch an. Sie sagte ständig: »Richtig!«, oder: »Genau!«, oder: »Schnapp ihn dir!«, oder, mein persönlicher Favorit: »Eine Frau muss tun, was eine Frau tun muss.« Das klingt nach Alice Schwarzer und kommt mir sehr entgegen.

Kara hat mir meine eigenen Interpretationen bestätigt. Sie stimmte mir zu, dass Julius mit mir flirtet, wenn er mich anlächelt. Sie vermutete auch, dass er mich nur heimfährt, weil er Zeit mit mir verbringen will. Und sie glaubte ebenfalls, dass ihm der Sex etwas bedeutet hat. Gute Kumpel werden will er auch ihrer Meinung nach nur, weil er mich auf diese Tour rumkriegen will. Was seine Freundin betrifft – pfff! Die ist erstens hässlich, zweitens strunzblöd und kann es drittens sowieso nicht mit mir aufnehmen, selbst wenn erstens und zweitens nicht zuträfen. Denn ich bin schlicht und ergreifend die beste Partie, die man auf dem Planeten Erde nur machen kann.

Kara hat es geschafft, dass ich das wirklich eine ganze Nacht lang selbst glaubte.

Bis eben.

Während ich eingequetscht in der S-Bahn stehe, bricht die Realität über meinem Schädel herein. Das kommt wirklich ungelegen, denn hier drin sind zur typischen Pendlerstoßzeit so viele Menschen versammelt, dass es ohnehin schon viel zu eng ist.

In öffentlichen Verkehrsmitteln gibt es drei Arten von Leuten, neben denen ich nur ungern stehen möchte und es dennoch sehr oft muss.

1) Diejenigen, die sich zuletzt vor drei Wochen gewaschen haben und dies nicht einmal durch die Verwendung eines Deodorants oder Parfüms zu vertuschen versuchen.
2) Diejenigen, die ihren Eigengeruch durch zu viel Deodorant oder Parfüm zu vertuschen versuchen und dabei zu Duftwässerchen greifen, die mir die Haare in den Nüstern verätzen.
3) Diejenigen, die so laut Musik hören, dass ich sie zwangsweise mithören muss. Ich habe häufig das Glück, neben einem eingefleischten Gangster-Rap- oder Dubstep-Fan zu stehen. Ich bin musikalisch gesehen wirklich sehr tolerant, aber es gibt Grenzen!

Auch heute gebe ich mir Mühe, ausschließlich durch den Mund einzuatmen, um nichts riechen zu müssen, und stelle meinen eigenen MP3-Player lauter, um die Störgeräusche zu minimieren. Gleichzeitig versuche ich aus der Realitätslawine wieder aufzutauchen.

Als ich gestern etwas von »mein eigenes Glück an die erste Stelle setzen« und »in den Ring steigen« gefaselt habe, kann ich nicht ganz bei Trost gewesen sein. Wahrscheinlich hat mich Julius' unangebrachtes Strahlemannlächeln mit der Lücke zwischen den Schneidezähnen geblendet. Ich werde Kara heute gleich nach der Uni anrufen und ihr sagen, dass sie mir nicht so einen Unfug eintrichtern darf.

Nie im Leben könnte ich jemandem den Freund ausspannen. Nicht, dass ich es nicht wollte – ich bin in diesem Fall wirklich sehr dazu hingerissen –, aber es würde nicht funktionieren. In Wahrheit bin ich nämlich alles andere als eine gute Partie.

Ich bin launisch und miesepetrig. Ich habe einen Nagellacktick. Ich habe viel zu wenig Zeit, um jemandem eine gute Freundin zu sein. Davon abgesehen weiß ich gar nicht, ob ich mir die Zeit überhaupt nehmen will. Ich bin besserwisserisch. Ich korrigiere Rechtschreibfehler in Speisekarten und auf Reklameschildern. Nichts macht mich wütender als ein Restaurant, das mit seinen Menü's und Snack's wirbt. Ich habe fünf Kilo zu viel. Oder sechs. Na gut, sieben. Ich gehe eindeutig zu enge emotionale Bindungen mit fiktiven Figuren ein. Sonst würde ich wohl kaum immer noch heulen, wenn Mufasa in *König der Löwen* von der Gnuherde zertrampelt wird. Dabei habe ich den Film schon gefühlte vierhundertsechsunddreißigmal gesehen!

Ich sollte mich zurücknehmen, vielleicht seine Freundschaft akzeptieren (nicht nur die auf Facebook) und die Zeit ihre Wunder vollbringen lassen. Ich sehne mich nach Julius. Aber ich will kein Versteckspiel.

Heute ist ein Tag, an dem ich mich wie dreizehn fühle.

WENN ICH KENNEN SAGE, DANN MEINE ICH KENNEN

Nach dem regulären Tagesablauf proben wir heute erstmals mit dem Orchester für *Sweeney Todd.* Jochen Hecker leitet die Probe. Er lässt uns nach seinem ureigenen Chaosprinzip hier und da ein Stück anspielen, gibt Ratschläge und Übungstipps und spornt uns an, als wäre die Aufführung nächste Woche.

Gegen sieben sind wir mit der einstündigen Probe fertig und verstauen die Instrumente in den Koffern. Hecker kommt auf mich zu und schaut mir beim Putzen meines Saxofons zu, als würde er diesen Vorgang zum ersten Mal beobachten.

»Hallo, Layla«, sagt er verschmitzt.

»Hallo«, werfe ich trocken zurück. Ist nicht mein Tag heute.

»Ich wollte Sie fragen, ob … nun ja, der Udo und ich, wir treffen uns jetzt gleich mit den Sängern. Wollen Sie vielleicht mitkommen? Kurzes Kennenlernen et cetera.«

Ich denke an Julius und will zuerst nein sagen, aber dann denke ich noch mal genauer an Julius und sage: »Ja, warum nicht.«

Na prima. Ich bin jetzt also schon in dieser Phase des Verliebtseins, in der man alle möglichen Verrenkungen macht, um denjenigen, den man mag, bei jeder Gelegenheit zu sehen. Aber ich muss schon sagen: Eine Einladung des Arbeitgebers anzunehmen ist keine besonders affige Verrenkung. Das ist Anstand. Ich muss mir also gar nichts dabei denken, als ich mit Jochen Hecker die Aula verlasse und ihm ins Uni-Café hinterherdackle. Dort sitzt Jagdmann so nah an einem der Tischchen, dass sich die Tischkante in seinen dicken Bauch gräbt. Um ihn schart sich die Gruppe der Solisten, die schweigend seiner imposanten Stimme lauschen. Sein tiefer Bass ist so überausgebildet, dass er beim Sprechen mit vibrierender Brust zu singen scheint.

Ich sehe Julius. Er sitzt auf einem umgedrehten Stuhl und stützt die Unterarme auf der Rückenlehne ab, sein Kinn ruht auf den gefalteten Händen.

»Jochen! Wie war die Probe?«, dröhnt Jagdmann, als er uns sieht, und zieht damit alle Blicke auf mich und Jochen. Ich meine Hecker. Ich meine Jochen Hecker.

»Super, echt super.« Mein Chef mimt den lässigen Musiker, setzt sich auf die Tischkante und gießt sich Kaffee ein, der in großen Kannen auf dem Tisch steht, auf dem Udo Jagdmann seine Plauze abgelegt hat.

Golo winkt mir zu, zieht einen Stuhl neben sich, schubst dabei fast Leander Siebert um und befiehlt dann: »Layla, setz dich her, Layla! Hier ist frei, Layla! Hier … kannst dich setzen.« Bei all dem verhält er sich so dezent und geräuscharm, dass sicher auch die Menschen in Peru mitbekommen haben, dass neben ihm ein Platz für mich frei ist. Ich setze mich und schäme mich ehrlich gesagt kurz dafür, dass Golo nicht ein etwas unauffälligerer Zeitgenosse ist.

Jagdmann und Hecker besprechen die Orchesterprobe mit den Solisten, und alle quatschen plötzlich wild durcheinander. Julius redet mit Leander. Er wirkt müde, aber gut gelaunt. Als er bemerkt, dass ich ihn ansehe, winkt er mir kurz zu (nur ein kurzes Heben der Hand, wie wenn man sich beim Autofahren dafür bedankt, dass man vorgelassen wurde) und unterhält sich weiter.

»Kaffee?«, fragt mich Golo und hält mir eine Tasse hin.

»Nee, ich wollte doch weniger …«

»Keks?« Er schiebt mir einen Teller mit Keksen zu. »Sag jetzt ja nicht, du isst auch weniger Kekse.«

Witzig. »Nein, danke.«

»Jemand Keks?«, fragt Golo in die Runde. »Alisa? Keks?«

Alisa will natürlich keinen Keks. Sie lächelt ihn humorlos an und schiebt den Teller weiter. Julius nimmt einen. Leander schaut in meine Richtung. Ich bin irritiert und vermute, dass sie gerade über mich sprechen. Nein. Dieses Gefühl ist erstens nur eine Spiegelung meiner Unsicherheit, und zweitens werden sie schon nicht so dreist sein, über mich herzuziehen, wenn zwischen Leander und mir nur eine Person sitzt, die die Tonfrequenz dämmen könnte. Diese Person ist eine rassige südländische Schönheit (vielleicht aus der Türkei oder Tunesien, eventuell auch arabischer Herkunft), die mich freundlich ansieht und sich dann vorstellt.

»Hi, wir kennen uns noch gar nicht, oder? Ich bin Emel.«

»Layla«, sage ich und versuche, ihre sympathische Mimik zu erwidern, während ich aus dem Augenwinkel beobachte, wie Leander und Julius so doll lachen müssen, dass Julius Kekskrümel aus dem Mundwinkel fallen. Fast schon peinlich, dass ich das süß finde. Nee, definitiv peinlich. Aber – das muss ich zu meiner Verteidigung sagen – es hat auch eine kleine erotische Ebene, wie er anschließend die Krümel mit dem Daumen und der Zunge wieder aufliest.

Herrgott im Himmel! Angeturnt von Kekskrümeln? Ich muss komplett verzweifelt sein!

»Welche Rolle singst du?«, fragt mich Emel.

Sie erinnert mich auf neiderregende Art und Weise an die RTL-Allzweckwaffe Nazan Eckes. Nur dass sie keine perfekt sitzende Frisur mit großen, künstlichen Lockenwicklerwellen hat, sondern einen wilden Berg aus winzig kleinen schwarzen Löckchen. Jede stolze Besitzerin einer Minipli-Dauerwelle würde Emel sicher gerne skalpieren, um an ihren Schopf zu kommen.

»Ähm, gar keine«, antworte ich und fühle mich kurz, als würde ich den heiligen Kreis der Auserwählten stören. »Ich bin Heckers Hiwi, ich spiele nur im Orchester.«

Meine Wortwahl scheint Emel zu verdutzen. »Warum *nur?* Ist doch cool.«

Dingdingding, sie hat soeben einhundert Pluspunkte geerntet.

»Emel singt Misses Lovett«, drängt sich Golo dazwischen, und zwar wortwörtlich. Er hat seinen Stuhl um meinen herumgerückt und steckt seinen leicht rosa glänzenden Kopf zwischen uns.

»Definitiv die beste Rolle«, sage ich ehrlich.

»Ja, nicht wahr?« Sie klingt nicht mal eingebildet. »Ich habe mich irre gefreut.«

Eingenommen von ihrem freundlichen Wesen, nehme ich, ohne nachzudenken, nun doch einen Keks.

Leise stellt mir Emel die Solisten vor: »Alisa Dobnagel kennst du wahrscheinlich. Sie war die Maria in *West Side Story.* Den Part wollte ich damals. Frag mich nicht, warum sie ihn gekriegt hat. Ich mein, ganz ehrlich: Puerto Rico nimmt der nicht mal ein Blinder ab. Die hat doch gar keinen Arsch!« Emel ahnt nicht, wie viele weitere Pluspunkte sie gerade bei mir sammelt. »Egal, jetzt spielt sie die Johanna. Passt viel besser zu ihr, wenn du mich fragst. Leander Siebert – süßes Kerlchen – spielt den

Anthony, einen Besseren gibt es für die Rolle nicht, Anthony ist schließlich auch ein süßes Kerlchen. Ohne Bartwuchs. Und ohne vollständig ausgebildete Hoden. Kleiner Scherz – sorry, ich mag ihn wirklich.«

Bei diesem Satz grinse ich kurz Golo an, der mir die Zunge rausstreckt.

»Tobias Mann kennst du offensichtlich schon.« Sie legt Golo die Hand auf die Schulter. »Der beste Signor Pirelli, den du an dieser Uni finden kannst. Oder in diesem Universum. Dann hätten wir da noch Sina Leiblich, sie spielt die Lucy. Eigentlich ist sie Flötistin. Hat echt 'ne Schraube locker, die Frau. Torsten Sommer als Büttel Bamford – eine tolle Besetzung. Neben Jagdmann sitzt Markus Schumacher, der die Rolle von Richter Turpin übernimmt. Ich will dich nicht beeinflussen, aber er ist ein richtiger Kotzbrocken. Ich freue mich schon darauf, wenn er abgemurkst wird. Das übernimmt dann Julius Herzsprung, er spielt Sweeney Todd.«

Julius hebt den Kopf, als sie seinen Namen sagt. Sieht mich an. Spricht weiter mit Leander.

Emel hat bemerkt, dass Julius hellhörig geworden ist, daher spricht sie leise weiter. »Ich kenne ihn nicht persönlich, aber der Kerl ist 'ne kleine Berühmtheit im Internet. Hör dir mal ein paar von seinen Sachen an, er ist echt gut. Bestimmt ist er ein eingebildeter Schnösel, der denkt, er könnte sie alle haben. Ich versteh schon, er ist hübsch und so weiter, aber er ist leider echt gut.«

Emel gehört zu den Menschen, die sagen, was sie denken. Das gefällt mir. Denn ich denke meist nur, was ich denke. Wenn ich doch mal versuche, es auszusprechen, treffe ich nie den richtigen Ton und mache mich nur unbeliebt.

»Ich weiß. Ich kenne ihn.«

Sie mustert mich aufmerksam. »Aha. Und wenn du kennen sagst, dann meinst du?«

»Wenn ich kennen sage, dann meine ich kennen«, würge ich sie schnell ab.

»Okay, okay. Ich sag immer: Hände weg von Männern.«

Golo funkelt sie beleidigt an.

»Nichts gegen dich«, wirft sie ein.

»Ja, Golo, nichts gegen dich.«

»Warum nennt sie dich Golo?«

»Aaach, hab ihr schon tausendmal gesagt, dass sie das lassen soll.«

»Warum nennst du ihn Golo?«

»Na, weil er Mann mit Nachnamen heißt. So wie Golo Mann.«

»Gibt's keine cooleren Spitznamen, die man daraus basteln könnte?«, fragt mich Golo zum tausendsten Mal.

»Warum nicht Manfred? So wie Manfred Mann?« Emel amüsiert sich prächtig.

Golo ist von diesem Vorschlag nur mäßig beeindruckt.

»Manfred Mann geht nicht, weil unser Tobi keine Earthband hat, sondern nur einen Vater, der Thomas heißt. Thomas Mann. Und wie heißt der Sohn von Thomas Mann?«

»Golo Mann«, stellt Tobi-Manfred-Golo Mann mürrisch fest.

MÄNNER MEINEN, WAS SIE SAGEN – MÄNNER SAGEN, WAS SIE DENKEN

»Taxi?«, höre ich hinter mir eine Stimme rufen, als ich in der Eiseskälte auf die Bahn warte. Es ist Julius, der in seinem Wagen direkt neben den Gleisen hält, um mich anzusprechen.

»Ach was. Ich nehme die Bahn, ist schon okay.«

»Nein, das ist nicht okay, wenn ich sowieso in deine Richtung fahre. Steig schon ein.«

Keine dreißig Sekunden später sitze ich mal wieder in seinem Auto. Wird das jetzt etwa ein Ritual? Dass er mich zufällig irgendwo aufgabelt und ich mich zunächst ziere, bis er mich mit dem erleichternden Argument, dass wir denselben Weg haben, doch rumkriegt? Während ich jedes Mal so tue, als würde mich das total überraschen: »Ach, Julius, du? Hier? Was für ein Zufall. Mitfahren? Ach was, mach dir keine Umstände. Na gut, okay, rutsch rüber, entsichere die automatische Pling-Klick-Zack-Bumm-Verriegelung deines BMW und lass mich die Mieze auf deinem Beifahrersitz sein.«

Dabei ist das gar nichts Neues mehr. Streng genommen bin ich sogar ziemlich gut darauf vorbereitet. Denn seit die Uni im neuen Jahr begonnen hat, denke ich jeden Morgen vor dem Spiegel ziemlich präzise darüber nach, was ich anziehen soll. Ich trage auffallend oft Ausschnitte und stecke mir die Haare hoch. Meine Mutter hat gesagt, ich sähe dadurch schlanker aus. Sie hat auch gesagt, dass ich so die Männer beeindrucken könne. Und das will ich schließlich. Außerdem trage ich Parfüm. Und der Nagellack auf meinen Fingern ist zu keiner Zeit mehr abgeknabbert oder gesplittert. Er ist sauber, ordentlich und dunkelgrau. Dann gibt es da noch diesen vollkommen neuen Umstand, dass ich zum ersten Mal seit Ben so etwas wie eine Routine in Sachen Intimrasur eingeführt habe. Ich würde mir ja echt gern selbst erzählen, das liege daran, dass ich urplötzlich zu den Frauen gehöre, die sorgsam gepflegt und jederzeit in Erwartung eines One-Night-Stands durchs Leben schreiten. Aber wir wissen alle, dass das nicht stimmt. Ich will lediglich gewappnet sein für den Moment, wenn mich mein Julius-Taxi mal nicht vor meinem Zuhause absetzt, sondern direkt unter seiner Bettdecke parkt. Ich fühle mich deshalb ein bisschen schäbig. Aber wirklich nur ein bisschen.

Im Gegensatz zu meinen bisherigen Spritztouren in seinem Auto ist die Stimmung auf dieser Fahrt ganz anders. Wir führen ein Gespräch. Nicht wie sonst über Banalitäten wie den permanenten Stau am Seligenstädter Dreieck oder den Vorteil beheizter Vordersitze oder die Frechheit, dass der Uni-Kiosk zwanzig Cent auf die belegten Brötchen aufgeschlagen hat. Dieses Mal sehne ich mich nicht nach der Autobahnausfahrt und dem möglichst raschen Ende der Fahrt. Ich will, dass sie ewig dauert. Julius betrachtet mich von der Seite, während ich ihm von meinem Tag mit Jochen Hecker erzähle. Er stellt interessante Rückfragen, die beweisen, dass er mir zuhört. Er amüsiert sich über die Gummibärchen-Story und gesteht, dass er mal ein Gitarrenplektrum verschluckt hat, das er sich in einer Möchtegern-Coolness-Pose zwischen die Lippen geklemmt hatte.

»Ich meine, das Ding ist dreieckig, es sollte unmöglich sein, es zu schlucken. Wieso passiert mir so etwas?«

»Es ist beruhigend, dass auch den ganz coolen Gitarristen ganz uncoole Pannen passieren.« Ich lächle ihn an.

Er konzentriert sich auf die Straße und fragt dann, ohne den Kopf zu drehen: »Was machst du eigentlich am Wochenende?«

Mein Herz klopft schneller. Ist das nicht eine von den Fragen, bei denen so was wie Interesse am Gegenüber mitschwingt? Eine von denen, an deren Ende eine Verabredung steht? So ist es doch immer in den Filmen: Der Mann bringt die Frau im Auto nach Hause, Mann und Frau lachen, der Mann liefert ihr einen Vertrauensbeweis durch das Erzählen einer peinlichen Anekdote, die Frau kichert, der Mann blickt bedächtig auf die vorbeiziehende Straße und stellt die Frage nach einem Date am Wochenende. Als Hintergrundmusik ein gitarrenlastiges Cover eines Achtziger-Jahre-Popsongs, mit dem irgendeine Indie-Band ihre Gratwanderung zwischen ernsthafter Musik und Selbstironie ausdrücken will. So läuft es doch? Oder liefe das nur so, wenn ich Julia Stiles wäre und Julius Heath Ledger?

Ich überlege, ob ich vollkommenes Unbeschäftigtsein vortäuschen soll, damit Julius unbekümmert die eventuelle Date-Frage stellen kann. Aber leider habe ich Termine, die ich nicht mal dann absagen könnte, wenn Julius tatsächlich Heath Ledger wäre.

»Am Freitag probe ich mit dem Musikverein. Samstagnachmittag habe ich einen Gig mit dem Quartett, in dem ich mitspiele. Nichts Großes, nur eine Vernissage. Abends bin ich noch frei.«

»Das kommt bei dir nicht oft vor, oder? Frei haben?«

»So ist das eben.«

»Also, was machst du an deinem freien Samstagabend?«

»Ich weiß nicht?« Ich streiche mir eine Locke hinters Ohr.

Jetzt kommt es, oder? Jetzt kommt es! Gleich verabreden wir uns zu Pizza und Wein, und das am besten bei ihm. Rosanna wird dabei sein, und sein Bett wird dabei sein, und der Raum wird bis obenhin vollgestopft sein mit Erinnerungen an diese Nacht.

»Was machst du denn?«, helfe ich ihm auf die Sprünge.

»Ich? Meine Freundin kommt zu Besuch.«

Mir wird schrecklich schwummerig im Magen. Der Typ spinnt doch! Der kann doch hier nicht die Achtziger-Popsong-Cover-Indieband-Heath-Ledger-Nummer abziehen und dann einfach … und dann einfach schon verabredet sein! Mit seiner Freundin!! Seiner festen!!! Die er mit mir betrogen hat. Ich spüre einen dicken, fetten Kloß im Hals und will plötzlich, dass die Autobahnausfahrt sofort kommt. Sie kommt, und Julius fährt ab.

»Sagst du's ihr?«, muss ich auf einmal wissen.

Er schüttelt den Kopf und beißt sich auf die Oberlippe.

Ich kann nicht einschätzen, ob das gut ist. Wohl eher nicht. Wenn er es gestanden hätte, dann hätte sie sich bestimmt von ihm getrennt. Er wäre ein bisschen fertig gewesen, und irgendwann wäre, wie man so schön sagt, das Leben weitergegangen, und dann wäre ich ja für ihn da gewesen.

Aber möchte ich das? Ist es nicht irgendwie erniedrigend, das Trostpflaster zu sein?

Vielleicht wartet er, wie sich das mit uns entwickelt, um dann irgendwann Schluss zu machen?

Vielleicht will er aber auch, dass wir ein Geheimnis

bleiben. Dass wir uns trotzdem wieder treffen. Ohne dass sie es je erfährt. So … eine Art Affäre.

Vielleicht war der Sex ja nur zur Befriedigung seines Sexualtriebs da, und jetzt will er mit mir befreundet sein. Hat er schließlich genau so gesagt. Eventuell bin ich jetzt die Person, die er konsultiert, wenn seine Freundin rumzickt, wenn er nicht weiß, was er seiner Mama zum Geburtstag schenken soll oder bei der er die Mathehausaufgaben abschreiben will. Nur weil mir das nicht in den Kram passt, kann ich mir noch lange nicht einreden, dass hinter dieser Aussage eine tiefere Wahrheit steckt. Frauen fällt es nun mal ziemlich schwer zu akzeptieren, dass Männer alles, was sie sagen, auch so meinen.

»Ist besser so, glaub mir«, sagt Julius leise und wirkt plötzlich bedrückt.

Ich würde das alles gerne verstehen. Ich wäre gerne integer genug, um nicht in jedem seiner Worte meinen Vorteil zu suchen. Um nicht bei jedem Satz zu hoffen, dass sich ein Hintertürchen öffnet, das mir gibt, was ich will: ihn. Ihn für mich ganz alleine.

»Wie heißt sie?« Schließlich muss ich wissen, welche Namen der Ringrichter ausrufen wird, wenn ich wirklich in den Kampf ziehe.

»Anna.«

»Kenne ich sie?« In mir flackert die Panik auf, Julius und sie eines Morgens beim Brötchenholen zu treffen. Bei meinem Glück wäre ich dabei nämlich wieder ungeschminkt und würde wie eine Wurst in die zu enge Jacke meines kleinen Bruders gepellt.

»Ich denke nicht. Sie wohnt nicht hier.«

»Wo wohnt sie denn?«

»In Berlin.«

»Berlin?«

»Ja. Es, na ja, es ist so eine Art Fernbeziehung.«

So eine *Art* Fernbeziehung? Sechshundert Kilometer nenne ich eine saftige Fernbeziehung. »Wie oft seht ihr euch?«

»Etwa einmal im Monat.«

»Seit wann seid ihr zusammen?«

»Ungefähr seit drei Jahren.«

Drei Jahre. Berlin. Einmal im Monat. Wie kann man das aushalten, wenn man sich drei Jahre lang nur alle vier Wochen sieht? Anders gefragt: Wie toll muss diese Anna sein, dass Julius bei ihr bleibt, anstatt sich was in seiner Nähe zu suchen?

Mir wird schlecht.

Julius liebt sie bestimmt.

Oh nein! Er liebt sie.

Aber er hat sie betrogen.

Trotzdem nutzt er es nicht als Sprungbrett, um die Beziehung zu beenden.

Das bedeutet, er liebt sie.

Und das bedeutet, ich habe keine Chance.

Obwohl – immerhin betrachtet er mich liebevoll von der Seite, ganz als wollte er sagen: Es gibt einen Grund für alles. Es ist nicht so, wie es aussieht. Und auch: Ich mag dich.

Quatsch! Wenn er das denken würde, dann würde er es sagen.

DREISTÖCKIGE MARZIPANZUCKER-GUSSTORTE

»Tschüss«, sage ich kurz angebunden, als Julius ordnungsgemäß auf einem Parkplatz vor dem Haus mit unserer Wohnung hält und den Motor ausmacht.

Das Gespräch über Anna aus Berlin, mit der er seit drei Jahren eine liebesgeladene Fernbeziehung führt, hat mich ganz schön mitgenommen. Es tut mir leid, aber Anna muss sterben. Anna oder ich. Sonst halte ich das nicht aus.

Genauso wenig wie ich es aushalte, neben Julius im Auto zu sitzen, nah und doch so fern. Oh Gott! Wenn das nicht das Furchtbarste war, was ich im Leben je gedacht habe! *Nah und doch so fern?* Noch mehr schleimig triefende Kitschfloskeln, und ich bewerbe mich als Chefautorin einer ARD-Telenovela.

»Ähm … hat Nick es dir gar nicht erzählt? Wir haben heute unsere erste Stunde. Streng genommen erst in dreißig Minuten. Aber wenn ich schon mal hier bin …« Er steigt aus dem Auto, geht zum Kofferraum, holt seine Gitarre heraus.

Na super. Jetzt muss ich mit ihm die Treppe hoch in unsere Wohnung gehen. Noch mehr Nähe und Ferne. Noch mehr von den Bildern, die es sich angewöhnt haben, ziemlich penetrant vor meinem inneren Auge herumzutänzeln, sobald Julius in meiner Nähe (und Ferne) ist. Bilder, die mir Lust machen, das Gezeigte zu wiederholen, und zwar möglichst zeitnah. Aber nein: Anna. Berlin. Drei Jahre. Alles kacke.

Als wir nach oben kommen, sind Mama und Lucy unglücklicherweise gerade dabei, einen geeigneten Platz für Konrad Adenauer zu finden. Sie schieben die monströse Tonplastik durch den Wohnbereich, vorbei an Mamas Kakteensammlung, vorbei an ihren Kräutertöpfen, hin zu der Tafel, auf der sie notiert, was sie im Leben noch alles machen und erreichen will. Ganz oben steht: »Gesund werden.«

Es riecht nach Räucherstäbchen, Kerzen und der Suppe, die auf dem Herd darauf wartet, von mir aufgewärmt zu werden. Und nach Kuchen. Meine Mutter backt gefühlte fünf Kuchen täglich. Das könnte ein Grund dafür sein, warum ich in meinem ganzen Leben noch nie normalgewichtig war. Da hilft es auch nichts, dass die Eier im Teig von glücklichen Hühnern stammen, das Mehl aus Bio-Dinkel ist und sie den Zucker durch Agavendicksaft ersetzt hat. Danke, Mutter!

Aus Nicks Zimmer dröhnt Musik. Ich bin mir sicher, dass er strategisch vorgegangen ist, als er ausgewählt hat, welche Band er bei Julius' Erscheinen abspielen wird. Schließlich muss er gleich die Fronten klären. Er muss sein Revier markieren und Julius beweisen, wie gefestigt sein Musikgeschmack und wie überzeugt er vom Lebensgefühl der Musik ist.

Mama und Lucy werden auf uns aufmerksam und starren uns interessiert an. Mama klopft sich die Hände an ihrer Hose ab und kommt auf Julius zu. Sie schütteln sich die Hände und stellen sich vor. Ich sehe, dass ihr Händedruck auf seinem Handrücken einen staubigen Fleck hinterlässt, und bin froh, dass sie ihn weg von meiner Fremdscham zu Nick nach oben bringt.

»Kennt ihr euch?«, fragt Mama mich, als sie die Treppe wieder herunterkommt.

»Flüchtig«, brumme ich.

»Ist ja nett. Magst du was essen? Es gibt Graupensuppe. Oder ein Stück Kuchen?«

»Kuchen. Definitiv Kuchen.« Wofür auf die Linie achten? Drei Jahre, Berlin, einmal im Monat, sage ich nur. Ich lasse mich aufs Sofa plumpsen, beäuge Adenauer kritisch und schiebe mir den Kuchen, den Mama mir reicht, in den Mund.

»Nick hat erzählt, du und dieser Julius … Ihr geht auf dieselbe Uni?«

»Ja.«

»Und? Also ich weiß, du hältst mich für deine alte, peinliche Mutter, aber Layla, ich muss schon sagen, er ist wirklich attraktiv. Ist wohl in gewissen Kreisen eine kleine Berühmtheit, dieser Julius, hat Nick erzählt. Er ist total hin und weg von ihm. Spricht seit Tagen von nichts anderem.«

Komisch. Mein schweigsamer Bruder redet seit Tagen von nichts anderem, und mir ist trotzdem entgangen, dass Julius heute Glanz in unsere Hütte bringt.

»Iph hab mittlerweile opft genug gehört, dasch er 'ne Berühmtheit ischt. Iph kann's escht nischt mehr hören«, mampfe ich, weil ich mir fast das komplette Kuchenstück auf einmal in den Rachen gestopft habe.

»Layla, ich spüre unterschwellige Aggressionen.«

Unterschwellig? Und ich dachte, die wären mittlerweile schon ziemlich oberschwellig.

Ich winke ab, schlucke und tupfe mit dem Zeigefinger die Kuchenkrümel vom Teller.

»Ich mein doch nur«, grummle ich.

»Magst du ihn denn nicht? Stimmt irgendwas nicht

mit ihm? Wenn ja, musst du es mir sagen. Ich will doch nicht, dass ein Verrückter Zeit mit Nick verbringt.«

»Du meinst so verrückt wie Menschen, die überlebensgroße Büsten von Konrad Adenauer anfertigen?«

Sie stößt gegen meine Schulter. »Red nicht so einen Unfug.«

»Red du nicht so einen Unfug. Julius ist nicht verrückt.«

»Du hast ihn eben angestarrt, das hab ich gesehen.«

Einmal habe ich mitbekommen, wie Karas Mutter zu ihrer Tochter gesagt hat: »Sprich nicht mit mir, als wär ich eine von deinen Freundinnen.« Kara war damals stinksauer, weil sie das in meiner Anwesenheit gesagt hat. Und ich? Ich war einfach nur neidisch. Denn ich wünschte manchmal, meine Mutter würde nicht mit mir reden, als wäre sie eine *meiner* Freundinnen. Das würde vieles weniger unangenehm machen.

»Hab ich nicht. Was hat das überhaupt damit zu tun? Ich geh in mein Zimmer.«

Eine Viertelstunde später kommt Lucy herein. Sie setzt sich neben mich aufs Bett und fragt, ob ich ihr die Fingernägel lackieren könne. Dieselbe Farbe, die ich auch habe, die sei so schön. Ich tue es.

»Laylaaa«, beginnt Lucy langezogen. »Findest du, der Julius sieht aus wie eine dreistöckige Marzipanzuckergusstorte?«

Erschrocken hebe ich den Kopf. »Wo hast du das denn her? Hat Mama das gesagt?«

»Nein. Mama hat gesagt, du hättest ihn angeguckt wie damals die Torte bei der Hochzeit von ihrer Schwester. Das war eine dreistöckige Marzipanzuckergusstorte.«

Meine Augen weiten sich.

Zugegeben: Die Umstände bei der Hochzeit meiner Tante Elisabeth waren echt schlimm. Damals hatte ich Ben gerade frisch kennengelernt und wollte wie erwähnt schlank und schön werden. Ich hatte vier Wochen sehr eisern Diät gehalten und war dann bei der Feier mit diesem Ungetüm von einer Torte konfrontiert, bei dem ich alle guten Vorsätze über Bord warf. Ich wollte nichts weiter, als dass das dämliche Brautpaar endlich die dämliche Torte anschnitt, und dann wollte ich diese Torte IN MIR HABEN. Ich liebe eben Kuchen. Das hat man mir so anerzogen. Wie gesagt: gefühlte fünf Kuchen täglich.

»Ich habe ihn nicht angestarrt wie eine dreistöckige Torte«, höhne ich. Höchstens wie eine zweistöckige. Der dritte Stock wurde ihm wegen Untreue aberkannt.

Lucy beginnt zu kichern. »Jetzt muss ich mir die ganze Zeit vorstellen, wie er aussehen würde, wenn er so ein Brautpaar auf dem Kopf hätte. So eins wie immer oben auf den Hochzeitstorten drauf ist. Das wär witzig.«

Lucy muss sich bei dem Gedanken so kringeln vor Lachen, dass ich gar nicht anders kann, als einzustimmen.

DAS SYSTEM

Manchmal ist es nicht leicht, viel Zeit mit Musikmachen zu verbringen. Ich liebe es, keine Frage. Aber die Liebe zu diesem Business muss man ganz schön hart bezahlen: mit seiner Freizeit. Wochenenden und Abende gehören meist Auftritten und Proben. Freitags Orchesterprobe, Samstagmorgen die letzte Probe für die Vernissage, am Nachmittag dann der Auftritt. Ich habe diesen Event für eine gewöhnliche Kleinkünstler-Ausstellung gehalten, aber es ist eine größere Sache als gedacht. Es gibt sogar Kaviarschnittchen.

Der Künstler verdient sein Geld damit, sich in weiblicher Begleitung erst nackt in Farbe und anschließend auf monströsen Leinwänden zu wälzen. Warum auch nicht? Viele Menschen scheinen das sehr faszinierend zu finden und sind bereit, zwölftausend Euro für vier Quadratmeter Leinwand auszugeben, auf denen das Liebesspiel zweier Menschen in Pink und Schwarz dokumentiert ist.

Meine Mutter ist natürlich mitgekommen. Sie findet das alles sehr experimentell und will sofort den Künstler in ein Gespräch verwickeln. Vielleicht hätte ich ihr sagen sollen, dass der Mensch Bálint Radványi heißt, aus Ungarn kommt und kein Wort Deutsch beherrscht.

Ich spiele im Quartett mit zwei Jungs und einem Mädchen, die ich aus der Uni kenne. Es wird ein souveräner Auftritt, alle sind zufrieden. Anschließend dürfen wir kostenfrei Sekt trinken und Häppchen essen, die in kleinen viereckigen Gläschen serviert werden und auch ein bisschen so aussehen, als hätte sich Bálint Radványi in ihnen gewälzt.

Meine Mutter hat den ungarischen Liebeskünstler inzwischen ausfindig gemacht und unterhält sich mit ihm in einer Mischung aus abenteuerlicher Zeichensprache und schlechtem Englisch über sein Schaffen.

Ich muss mich noch eine Stunde quälen, ehe meine Mutter gegen halb sieben einwilligt, dass wir nach Hause fahren.

Während der Fahrt stellt sie plötzlich das Radio aus.

»Ich gehe nächste Woche wieder ins Krankenhaus, Layla. Ich bekomme eine neue Chemo«, sagt sie. Einfach so. Als wäre es nichts. Als würde sie nicht darüber nachdenken, was es für mich, geschweige denn für sie bedeutet.

Mit schockverzerrter Miene sehe ich sie an.

»Mach dir keine Gedanken, Schatz. Es wird alles gut. Ich arbeite schon dagegen an. Mein Körper ist stark.«

»Wo?«, frage ich.

Sie versteht sofort. »Im Oberschenkel. Mach dir keine Gedanken. Sie können es immer noch herausschneiden. Das ist praktisch nicht lebensbedrohlich.«

»Nicht lebensbedrohlich? Mama! Was, wenn sie nächste Woche einen Tumor in deinem Kopf finden?«

»Warum sollten sie?«

»Weil das bei Krebs so sein kann, Mama. Warum muss ich *dir* das erklären?« Mir steigen die Tränen in die Augen. Kann sie nicht normal verzweifeln wie jeder andere Mensch auch? Kann sie nicht einfach wütend auf die Welt sein? Sich fragen, warum es ausgerechnet sie treffen muss? Zornig aufs Lenkrad einschlagen und Gott oder eine andere höhere Macht verfluchen? Warum muss sie so tun, als wäre das alles in Ordnung, so wie es ist?

»Ich weiß. Aber warum sollte es bei mir so sein? Wie soll mein Körper gesund werden, wenn ich mir selbst einrede, dass schon nächste Woche mein Kopf dran sein könnte? Du hast das System nicht verstanden, Layla.«

»Das System? Welches System? Ich hab die Krankheit verstanden!«

»Aber die Krankheit *ist* das System. Die Krankheit in meinem Körper und wie ich damit umgehe, das ist das System. Wenn ich darüber nachdenke, dass der Krebs nächste Woche in meinem Kopf sein könnte, dann wird es auch so kommen. Sie müssten nicht mal ein MRT machen. Sie könnten mir gleich den Schädel öffnen. Also denke ich gar nicht erst darüber nach. Es ist der Oberschenkel. Und es wird wieder weggehen. Es ist schon mal weggegangen.«

»Ja, aber du steckst quasi noch mitten in der Behandlung vom zweiten Rückfall. Kannst du nicht einfach … Och, Mama!«

»Was kann ich nicht einfach?«

»Kannst du nicht … heulen? Oder so tun, als hättest du Angst um dein Leben? Es pisst mich an, wenn du so beharrlich ignorierst, dass es um dein Leben geht. Was sollen wir denn dann machen?«

»Wann machen?«

»Tu nicht so, als wüsstest du nicht, was ich meine. Gestatte deinem System nur ein einziges Mal den natürlichen Gedanken, dass du daran sterben könntest!«

»Ach, Layla, du hast das mit dem System wirklich überhaupt nicht verstanden.« Sie lächelt mich milde von der Seite an. »Sei froh, dass ich stark genug bin. Sonst dürfte ich mit Menschen wie dir überhaupt nicht sprechen. Du bist Gift für das System.«

Ich weine stumm und starre aus dem Autofenster.

»Wo warst du zwischen den Jahren?«

»Bei Tante Elisabeth.«

»Ach ja? Du warst also mit Tante Elisabeth und ihrem Mann in einem romantischen Liebesurlaub in Florenz? Das ist wirklich interessant.«

Mama atmet tief ein und aus. Nicht um sich selbst zu beruhigen, sondern vermutlich um irgendwelche negativen Schwingungen, die ich verbreite, zu verstoffwechseln, was weiß denn ich.

»Ich war wirklich in der Schweiz. Und ich war auch bei Elisabeth, sie war nur nicht da. Ich habe die Einsamkeit gebraucht, um mir darüber klar zu werden, was ich möchte. Dabei habe ich herausgefunden, dass ich die Chemo machen möchte. Das lag für mich keineswegs auf der Hand, Layla. Du weißt, dass ich dieses Gift eigentlich nicht in mir haben möchte. Ich tue das für euch.«

»Vielen Dank, ganz ehrlich«, schniefe ich höhnisch, von einem tiefen Heulen erschüttert. Ich wünschte, meine Mutter hätte wenigstens genauso viel Angst wie ich. Dann könnte ich mit ihr zusammen weinen.

»Heute Abend werde ich es Nick und Lucy sagen. Vielleicht könntest du danach ein bisschen für Lucy da sein. Nick wird uns nicht an sich ranlassen. Aber vielleicht sollten wir uns Ohropax besorgen. Heute Abend wird er sicherlich lauter Musik hören als sonst.« Sie lächelt, und damit ist die Sache für meine Mutter abgehakt.

Zu Hause ruft sie Nick und Lucy zu sich. Sie erzählt den beiden, was sie erzählen wollte. Tröstet die weinende Lucy. Lässt Nick gewähren, als er vor Zorn über ihre Gelassenheit einen Blumentopf von der Anrichte tritt, und kocht anschließend Kakao.

Sie schaltet die DVD mit *König der Löwen* ein, gibt Lucy

und mir je eine Tasse mit Kakao und zieht sich dann in ihr Schlafzimmer zurück, um dort ihre Krankheit mit alternativem Hokuspokus wegzuignorieren.

Ich bin heute nicht dazu aufgelegt, etwas Positives in ihrer Lebenseinstellung oder ihren Heilungsmethoden zu sehen.

Am nächsten Morgen schickt mir mein System ein kleines Anzeichen dafür, dass ich gestresst bin. Ich habe über Nacht eine astreine Blasenentzündung bekommen. Seit ich Abi gemacht habe, bekomme ich jedes Mal, wenn ich unter Druck oder psychischem Stress stehe, Probleme in der unteren Körperregion – also da, wo man Probleme generell als Allerletztes haben will.

Den ganzen Sonntag verbringe ich damit, auf die Toilette zu müssen und nicht zu können. Ich trinke literweise Tee, um wenigstens ansatzweise pinkeln zu können. Aber wann immer ich es probiere, fühlt es sich an, als wollte ich einen Seeigel aus meinem Harnleiter pressen. Hört sich nicht schön an, ich weiß. Ist aber auch nicht schön.

ICH HASSE KRANKSEIN

Die komplette nächste Woche ist schrecklich. Mama ist im Krankenhaus, Nick ist verschlossen, Lucy überfordert, und ich bekomme die verfluchte Blasenentzündung nicht weg. Ich will nicht zum Arzt gehen, weil ich ja bereits weiß, dass Stress die Ursache dafür ist. Was soll der Arzt da schon groß machen? Davon abgesehen erachte ich mich selbst auch nicht als krank, da ich es nun mal nicht gerne bin. Ich kann es nicht leiden, wenn Leute so inflationär mit dem Wort krank umgehen. Schnupfen hat für mich reichlich wenig mit Kranksein zu tun. Auch Ausschlag zähle ich nicht dazu. Oder einen Kater. Trotzdem kenne ich genügend Leute, die sich wegen all dem schon mal ein Attest besorgt haben, nur weil sie keinen Bock auf die Uni hatten. Wie kann einem ein freier Tag so viel wert sein, dass man freiwillig zum Arzt geht, um sich eine Krankschreibung zu besorgen? Ich hasse Ärzte. Ich besuche sie nur, wenn es wirklich brennt.

Momentan brennt es zwar, nämlich beim Wasserlassen, aber der Schmerz ist noch erträglich. Und meine Messlatte für »erträglich« hängt ziemlich hoch, wenn es darum geht, mich vor einem Arztbesuch zu drücken.

Meine Laune wird auch nicht dadurch gebessert, dass ich seit drei Tagen nicht richtig durchgeschlafen habe. Lucy übernachtet aus Einsamkeit und Nähebedürfnis bei mir im Bett. Es ist zwar durchaus möglich, dass zwei Menschen in meinem einen Meter vierzig breiten Bett eine geruhsame Nacht verbringen, vor allem wenn der vorhandene Raum beispielsweise durch Kuscheln optimal ausgenutzt wird. Meine kleine Schwester allerdings, die in etwa so groß ist, dass sie quer auf die Matratze passen würde, wird nachts heiß wie ein Hochofen und streckt noch dazu sämtliche Extremitäten so weit von sich, dass ihre Gesellschaft zur Qual wird. Doch sobald ich versuche, sie alleine zu lassen und in ihr Bett, das von Mama oder auf die Couch auszuwandern, wacht sie auf und wimmert. Was soll ich also anderes tun, als es über mich ergehen zu lassen?

Ich habe mein Bett erst wieder für mich alleine, als meine Mutter am Montag in der letzten Januarwoche nach Hause kommt. Es scheint ihr tatsächlich gut zu gehen. Die Ärzte sind zuversichtlich. Sie selbst sowieso. Wegen des Systems. Sie erzählt eine ganze Menge darüber, wie sie es deichselt, die körperfremde chemische Medizin mit ihrem nach Selbstheilung strebenden System zu vereinen. Ich vermute, dass sie das so darstellen muss, um es selbst zu glauben. Auch mir tun diese Worte anscheinend gut. Denn seit meine Mutter uns Mitte letzter Woche am Telefon gesagt hat, dass sie nach Hause kommt und alles gut aussieht, kann ich wieder wie ein gesunder Mensch aufs Klo gehen.

»Layla, wie sieht's aus? Kommen Sie nächste Woche zu dem Konzert?«

Ich erwache aus einem Tagtraum, der sich unterbewusst in meinem Gehirn breitgemacht hat, während ich stumpfsinnig Notenblätter nummeriert und zusammengeheftet habe. Seit einer Ewigkeit versuche ich Hecker beizubringen, dass er seine Kompositionen direkt am

Computer durchnummerieren soll. Vergebens. Deswegen musste ich heute ran und die Angelegenheit analog erledigen. Seit letzter Nacht quält mich ein bitterer Schmerz im unteren Rücken, und ich mutmaße, dass die vergangenen Horrorübernachtungen mit Lucy daran schuld sind. Ich habe in Positionen genächtigt, in denen andere Leute nicht einmal tantrischen Sex praktizieren würden.

»Wie bitte?«

»Die Konzertkarten? JochenHeckerundBand?«

Ach ja, richtig. Jochen Hecker hat mir ja Konzertkarten zu Weihnachten geschenkt. Vielleicht sollte ich meine Mutter mal so langsam fragen, ob sie mit mir hingehen will. Bestimmt ist es dem System zuträglich, sich auf Jazzkonzerten zu amüsieren.

»Ja, natürlich«, antworte ich spontan, obwohl ich noch gar nicht weiß, ob das auch zutrifft.

»Gut. Hätten Sie vielleicht Lust, mit mir in die Solistenprobe zu kommen? Ich probe jetzt bis achtzehn Uhr mit Sweeney Todd und Misses Lovett.«

Wegen der tierischen Rückenschmerzen will ich eigentlich nur noch in mein Bett (irgendwie fühle ich mich heute wie Anfang achtzig). Meine Mutter würde sich sicher dazu hinreißen lassen, mir den unteren Rücken zu massieren, wenn ich ein bisschen jammere und ihr erzähle, dass der Schmerz mein System verkrüppelt. Oder so. Aber ich entscheide mich dagegen. Ich möchte Julius sehen. Und ich möchte ihn auch sehr gerne hören.

Jochen Hecker nimmt mich also mit in den Proberaum. Julius und Emel sitzen neben dem Klavier und unterhalten sich.

»Hallo, hallo«, grüßt Hecker. »Stört es sie, wenn Frau Woll uns heute zuhört?«

Julius strahlt mich an. »Überhaupt nicht«, sagt er selbstbewusst und kommt auf mich zu.

Während mein Prof seine Unterlagen und Noten sortiert, berührt Julius mich am Oberarm und fragt: »Na, wie geht's?«

»Danke, gut.«

Was? Dir geht's gut? Frag mich mal!, schreit mein Rücken in Richtung meines Sprachzentrums. *Warum lügst du? Wir könnten ruhig ein bisschen Mitleid von ihm einheimsen.* Er *könnte uns massieren.*

»Ich hab ein bisschen Rückenschmerzen und fühle mich wie eine alte Oma. Vielleicht sollte ich Deckchen häkeln und mich mit meinen Freundinnen zum Bridge-Nachmittag treffen.«

Julius streichelt meine Schulter. »Ooh, armes Mädchen. Wie kann ich dir helfen?«

Ich grinse. So machen mir die Schmerzen fast Spaß. »Sing einfach«, fordere ich ihn auf und schicke ihn mit einer winkenden Handbewegung zurück zu Hecker und Emel.

Hecker hat inzwischen die Noten zu *A Little Priest* aufgelegt. Dieses Duett von Sweeney und Mrs. Lovett ist eine Schlüsselstelle im Stück. Die beiden schmieden darin den teuflischen Plan, Sweeneys Blut- und Rachsucht gewinnbringend einzusetzen. Der Pastetenladen von Mrs. Lovett schreibt rote Zahlen, weil ihre Pasteten geschmack- und vor allem fleischlos sind. Denn Fleisch ist Ende des neunzehnten Jahrhunderts teuer. Mrs. Lovett stößt in diesem Song die Überlegung an, dass der Barbier Sweeney seine Kunden umbringen und sie die Toten dann zu Fleischpasteten verarbeiten könnte. Mjam, mjam, mjam.

Ich bin mir sicher, dass Andrew Lloyd Webber mit *Sweeney Todd* nichts anzufangen weiß. Es gibt in diesem

Musical eindeutig zu wenig singende Katzen und tanzende Vampire.

Also ignoriere ich das Piksen in meinem rechten unteren Rücken und höre gebannt zu.

Emels Stimme ist toll. Die von Julius natürlich auch. Sie harmonieren gut miteinander. Wenn einer von beiden einen Fehler macht, brechen sie ab und amüsieren sich darüber.

Ich merke, wie ich eifersüchtig werde, und rede mir schnell ein, dass diese Eifersucht unprofessionell und irrational ist. Aber Emel ist sehr viel hübscher als ich. Außerdem kann sie sehr viel besser singen als ich. Und ihre Figur ist der Hammer.

Hecker verschlimmert mein Unglück noch. »Wie wäre es, wenn wir diese Szene ein wenig, nun ja«, er greift in der Luft nach Worten, »erotischer gestalten würden?« Dabei läuft er selbst ein bisschen rosa an und wartet die Reaktionen von Emel und Julius ab, die erst unschlüssig einander und dann ihn ansehen.

»Sweeney und Misses Lovett könnten zum Sechsacheltakt einen Wiener Walzer tanzen«, schlägt er vor und beginnt, die beiden Sänger zu umkreisen.

»Das klingt gar nicht schlecht«, pflichtet Emel ihm bei.

Hecker, durch ihre Zustimmung angefeuert, lässt daraufhin einen ganzen Sermon an Inszenierungsvorschlägen vom Stapel. Sweeney solle gefühlvoll über Mrs. Lovetts Hals streichen, damit sie sich förmlich nach ihm verzehre, der Walzer solle zu einer Umarmung verschmelzen, und in dem Moment, in dem den beiden klar werde, dass sie einen gemeinsamen Plan haben, sollten sie sich so nahe kommen, dass der Zuschauer »fast wahnsinnig wird, weil er unbedingt will, dass sie sich küssen« (wörtliches Zitat Jochen Hecker).

Ich als Zuschauerin werde in diesem Moment garantiert fast wahnsinnig. Aber aus gegenteiligem Grund. Da hilft es auch nicht, dass Julius euphorisch strahlend in die Hände klatscht und verkündet: »Also ich bin dabei.«

Der Vorschlag haucht den Proben eine ganz neue Intensität ein. Zum Leidwesen meines Rückens sitze ich gebannt nach vorn gebeugt da, die Unterarme auf den Oberschenkeln, und verfolge den Gesang und das Schauspiel von Julius und Emel, die, das würden selbst Blinde sehen und Taube hören, einfach wie für diese Rollen geschaffen sind. Einzeln und miteinander. Und ich, gottverdammt, ich verfluche mich dafür, dass ich nicht besser singen kann, dass ich ein Mezzosopran bin, dass ich noch nicht einmal Walzer tanzen kann. Menno. Und Aua.

»Wollen wir mal versuchen, schon beim Singen in den Walzer überzugleiten? Ich würde das gerne mal sehen. Sie nicht, Layla?« Jochen Hecker grinst zu mir herüber.

Ich recke gequält den Daumen nach oben. Doch schon im ersten Moment, als Julius seine Hand um Emels kurvige Hüften legt, wünschte ich, ich wäre ein römischer Imperator in der Arena, der den gereckten Daumen mit einer winzigen Bewegung umkehren und die Sache damit rigoros beenden kann. Einmal die Löwen, bitte!

Doch die aufkeimende Intimität erledigt sich von selbst. Auch ohne das Zutun antiker Herrscher und gefräßiger Großkatzen. Julius fällt die Kombination von Singen und Tanzen auf rührende Art und Weise sehr schwer. Wieder und wieder stolpert er entweder über seine Füße oder die erste Textzeile. So lange, bis Jochen Hecker und Emel in schallendes Gelächter ausbrechen und Julius selbst lauthals flucht: »Meine Fresse, das gibt's doch nicht!«

Sein Blick ruht plötzlich auf mir. Ich sitze auf meinem

Stühlchen neben der Tür und schmunzle. Dann zucke ich mit den Achseln und will ihm damit sagen: Tja, da kann man wohl nichts machen. Daraufhin muss er auch lachen.

»Alles halb so wild, mein Freund, alles halb so wild«, sagt Hecker und springt für ihn ein. Er nimmt die Position von Julius ein, greift Emels Hände, sagt: »Ich darf doch?«, und stimmt nun selbst das Lied an. Auch er bleibt hängen.

»Ich muss zugeben, es sieht leichter aus, wenn man nur da vorne steht und ein bisschen mit den Händen fuchtelt«, gesteht er ein.

»Vielleicht sollten wir … Wollen wir tauschen?«, schlägt Emel vor. Sie legt Heckers Hand auf ihre Schulter und übernimmt sowohl die Führung als auch Sweeneys Part. Als schlussendlich auch sie über dieselbe Textzeile stolpert, ist das Gelächter der drei groß.

»Vergesst es, die Stelle ist verhext.« Julius rauft sich die Haare, rollt sein Notenheft zu einer Röhre und trommelt sich damit gegen den Hinterkopf.

Hecker studiert so eifrig die Noten und flüstert sich selbst wieder und wieder den Rhythmus vor, als müsste er seinen Job an den Nagel hängen, wenn es ihm nicht augenblicklich gelänge, den Song schulmeisterhaft und korrekt vorzusingen.

In meinem Kopf tanzt unterdessen ein kleiner Johnny Depp herum, mit schwarzem Wuschelhaar, inszeniert von Tim Burton, und die Passage aus dem Film ist mir mit einem Mal so präsent, als würde er hinter meinen Augenlidern abgespielt werden. Ohne darüber nachzudenken, singe ich selbst die Stelle, an der die drei gescheitert sind. Nicht laut. Aber richtig.

Julius sieht mich begeistert an. »Hey! Willst du einen

Putschversuch gegen mich starten?« Er kommt zu mir herüber, hockt sich neben mich und berührt mit dem zusammengerollten Notenheft meine Nase.

Tapfer ignoriere ich den ziehenden Rückenschmerz. »Das würde ich nie tun. Aber ich wäre bestimmt der erste weibliche Sweeney Todd.«

Er sagt an Emel gewandt: »Mach mal einen Moment ohne mich weiter.«

Daraufhin setzt sich Jochen Hecker erneut ans Klavier und begleitet Emel, die eine ihrer Solopassagen anstimmt.

»Sing es noch mal«, fordert mich Julius auf und achtet kaum auf die anderen beiden. Dabei sieht er mir in die Augen.

Jetzt ist es mir natürlich peinlich. Meine Gelassenheit ist dahin, und die Rückenschmerzen übernehmen die Oberhand. Ich ziere mich.

»Bitte!«

»Ich bin keine besonders gute Sängerin.«

Julius legt mit tadelndem Blick den Kopf schief. »Bitte«, wiederholt er.

»Es ist einschüchternd, mit so einer guten Sängerin im selben Raum zu sein«, versuche ich mich mit einem Nicken in Richtung Emel leise rauszureden.

»Du hast dafür andere Qualitäten.« Er zuckt mit der Augenbraue. MIT DER AUGENBRAUE!

Ich gebe mein Bestes, seinem Blick standzuhalten. Aber … aber … ich kann nicht! Dieser Spruch kombiniert mit dem Augenbrauenzucken ist ohne jeden Zweifel ein Verweis auf unsere gemeinsame Nacht.

Nervös räuspere ich mich. »Wie soll ich das jetzt verstehen?«

»Versteh's, wie du willst«, sagt Julius, und ich bin der festen Überzeugung, dass er mich provozieren will.

Mein Atem geht schneller. An einem anderen Ort, zu einer anderen Zeit (Freitagabend in seinem Schlafzimmer zum Beispiel) würden wir uns jetzt küssen.

Julius beißt sich auf die Lippe und sagt: »Bitte, sing es noch einmal.«

Also tue ich es.

Und danach noch einmal.

Dann mit Julius zusammen.

Dann Julius alleine.

Wie schon vergangene Woche ist es so erschreckend leicht mit ihm. Er schafft es, dass ich mich ganz anders fühle, dass ich mich traue, für ihn und mit ihm zu singen, obwohl ich darin nicht perfekt bin. Ich fühle mich sogar gut dabei. Ein Blick von ihm und in meinem Magen breitet sich dieses Zuhause-Gefühl aus, das sagt: Er ist ja bei dir, nichts kann schiefgehen, und nichts ist mehr peinlich.

Als wir verstummen, lächelt er mich an. »Das war toll. Danke!«

ICH BIN KRANK

Als ich gegen neun Uhr zu Hause bin, ist mein Endorphinspiegel so weit abgesunken, dass ich die Rückenschmerzen nicht länger verdrängen kann.

Der Schmerz sticht penetrant in meinem rechten unteren Rücken. Ich gehe sofort ins Bett, kann aber erst einschlafen, nachdem ich eine Ibuprofen genommen habe. Ich bin froh, dass ich die überhaupt in unserem Medizinschränkchen gefunden habe, denn meine Mutter hält nicht viel von Schmerztabletten. Sie glaubt, man wird süchtig danach (das System, das System!).

Der Schmerz begleitet mich am nächsten Tag bis in die Uni. Und das nicht nur am Dienstag, sondern auch am Mittwoch und Donnerstag. Eine Packung stärker dosierter Ibus, die ich mir aus der Apotheke geholt habe, habe ich auf Schritt und Tritt bei mir. Jedes Mal, wenn ich eine Tablette schlucke, schicke ich eine kleine Entschuldigung an meine Mama ins Universum. Am Donnerstag tue ich dies alle zwei Stunden, und ich gestehe mir kurzzeitig ein, dass sie mit ihrer Annahme, das Zeug mache süchtig, nicht Unrecht haben könnte.

Als ich am Donnerstagsabend in der Orchesterprobe bin, kann ich kaum mehr gerade sitzen. Das liegt einerseits daran, dass mich die vielen Ibuprofen in einen merkwürdig tauben, drogenähnlichen Dämmerzustand versetzt haben, und zum anderen daran, dass ich mich unter der Last meines Saxofons krümme, das auf einmal so schwer zu sein scheint wie eine Tuba und auf meinen Nacken drückt. Ich bin mir schon gar nicht mehr sicher, ob das überhaupt noch Rückenschmerzen sind. Denn mittlerweile sind sie auch in meinem Unterleib, in meinen Knochen und in meinem Kopf. Überall. Das Ibu-Watte-Gefühl macht es auch nicht besser. Der Schmerz beißt sich durch die Betäubung. Herrgott im Himmel, so muss sich LSD anfühlen. Oder sterben. Ich wäre jetzt irgendwie sehr viel lieber im LSD-Rausch. Oder auf dem Sterbebett.

Vielleicht, aber nur vielleicht sollte ich dieses Mal einsehen, dass ich tatsächlich krank sein könnte. *Könnte!* Vielleicht habe ich ja eine Muskelentzündung. Oder, mhm, keine Ahnung, was sich so alles im unteren Rückenbereich befindet. Die Nieren vielleicht? Ja. Meine Oma sagt immer, dass man im Winter ein Unterhemd tragen solle, damit die Nierchen nicht kalt werden. Dasselbe sagt sie auch, wenn sie junge Mädels sieht, die bauchfrei herumlaufen. »Die sollten sich ein Unterhemd anziehen, sonst kriegen sie es an die Nierchen.« Ich trage nie bauchfrei und habe deshalb auch keine kalten Nierchen. Vielleicht ist es ja der Bauch?, überlege ich und versuche erneut, mein Leid zu lokalisieren. Mein Wattehirn schickt mir plötzlich eine Message: »Hey Layla, der Schmerz ist irgendwie auch in deinem Unterleib, findest du nicht? Wäre das nicht ein ausgezeichneter Moment, um eine Mega-Panikattacke zu bekommen? Du solltest unbedingt jetzt nachrechnen, wann deine nächste Periode fällig ist. Einfach nur so, um alles noch schlimmer zu machen. Ätsch!«

Während ich versuche, meinen Zyklus nachzuzählen, wandert mein Blick zu Julius. Denn passenderweise hören uns die Solisten heute beim Proben zu.

Mehr als einmal verpasse ich meinen Einsatz, weil ich

ihn beobachte. Die meiste Zeit redet er mit Emel oder Leander. Viel zu häufig mit Emel. Ich beäuge sie argwöhnisch. Als wir *A Little Priest* anstimmen, sehe ich, wie die beiden synchron mitsingen.

Mir wird schlecht.

Das meine ich jetzt nicht im übertragenen Sinn – mir wird wirklich schlecht. Nicht so, wie einem schlecht wird, wenn man beim Autofahren liest. Sondern so, als müsste ich mich auf der Stelle übergeben.

Ich stelle das Saxofon ab und versuche durchzuatmen.

»Alles in Ordnung?«, fragt mein Sitznachbar Erik, nachdem er sein eigenes Instrument abgesetzt hat.

»Mir ist irgendwie schlecht«, flüstere ich.

»Geht's?«, fragt er.

Ich nicke. Es ist ein ziemlich gelogenes Nicken. Mein Magen ist eigentlich nicht besonders anfällig. Mir wird nicht oft schlecht. Deshalb alarmiert mich diese Situation. Ich spüre Säure in der Speiseröhre aufsteigen.

Als Hecker abwinkt und das Orchester zum Verstummen bringt, stehe ich ohne ein Wort der Entschuldigung auf und stürme gebeugt aus dem Saal.

»Layla?«, ruft er mir noch hinterher und sagt dann an die Musiker gewandt: »Geht es ihr nicht gut?«

Ich höre noch, wie Erik antwortet, mir sei schlecht, woraufhin Hecker sagt: »Kann mal jemand nach ihr gucken?« Dann schwingen die Türen der Aula auch schon hinter mir zu, und ich lasse mich wie ein Sack auf die Steintreppe davor fallen, wenige Meter von der Stelle, die mich Zeit meines Lebens an Ben erinnern wird, weil er mich dort angesprochen hat. Die gute Nachricht: Ich habe zu Ende gezählt. Seit der Nacht mit Julius hatte ich bereits meine Tage. In meinem strapazierten Unterleib wächst also kein zukünftiger Rockstar mit schwieriger

Eltern-Kind-Beziehung heran. Die schlechte: Jeder Atemzug fühlt sich an, als würde ich einen Fremdkörper einatmen, der an meinen Eingeweiden zerrt.

Plötzlich steht Julius neben mir. Ich rieche ihn, ehe ich ihn sehe. Er kniet sich zu mir und legt mir eine Hand auf den Rücken. Er streichelt darüber, als wüsste er ganz genau, was mir Kummer bereitet, und fragt: »Hey, alles in Ordnung?«

Ich schüttle den Kopf.

»Was ist denn los?«

»Ich glaube, ich muss gleich kotzen. Geh lieber, könnte hässlich werden.«

Er macht das genaue Gegenteil und intensiviert den Druck seiner Hand auf meinem Rücken. »Hast du was Schlechtes gegessen?«

Ich schüttle den Kopf. Ich habe seit heute Morgen überhaupt nichts mehr gegessen, außer ein paar Ibuprofen.

»Komm, ich fahre dich heim. Ich bin sowieso mit deinem Bruder verabredet.«

KALKWEISSE SCHEISSE

Während Julius bei Nick im Zimmer ist, krümme ich mich auf dem Sofa und versuche eine Liegeposition zu finden, die mich einschlafen lässt.

Doof, dass meine Mutter nicht da ist. Sie hätte bestimmt irgendeinen Tee parat, der mich auf der Stelle heilen würde. Oder sie könnte mein System durch einen einzigen Handgriff wieder ins Gleichgewicht bringen. Ich stelle mir vor, wie sie mir einen gezielten Handkantenschlag aufs Steißbein verpasst und es mir urplötzlich wieder gut geht. Ich würde im Moment alles geben für ein kleines bisschen von ihrem Hokuspokus.

Nach einer Dreiviertelstunde kommen Nick und Julius bestens gelaunt die Treppe herunter. So lange, bis sie mich sehen. Denn mich überkommt ausgerechnet in diesem Moment ein derartig heftiger Schmerz, dass meine Augen zu tränen beginnen und sich nur noch ein einziger Gedanke in meinem Kopf formt: Nicht kotzen, Layla. Nicht kotzen! Denn rückblickend ist es wirklich schlimm genug, dass Julius mich a) nackt und b) sexuell erregt kennengelernt hat. Er muss nicht auch noch live dabei sein, wenn ich meinen Magen von innen nach außen stülpe.

»Wowowow«, ruft Julius und kommt die Treppe runtergerannt.

»Layla? Du siehst aus wie Scheiße! Kalkweiße Scheiße«, sagt Nick und bringt damit ziemlich genau auf den Punkt, wie ich mich fühle.

»Mir geht's bestens«, sage ich und stelle mir dabei vor, wie das Schmerzzentrum in meinem Gehirn anklagend beide Augenbrauen hebt und fragt: »Bestens geht's dir also? Na, das finde ich aber interessant.« Zur Strafe jagt es eine Welle von Leid durch mich hindurch.

»Du musst zum Arzt«, stellt Julius mit beruhigender Sachlichkeit fest.

»Nee, ich … ich nehme gleich noch eine Tablette. Das ist bestimmt morgen weg.«

»Nein, das wird morgen bestimmt nicht weg sein. Du kommst jetzt mit mir mit. Ich kenne da wen.«

Zehn Minuten später sitze ich im Wohnzimmer von Julius' Eltern und wünschte, ich wäre irgendwo anders. Ganz egal, wo. Von mir aus auch tot bei Hades in der Unterwelt. Oder in der ersten Reihe bei einem Helene-Fischer-Konzert. Oder, noch furchtbarer, als Musikerin auf der Bühne bei einem Helene-Fischer-Konzert. Als wäre alles noch nicht schlimm genug, habe ich bei der Vorstellung augenblicklich einen Ohrwurm von Helenes Kassenschlager *Atemlos,* den ich nicht mehr loswerde. *Atemlos durch die Nacht, bis ein neuer Tag erwacht.*

Im Herzsprung'schen Wohnzimmer sieht es aus wie in einem kostspieligen Möbelhaus. Die Wände sind apricot gestrichen, die Couch ist aus hellbraunem Leder, Tischchen, Bücherregal und Media-Mobiliar sind haargenau aufeinander abgestimmt. Ich fühle mich hier sicher genauso, wie Frau Herzsprung sich in unserer alternativ zusammengestoppelten Wohnung fühlen würde: unwohl.

Wir warten darauf, dass Julius' Mutter, die sich nach

eigener Aussage »eben erst was Bequemes angezogen« hat, nun wieder in etwas Unbequemes schmeißt, um mich zu verarzten. Seine Mutter ist nämlich Ärztin. Die schicke Arztpraxis, die ich bei meinem ersten Besuch bemerkt hatte, steht also nicht zufällig in der Nachbarschaft, sondern wird von Frau Dr. Verena Herzsprung geleitet. Toller Zufall. *Atemlos, schwindelfrei, großes Kino für uns zwei.*

Julius lehnt gegen einen Sessel und guckt mich besorgt an.

»Hör auf, mich so anzusehen. Ich muss schon nicht sterben.«

Stöhnend läuft er auf mich zu. »Layla, ich mach mir gerade fast in die Hose! Es … also … bitte sag mir, dass du nicht schwanger bist oder so.«

»WIE BITTE?«

»Dir ist schlecht, du hast Schmerzen … »

»JA, IM RÜCKEN! Du hast echt großes Vertrauen in deine eigenen Fähigkeiten, wenn du glaubst, du hättest mir ein Kind in den Rücken eingepflanzt.« Ich verrate ihm nicht, dass auch mich diese Angst kurz geplagt hat, denn ich bin viel zu sauer auf ihn. Es ist offensichtlich, dass seine Sorge, ich könnte schwanger sein, mehr ihm selbst gilt.

Wir sind heut ewig, tausend Glücksgefühle.

HERRGOTT IM HIMMEL! Wieso kann ich nicht einen etwas weniger ironischen Songtext in meinem Gehirn stecken haben? Vielleicht was von Slipknot? Oder wenigstens Techno?

Wir sind unzertrennlich, irgendwie unsterblich …

Nope. Scheinbar ist Helene gekommen, um zu bleiben. Warum kann ich nur diese verfluchten Lyrics auswendig?

Julius lässt sich neben mich fallen. »Sorry«, murmelt er.

»Ich weiß ja eigentlich, dass es nicht sein kann. Wir haben schließlich verhütet.«

Das sagt er nicht zu mir, sondern mehr zu sich selbst. Als müsste er sich noch einmal daran erinnern, dass er es im Eifer unsere Gefechts tatsächlich geschafft hat, sich ein Kondom überzuziehen. Ich weiß das noch ziemlich genau. Der Moment, in dem Julius sich mit einem Kuss von mir löste, sagte: »Ich muss kurz … Achtung … kleinen Augenblick …«, sich dann über mich beugte und eine Plastikverpackung aus dem Nachtschränkchen holte, war der Moment, in dem mir bewusst wurde, was da gerade passierte.

»Schön zu wissen, dass deine Sorge um mich daher rührt, dass du Schiss davor hast, demnächst Alimente zahlen zu müssen.«

»Wie kannst du derartige Schmerzen haben und trotzdem noch solche Sprüche bringen, das kapier ich nicht.« Julius wirkt von dieser Eigenschaft tatsächlich beeindruckt. »Und meine Sorge um dich rührt daher, dass du eben heulend auf eurem Sofa lagst.«

Er nimmt meine Hand und sieht mich ein bisschen so an wie am Montagnachmittag im Probenraum. Dann führt er unsere verschränkten Hände zu seinem Mund und haucht mir einen Kuss auf den Daumen. Diese kleine Geste wirkt so intensiv, rührend und gefühlvoll, wie es ein Kuss auf den Mund nie vermocht hätte.

Frau Herzsprung kommt zurück ins Wohnzimmer und setzt sich – nun in Jeans und Strickpullover – mir gegenüber in einen Sessel. »Okay, dann wollen wir mal«, sagt sie.

»Tut mir echt leid, dass ich Ihren Feierabend störe«, werfe ich ein.

»Ach, papperlapapp! Der ärztliche Notdienst im Krankenhaus ist eine Katastrophe. Es ist gut, dass Sie hergekommen sind. Welche Beschwerden haben Sie denn? Oder … » Sie wirft einen Blick auf Julius und sieht ihm dabei sehr ähnlich. Dieselbe Zahnlücke, dasselbe zimtfarbene Haar. »Vielleicht sollten wir runter in die Praxis gehen, wenn Ihnen die Situation hier etwas unangenehm ist.«

»Ich bin schon weg«, sagt Julius.

»Ist okay«, sage ich an ihn gewandt. Wäre ja noch schöner, wenn wegen meinem bisschen Rücken-Aua der ganze Abend im Hause Herzsprung durcheinandergeriete. »Ich habe Schmerzen, etwa hier. Sie ziehen bis in meinen Unterleib. Und mir ist schlecht.«

»Seit wann haben Sie die Schmerzen?«

»Etwa seit Montag.«

»Könnte es ein gynäkologisches Problem sein?«

Ich werfe Julius einen Blick zu. Unauffällig, fast nur für mich zu erkennen, hebt er in einer verteidigenden Geste beide Hände. »Nein«, sage ich dann.

Frau Herzsprung bittet mich aufzustehen und dreht meinen Oberkörper in verschiedene Richtungen.

»Hatten Sie in letzter Zeit Probleme beim Wasserlassen? Also, ach nein! Das geht so alles nicht. Das kommt mir komisch vor. Julius, könntest du bitte … was weiß ich. Mach uns einen Kaffee!«

»Du verträgst keinen Kaffee nach vier.«

»Na, dann eben einen Tee. Oder schieb von mir aus einen Schweinebraten in den Ofen. Nur lass uns bitte alleine.«

Julius zieht eine Grimasse und verlässt das Wohnzimmer.

»Ja, bis letzte Woche, ein paar Tage lang«, beantworte ich ihre Frage.

Daraufhin geht sie mit mir hinunter in ihre Praxis und lässt mich in einen Becher pinkeln. *Lust pulsiert auf meiner Haut*, steuert Helene als Soundtrack bei, doch ich kann ihr da wirklich nicht zustimmen.

Kaum fünf Minuten später diagnostiziert Frau Herzsprung mir eine Nierenbeckenentzündung. Super. Meine Oma hatte also recht mit ihrem Unterhemd und den Nierchen.

Julius fährt für mich zur Not-Apotheke und besorgt mir Antibiotika und Schmerzmittel. Warum ich währenddessen in seiner Wohnung sitze und auf ihn warte, hat mehrere Gründe. Erstens: Er hat es mir angeboten, und nichts läge mir ferner, als ein Angebot, das mich in Reichweite seines Bettes bringt, auszuschlagen. Zweitens: Ich befinde mich im Kampf gegen Anna aus Berlin. Da käme es einer Kapitulation gleich, mir eine solche Gelegenheit entgehen zu lassen. Nicht einmal wenn ich aussehe wie der fleischgewordene Tod, der sich vor weniger als einer Viertelstunde ins Spülbecken der Herzsprung'schen Küche übergeben hat. Denn genau das ist passiert, kaum dass Frau Herzsprung und ich zurück ins Wohnhaus gingen und Julius uns in die Küche rief, um dort den Tee zu trinken, den er anstelle des Schweinebratens zubereitet hatte.

Ich bin unendlich erleichtert, dass die Übelkeit und mit ihr der Helene-Fischer-Ohrwurm verschwunden sind, weshalb ich mich nicht mal dafür schäme, die Spüle markiert zu haben. Der Fauxpas hat außerdem zu Punkt drei geführt, der meine Anwesenheit in Julius' Zimmer erklärt. Seine Mutter schickte ihn sofort zur Apotheke und empfahl mir, mich solange in sein Bett zu legen.

Also sitze ich nun hier auf dem verhängnisvollen Bett und schlürfe Blasentee, der genauso mies schmeckt, wie es der Name vermuten lässt. Blasentee! Das klingt nach Stützstrümpfen, Inkontinenz und Urlaub auf einem Donau-Passierschiff. Nach Canasta-Abenden mit den Nachbarn und Erzählungen aus der Nachkriegszeit. *Schatz, komm doch zu mir ins Bett, ich hab uns Blasentee gemacht.* Etwas Unerotischeres gibt es auf dieser Welt sicherlich nicht.

Ich liege noch immer in Julius' Bett, diesmal auf der Seite, und sehe in sein Gesicht. Er liegt mir gegenüber und sieht in meins. Durch meine Blutbahn kreisen Antibiotika und Achthunderter-Ibus. Es ist ein Traum. Ich spüre nichts. Nichts, was sich nicht schön anfühlt.

»Danke«, sage ich leise.

»Wofür?«

»Dafür, dass du mich hierhergezwungen hast.«

»In mein Bett? Das hast du freiwillig gemacht, gib's zu.«

»Zum Arzt, meine ich.«

»Ich weiß.« Seine Stimme ist sehr leise. Er legt mir eine Hand auf die Wange.

»Das war sehr fürsorglich von dir.«

»Ich mag es, wenn ich jemandem helfen kann.«

Ein Flirt bahnt sich einen Weg durch meinen ausgezehrten Körper. »Es würde mir helfen, wenn du nochmal *Little Priest* für mich singen würdest. So wie am Montag.«

Julius strahlt. »Mir würde es helfen, wenn ich dazu eine Duettpartnerin hätte.«

»Ich bin bloß Saxofonistin und noch dazu krank. Ruf doch Emel an. Du hast sicher ihre Nummer«, stichle ich und höre das Schmerzmittel aus mir sprechen.

»Ich habe in der Tat ihre Nummer.«

»Und? Willst du mit ihr auch befreundet sein? So wie mit mir?«

Julius rutscht näher an mich heran und stupst gegen meine Nase. »Ich weiß ganz genau, was du damit andeuten willst. Ich bin nicht blöd.«

»Gut so. Kluger Junge«, sage ich und stupse gegen seine Nase.

»Deine unnötige Eifersucht sollte mich irritieren, glaube ich. Aber sie gefällt mir irgendwie.«

»Ich bin nicht eifersüchtig.«

»Warum fragst du mich dann so bissig, ob ich Interesse an Emel habe?«

»Ich habe nur gefragt, ob du mit ihr befreundet sein willst.«

Er verdreht die Augen.

»Warum gefällt dir das?«

Diesmal zuckt er die Schultern, nimmt die Hand von meiner Wange und legt sie auf meine Taille. »Weil es sich anfühlt, als würde es dich stören, wenn es so wäre. So als würdest du einen Exklusivanspruch auf meine *Freundschaft* erheben.«

»Das klingt, als wäre ich ein Psycho.«

»Es ist ein bisschen psycho. Trotzdem kickt es mein Selbstbewusstsein.« Julius zögert kurz, ehe er weiterredet. »Es fühlt sich immer gut an, auf diese Art gemocht zu werden, das musst du doch wissen.«

Ich bin mir niiiiicht sicher, ob ich das weiß. Da mich bisher irgendwie niemand auf diese Art gemocht hat … Woher sollte ich es wissen? Durch Ben vielleicht? Ich lach mich tot! »Über welche Art von mögen sprechen wir hier eigentlich?«

»Über die Ich-bin-eifersüchtig-auf-jedes-andere-Mädchen-mit-dem-du-redest-und-sehe-dich-gerne-in-den-

Orchesterpausen-an-wenn-ich-glaube-dass-du-es-nicht-mitkriegst-Art.«

Mein Gehirn lässt mich einen Ton der Belustigung ausstoßen, weil es offenbar zu sehr auf Drogen ist, um die Worte, die er da gerade gesagt hat, richtig zu übersetzen. *Hallo? Blödes Gehirn? Julius hat uns durchschaut. Er weiß es. Und es gefällt ihm. Könntest du bitte mal rausfinden, ob das ein gutes Zeichen ist?*

»Nur um deine Frage mit deiner Metapher zu beantworten, ich will nicht mit Emel befreundet sein. Und sie auch ganz sicher nicht mit mir.«

»Warum? Ist sie deine Exfreundin oder so?«

»Nein, Layla. Ich bin ziemlich sicher, dass sie lesbisch ist.«

»Quatsch«, brumme ich, schließe die Augen und winkele die Beine an, weil mir kalt wird.

»Doch.« Julius breitet die Bettdecke über uns beide, rückt noch ein Stück näher an mich heran und küsst meine Stirn.

Langsam dämmere ich weg, meine Augen werden schwer, und ich gebe endlich dem Drang nach. Das Gesicht an seine Brust gedrückt, schiebe ich meinen Schenkel zwischen seine, die mir wie ein wunderbar wärmender Schutzpanzer erscheinen. Sein linker Arm umfasst mich, seine Hand liegt auf meinem Steiß und streichelt mich dort, wo noch vor einer Stunde der Schmerz getobt hat.

»Layla …«, sagt Julius leise.

»Mhm?«

»Hältst du mich wegen dem, was wir hier gerade machen, für einen schlechten Menschen?«

Die Frage trifft mich tief. Ich bemerke zum ersten Mal, dass er über all das auch nachdenkt. Dass es ihm alles andere als leichtfällt.

»Nein«, flüstere ich, »du hast doch eben rausgefunden, dass ich genau das Gegenteil von dir denke.«

Julius schließt mich in eine feste Umarmung, die mir für einen Moment eine Ahnung davon gibt, wie es sich anfühlt, von jemandem wirklich gemocht zu werden. Dann falle ich in den tiefsten Schlaf meines Lebens.

GOLO MAG ROMANTIK

»Layla, stehen bleiben! Aber subito!«

Golo hat mal einen Volkshochschulkurs in Italienisch gemacht (wie sollte er sonst jemals überzeugend in einer Verdi-Oper auftreten?), und seither streut er in seine Sätze gerne ein paar hängengebliebene Vokabeln ein. Ich habe gleich eine meiner seltenen und bitter nötigen Freistunden und plane, sie mit dem Verzehr eines Gebäckstücks in stiller, keineswegs einsamer Einsamkeit zu verbringen. Doch Golo muss mich natürlich erwischen, ehe ich mich davonstehlen kann. Ich drehe mich zu ihm um.

»Wir! Beide! Jetzt! Kaffee!«

»Ich weiß echt nicht, wie oft ich das noch sagen muss. Ich will doch …«

Er lässt mich nicht ausreden, sondern packt mich am Arm und zieht mich vom Ausgang weg, durch den ich eben noch für eine wunderbare Stunde die Uni verlassen wollte. Ich will doch nur zum Bäcker! Ich will doch nur Kuchen! Eigentlich habe ich vor, Diät zu halten, zehn Kilo abzunehmen und anschließend hunderte von Euro für neue Kleidung in Größe 36 auszugeben. Leider passt das, was man will, und das, wonach der Körper verlangt, sehr häufig nicht zueinander. Vor allem in puncto Ernährung.

»Ich wollte mir gerade ein Stück Kuchen reinpfeifen«, beschwere ich mich und versuche vergebens, mich seinem Griff zu entwinden.

»Du«, beginnt er und parkt mich schlussendlich vor

dem Kaffeeautomaten, »gehst nirgends hin. Du wirst jetzt beichten.« Er drückt eine Taste.

»Beichten? Etwa nach dem Motto ›Vergib mir Herr, denn ich habe gesündigt‹? Das kann ich meiner Mutter nicht antun, Golo. Sie hat mich bestimmt nicht zu katholischem Gottesglauben erzogen. Ein buddhistisches Schweigegelübde hingegen würde sie vielleicht gutheißen.«

»Nix da schweigen! Reden! Jetzt! Ich fasse es echt nicht, dass ich das so erfahren muss.« Golo nimmt den ersten Kaffeebecher aus dem Automaten, drückt ihn mir in die Hand, lässt einen zweiten Cappuccino durchlaufen und zieht mich am Arm weiter.

»Was hast du denn bitte erfahren?«

»Dass du Geheimnisse vor mir hast.«

»Geheimnisse?«

»Ja! Und das solltest du nicht. Ich erzähl dir doch auch alles. Sogar, dass meine Rolex ein Blender ist.«

»Ja, aber das ist mehr so eine Art offenes Geheimnis«, murre ich. Wirklich! Seine Rolex wäre nur noch offenkundiger ein Blender, wenn auf dem Ziffernblatt das Logo mit zwei l aufgedruckt wäre.

»Ich bin wirklich enttäuscht.« Er setzt eine ernsthaft niedergeschmetterte Miene auf.

Manchmal vermute ich, es liegt an seinem Dandy-Kleidungsstil, dass ich ihn für schwul halte. Dann wieder schiebe ich meine Vermutung darauf, dass er sich mal mit mir verabreden wollte, um *Bauer sucht Frau* zu gucken. Doch inzwischen bin ich mir sicher, es liegt daran, dass Golo mit mir redet, als wäre ich seine beste Freundin. Und er meine.

Zielstrebig schleppt er mich in einen unbesetzten Übungsraum und weigert sich den ganzen Weg über, mir zu verraten, welche Geheimnisse ich ihm denn nun verschwiegen habe. Es könnte praktisch alles sein, angefangen bei meinem Gewicht bis hin zu meinem Wissen darum, dass seine angebetete Alisa mal mit meinem Irgendwie-so-was-wie-Exfreund Ben intim war.

Golo setzt sich an das Klavier, das neben der Tür steht, schaut mich provokativ an und rührt in seinem Cappuccino.

»Ich habe wirklich Hunger. Kannst du mich bitte gehen lassen?«

»Schon klar. Du willst diesem Gespräch entkommen.«

»Ja. *Schon klar*«, äffe ich ihn nach.

»Hier!« Er wühlt in seiner Ledertasche und reicht mir einen popligen Müsliriegel, der mit den Zimtschnecken vom Bäcker um die Ecke nicht im Geringsten mithalten kann.

Menno.

Nachdem er mich noch ein bisschen böse angeschaut hat, bricht es aus ihm heraus: »Okay. Also gut, da du zu feige bist, es selbst zu sagen, fasse ich kurz für dich zusammen: Gestern stürmst du aus der Orchesterprobe. Hecker sagt, jemand soll nach dir gucken, ich will aufstehen und dir hinterhergehen, aber da sagt Julius – JULIUS! –, er macht das schon. ER MACHT DAS SCHON? Na ja, egal. Kurz darauf seid ihr beide verschwunden. Und heute Morgen sehe ich euch auf dem Parkplatz, wie ihr zusammen aus seinem Auto aussteigt. Und du trägst dieselben Klamotten wie gestern.«

Weitere Gründe, warum Golo einfach schwul sein muss:

1) Er beobachtet.
2) Er kombiniert.
3) Er liebt Klatschgeschichten.

4) Er interessiert sich für Dinge, die sein Leben nicht unmittelbar betreffen.
5) Er achtet auf meine Kleidung.

Ich fühle mich ziemlich ertappt. Nur zu gerne würde ich Golo jetzt gegen einen typisch männlichen Freund austauschen, der weder beobachtet noch kombiniert, sondern schlicht davon ausgeht, dass ihm die Dinge, die Relevanz für sein eigenes Leben haben, schon früher oder später ins Gesicht springen werden. Männer reden nicht über den neuesten Tratsch. Wer mit wem und wieso ist denen vollkommen egal. Es sei denn, einer ihrer Kumpels hat irgendeine heiße Nummer mit irgendeiner heißen Ische geschoben. Und selbst dann interessiert es sie nicht, weil sie sich um des Redens wegen darüber austauschen wollen. Nein! Männer unterhalten sich nur aus zwei Gründen über solche Dinge.

Erstens: Der Typ, der die Nummer mit der heißen Ische geschoben hat, will beweisen, was für ein toller Hecht er ist und seinen Kumpel mit der Geschichte neidisch machen. Zweitens: Der Kumpel hört dem tollen Hecht nur zu, um die Story bei der nächstbesten Gelegenheit in allen Details zu überbieten, damit nunmehr der Hecht neidisch wird. Basta.

Aber Golo geht es einzig und allein um den Tratsch.

»Julius wohnt in derselben Stadt wie ich. Er wollte nett sein und hat mich mit dem Auto mitgenommen.«

»Er wollte nett sein?«

»Ja. Er ist eigentlich … ganz nett.« Als ich das sage, muss ich augenblicklich übergalaktischabsolutextrembescheuert grinsen. Meine Mundwinkel verheddern sich dabei fast in meinen Ohrringen.

»Sind wir nicht an einem Punkt in unserer Freundschaft, an dem du mir erzählst, wenn du so was machst?«

»Wenn ich was mache? Und welcher Punkt?«

»Ich erzähle dir immer alles von Alisa.«

»Ja, dabei will ich das meistens gar nicht hören.«

Ich muss die Liste um einen Punkt erweitern:

6) Er ist in Alisa verknallt und will romantische Duette mit ihr singen.

»Was machst du mit Julius? Und warum siehst du so erledigt aus heute Morgen? Warst du die ganze Nacht wach? Erfahre ich jetzt bitte mal Details?«

Ich versuche, das Grinsen zu unterdrücken, und tische ihm eine halbwahre Geschichte auf: »Also, ich kenne Julius, weil wir in derselben Stadt wohnen und er meinem Bruder Gitarrenunterricht gibt.« Dass er das erst seit Kurzem tut, spare ich lieber mal aus. Das nimmt der Geschichte doch ein bisschen die Glaubwürdigkeit. »Er hat mich gestern nach Hause gefahren, hat Nick unterrichtet, danach mitbekommen, dass es mir nicht gut ging, und mich mit zu sich genommen.« An der Stelle japst Golo laut auf.

7) Golo japst laut und theatralisch auf, wenn er entsetzt oder neugierig ist.

»Seine Mutter ist Ärztin verdammt, nur deshalb! Sie hat mich untersucht. Ich bin wirklich krank, stell dir vor. Ich bin so krank, dass ich bei Julius zu Hause in die Spüle gekotzt habe und dabei einen Ohrwurm von Helene Fischer hatte. Deshalb sehe ich auch übel aus. Atemlos durch die Nacht und so. Nach dem ganzen Fiasko hatte ich heute Morgen keine Lust, etwas anderes anzuziehen. Nicht jeder kann jeden Tag ein astreines neues Outfit aus seinem Schrank zaubern so wie du, Golo Lagerfeld. Ich bin krank«, betone ich noch mal.

»Warum bist du in der Uni, wenn du so krank bist?«

Das frage ich mich allerdings auch gerade. Wäre ich zu

Hause geblieben, hätte Golo mich nicht so ausgequetscht. Allerdings hätte das dann meine Mutter übernommen. Die hätte es nämlich genauso brennend interessiert, wieso ich über Nacht wegbleibe.

Vorsichtshalber antworte ich nicht darauf. Golo deutet mein Schweigen und glaubt mir nicht. Dabei ist der Kern der Geschichte doch wahr!

»Du musst mir erzählen, was da läuft. Sonst krieg ich Zustände. Echt mal! Heute Morgen: Ich stehe ahnungslos auf dem Parkplatz, und auf einmal parkt da das Auto von Julius, und – hey, Überraschung! – meine Freundin Layla steigt aus. Dann lauft ihr zusammen über den Parkplatz zur Uni, und alle glotzen euch an. Das war so was von *Twilight!*«

»Wie bitte?«

»Ja. *Twilight.* Du weißt schon. Der Vampir-Film. Da holt Edward Bella morgens immer in seinem Volvo ab, und dann fahren sie zusammen zur Highschool. Sie steigen aus, alle glotzen sie an und denken sich: Hey, der komische Typ hat eine Freundin.«

»Als du uns gesehen hast, dachtest du da auch: Der komische Typ hat eine Freundin?«

»Nee, ich hab gedacht: Krass, ist ja wie in *Twilight.*«

8) Golo mag *Twilight* und kann Szenen daraus nacherzählen.

Ich sehe ihn kritisch an.

»Guck nicht so. Ich mag eben Romantik. Als Mann darf man auch Romantik mögen.«

9) Golo mag Romantik.

»Ja, aber weißt du, Golo, manche Dinge sollte man lieber verschweigen. Zum Beispiel, wenn man weiß, dass Edward einen Volvo fährt.«

»Frauen mögen das an Männern.«

»Nein, tun sie nicht. Glaub mir, ich bin zufällig eine. Meistens wollen wir den Typen, der wenigstens von sich behauptet, Tarantino-Filme gut zu finden, und der aussieht, als könnte er nach einem Konzert seine Gitarre auf der Bühne zerschmettern.« Als wäre diese Rede nicht schon schlimm genug, mache ich dazu auch noch eine ziemlich affige Geste. Ich zerschlage eine Luftgitarre auf dem Parkettboden. Dabei stimmt es. Den sensiblen Typen, der Gedichte schreibt und Rosen kauft, wollen wir nur so lange, bis wir ihn haben. Er schreibt zwei, drei Gedichte, kauft zwei-, dreimal Rosen, und schwupps ist er langweilig. Am Ende steigen wir doch wieder den Typen hinterher, die wir nur haben wollen, weil wir hoffen, sie ändern zu können. Die Typen, bei denen wir denken: Klar, er ist ein Schwerenöter, aber er hat nur noch nicht die Richtige kennengelernt, die er so sehr liebt, dass er sich für sie zur Ruhe setzt. Oder: Klar, er ist ein Riesenarschloch, aber das ist er nur, weil er seine Gefühle nicht richtig ausdrücken kann, weil er ein Ferrero Rocher ist: außen kernig hart, innen cremig weich.

Dann gibt es natürlich noch die Fälle von: Okay, klar, er hat mit mir seine Freundin betrogen, aber nur, weil er in der Beziehung unglücklich ist und sie ihm irgendetwas nicht geben kann. Ich dagegen kann es ihm geben. Bei mir würde er nicht fremdgehen.

Golo hebt die Augenbraue. »Redest du etwa gerade von Julius?«

Ja. »Nein.«

»Du lügst.«

Ja. »Nein.«

»Sag mir einfach, was da abgeht.«

»Gar nix.«

»Was ist gestern passiert?«

»Gar nix! Und das ist nicht gelogen.« Wirklich nicht. Ein Kuss auf die Stirn. Eine Nacht im selben Bett. Vollständig angezogen. Da hing nichts in der Luft, bis auf ein paar von meinen Krankheitserregern.

»Weißt du, wie du gerade guckst? Wie damals, als du mir zum ersten Mal erzählt hast, dass du in diesen bescheuerten Ben verliebt bist. Genau so guckst du.«

»Ben? Das mit Julius ist was ganz anderes als mit Ben.« Ich muss so sehr darauf bestehen, dass es keine Parallelen zwischen Ben und Julius gibt, dass ich dabei unfreiwillig mehr von meinen wahren Gefühlen preisgebe als geplant. Am Anfang dachte ich ja selbst, dass Julius wie Ben wäre. Aber ich habe mich getäuscht. Die beiden haben nichts, überhaupt gar nichts gemeinsam. Außer der Liebe für die Musik. Mit dieser Liebe gehen sie allerdings sehr unterschiedlich um. Ben hat eine Beziehung zur Musik, die seiner Beziehung zu mir nicht unähnlich war. Er nutzt sie aus. Sie gibt ihm die Bestätigung, die er zum Atmen braucht. Sie muss so sein, wie er sie haben will.

»Was ist jetzt mit Julius?«

Ich lasse mich neben Golo auf den Boden fallen und knicke ein. »Es ist … Ach, keine Ahnung. Es ist so toll. Er ist so toll! Gleichzeitig ist es so unglaublich scheiße, dass ich heulen könnte.«

»Nicht heulen!«, verbietet er. »Das heißt, du bist verknallt in ihn.«

»Nein«, höhne ich, als wäre das total abwegig. So als wäre Julius nicht unglaublich nett und lieb und musikalisch und talentiert und attraktiv und fürsorglich. So als wäre er nicht Julius.

Golo wirft mir einen bösen Blick zu.

»Ja«, gebe ich kleinlaut zu.

»Und? Wie willst du vorgehen?«

»Vorgehen?«

»Na, um ihn rumzukriegen?«

»Ich … ich will ihn nicht. Ich …« Dann flüstere ich sehr schnell: »Ich habe ihn schon rumgekriegt.«

»Wie bitte was? Ihr seid ein Paar? Und du sagst mir nichts? Denkst du nicht, ich will wissen, dass du einen Freund hast?«

»Ich habe keinen Freund!«

Er legt den Kopf schief, so als hätte er mich gerade beim Lügen erwischt.

»Ich mein's ernst, Golo. Julius ist nicht mein Freund.«

»OHMEINGOTTIHRHATTETSEX!«

»Golo, wenn du das irgendjemandem weitertratschst, dann bringe ich dich um, verstehst du? Kein Witz, ich bringe dich um.« Ich drohe ihm mit dem Zeigefinger.

»WAS IST PASSIERT?«

Dann erzähle ich ihm die ganze Geschichte.

KUCHENABEND

Am nächsten Mittwoch veranstalte ich einen Kuchenabend mit Kara und Mimi. Das bedeutet, jede muss einen Kuchen mitbringen, und dann essen wir davon. Vielfältiger kann Völlerei kaum sein. Die Kuchenabende fallen meist so aus, dass Kara einen Marmorkuchen backt und ich meine Mutter einen Dinkel-Bananen-irgendwas-Gesundes-Kuchen fabrizieren lasse. Mimi hingegen nimmt diese Veranstaltungen sehr ernst. Sie benimmt sich, als wollte sie Weltmeisterin des Konditorenhandwerks werden, und erschafft kleine Kreationen mit abenteuerlichen Namen. Heute gibt es eine After-Eight-Pfefferminz-Biskuit-Rolle.

Mimi stellt ihre Schöpfung auf den Küchentisch und verkündet: »Leute, das ist das Geilste, was ich je gemacht habe. Ihr müsst das alles aufessen, ich mag kein Pfefferminz.«

»Wie bitte? Ich denke, es ist das Geilste, was du je gemacht hast?«, frage ich.

»Ja. Sieht total stark aus. Und hat nur zwei Stunden gedauert. Aber ich will sie nicht selbst essen.«

So ist Mimi. Stellt sich zwei Stunden in die Küche und werkelt an einer Biskuitrolle herum, deren namensgebende Hauptzutat sie gar nicht mag.

»Großes oder kleines Stück?«, fragt sie mich.

»Groß. Ich bin fix und alle. Ich war heute den ganzen Nachmittag in der Musikschule, und der kleine Franz ist mir mal wieder auf der Nase rumgetanzt.«

Kara und Mimi jubeln vorfreudig. Sie kennen schon diverse Storys vom kleinen Franz. Ich unterrichte ihn seit zwei Jahren, und dieses Kind hasst mich so abgrundtief, dass ich die Antipathie einfach erwidern *muss*. Jede Woche versuche ich mir selbst gut zuzureden, dass es unvernünftig ist, einen Elfjährigen zu hassen, nur weil er mich nicht leiden kann. Doch der kleine Franz legt es darauf an. Er will gehasst werden.

Woche um Woche untergräbt der Giftzwerg meine Autorität und ist dabei dermaßen kreativ, dass es fast schade ist, weil er dieses Potenzial nicht in sein Saxofonspiel investiert. Das erste halbe Jahr mit dem kleinen Franz war noch ganz angenehm. Er war damals neun und hatte annähernd so etwas wie Respekt vor mir. Er übte regelmäßig und kam gut vorbereitet in die Unterrichtsstunde. Doch mit etwa zehn Jahren verfiel der kleine Franz in eine Art Vorpubertät, und von da an war alles verloren. Er übte nicht mehr, sagte jede zweite Woche ab, und wenn er doch mal auftauchte, trieb er nur Unfug. Ein paar Wochen nannte er mich zum Beispiel konsequent »Nilpferd«. »Wie kann ein Nilpferd eigentlich Saxofon spielen?« – »Wie ist es so in Afrika, Nilpferd?« – »Ich hab dich letzte Woche im Zoo gesehen, Nilpferd.« Irgendwann bekam ich einen Ausraster und nannte ihn eine ganze Stunde lang »dummes Äffchen«. Das zeugt nicht gerade von meiner geistigen Überlegenheit, aber es ist mir einfach rausgerutscht. Okay, es ist mir eine ganze Stunde lang etwa dreißigmal rausgerutscht.

Nach dieser Phase voller Beschimpfungen ging er zu Schweigsamkeit über. Der kleine Franz setzte sich Stunde für Stunde in die Ecke des Probenraums und weigerte sich, auch nur irgendetwas zu tun. Er spielte nicht, sagte nichts, er meckerte nicht einmal. Saß einfach nur rum und starrte mich mit einem hasserfüllten Blick an, der ihm in al-Qaida-Kreisen sicher zu einer Führungsposition verholfen hätte.

Ich konnte so viele Gespräche mit seinen Eltern führen, wie ich wollte, der kleine Franz besserte sich nicht. Und seinen Eltern war es ziemlich egal, ob sie sehr viel Geld dafür ausgaben, dass ihr Sohnemann mich Nilpferd nannte, schweigende Sit-ins veranstaltete, aus dem Fenster pinkelte, mir das Abc vorrülpste, sein Saxofon mit einem Edding und der Erkenntnis »Musikunterich ist was für Luser ohne Pimel« verzierte und einmal versuchte, sich vor Zorn selbst zu erwürgen.

»Der kleine Franz hat neuerdings ein iPhone. Das haben ihm seine Eltern geschenkt, damit er lieb wird, hat er mir erzählt. Eine äußerst gelungene pädagogische Maßnahme, wenn ihr mich fragt. Er hat sich gleich mal eine App über Sexstellungen runtergeladen und mich heute aufgeklärt.«

»Eine App über Sexstellungen?«, fragt Mimi.

»Die Jugend von heute«, imitiert Kara die Stimme einer Oma.

»Wie gesagt, das iPhone war eine sehr gelungene pädagogische Maßnahme. Der kleine Franz hat schon sehr viel gelernt durch das Ding, und zwar jede Stellung im Kamasutra.«

»Und? Hat dich was inspiriert?«, fragt Kara und guckt mich schief von der Seite an. Als sie meine Miene sieht, kichert sie.

»Ich war total schockiert. Terror-Franz ist doch erst elf. Haben die mit elf eigentlich schon einen Penis?«

»Die Jugend von heute schon«, sagt Kara.

»Lasst uns lieber über die Jugend von gestern reden. Über uns! Layla. Gibt's News von der Front?«

»Nö. Im Westen nichts Neues.«

»Okay. Gibt es etwas Neues von Julius?«

»Nein, nicht wirklich. Ich hab ihn ein paar Mal in der Uni gesehen, aber wir haben nur ein, zwei Worte gewechselt. Ich musste Golo erzählen, dass wir was miteinander hatten, und er ist fast ausgerastet.«

»Und wie geht's deinem Nieren-Entzündungs-Dingsbums?«, fragt Kara.

»Ganz gut, danke.«

»Wo ist eigentlich deine Mutter?«, will Mimi wissen, denn Mama setzt sich sehr gerne dazu, wenn wir Kuchenabende veranstalten, und berät Mimi und Kara in wichtigen und unwichtigen Lebensdingen. Die beiden finden das furchtbar toll, ich finde es eher nur furchtbar.

»Sie ist auf einem Konzert. Von Jochen Hecker. Er hat mir Karten geschenkt, aber meine Mutter hat gesagt, ich soll lieber zu Hause bleiben wegen des Nieren-Entzündungs-Dingsbums. Das sagt ausgerechnet sie. Sie hatte vor ein paar Tagen erst eine Chemo. Elende Doppelmoral.«

Mimi und Kara wissen nicht, ob es okay ist, an dieser Stelle zu lachen, also verkneifen sie es sich.

Kara wechselt schnell das Thema. »Wann siehst du Julius wieder?«

»Am Samstag. Hecker will, dass sich an diesem Abend alle mal richtig kennenlernen. Wir treffen uns in der Aula, bestellen Pizza und feiern. Wir wissen ja alle ganz genau, wie solche Abende enden. Wo eine Menge Musiker aufeinandertreffen …«

»… wird ordentlich gesoffen«, beendet Kara den Satz für mich.

Ich nicke.

Später, der Kuchenabend ist beendet, die After-Eight-Rolle verputzt, liege ich in meinem Bett und balanciere den Laptop auf den Knien. Vor mir auf dem Bildschirm flackert Julius' Youtube-Channel. Über dreißigtausend Menschen haben diesen Channel abonniert. Obwohl er in seinen Videos, wenn er nicht singt, deutsch spricht, sind viele seiner Abonnenten nicht deutschsprachig. Seine Videos sind in vier Kategorien unterteilt. In einer spielt er die Songs, die ihn gerade bewegen, in einer stellt er seine Eigenkompositionen vor, in einer anderen spielt er Songs, die seine Zuschauer sich wünschen, und in der vierten erzählt er von sich und seinem Leben, beantwortet Fragen, führt eine Art Vlog. Ich habe mir mittlerweile alle seine Videos angesehen und klicke mich nur durch meine Favoriten. In den Videos, die seine Fans sich wünschen, covert er meistens Chart-Songs und vieles, was einem längst aus den Ohren rauskommt. Aber er verleiht den Liedern einen derart neuen Charakter und damit eine Einzigartigkeit, die ihn zu einem echten Künstler macht. Zu meinen Lieblingen gehören neben einigen kleinen Schätzen, die sich in erster und zweiter Kategorie finden, auch eine Unplugged-Version von *Smells Like Teen Spirit* in Form einer Ballade, außerdem *In My Head* von Jason Derulo, die Julius mit Leander am Klavier singt, und ein unglaubliches Medley aus Lady-Gaga-Songs.

Meine Zimmertür öffnet sich, und meine Mutter kommt herein. Sie setzt sich zu mir aufs Bett.

»Was siehst du dir da an?«, fragt sie.

Schnell drehe ich den Computer von ihr weg. »Ach, nur so ein Video.« Nur so ein Video. Nur so ein Video von einem Typen, der in Gedanken an mich (mich! Mich! MICH!) *Dream Catch Me* gesungen und es der ganzen Welt zugänglich gemacht hat. Yey! Auf einmal bin ich ziemlich glücklich. Ich könnte jetzt getrost ein bisschen durch mein Zimmer hüpfen, untermalt mit einem comicartigen BOINGBOINGBOING-Sound bei jedem Sprung.

Meine Mutter strahlt mich an und streichelt mir über den Kopf. »Es war ein großartiges Konzert. Du hättest dabei sein müssen.«

»Ist schon okay. Ich sehe Jochen Hecker jeden Tag.«

»Ja, aber die Musik war ein unglaubliches Erlebnis. Jochen Hecker ist überhaupt nicht, wie ich ihn mir vorgestellt habe.«

»Wie hast du ihn dir denn vorgestellt?«

»Na, eben wie einen richtigen Saxofonisten.«

Was soll das bedeuten? Wie sieht ein richtiger Saxofonist ihrer Meinung denn aus? Schwarz wie Charlie Parker? Mit Lockenmatte wie Kenny G?

Mama bemerkt meinen kritischen Blick und erklärt: »Na, die meisten Musiker sind Hallodris, das weißt du doch auch, Schatz.« Jop. Das weiß ich. Hab's auf die harte Tour lernen müssen. »Jochen Hecker dagegen war richtig *charmant* auf der Bühne.« Ja. Charme. So fängt alles an. Charme ist der Beginn von Hallodritum. »Und er ist so musikalisch.« Das empfiehlt sich, wenn man damit sein Geld verdient. »Auf den ersten Blick war ich etwas enttäuscht, aber nach einer halben Stunde fand ich ihn sehr attraktiv.«

HILFE!

Meine Mutter ist in die Falle getreten. Sie durchläuft alle typischen Stadien. Auf den ersten Blick sind sie nie toll, diese Musiker. Erst wenn sie sich auf eine Bühne stellen und anfangen, dummes Zeug zu reden und zu musizieren, DANN werden sie auf einmal »sehr attraktiv«. Dann vergisst man auch, dass man eigentlich dachte, alle Musiker seien Hallodris. (Was ist das überhaupt für ein

Wort? Hallodri! Das Klang-Bedeutungs-Verhältnis dieses Wortes ist völlig daneben. Es klingt wie Volltrottel und bedeutet Schwerenöter.)

»Er ist auch sehr nett, wir haben uns sehr gut unterhalten.«

Momentchen mal. »Ihr habt euch unterhalten? Wie denn? Bist du auf die Bühne gegangen?«

»Natürlich nicht. Das war ja das Tolle. Die Musiker hatten keinerlei Starallüren. Nach dem Konzert sind sie wie alle Besucher noch an die Bar, haben ein Bier getrunken und sich locker unterhalten. Ich bin natürlich zu deinem Chef hin und habe ihn angesprochen.«

Natürlich. Niemand macht das *natürlich.* Nur meine Mutter. Meine Mutter unterhält sich auch in Zeichensprache mit einem Ungarn, dessen Daseinsberechtigung darin besteht, auf Leinwänden farbverschmierte Frauen zu vernaschen.

»Was hast du gesagt?«

»Ich habe mich bloß kurz vorgestellt und ihm erklärt, warum ich alleine gekommen bin. Er hat nach dir gefragt, ich soll dir gute Besserung sagen.«

Sicher wird Hecker es komisch finden, dass ich zwar jeden Tag in der Uni bin, aber ein Konzert schwänze, um mich auszukurieren. Aber ich kann nicht einfach nicht in die Uni gehen. Ich muss da hin. Weil ich ein dummes, verknalltes Mädchen bin, das jede Gelegenheit ergreift, um seinen Schwarm zu sehen. Das Wort Schwarm führt dazu, dass ich mich augenblicklich wie dreizehn fühle.

Meine Mutter fühlt sich offenbar auch gerade wie dreizehn. »Jochen hat sich total gefreut, mich kennenzulernen. Er hat dich sehr gelobt. Er meinte, ohne dich wäre er verloren und dass du ihm bei diesem Musical eine echte Hilfe bist.«

Ich weiß zwar noch nicht ganz, worin meine *echte Hilfe* besteht, aber gut. Was soll man der Mutter seines Hiwis auch sonst erzählen?

»Jochen hat gesagt, dass es ihn sehr freuen würde, wenn wir mal wieder zu einem seiner Konzerte kämen.«

»Entschuldige bitte: Jochen?«

»Er hat gleich gefragt, ob wir uns duzen wollen. Das ist doch in Künstlerkreisen ganz normal. Ich verstehe auch immer noch nicht, warum ihr euch so krampfhaft siezt.«

Weil ich Jochen Hecker überhaupt nicht duzen will! Soll ich ihn demnächst noch zu meinen Kuchenabenden einladen und mir mit ihm und Golo gemeinsam *Bauer sucht Frau* anschauen?

»Auf jeden Fall hat er mir zwei Karten geschenkt. Für einen Auftritt in zwei Wochen.«

Tolle Wurst.

»Bitte, Mama, verknall dich nicht in Jochen Hecker.«

»Layla, ich bin doch keine dreizehn mehr.«

DOCH! GENAU DAS IST SIE!

WIESO VERSTEHST DU NICHT, DASS ICH HEUTE NACHT NICHT SCHLAFEN WERDE?

»Laaaaaylaaaaa!«

Kara hat diesen ultimativ gruseligen Tonfall drauf, der mich sofort in Habachtstellung versetzt, als sie mich einen Tag später abends anruft. Sie benutzt ihn immer dann, wenn sie etwas Erstaunliches entdeckt hat. Oder wenn ihr etwas Wichtiges eingefallen ist. Oder wenn sie eine Idee hat. Meistens ist die Entdeckung, der Einfall oder die Idee weniger spektakulär, als es ihre Stimme vermuten lässt. Einmal hat sie angerufen und Laaaaaylaaaaa! gestöhnt, und ihre tolle Idee bestand darin, dass sie den Gartenschuppen ausräumen wollte, um darin eine Party zu veranstalten. Dummerweise brüllte sie nur begeistert ins Telefon: »Wir machen eine Schuppenparty!«. Ich war von dieser Idee eher angeekelt.

»Laaaaaylaaaaa! Geh sofort auf Youtube. Sofort. Sofort. Sofort.«

»Warum? Ich kann jetzt nicht. Ich bin gerade damit beschäftigt, optisch ein anderer Mensch zu werden.«

Ich stehe im Badezimmer und will mir die Haare hochstecken. Meine Haare kooperieren allerdings nicht. Gleichzeitig muss ich feststellen, dass ich meine Augen nach Auftragen des Lidstriches nicht lange genug geschlossen gehalten habe und mir die schwarze Tinte deshalb jetzt irgendwo unterhalb der Augenbrauen klebt. Ich stecke hier also in einer Art Zweifrontenkrieg fest, um mich gleich mit der gesamten Sweeney-Todd-Crew zu treffen.

Kara besteht jedoch darauf. »Du! Musst!«

»Was ist denn auf YouTube?«

»Ich wollte mir eben mal ein paar Videos von Julius ansehen.«

Kara und Mimi haben gestern Nacht, nachdem meine verknallte Mutter mein Zimmer verlassen hatte, leicht geistesgestört WhatsApp-Gruppen-Nachrichten von mir erhalten. Der Inhalt lautete in etwa: »Warum ist Julius so perfekt? Guckt euch seine Videos an, blabla. Er singt so schön, blubbblubb, toller Gitarrist, blabla.« Das habe ich jetzt davon.

»Ich bin auf seiner YouTube-Seite gelandet.«

»Seinem Channel«, korrigiere ich instinktiv, weil ich eine Klugscheißerin bin.

»Jaja. Auf jeden Fall hat der Gute gerade ein neues Video hochgeladen. Ich schwöre dir, das ist eine Andeutung. Oder was weiß ich, es ist jedenfalls saukomisch. Aber ich wette, das bedeutet etwas.«

»Warte kurz.« Jetzt bin ich doch neugierig geworden. Ich eile in mein Zimmer zu meinem Laptop und rufe den YouTube-Channel von Julius auf. Da, tatsächlich! Ein neues Video.

»Du musst zuhören, was er sagt«, erklärt Kara.

Ich starte das Video. Da sitzt Julius. Vor seiner Kamera. Auf seinem Bett. Mit einer zwölfsaitigen Akustikgitarre. Er lächelt und beginnt dann zu sprechen: »Hi! Es ist mal wieder Zeit für ein neues Video. Und zwar möchte ich heute für euch *Animal* von den Neon Trees spielen. Weil es heute irgendwie passt. Ich gehe gleich noch bisschen mit ein paar Leuten aus der Uni feiern. Egal, ich werde jetzt diesen Song aufnehmen, und dann werde ich eine

Freundin abholen.« Ein Lächeln. »Und auf die Party fahren.« Er zwinkert zweideutig.

Ich drücke die Stopp-Taste.

»Kara, er redet von mir!«

Julius hat heute Mittag auf unserem Festnetztelefon angerufen und gefragt, ob er mich mitnehmen soll. Er war kurz angebunden und dennoch freundlich, aber er wollte nicht großartig mit mir quatschen, das hat man gemerkt. Selbstverständlich musste ich anschließend sofort alle Menschen, die ich kenne, darüber in Kenntnis setzen. Na ja, nicht wirklich alle. Aber Kara und Mimi und Golo. Mir fällt an dieser Stelle auf, dass Kara und Mimi und Golo klingen wie die Hauptdarsteller in einer Fernsehsendung für Kleinstkinder. Etwa wie die Teletubbies. Zweisilbige Namen mit jeweils zwei gleichen Vokalen. Das ist wirklich gruselig. Vielleicht sollte ich von nun an nur noch von meinen Freunden Kara, Miriam und Tobias sprechen. Das klingt weniger nach Super RTL.

»JA, ICH WEISS! Vor den ganzen Leuten im Internet! Er meint damit dich.«

»Was, wenn seine Freundin das sieht?«

»Layla! Der weiß ganz genau, dass seine Freundin das sieht. Also entweder ist er ziemlich doof, oder er will, dass seine Freundin sich von ihm trennt. Eigentlich ist es ziemlich dreist, aber es ist auch SO SÜSS! Und … Hach, vor allem bei dem Lied!«

»Ich hab das Lied nicht mehr präsent.«

»HÖR! ES! DIR! AN!«

Und dann höre ich es mir an.

Drei Textzeilen bleiben mir im Ohr: *»Here we go again, I kinda wanna be more than friends.« »Oh! I want some more, what are you waiting for?«* und: *»Why can't you understand, why I won't sleep tonight?«*

Ich wiederhole diese Zeilen für Kara.

»Layla, das ist die klarste Ansage aller Zeiten. Zuerst spricht er davon, dass er heute Abend mit einem Mädchen auf eine Party geht, und dann singt er ein Lied, in dem es darum geht, dass irgendwer die ganze Nacht nicht schlafen wird, weil er mehr als nur Freundschaft will.« Karas Stimme überschlägt sich. Sie ist völlig aus dem Häuschen. »Schatz, der ist verrückt nach dir!«

»Nein. Also, Kara. Nein. Das … du interpretierst da zu viel rein. Weißt du, wenn ein Mann etwas sagen will, dann sagt er es.«

»Aber er sagt es doch!«

»Nein. Du interpretierst das in seine Songauswahl. Er würde doch nie … Mein Gott, seine doofe Anna guckt sich doch bestimmt jedes seiner Videos an. Sie würde sofort merken, dass da was im Busch ist, und …« Was und?

»Layla. Du musst dich damit abfinden: Julius will dich. Und das meine ich wörtlich.« Dann beginnt sie zu singen: *»Ooh, I want some more. Ooh, what are you waiting for?«*

Worauf ich warte? Darauf, dass die Panik nachlässt, die Karas Interpretation in mir auslöst. Eins ist völlig klar: Wenn ich gleich neben Julius im Auto sitze, werde ich mich keine Sekunde lang wie ein halbwegs normaler Mensch verhalten können.

»Ich wünsche dir sehr viel Spaß beim heutigen Abend, Layla. Ach ja, und lies dir mal die Kommentare zu diesem Video durch.« Ich kann förmlich hören, wie in ihrer Vorstellung Bilder auftauchen. Bilder, die mein Gehirn auch gerade produziert.

Nachdem Kara aufgelegt hat, tue ich, was sie gesagt hat. Ich lese einige der Kommentare.

»WAS? Du holst danach ein Mädchen ab? Ist sie deine Freundin?«

»Ich wünschte, ich wäre dieses Mädchen!!!!!! Heirate mich!!!!!«, fleht eine andere Userin.

Ich gehe jetzt einfach mal davon aus, dass alle Kommentatoren weiblich sind, denn hier werden vorrangig Nichtigkeiten wie Julius' Figur/Gesicht/Kleidung kommentiert. Dabei übersehen die meisten, dass er den Neon Trees gerade so was von gezeigt hat, was eine Harke ist.

Eine dritte Userin interpretiert seine Worte ähnlich wie Kara: »Willst du uns mit diesem Video mitteilen, dass du mit diesem Mädel, das du gleich abholst, die ganze Nacht schmutzige Dinge anstellen willst?«

Das geht dich gar nichts an! Und wenn er das will, dann soll er es auch tun. Pah!

DIE GANZE NACHT NICHT SCHLAFEN

Das erste und letzte Mal habe ich eine ganze Nacht nicht geschlafen, als ich vor Jahren auf Probenfahrt mit dem Orchester meiner ehemaligen Schule war. Ich war damals erst elf und mit Abstand die Jüngste, während die anderen alle mindestens in der achten Klasse waren. Die obercoolen Achtklässler hatten sich einen feinen Plan zurechtgelegt: Sie rauchten in ihren Zimmern Mentholzigaretten, tranken Erdbeersekt und wollten anschließend die ganze Nacht hindurch aufbleiben. Ich rauchte und trank zwar nicht, blieb aber brav mit wach, weil ich hoffte, mich dadurch bei den anderen beliebt zu machen. Die meisten konnten mich nämlich nicht besonders gut leiden, weil ich zwar zwei Jahre jünger war, aber besser als sie.

Die durchgemachte Nacht führte dazu, dass ich am nächsten Morgen in der Probe, obwohl ich von achtzig lärmenden Schülern umgeben war, einfach einschlief. Der Lehrer forschte nach, jemand versuchte mir die Geschichte mit den Zigaretten und dem Erdbeersekt unterzuschieben, der Lehrer glaubte es nicht, ich petzte die Wahrheit, und alle hassten mich noch mehr. Super. Die ganze Nacht aufzubleiben ist bei mir also eher negativ konnotiert.

Jetzt, ein paar Jährchen später, laufe ich mit rasenden Gedanken im Wohnzimmer auf und ab und blicke jedes Mal in den Spiegel, wenn ich daran vorbeikomme. Ich sehe noch gut aus, die Betonung liegt auf noch. Wenn Julius nicht bald auftaucht, wird dieser Zustand der Vergangenheit angehören. Ich werde vor Nervosität Stressflecken, eine erneute Blasenschwäche und Verdauungsschwierigkeiten bekommen. Ich werde ihn auf der halbstündigen Fahrt nach Frankfurt zehnmal mit hochrotem Kopf bitten müssen, an der nächsten Raststätte rauszufahren.

Und das alles nur, weil ich mir vorzustellen versuche, was es bedeutet, wenn die Intention seiner Videobotschaft deckungsgleich mit Karas Deutung ist.

»Warum bist du so nervös?«, fragt meine Mutter, während sie Lucy, Nick und Luna-Franziska Abendbrot kredenzt. Jede Zelle in Nicks Körper sträubt sich dagegen, mit Familie und Freundin an einem Tisch gemeinsam zu Abend zu essen. »Setz dich und iss mit uns.«

»Ich hab keinen Hunger. Außerdem kann ich nicht. Ich geh doch weg. Wir treffen uns in der Uni. Hab ich doch bereits erzählt.«

»Echt, ey, Mama, das hat sie heute wirklich mindestens fünftausendmal erzählt.« Nick stöhnt und inspiziert die Blättchen, die auf seiner Kartoffelsuppe thronen. »Was is'n das für'n Kleingarten da auf meiner Suppe?«

»Petersilie. Iss!« Mama wendet sich wieder mir zu. »Ist es nicht ein bisschen zu spät, um noch mit dem Zug zu fahren? Wie kommst du denn nach Hause? Übernachtest du auswärts?«

Oh ja. Wenn ich das wüsste.

»Ich werde abgeholt. Ähm … Julius nimmt mich mit. Er fährt mit dem Auto.«

»Julius Herzsprung?«, fragen meine Mutter, Nick und seine Freundin gleichzeitig.

Ach ja. Das hatte ich völlig verdrängt: Luna-Franziska ist ja so etwas wie die Vorsitzende des regionalen Julius-Herzsprung-Fanclubs.

»Ja«, antworte ich eingeschüchtert.

Fragen prasseln auf mich ein: »Seid ihr so etwas wie Freunde?« (Mama). »Kommt er wirklich hierher? Also wirklich? Kann ich ihn sehen?« (Luna-Franziska). »Was will der eigentlich mit dir?« (Nick). »Kann ich noch Suppe haben?« (Lucy).

Aber zu spät, alles zu spät, denn es klingelt.

Ich habe vergessen, Parfüm zu benutzen. Mist! Gestern habe ich mir extra noch eine neue Flasche von dem völlig überteuerten Duftwässerchen gekauft, um es heute auftragen zu können. Verdammte Mistkacke!

»Mach mal jemand auf«, rufe ich, sprinte nach oben in mein Zimmer, betupfe mich mit Hugo Boss' Vorstellung von Wohlgeruch und hüpfe zurück nach unten, wo ich schon Julius' Stimme hören kann.

»Hi, Layla«, sagt er, als er mich sieht. Er steht mit Nick an der Eingangstür.

»Hey«, hauche ich zurück und streiche mir effektvoll eine Locke hinters Ohr, die mir Schicksal sei Dank just in diesem Moment ins Gesicht gefallen ist. Ich glaube, dass ich dabei recht lasziv aussehe. Danke, liebes Schicksal, schön, dass du auch mal nett zu mir bist.

Luna-Franziska starrt Julius an, als würde nicht ein vierundzwanzigjähriger Student, sondern ein längst tot geglaubter Gott aus dem Olymp der Musikgötter (Marke Hendrix, Cobain oder Morrison) vor ihr stehen.

Julius guckt irritiert zurück und sagt: »Ähm. Hi!«

Meine Mutter winkt ihm, schaut von mir zu ihm und wieder zurück und grinst dann in ihre Suppe mit dem dämlichen Grünzeugs obendrauf.

Hektisch greife ich nach Jacke und Tasche und will einfach nur weg, da ruft mich Mama zurück.

»Sorry, geh bitte schon mal vor, ich komme gleich nach«, entschuldige ich mich leise bei Julius und schiebe ihn förmlich aus der Tür.

»Was denn noch?«, blaffe ich Mama an.

»Sollte ich da etwas erfahren?«

»Nein!«, zische ich.

»Sicher?«

»Nein«, gebe ich kleinlaut zu.

»Oh mein Gott!«, blökt Luna-Franziska, die heute schon so viele Worte verloren hat wie noch nie in diesem Haus. »Du bist das? Du bist das Mädchen, das Julius abholt? Er hat das heute in seinem Video gesagt. Oh mein Gooooohooooott!« Das letzte Wort stößt sie quietschend hervor, begleitet von Gehopse und Geklatsche.

Ich verkneife mir eine spöttische Antwort und lächle nur gequält.

Meine Mutter zieht mich nah an sich ran und sagt, nur für mich bestimmt, in mein Ohr: »Ruf bitte dieses Mal kurz durch, wenn du nicht nach Hause kommst. Und verhütet!«

»MAMA!«, rufe ich.

»Ich sag's doch nur. Und grüß bitte den Jochen von mir.«

Den Jochen? Ja, sicher. Werde ich tun. Nicht.

Als ich schnell raushusche, höre ich noch, wie sich eine kleine Katastrophe anbahnt.

»Hast du gerade zu ihr gesagt, sie soll verhüten? Wäääa, Alter! Mama!«

Julius, der direkt vor der Tür steht und jedes von Nicks gebrüllten Worten hört, sieht mich halb amüsiert, halb schockiert an. »Safety first!«, sagt er schließlich und versucht sich an einem Grinsen.

Schön zu merken, dass auch ihm bei dem Versuch, eine Situation zu retten, mal ein vollkommen dämlicher Spruch rausrutscht. Das macht ihn sehr menschlich.

»Ich hab dein neues Video gesehen«, gestehe ich auf der Autofahrt, als wir kurz vor der Uni sind.

»Ja? Ich wusste gar nicht, dass du dir meine Videos anschaust.«

Wir schweigen kurze Zeit.

»Hat es dir gefallen?«, fragt er schließlich.

»Hast du darin über mich geredet?«, frage ich zurück, ohne ihm zu antworten.

»Das Mädchen, das ich abhole? Ja. Offensichtlich.«

»Warum hast du dieses Lied gesungen?«

»Weil ich es mag?« Er guckt mich herausfordernd von der Seite an.

»Könnte deine Freundin dieses Video nicht schrecklich falsch interpretieren?«

»Könnte sie theoretisch, aber sie wird es nicht. Sie ignoriert meine Videos schon eine ganze Weile. Die Kommentare nerven sie.«

Er konzentriert sich wieder auf die Straße.

»Der Song hat toll zu deiner Stimme gepasst. Und ich glaube, du hast genau das ausgedrückt, was er aussagt. Ich meine, der Song ist ziemlich … sexy und trotzdem auf aufregende Weise subtil und du … du hast genau das auf den Punkt gebracht. Mit deiner Mimik und deiner Phrasierung und der Kraft in deiner Stimme.« Er ist sichtlich verwirrt. Ich rechtfertige mich. »Na, du wolltest doch eben wissen, ob er mir gefallen hat.«

Auf seinem Gesicht erscheint ein Ausdruck von Stolz und Achtung. »Danke, Layla, das war … danke!«

Plötzlich ist es mir unangenehm. Hey, ich habe ihm gerade gesagt, dass seine Stimme unterschwellig sexy ist, warum auch nicht? Es gab schon plumpere Anmachen.

»Ja, ich dachte, ich sag mal was zur Musik und nicht über dein Aussehen.«

Julius lenkt das Auto auf den Parkplatz der Uni.

TEAMPLAYER

»Er guckt die ganze Zeit zu uns rüber, Layla. Das irritiert!« Golo trinkt Wein direkt aus der Flasche. Er hat ihn selbst mitgebracht, weil er fürchtete, es könnte nur Bier geben. Golo trinkt kein Bier.

Wir sitzen in der ganzen Aula verstreut auf Sitzkissen und tun, was man eben so tut, wenn man zur Uni geht und einen gemeinsamen Abend mit Kommilitonen verbringt: Pizza essen und trinken. Viel trinken.

Ich halte mich heute zurück, weil ich immer noch Antibiotika nehme. Ich weiß nicht genau, was passiert, wenn man Alkohol mit Antibiotika kombiniert, weil ich mich bisher nie getraut habe, es auszuprobieren. Was passiert dabei? Knallt es dann so richtig? Oder lässt die Wirkung der einen wie auch der anderen Komponente nach? Oder wachsen einem dann neue Gliedmaßen? Ich habe keine Ahnung. Ich könnte ja mal was riskieren und es heute im Sinne der Wissenschaft wagen. Nein, lieber nicht. Ich riskiere grundsätzlich nicht gerne.

»Warum weißt du, dass er die ganze Zeit herguckt? Beobachtest du etwa ihn?«, fragt Emel in einem bissigen, ironischen Tonfall, den ich sehr sympathisch finde.

»Nicht ihn«, grummelt Golo.

Emels Blick wandert zu der Gruppe von Leuten, die bei Julius sitzt und sich mit Gin Tonic zuschüttet. Ich weiß genau, wen Golo anguckt. Es ist Alisa, die neben Julius sitzt und ihn zulabert. Es kostet mich sehr viel

Überwindung, hier zu sitzen und nicht zu ihnen zu gehen und Alisa zu sagen, dass sie sich gefälligst sonst wohin verpissen soll. Ich sollte rübergehen, ihr klarmachen, dass er gerade vor der ganz Youtube-Gemeinde über mich gesprochen hat und es durchaus im Bereich des Möglichen liegt, dass er mit mir die ganze Nacht aufbleibt, weil er »some more« von mir will. Ätsch! Genau das sollte ich tun.

Aber nein: Ich sitze auf einem Kissen zwanzig Meter von ihm entfernt, neben mir Golo und Emel, esse Pizza und trinke Cola light, die wohl irgendwann in den späten Neunzigern mal kohlesäurehaltig war, inzwischen aber nur noch nach eingeschlafenen Füßen mit reichlich Süß- und Farbstoffen schmeckt.

»Sondern? Lass mich raten: Es ist Leander.«

Oha! Jetzt wird es interessant. Meine Aufmerksamkeit gilt Golos schockiertem Gesichtsausdruck.

»Hey, dafür musst du dich doch nicht schämen. Er ist irgendwie süß. Ein bisschen wie ein Hündchen, dem man das Fell bürsten will.«

»Leander ist ein Mann.«

»Wohl eher ein Junge.«

»Leander ist … ein *Mann*«, wiederholt er.

»Ja, wenn du darauf bestehst. Dann ist er eben ein Mann.«

Ich räuspere mich und huste Emel zu: »Du bist auf der falschen Fährte.«

»Oh!«, ruft sie überrascht. »Sorry, ich dachte … Oh, sorry, Golo, das wusste ich nicht.«

»Jetzt nennst du mich auch schon Golo! Außerdem … ich und schwul?«

»Weiß auch nicht, wie ich da drauf gekommen bin.« Sie verkneift sich ein Lachen.

»Ich sag's dir«, werfe ich ein, »es ist sein Oscar-Wilde-Look.«

Golo wirkt wirklich verletzt, springt auf und grummelt etwas Unverständliches vor sich hin, dann gesellt er sich zu seiner angebeteten, nicht männlichen Alisa.

»Ich glaube, er ist beleidigt«, sage ich.

»Das tut mir echt leid. Ich hätte schwören können … Vielleicht weiß er es nur selbst noch nicht. Normalerweise erkenne ich immer, in welchem Team jemand spielt.«

Ich sehe sie fragend an.

»Man kennt seine Teamkameraden.«

Ich sehe sie weiter fragend an.

»Layla, jetzt guck nicht so. Herrgott, ich dachte, mittlerweile wissen alle, dass ich auf Frauen stehe.«

Sie springt auf, als sie das sagt, greift meine Hand, zieht mich auf die Füße, und wir gehen zu den anderen. Ich denke, dass ich das unbedingt Julius erzählen muss.

UUUUUUUH, BRRRRRRR

Auf einem mitgebrachten Laptop sehen wir uns die DVD der letzten Musicalaufführung an. Der Film zeigt nicht nur das komplette Stück, sondern auch Aufnahmen, die hinter der Bühne und bei Proben entstanden sind. Mein eigenes Gesicht flackert recht häufig über den Bildschirm. Ich persönlich finde mich beim Saxofonspielen mit angespannten Backen und teils verkniffenem, konzentriertem Gesichtsausdruck nicht sonderlich attraktiv. Es ist mir also entsprechend unangenehm, dass alle johlen, sobald ich erscheine, und auf mich deuten. Allerdings stelle ich zufrieden, dass ich ein paar Kilo abgenommen habe, seit die Filmaufnahmen entstanden sind. Meine Wangen- und Schlüsselbeinknochen sind jetzt deutlicher sichtbar als noch vor einem Jahr. Ich werte das mal positiv.

Ich beobachte Julius, während er den Film schaut, seine Mimik, wenn er Bekannte darin sieht, wie er über Witze schmunzelt und wie er zu mir rüberguckt, wann immer ich auftauche. Besonders lange ruht sein Blick auf mir, als der kleine Laptop-Bildschirm eine Szene zeigt, die ohne mein Einverständnis gefilmt und ohne meine Erlaubnis in den Film mit reingeschnitten wurde.

Hecker hat die Szene damals aufgenommen. Durch einen Türspalt sieht man, wie ich mich kurz vor der Premiere in einer Umkleide einspiele. Ich spiele den West-Side-Story-Song *Cool* an und gleite nach einigen Takten nahtlos in eine Improvisation über, die mich ehrlich gesagt beim Zuschauen selbst ein bisschen stolz macht. Wie gut ich sein kann, wenn man mir ohne mein Wissen hinter halb verschlossenen Türen zuhört.

Als die Film-Layla bemerkt, dass die Kamera auf sie gerichtet ist, bekommt sie einen glänzend-scharlachroten Schädel und ruft: »Och nee, Herr Hecker! Sind Sie bekloppt?«

Ich kann von Glück reden, dass Jochen Hecker mich schon immer gut leiden konnte und dass hier auf der teuren Privat-Uni alle ganz lässig drauf sind. Würde ich an einer staatlichen Uni eine öde Geisteswissenschaft studieren (genau das wäre passiert, wenn man mich hier nicht angenommen hätte), wäre ich wohl nicht so einfach davongekommen, wenn ich meinen Prof so etwas gefragt hätte. Das Schulgeld ist echt gut investiert.

Die Film-Layla sorgt für schallendes Gelächter in der Runde. Ich werde fast so rot wie im Film und suche Julius' Blick. Doch er ist abgelenkt. Er fixiert erst sein Handy und dann den Screen. Dabei johlt er nicht wie die anderen, sondern scheint mit seinen Gedanken sehr weit weg zu sein.

Dann ist er mit seinen Gedanken wieder hier. Und mit hier meine ich bei Alisa Dobnagel, denn sie beginnt ihn vollzulabern und sein Glas mit Gin und Tonic zu füllen.

Moment mal, Julius muss doch fahren! Aber er trinkt, ohne darüber nachzudenken. Prima. Ich hasse solche Unvernunft und nehme mir deshalb vor, böse auf ihn zu sein.

Eine halbe Stunde später bin ich tatsächlich böse auf ihn. Denn er ist wie vom Erdboden verschwunden. Er wollte eine rauchen gehen, mit Alisa. Was will die eigentlich? Sie will Julius. Sie will die Weltherrschaft. Ich weiß es ganz genau. Nieder mit ihr! Brennen soll sie!

Ich bin übrigens stocknüchtern, während ich diese

Worte denke. Nur gut, dass ich heute nichts trinke. Wie albern würde ich werden, wenn ich jetzt Alkohol intus hätte? Es wäre unerträglich. Vor allem weil ich nicht einschätzen kann, wie Albernheit mit Antibiotika und Alkohol reagiert. Es würde so ein Abend werden wie der, an dem ich Golo kennengelernt habe. Elendig betrinken würde ich mich und anfangen zu heulen. Wegen Julius und überhaupt wegen allem. Wohl hauptsächlich wegen Julius.

Ich muss zu ihm.

Ich entdecke ihn vor der Aula, wo er mich vor ein paar Tagen schmerzgekrümmt vorgefunden hat. Doch jetzt sitzt er dort nicht mit mir und sorgt sich um mich. Er sitzt dort auf der Steintreppe mit Alisa, diesem dämlichen, dünnen, dümmlich lachenden Wesen, und sie trägt seine Jacke. Hervorragend. Ich kann mir die Szene, die diesem Umstand vorangegangen ist, lebhaft vorstellen:

Sie: Uuuuuh, ganz schön kalt hier.

Er: Ja, hast recht.

Sie: Brrrrrrr, uuuuh, brrrrr. (Reibt sich die Arme, denn sie trägt nur ein Top. Es macht große Brüste, aber leider auch Gänsehaut – man muss eben Prioritäten setzen.)

Er: Willst du meine Jacke?

Sie: Neee, Quatsch, dann frierst du doch. Brrrrrr, uuuuh.

Er: Ist schon okay. Nimm.

Sie: Danke, mein Held. Die riecht aber gut nach dir. Mhhhm.

Ich räuspere mich auffällig, um dem Schauspiel in meinem Kopf ein Ende zu bereiten.

Sie drehen sich um.

»Layla«, sagt Julius und schaut sofort wieder weg. Er schwenkt das Gin-Tonic-Glas und leert es dann.

»Was gibt's?«, Alisas heller Sopran zerschneidet die Nacht.

Als müsste ich einen Grund dafür haben, hier draußen zu sein. Als sei das irgendwie ihr Territorium. Als sei der Platz an Julius' Seite der ihre.

Plötzlich kommt mir ein schlimmer Gedanke. Was, wenn das die Wahrheit ist? Oder zumindest die halbe Wahrheit? Was, wenn Julius es mit ihr genauso macht wie mit mir? Zieht sie sich vielleicht auch seine Videos rein und denkt, sie sei gemeint? Hat er ihr auch gesagt: Sorry, aber ich habe eine Freundin. Ob sie ihn schon mal so erlebt hat wie ich?

»Ich wollte nur …« Da ich nicht weiß, was ich nur wollte, verstumme ich.

»Na ja. Also ich wollte dir nur sagen, dass deine Videos echt toll sind. Ich seh vor der Kamera leider nie so gut aus.« Alisa verzieht das Gesicht comicartig zu einem gekünstelten Lächeln, das aus dem Nichts kommt und auch augenblicklich wieder dorthin verschwindet.

Ich vermute, dass sie darauf nur hören will, dass sie doch wirklich immer, zu jeder Tageszeit und in jeder Lichtsituation, hervorragend aussieht. Sie, die holde Alisa Dobnagel, die selbst unter den Neonröhren einer H&M-Umkleidekabine noch dasteht, als würde ihr die Sonne aus dem Allerwertesten strahlen. Ganz im Gegensatz zu mir, die ich selten schrecklicher, älter und orangenhäutiger wirke als in H&M-Umkleidekabinen.

»Lass uns reingehen«, fordert Alisa Julius auf und greift nach seinem Unterarm.

Das würde ihr so passen! Mich hier draußen stehen lassen wie einen Hund, wenn man kurz in die Drogerie muss. *Wir müssen leider draußen bleiben.*

»Geh schon mal vor. Ich komm gleich nach«, sagt

Julius jedoch und macht mich damit ziemlich glücklich.

Mit einem Ich-versteh-die-Welt-nicht-mehr-Blick guckt Alisa von dem gutaussehenden YouTuber zu der grauen Maus, die ihren Prof als bekloppt bezeichnet. Ja, will ich ihr sagen, trotzdem will er jetzt mit mir alleine sein, also geh endlich.

Sie ist eindeutig verwirrt. Doch dann grinst sie, sie grinst eine verzerrte, ekelhafte Grimasse, die auf den ungeübten Zuschauer wie ein zauberhaftes Lächeln wirken muss. Damit dreht sie sich auf den Fußspitzen, eine Bewegung wie im Ballett, und tanzt über die Steinplatten davon. Mimi und ich haben ein Wort für solche Mädchen: Alisa ist eine Tinkerbell. Sie versprüht Zauberstaub und ist elfengleich, mit einer Figur, die in einem grünen Minikleid hervorragend aussieht, aber hintenrum ist sie ein kleines Biest. Ein kleines Biest, das Julius ganz für sich haben will, bei sich in Nimmerland.

Ich drehe mich erst wieder zu Julius um, nachdem Alisa die Aula durch die Flügeltüren betreten hat. Er stützt sich an einem der steinernen Kübel ab, in denen winterfeste Buchsbäumchen die Treppe flankieren, steht mit Schwung auf und geht einen Schritt auf mich zu. Dann streckt er die Hand aus. Ich bin verwirrt und stehe reglos da.

»Du sollst meine Hand nehmen«, erklärt er mir, als wollte er einem Kleinkind die einfachsten Grundlagen des Sozialverhaltens beibringen.

Mein Herz klopft. Da ist sie vielleicht, die Chance, die ich brauche. Die Gelegenheit, die ich nutzen sollte. Ich schiebe meine Hand in seine.

»Du hast so weiche Hände«, sagt er.

»Du nicht«, gebe ich zurück und ergänze, als er pikiert

zu mir herumfährt: »Ich mag das. Hände sind Werkzeuge, sagt meine Mutter immer.«

»Werkzeuge?«

»Ja. Man erschafft etwas mit ihnen. Man erzeugt etwas.« Ich weiche seinem Blick aus und starre in die stockfinstere Nacht.

»Was erzeuge ich denn mit meinen Händen?«

Dirty-Talk-Alarm! Dirty-Talk-Alarm! Zu Hilfe! Zu Hilfe!

Er lässt mich eine Pirouette drehen und zieht mich an sich.

»Musik«, antworte ich leise und sehe sein Gesicht vor meinem. Sein Gesicht. So wie ich es gemeißelt hätte, wenn ich meißeln könnte, wenn ich es mit meinen Werkzeughänden erschaffen hätte. Moment mal: Wenn Julius mein Werk wäre, dann wäre ich Pygmalion.

»Hättest du Lust, mal was mit mir gemeinsam zu erschaffen?«, fragt er.

Was denn? Zerwühlte Bettlaken? Ein Gemälde im Stil von Bálint Radványi?

»Was denn?«, frage ich und versuche dabei auf laylamögliche Weise prickelnd zu klingen.

»Ich hab da so einen Fan. Und der …«

»Wenn du *der* sagst, meinst du *die,* oder?«

Er lächelt. »DIE nervt mich seit Monaten damit, dass ich ein Cover von Katy Perrys *Last Friday Night* machen soll.«

Ich nicke. Er sieht mich erwartungsvoll an. Dann verstehe ich.

»Vergiss es, Julius. Das Saxofonsolo in dem Song ist gesampelt. Das ist ein Computer. Kein Mensch der Welt kann so hoch spielen. Tut mir leid, deinen großen Fan enttäuschen zu müssen. Außerdem: Ich trete auf keinen Fall in einem deiner Videos auf.«

Julius zieht mich noch näher an sich. Pygmalion schaut seinem Kunstwerk direkt in die Augen. Nur zwei Zentimeter zwischen ihren Nasenspitzen, eine lächerliche Distanz zwischen den Mündern, etwas näher, und die Bartstoppeln werden meine Haut berühren, mich kratzen. Auf diese erschreckend angenehme Art. Diese Rohheit und Sanftmütigkeit. Wie macht er das nur? Ich will auch so sein! Ich will auch wirken wie ein endlos tiefer, weiter See, bei dem man nicht mal erahnen kann, was in der Tiefe schlummert. Eine Erdspalte vielleicht, Magmavorkommen, Tiefseebeben? Nein. Ich bin das sprichwörtliche offene Buch. Nur leider kein spannendes. Ich bin bestenfalls eines von diesen Heftchen, die im Fernsehen beworben werden und irgendwelche Bauteile enthalten. BAU DEINE EIGENE GORCH FOCK. DIE ERSTE AUSGABE MIT DEM BASTELSET *BUG* UND DEM MAGAZIN *DIE GESCHICHTE DER GORCH FOCK*. JETZT AM ZEITUNGSKIOSK.

Julius legt unsere gefalteten Hände hinter sich, schiebt meine Hand auf seinen Rücken und umfasst meine Taille.

»Tust du's trotzdem?«, fragt er und haucht mir ins Gesicht.

»Bist du betrunken?«

»Bitte mach das Video mit mir.«

»Julius, du riechst nach Alkohol.«

»Was muss ich tun, damit du's tust?«

»Mir antworten.«

»Machst du's, wenn ich dich küsse?«

Ich stocke. Wenn er mich küsst? Mich … küsst? Jetzt? Hier?

»Warum sagst du so was?« Ich weiche ein bisschen von ihm zurück.

»Was?«

Was? Er weiß ganz genau, was! Er müsste sagen: *Würdest du dies und das tun, wenn ich dich nur küsse,* und all diese Mädchen wären einverstanden. Einverstanden, so wie ich es damals bei Ben war. *Würdest du darüber hinwegsehen, dass ich zeitgleich Alisa Dobnagel gebumst habe, wenn ich dich nur küsse und du heute Abend bei mir übernachten darfst?* Natürlich, Ben, natürlich.

Nein. So bin ich nicht mehr.

»Denkst du, dass ein Kuss mich willenlos macht, oder wie? Hältst du dich für so unwiderstehlich?«

Sein Gesicht wird hart. »Entschuldige. Wenn ich mich zu lange mit Mädchen wie Alisa unterhalte, denke ich das wirklich manchmal. Oder ich verhalte mich zumindest so.« Er lässt sich auf den Boden nieder, setzt sich auf den nackten Stein.

»Meld dich wieder bei mir, wenn du diese Phase hinter dir hast«, brumme ich und lasse ihn stehen.

DAS EINZIG RICHTIGE

Julius tut das einzig Richtige. Er rennt mir hinterher.

Ich kenne keine Vokabeln, die ausdrücken können, wie gut es tut, dass jemand mir hinterherrennt. Dass ich mal Cameron Diaz in einem Film mit Cameron Diaz bin. Dass *er* hinter *mir* hereilt und sagt: »Layla, bitte, tut mir leid.«

Er holt mich ein, packt mich an den Schultern, wirbelt mich herum und drückt mich an sich. Oder eher: drückt sich an mich. Dabei lehnt er so schwer gegen meinen Körper, sein Gesicht in meinen Haaren vergraben, dass ich strauchle.

»Julius? Julius, was ist denn los mit dir?«

Er küsst meinen Hals, meinen Kiefer, meinen Mund. Ein Gefühl wie Elektrizität durchzuckt mich. Ich weiß, dass es Lust ist. Lust auf ihn. Lust auf uns. Lust auf gemeinsam nicht schlafen können. Es ist nur ein kurzer Kuss und ein harter Kuss irgendwie. Er riecht nach Kaugummi, Zigaretten-Rauch und Gin Tonic. Er riecht nach unserer gemeinsamen Nacht. Julius legt seine Stirn gegen meine.

»Ich spiele das Solo nicht«, flüstere ich.

»Hier geht's nicht um das Solo.«

»Gut zu wissen. Worum dann?«

Darauf sagt er nichts. Er streicht mir die Haare hinters Ohr und fängt leise an zu singen.

»Ooh, I want some more. Ooh, what are you waiting for, take a bite of my heart tonight.«

Meine tiefsten menschlichen Instinkte werden geweckt. Menschen haben Bedürfnisse. Essen, trinken, schlafen. Atmen nicht zu vergessen. Und Menschen brauchen Sex. Es ist leider so. Wäre mir auch lieber, wenn's nicht so wäre. Wenn man es einfach durch Kuchenessen kompensieren könnte. Aber das funktioniert nicht. Glaubt mir, ich habe das wirklich versucht. Es ist so: Wenn man lange genug abstinent war, ist es okay. Man kann dann gut darauf verzichten. Doch sobald man einmal reaktiviert wurde, meldet sich das Bedürfnis relativ häufig. Julius hat meinen Körper kurz vor Weinachten wieder auf »sexuell aktiv« umprogrammiert, und jetzt pocht da in meinem Inneren eine Begierde. Sie pocht und pocht. Ich lasse sie aber nicht raus, weil ich fürchte, dass ich mich sonst unglücklich mache, doch sie will unbedingt raus. Sie wird wach, wenn ich schlafe, und lässt mich von Julius träumen. Und sie macht, dass ich jetzt ganz ungeduldig werde. Ungeduldig und unruhig. Es ist schon über einen Monat her, dass sie zuletzt rausdurfte.

Wie lange ist es wohl für Julius her? Als seine Freundin ihn besucht hat? Letzte Woche mit Alisa? Gestern mit einer, die ich nicht kenne?

»Wird das jetzt etwa ein monatliches Ritual? Du trinkst zu viel und fragst mich dann, ob ich mit dir ins Bett will?«

»Ich habe dich nicht gefragt, ob du mit mir schlafen willst.«

Die Art, wie er das sagt: *mit mir schlafen.* Mit so viel Respekt. Mit so viel Achtung. Zaghaft. Trotzdem bestimmt. Erfahren. Er weiß, wovon er spricht. Er muss keine unreifen Floskeln verwenden. Miteinander ins Bett wollen. Wie kindisch! Ein Glück, dass ich nicht vor lauter Unerfahrenheit und kindlicher Scham das Quietschen von Bettfedern imitiert habe.

Nervös sehe ich ihn an. »Ich will nur nicht diejenige sein, bei der du betrunken angekrochen kommst, wenn deine Freundin mal nicht da ist. Oder was weiß ich wer. Keine Ahnung, mit wem du diese Nummer noch alles abziehst. Ich hab da keine Lust drauf. Ich habe ein Jahr lang so gelebt. Immer darauf gewartet, dass er mich mal anruft. Immer gehofft, dass er es sich anders überlegt und mich zur Hauptbesetzung macht. Ist es zu viel verlangt, dass ein Mann zu mir steht? Ich will die Nebenrolle nicht haben. Ich … ach, egal! Ich spiele sonst auch immer nur zweites Altsaxofon – kann ich nicht einmal erstes spielen?«

Julius sieht mich an. Fast erschrocken, aber auch beeindruckt und irritiert. »Ich würde dich sofort als erste Stimme besetzen.«

»Tust du aber nicht«, ich verschränke die Arme. »Also, was soll das heißen: *Ich würde …* »

»Dass ich würde, wenn ich könnte.«

»Und warum kannst du nicht?«

»Das weißt du genau.«

»Nee. Das weiß ich nicht. Soweit ich informiert bin, kann man Beziehungen beenden. Man sollte es sogar, wenn man das Bedürfnis hat, mit jemand anderem …« Sei reif und rede wie eine Erwachsene, Layla. »Wenn man mit jemand anders schlafen möchte.«

»Könntest du bitte aufhören, über Sex zu reden?«

»Denkst du, mir ist das nicht unangenehm?«

»Es ist mir nicht unangenehm. Es macht mich nur …« Julius wendet sich kurz ab. »Es macht mich nur an.«

Ich muss höhnisch prusten, bin ich doch überzeugt, dass nichts von dem, was ich so von mir gebe, jemanden anmachen könnte. Zugleich bin ich irritiert. Aus demselben Grund. Es ist, als könnte ich plötzlich fließend

Suaheli, ohne es je zuvor gehört, geschweige denn gelernt zu haben. Und nun findet Julius diese Sprache, die ich spontan spreche, ohne sie zu beherrschen, anziehend? Das überrumpelt mich.

Ich lenke ab. »Du bist total betrunken, Julius. Warum hast du das gemacht? Wie sollen wir jetzt nach Hause kommen?«

Damit stapfe ich in die Aula und er hinter mir her.

Scheiße. Scheiße, Scheiße. Die Chance ist verstrichen. Nun werde ich der Begierde, die in mir tobt, schonend beibringen müssen, dass sie heute Abend nicht ausbrechen darf. Verdammt. Wenn alle so wären wie ich, die Menschheit würde aussterben.

ES IST GANZ LEICHT

Ich warte auf ihn. Ich bin nervös.

Zum x-ten Mal checke ich meinen Atem. Frisch. Zum x-ten Mal checke ich meine Beine. Rasiert. Meine Unterwäsche. Passt nicht zusammen, ist aber hübsch. Roter BH, schwarze Spitze, graue Pantys, Gott sei Dank keine H&M-Baumwolle mit Snoopy-Motiven.

Julius kommt aus dem Bad zurück. Er hat sich abgeduscht. Die zimtfarbenen Haare sind nass und haben einen tiefen Braunton angenommen. Seine Boxershorts, die nur alibihalber zur Hälfte hochgezogen sind, erlauben einen tiefen Einblick in seine Leistengegend und auf die feine Linie aus Haaren an seinem Bauch, in der sich Wassertröpfchen verfangen. Oh Gott. Ich spüre die Elektrizität wie eine Art Dauerzustand in meinem Bauch. Allein die Tatsache, dass ich weiß, dass mein Körper weiß, was gleich passieren wird, macht mich wahnsinnig und die Situation unglaublich sexy.

Er setzt sich mir gegenüber aufs Bett, zieht mit beinahe ernsthaftem Gesichtsausdruck den Reißverschluss meiner Sweatshirtjacke auf und küsst mich aufs Schlüsselbein. Seine Langsamkeit macht mich verrückt. Er foltert mich. Jeden Moment zerspringe ich wie ein Tonkrug.

Wie hab ich es nur geschafft hierherzukommen? Wie ist das passiert? Wie bin ich von der vertanen Chance auf der Treppe vor der Aula hierhergelangt, ins Epizentrum der Chance? In das Bett, das mitten im Raum steht, in die

Kissen, deren Geruch ich schon kenne, unter die Decke, unter die eigentlich eine andere Frau gehört?

Eigentlich war es ganz leicht: Als wir die Halle wieder betraten, in der alle wild durcheinanderquatschten und -tranken, schauten uns die anderen zweideutig an. So als wüssten sie etwas, das wir selbst noch nicht wussten. Als würde jeder Einzelne von ihnen denken: Ihr begehrt euch. Ihr verzehrt euch geradezu nacheinander und könnt dem Verlangen dennoch nicht nachgeben.

Sah man uns so deutlich an, was wenige Minuten zuvor in der Eiseskälte geschehen war? Aber was war schon passiert? Eine kleine Auseinandersetzung und ein flüchtiger Kuss. Das war nichts. Alisas Blick verdeutlichte, dass das sehr wohl etwas war. Allein die Tatsache, dass Julius sie fortgeschickt hatte, um mit mir das geheimnisvolle Etwas zu tun, das offensichtlich Spuren auf unseren Gesichtern hinterlassen hatte, die alle lesen konnten.

Wir saßen keine zehn Minuten, als Julius sich räusperte. Es sei ziemlich spät. Er warf mir den Autoschlüssel zu und sagte: *Du fährst.* Er ließ mich nicht protestieren. Er zwang mich, in seinen BMW zu steigen und ihn nach Hause zu kutschieren, egal wie sehr ich mich dagegen wehrte. *Ich hab was getrunken, ich kann nicht fahren,* sagte er nur. Ich erwiderte, dass ich eine ziemlich schlechte Autofahrerin sei. *Stell dein Licht nicht immer so unter den Scheffel,* er war fast zornig, *ich mag das nicht.*

Also fuhr ich. Während ich mich in dem schnellen Wagen außerordentlich sicher und souverän fühlte, sagte er Dinge wie: *Ich will, dass du das Solo spielst, weil ich dich heute Abend in diesem Video gehört habe. Du bist zu gut, um dich hinter dem zweiten Altsaxofon zu verkriechen. Du bist eine Hauptbesetzung. Du solltest eine Nummer eins sein.*

Ich bin mir nicht sicher, ob er sich der Doppeldeutigkeit seiner Worte bewusst war.

Ach, dafür bin ich nicht der Typ, habe ich abgewinkt.

Als ich das Auto auf der Straße vor seinem Elternhaus parkte, knickte Julius ein, sah mich an wie ein verwundetes Reh und flehte geradezu: *Bitte komm mit rauf.* Ich guckte nur vorwurfsvoll zurück.

Ich rede mit Anna versprach er mir mit einem Blick, wie ihn mir bisher selten jemand geschenkt hatte. Und mit selten meine ich nie. Dann küssten wir uns.

Und nun bin ich hier. Julius knöpft meine Hose auf, amüsiert sich, während ich sie von mir strample, als würde ich mich aus einer viel zu engen Turnhose pellen, und zieht mich auf seinen Schoß. Nichts fühlt sich komisch an, nicht mal meine trottelige Hosen-Auszieh-Bewegung, nicht seine Hand auf meinem nackten Bauch und auch nicht das leise gutturale Stöhnen, das aus einem sehr tiefen Bereich meiner Kehle summt.

Mein Kopf ist beinahe gedankenfrei.

DAS GESPRÄCH DANACH

Es war anders als beim letzten Mal. Anders im Sinne von besser. Anders im Sinne von schöner.

Und jetzt, das heißt danach, ist es auch anders.

Julius schläft nicht sofort ein. Er liegt auf dem Rücken, den linken Arm hinter dem Kopf, während er mit der rechten Hand langsam über meine Wirbelsäule fährt. Mein Kopf ruht auf seiner Brust.

Ich grinse tief in mich hinein. Er hat mich angesehen. Die ganze Zeit. Er hat die Regungen in meinem Gesicht studiert und gelächelt, wenn das Stöhnen in meiner Kehle lauter wurde. Er hat mich fester angefasst, bestimmter, überzeugter. Er war aufmerksam. Er hat auf jede meiner Bewegungen reagiert und mich sogar gefragt, ob alles okay, ob es so gut sei. Als wäre es ihm wichtiger als alles andere, dass es schön für mich ist.

Spontan muss ich an eine Stelle in einem Buch denken, die ich schon immer faszinierend fand, die ich aber erst jetzt in ihrer Gänze verstehe. In *Superhero* beschreibt Anthony McCarten, dass das Miteinanderschlafen ein Wettbewerb sei, bei dem beide wollen, dass der jeweils andere gewinnt. Beim ersten Mal wollte Julius wohl in erster Linie selbst der Sieger sein. Ich war eine zufriedene Zweite, keine Frage, aber es gibt mir ein unfassbar gutes Gefühl, dass er dieses Mal unbedingt mich gewinnen lassen wollte.

»Worüber denkst du nach?«, fragt Julius.

Abrupt holt er mich aus meinen *Superhero*-Gedanken, doch ich schüttle den Kopf und antworte teilwahrheitlich: »Ich musste an ein Buch denken, das ich mal gelesen habe.«

Seine Brust hebt und senkt sich schnell. »Du denkst an ein Buch? Jetzt?«

»Ich könnte an Schlimmeres denken.« Schmierwurstbrot zum Beispiel. Oder Geschlechtskrankheiten. Oder Omas neues Hüftgelenk. »Woran denkst du denn?«

»Ich bin ein Mann. Wir denken danach nicht besonders viel. Außer: *yeeeaaaah.*«

Für einen Moment sehe ich ihn überrascht an, dann müssen wir beide lachen.

»Ich mach nur Witze«, erklärt er.

»Als ob. Danke für deine Ehrlichkeit.«

Er beugt sich vor und küsst mein Haar.

Das ist kein dämliches pseudoerwachsenes Sex-Ding mehr. Ich spüre das. Bei pseudoerwachsenen Sex-Dingern redet man danach nicht. Man hält sich nicht in den Armen. Man streichelt einander nicht. Man macht keine Witze. Man küsst sich nicht aufs Haar. Das hier ist mehr. Definitiv.

»Nein. Eigentlich musste ich an das denken, was du heute Abend in der Uni gesagt hast. Dass du ein Jahr lang immer nur die Nebenrolle warst. Wie hast du das gemeint? Wen hast du damit gemeint?«

Oh nein. Die Ben-Geschichte.

»Deinen Exfreund?«, hakt Julius noch einmal nach.

Ich nicke und korrigiere dann: »Wenn du mich fragst, war er mein Freund. Er ist da wahrscheinlich anderer Meinung.«

»Wer war es? Jemand, den ich kenne? Jemand aus der Uni?«

»Ja, ich habe ihn aus der Uni gekannt. Ist aber doch egal, oder?« Ich will vom Thema ablenken, beuge mich vor, hauche Küsse auf sein Brustbein und ertaste jeden Zentimeter Haut seines Bauchs.

»Nein, ist nicht egal. Der Kerl hat dir offensichtlich ziemlich wehgetan.«

Ich zucke die Schultern. »Er hat mich ein Jahr lang auf der Reservebank sitzen lassen. Manchmal hat er mich mitten in der Nacht angerufen, wenn ihm gerade danach war. Und ich Vollidiotin habe alles gemacht, was er wollte. Bin nachts zu ihm gefahren, wenn er irgendwo betrunken rumsaß und nicht wusste, wie er nach Hause kommen soll. Bin hinter ihm hergerannt und hab dabei unterwegs meine Würde und meine Jungfräulichkeit verloren.«

Julius schmunzelt kurz, scheint es dann aber für unangebracht zu halten und entschuldigt sich.

»Ich habe ihm ständig gesagt, wie toll ich ihn finde. Er brauchte diese Bestätigung. Dummerweise hat er sie sich nicht nur bei mir geholt.« Ich bemerke selbst zu spät, dass ich an dieser Stelle laut seufze. »Er hat auch Musikvideos für YouTube gedreht. Er stand tierisch darauf, wenn ihm irgendwelche Mädchen sagten, er sei gutaussehend und so etwas. Zu hören, dass er ein toller Musiker ist, war für ihn zweitrangig. Er brauchte das Gefühl, dass er sie alle haben könnte.«

»Verstehe.« Julius dreht sich zur Seite, ich rutsche von seiner Brust. »Das erklärt, warum dich meine bloße physische Präsenz im Internet nicht sonderlich beeindruckt.« Dass Julius eine Formulierung wie *meine bloße physische Präsenz* benutzt, beeindruckt mich hingegen sehr wohl. Ben hat mich nie mit Formulierungen beeindruckt. Er konnte charmant sein, ja. Und witzig, jedenfalls manchmal. Er war überzeugend, die Leute haben ihm gerne zugehört. Aber geistreich war er nie.

»Ist dir aufgefallen, ja?«

Er nickt und zieht die Decke enger um unsere Schultern.

»Ich sehe einfach keinen Sinn darin. Es sollte um die Musik gehen. Das ist doch das Tolle an diesem Portal. Man kann zeigen, was man draufhat, ohne bei irgendeiner großen Firma einen Vertrag unterschrieben zu haben. Sobald man bei einer großen Firma unterschrieben hat, geht es nur noch darum, dass dein Image gut ist und dass deine Klamotten angesagt sind. Wieso geht es nicht einfach nur um Talent? So viele Mädchen schauen sich im Internet Musikvideos von Amateuren an, und ihnen fällt nichts Besseres ein als: *Willst du mich heiraten?* Das finde ich blöd. Das hat nichts mit Musik zu tun. Heiratsanträge sind zumindest nicht der Grund, warum ich Musik mache, wirklich nicht.«

Julius unterbricht mich, ich kann nicht mehr weiterreden. Seine Lippen sind auf meinen, und er zieht mich enger an sich.

»Mache ich auch Amateurvideos?«, fragt er anschießend leise.

»Amateur meine ich im wahrsten Sinne des Wortes, nicht etwa abwertend.«

»Ist der wahrste Sinn dieses Wortes denn nicht abwertend?«

»Nein! Amateur ist französisch für Liebhaber. Ein Amateur übt seine Tätigkeit nicht beruflich und damit hauptsächlich des Geldes wegen aus, sondern weil er sie liebt.«

Julius schüttelt den Kopf. »Warum bist du nur so klug?«

Ich schaue verdutzt, so wie wenn man zu Unrecht

total überschätzt wird. »Ich hab das bloß mal irgendwo gelesen.«

»Nicht weil du weißt, was Amateur heißt. Die Art, wie du denkst. Wie du die Dinge siehst. Das ist ziemlich cool.« Er legt mein Bein um seine Hüfte und zeigt mir, dass er bereit wäre für mehr. »Es macht dich anziehend.« Wieder fühle ich mich wie jemand, der eine unverdient große Menge Lorbeeren erntet. Wie jemand, dem gerade unmissverständlich klargemacht wird, dass er sexuell sehr attraktiv gefunden wird.

»Wenn du weiter so schleimst, nehme ich doch noch das *Last-Friday-Night*-Cover mit dir auf.«

»Ich verstehe, dass du's nicht machen willst. Es ist schade, aber okay. Ich frage einfach eine von den anderen sexy, schönen, tiefsinnigen und klugen Saxofonistinnen, die ich so kenne.«

Ich sehe ihn an und ändere spontan meine Meinung. »Ich bin dabei.«

»Wirklich?«

»Ja, warum nicht? Es geht um die Musik. Nicht um die Mädchen, die dir dann wieder schreiben werden, dass sie dich heiraten wollen, und mir die Pest an den Hals wünschen, weil ich die Ehre hatte, mit dir zu spielen.«

»Oh, ich sehe die ganzen Kommentare schon vor mir. *Ist sie deine Freundin? Bitte sag, dass sie nicht deine Freundin ist!*«

»Ach, alles halb so wild. Wir antworten dann einfach *Sie nicht, aber eine andere.*«

Was eigentlich als Witz gemeint war, gibt der Stimmung einen gehörigen Schubs. Sie landet kopfüber in der Tiefkühltruhe und wird sofort schockgefrostet.

»Ich weiß, es ist scheiße. Es ist alles sogar ziemlich scheiße.«

Julius löst sich aus der Beinumklammerung. Verdammter Mist, was habe ich bloß getan? Es war so schön, seine Erregung an meinem Oberschenkel zu spüren, die augenblicklich härter wurde, wann immer ich ihm über den Hintern streichelte.

Und jetzt? Jetzt ist die Atmosphäre verhärtet. Man sollte mich für Partys mieten, die der Gastgeber möglichst schnell beendet wissen möchte. Ein Satz von mir, und keiner hat mehr Bock. Alle gehen nach Hause.

»Du hast ein schlechtes Gewissen.« Es ist eine Feststellung, keine Frage.

»Nein. Ja. Ich … ich habe ein schlechtes Gewissen, weil ich *kein* schlechtes Gewissen habe. Ich sollte mich mies fühlen, oder? Aber ich fühle mich mit dir einfach nur sauwohl. Und zufrieden.«

Ich muss lächeln. Ein Lächeln, das sich nicht unbedingt in meinem Gesicht widerspiegelt. Es erfüllt mich.

»Wenn das hier«, ich breite die Arme aus, lasse sie über mir und Julius in seinem Bett kreisen, »wenn das alles, wir, du und ich, in diesem Moment, wenn das ein Wettrennen wäre. Wer glaubst du, würde gewinnen?«

Julius wirkt irritiert. Ja. Für jemanden, der nicht im Inneren meines Kopfes wohnt, muss diese Frage extrem irritierend sein. Konfus. So als wäre ich einer von den Menschen, die von sich selbst behaupten, »total crazy« zu sein. Ich hasse Menschen, die von sich selbst behaupten, dass sie »total crazy« seien.

Aber Julius antwortet, ohne nachzufragen: »Ich denke, du würdest gewinnen. Und ich würde mir Mühe geben zu vertuschen, dass ich dich habe gewinnen lassen.«

Damit bin ich mehr als zufrieden.

»Du stehst also auf philosophische Fragen. Wenn du eine Tonart wärst, welche wäre es?«

»Das habe ich mich auch schon mal gefragt und bin zu dem Schluss gekommen, es wäre Des-Dur.«

»Du lieber Himmel, Des-Dur?«

»Ja. Es muss eine Dur-Tonleiter sein, weil ich von der Grundeinstellung eher zum Positiven neige. Allerdings verstecke ich das manchmal ziemlich gut und bin oft schroff und kompliziert. Deshalb habe ich viele Vorzeichen, ganze fünf b. Denn ich weiß noch, dass ich b-Tonarten viel schwieriger fand als die mit den Kreuzen, als ich damals mit der Musik angefangen habe. Man muss mehr nachdenken, verspielt sich häufig, muss ständig von vorn beginnen. Aber da ich auch nicht zu verworren bin, bin ich zum Beispiel nicht Ges-Dur, was noch ein b-Vorzeichen mehr hätte.« Ich wundere mich selbst über meine auf Außenstehende sicher seltsam wirkende philosophische Rede und halte mir beschämt die Hand vor die Augen.

»Du bist einfach der Hammer. Ich kenne keine Frau, die so reflektiert ist wie du.« Julius rückt wieder an mich heran. »Ich denke, ich wäre a-Moll.«

»A-Moll? Du bist doch keine Molltonart!« Ich bin überrascht, da Molltonarten für ihren eher deprimierenden Klang bekannt sind und ich Julius bisher als sehr positiven Menschen wahrgenommen habe.

»Doch. Ich habe manchmal meine Tiefs. Dann brauche ich ein bisschen, um wieder klarzukommen. Sobald ich mich wieder berappelt habe, bin ich eigentlich recht simpel gestrickt. Daher auch a-Moll, die parallele Tonart zum klassischen C-Dur. Keine Vorzeichen. Kein Umdenken.«

»Tiefsinnig«, urteile ich. »Für mich bist du G-Dur, ein Kreuz. Als ich früher im Kinderorchester gespielt habe, war G-Dur immer die Tonleiter, mit der wir Saxofone uns eingespielt haben.«

Julius nickt, gähnt und schließt die Augen.

»Darf ich hier schlafen?«, frage ich.

»Was is'n das für 'ne doofe Frage?«, nuschelt Julius, zieht mich in die Löffelchen-Kuschel-Stellung, drückt sein Kinn gegen meine Schulter und packt uns in einen engen Deckenkokon.

Löffelchen-Kuschel-Stellung ist definitiv anders als ein pseudoerwachsenes Sex-Ding.

LAST FRIDAY NIGHT

»Ich fasse es nicht, dass ich das hier tue.«

Ich schlinge beide Arme um mich, als wäre mir kalt. Mir ist auch kalt. Irgendwie. Zumindest gibt mir der Schauer, der gerade meinen Rücken herunterkriecht, das Gefühl von Kälte. Aber nur so lange, bis sich zwei Arme von hinten um mich legen, nach meinen Händen greifen und mich eine Pirouette machen lassen. Ich drehe mich und stoße dabei gegen Julius, meine Hand an seinen Bauch. Ich erlaube mir, kurz mit den Fingern darüber zu streichen, dann wirbelt er mich wieder zurück.

»Das wird super. Das wird SO super!«, ruft er euphorisch.

Er krempelt die Hemdsärmel hoch und stemmt die Hände in die Hüften. Ich betrachte die Muskeln seiner Unterarme (sehr schöne Muskeln und sehr schöne Unterarme) und spüre sofort, wie mein Körper sich danach verzehrt, von ihnen gepackt und festgehalten zu werden.

»Ich fasse es trotzdem nicht.« Zum wiederholten Mal raufe ich mir die Haare und vergesse dabei, dass ich ja versucht habe, sie hochzustecken. Wie ein sensibles Soufflé fällt die Kreation in sich zusammen und büßt dabei einiges an Attraktivität ein.

»Ich weiß schon genau, wie wir das machen. Das wird nicht so ein Amateur-Home-Video. Das hier wird ein echtes Musikvideo.«

Der Typ, der das sagt, heißt Rocko. Rocko sieht auch aus wie jemand, der Rocko heißt, oder vielmehr: Rocko sieht aus wie jemand, der Robert heißt und mit dem Namen Rocko über seine Durchschnittlichkeit hinwegtäuschen will. Robert-Rocko ist so etwas wie ein entfernter Cousin von Julius, der in Baden-Württemberg an einer renommierten Hochschule irgendwas mit Film studiert und schon mehrere tausend Euro Preisgeld bei Kurzfilmwettbewerben eingesackt hat. Das qualifiziert ihn anscheinend dafür, einen grau-blau gestreiften Schal zu tragen, der in etwa so dick ist wie ein Wiener Würstchen. Das Teil hängt ihm ungeknotet um den Hals und fällt auf eine behaarte Brust, die man durch den offenen V-Ausschnitt seines Knopf-Shirts sehen kann. Noch dazu zieren ein riesiger Siegelring seinen Mittelfinger und ein Pferdeschwanz seinen Schädel. Kurzum: Robert-Rocko ist einer von den ganz Großen.

Ich weiß nicht, warum er mir von vornherein total unsympathisch ist. Wahrscheinlich weil er die ganze Zeit so tut, als wäre er Steven Spielberg. Oder weil er ununterbrochen filmt. Ich werde nicht gerne gefilmt. Ich bin nicht sehr telegen. Auch nicht fotogen. Nicht mal irgendwasgen.

»Sag nichts gegen Amateurvideos. Amateur bedeutet nichts anderes als Liebhaber.« Julius grinst mich an und läuft unbeeindruckt von Rockos Gefilme durch den schalldichten Uni-Probenraum, den er für die heutige Aufnahme ergattern konnte.

Dann erklärt er mir, wie alles ablaufen wird. Wir nehmen die Tonspuren einzeln auf und werden währenddessen bei unseren jeweiligen Parts gefilmt, am Ende werden die Tonspuren am PC zusammengesetzt, und aus den Filmsequenzen wird ein Video gebastelt.

»Das machen die großen YouTuber alle so«, verkündet Julius.

»Benutzen die nicht auch alle Autotune?«, frage ich, ziehe die Augenbrauen hoch und denke an das in der Popmusik geläufige Bearbeitungsprogramm, mit dem falsche Töne geradegebogen und dünne Stimmchen aufgeblasen werden können.

»Ja. Aber wir nicht.«

Ich bin erleichtert. Es hätte Julius nicht ähnlich gesehen, seine Musik durch aufwendige Software-Bearbeitung zu verfälschen. Das mag ich an seinen Videos. Nur er vor der Kamera. Nur eine Gitarre. Kein Schnickschnack. Keine digitale Nachbearbeitung, mit der man jede Stimme poptauglich hinfummeln kann. Was er macht, hat eine gewisse Reinheit, Unverfälschtheit, Echtheit.

»Du willst das Ganze nicht nachbearbeiten? Ist das nicht unprofessionell?« Der Steven Spielberg der YouTube-Musikvideos mustert Julius, als hätte der gerade verkündet, er wolle das Video nackt drehen. Das hätte seinen weiblichen Fans sicher nichts ausgemacht. Aber ich wäre dann bestimmt nicht darin aufgetreten.

Leander ist auch da, weil er in dem Video den Klavierpart übernehmen wird. Er setzt sich an den Flügel und spielt sich mit einem Stück aus dem *Sweeney-Todd*-Klavierauszug ein, den jemand am Notenständer zurückgelassen hat.

Die Klavierbegleitung nehmen wir als Erstes auf. Anschließend spielt Julius die Bass-Line ein und dann den Schlagzeug-Beat, was mich beeindruckt, weil ich bisher nicht wusste, dass er ein durchaus vorzeigbares Talent am Schlagzeug besitzt. Zuletzt werden der Gitarren- und der Gesangspart aufgenommen. Während der zahlreichen Anläufe rennt Rocko mit seiner Kamera umher, zoomt ran, macht Detailaufnahmen, zoomt wieder weg, schwenkt über Leander und mich, wenn wir uns amüsieren, schwenkt zurück auf Julius, wenn er abbricht und sich die Haare durchwühlt und von Neuem beginnt. Julius trägt schalldichte Kopfhörer, über die er hören kann, was Leander und er selbst zuvor eingespielt haben.

Als Nächstes bin ich dran. »Was soll ich spielen?«, frage ich Julius, wohl wissend, dass es nun vielleicht ein bisschen spät ist, um noch etwas einzustudieren. Falls er jetzt sagt: »Ach, ich dachte an den *Hummelflug* von Rimski-Korsakow, und zwar mit dreihundertachtzig Beats per Minute«, dann bin ich geliefert.

Stattdessen setzt er sein polarkappenschmelzendes Lächeln auf und antwortet: »Ich vertrau dir.«

Also beschließe ich, eine spontane Improvisation einzuspielen. Ich bin ziemlich nervös, weil spontane Improvisation genauso wenig zu meinen Stärken gehört, wie einen halb vollen Becher Schokoladeneis zurück ins Tiefkühlfach zu stellen. Leider bin ich nicht spontan. Ich möchte stets im Blick behalten, wie alle Fäden in einer Hand – vorzugsweise meiner eigenen – zusammenlaufen.

Gleich nach dem ersten Versuch wird mir bewusst, dass es wesentlich leichter ist, vor einer Gruppe aus mehreren hundert Menschen aufzutreten, als ein Solo vor einem Mann zu spielen, den man gut findet, während ein schaltragender Crocodile-Dundee-Verschnitt die Szene auch noch filmisch festhält. Leander hat anständigerweise den Raum verlassen, um mich nicht zu irritieren. Wenn Rocko und seine Kamera doch nur ebenso zuvorkommend wären.

Julius kommt zu mir und setzt mir die verkabelten Kopfhörer auf, durch die ich gleich die bisherige Aufnahme hören kann. Er stupst gegen meine Nase und sagt: »Du machst das schon, du Amateurin.«

Mit einem Kraftakt schiebe ich den riesigen Batzen aus Selbstzweifeln und Selbstkritik zur Seite, die Blockade aus Ich-kann-das-nicht, Ich-bin-nicht-gut-genug und Warum-will-er-nicht-jemanden-der-besser-ist-als-ich verwandelt sich in ein angenehmes neues Gefühl. Es besagt in etwa: Julius weiß, dass ich es kann, und woher sollte er es wissen, wenn es nicht so wäre?

Ich kann es.

VORZEIGE-TERROR-FREITAG

Ich sitze in meinem Hiwi-Verschlag und schiebe meine Arbeit vor mir her. Wenn jetzt jemand durch die mit Plakaten von den letzten Uni-Aufführungen zugekleisterte Tür käme, hätte er ein astreines Klischee vor sich. Weit nach hinten gelehnt lümmle ich in meinem Stuhl, die Beine über Kreuz auf dem Schreibtisch, und telefoniere mit einem alten Schnurtelefon. (Hallo, Zukunft, leider bist du noch nicht in meinen Hiwi-Verschlag eingezogen. Vielleicht siehst du mich einfach nicht. Ich bin hier, hier unten, Planet Erde!) Der Hörer klemmt zwischen meiner Schulter und dem rechten Ohr, mit der rechten Hand kritzele ich auf alten Notenblättern herum, während ich mit der linken einen Selbstversuch durchführe. Wie viele Kinder-Schoko-Fresh kann man verspeisen, ehe man sich übergeben muss? Ich komme nur bis fünf, dann ist die Schachtel leer. Mist. Experiment gescheitert.

Am Telefon ist Mimi.

Sie schimpft heftig mit mir. Weil ich es »schon wieder getan habe« und »erst jetzt damit rausrücke«. Mimi war sich, glaube ich, ganz sicher, mich würde die Tatsache, dass Julius eine Freundin hat, dauerhaft davon abhalten, mich jemals wieder in seine Nähe zu wagen. Deshalb beichte ich ihr auch erst jetzt, dass wir ein zweites Mal miteinander geschlafen haben.

»War klar, dass du es nicht gut findest.«

»Irgendjemand muss es ja schlecht finden, sonst ziehst du die Nummer noch ewig durch.«

»Ich denke, die Nummer könnte bald ein Ende haben. Julius hat gesagt, er will mit ihr reden.«

»Worüber denn? Will er mit ihr Schluss machen und mit dir zusammen sein? Oder will er ihr sagen, dass er sie betrügt, sie verzeiht ihm, und ihr macht locker weiter? Wie stellt er sich das vor? Und wie stellst du dir das vor? Vielleicht hat er dir auch nur gesagt, dass er mit ihr redet, um dich gefügig zu machen. Sonst wärst du ja wohl kaum noch mal mit ihm nach Hause gegangen.«

»Es hätte ihn zumindest mehr Überzeugungskraft gekostet.«

Ich überlege. Wenn ich ehrlich bin, habe ich bis eben keine Sekunde daran gezweifelt, dass dieses Gespräch, das Julius mit der doofen Anna aus dem doofen Berlin führen wollte, damit enden würde, dass sie getrennt und wir zusammen sein würden. Vielleicht war das naiv und blauäugig. Aber jetzt, da ich in Betracht ziehe, dass es nur eine Masche von ihm war, fühle ich mich mies und ungeliebt. Dann doch lieber naiv und blauäugig.

»Ich will ja, dass du glücklich bist. Aber ich weiß nicht, ob Betrug eine geeignete Grundlage für Glück ist.« Mimis Lebensweisheiten.

Ich habe zu Hause eine Sammlung mit Sprüchen von Mark Twain, die *The Wit and Wisdom of Mark Twain* heißt. Es sollte auch eine Ausgabe mit dem Titel *The Wit and Wisdom of Mimi* geben.

»Wer weiß, vielleicht betrügt er dich irgendwann auch. Davor hätte ich zumindest Angst.«

Davor hatte ich bis eben noch keine Angst, aber jetzt schon. Vielen Dank, weise Mimi, lass mich bitte einfach naiv sein!

»So spielt das Leben eben manchmal. Überleg doch mal: Wenn jeder immer nur selbstlos gewesen wäre und den Wunschpartner wem anders überlassen hätte, wären wir wohl immer noch auf dem evolutionären Stand von Schimpansen.«

»Das hat Kara gesagt, oder?«

»Vielleicht. Aber vielleicht ist es ja auch meine Meinung.«

»Klar. Weil du mit Karas Weltansichten so zufrieden bist, hast du deine Arbeitszeit auch genutzt, um mich anzurufen. Sieh es ein: Dein Unterbewusstsein will offensichtlich dein schlechtes Gewissen aufwecken.«

»Nein. Es ist nur so, dass es keine dumme Bettgeschichte mehr ist. Sondern mehr. Wir waren uns viel zu nahe. Emotional, meine ich. Zumindest ist es mir so vorgekommen. Jetzt haben wir uns die ganze Woche nur einmal gesehen. Und da hat er mich ignoriert. Ich wollte ihm eine SMS schreiben, aber ich hab mich nicht getraut. Irgendwas stimmt nicht, glaube ich. Dabei war alles so cool zwischen uns, als wir das Video aufgenommen haben. Wir haben den ganzen Tag rumgealbert und so.«

»Wann kann man das Video denn endlich sehen?«, fragt Mimi.

»Ach, Rocko Spielberg schneidet noch daran herum.«

Ein kurzes Klopfen an der Tür, dann öffnet sie sich. Ich schaffe es gerade noch, die Füße vom Tisch zu nehmen, die Schokoladenpapiere im Mülleimer verschwinden zu lassen und in meine Rolle als Vorzeige-Hiwi zu schlüpfen. Da erscheint auch schon Heckers Kopf in der Tür.

»Ja, mhm … Natürlich können Sie es sich noch mal überlegen. Unsere Nummer haben Sie ja. Wir würden uns freuen, wenn wir Sie für uns gewinnen könnten.« Eigentlich bin ich nämlich gerade damit beschäftigt, Sponsoren für unsere Musical-Aufführung zu finden. Als Sponsor darf man Geld für diese kulturell wertvolle Sache abdrücken und darf im Gegenzug eine Anzeige im Programmheft schalten – unglaublich lukrativ. Die Sparkasse Frankfurt habe ich schon an Bord und bin deshalb zuversichtlich.

»Dein Prof ist gerade reingekommen?«, rät Mimi.

»Ja, genau.«

»Okay, ich melde mich morgen.«

»Sie können mich gerne anrufen, wenn Sie Ihre Meinung doch noch ändern.«

»Oh nein, Layla! Die wird sich nicht ändern.«

»Das wünsche ich Ihnen auch. Auf Wiederhören.« Ich lege auf und wende mich zu Hecker um.

Er freut sich, mich bei der Arbeit zu sehen, und sagt: »Layla, Ihr Einsatz ist wirklich lobenswert, aber wir haben seit einer Viertelstunde Probe.«

Erschrocken sehe ich auf die Uhr. Verdammt. Die Sonderprobe mit dem Orchester steht auf dem Programm. Hecker hat uns erst gestern per Mail Bescheid gesagt, und ein Tag reicht nicht aus, um eine derartige Information in meinem geistigen Terminkalender abzuspeichern.

»Oje, das hab ich total vergessen.«

Ich eile hinter ihm die Treppe hinunter in die Aula, wo das Orchester bereits wild durcheinanderspielt. Schnell baue ich vor der Tür mein Instrument zusammen und will unauffällig in den Reihen untertauchen. Es würde mir auch gelingen, wenn nicht Golo meinen Namen durch den ganzen Raum schreien und mir winken würde. Diskretion ist eine Tugend. Leider nicht seine.

Sein Geschrei lenkt meinen Blick auf die Solisten, die sich auf der Bühne versammelt haben.

Julius sitzt im Schneidersitz auf den Dielenbrettern

und ist in sein Notenheft vertieft. Er hebt nicht mal den Kopf, als Golo meinen Namen brüllt. Was ist nur los mit ihm?

»Okay. Heute, wie angekündigt, eine kleine Anspielprobe. Jeder Solist soll sich heute mal an seine Stücke wagen, und zwar mit Orchester«, verkündet Jochen Hecker.

Dabei fällt mir auf, dass ich nicht nur den Inhalt seiner Mail mangelhaft abgespeichert habe, sondern sie nicht mal richtig gelesen habe. Ich wusste gar nicht, dass die Solisten da sein würden. Sonst wäre ich jetzt vermutlich in eine dezente Parfümwolke gehüllt, geschminkt und würde nicht diesen Pullover tragen, der verkündet, dass, wann, wo und mit wem ich Abitur gemacht habe. Wenigstens kaschiert er die Kinder-Schoko-Fresh-Orgie. Allerdings würde dieses ausgebeulte Schlabber-Modell auch eine Schwangerschaft im siebten Monat kaschieren.

Mein Handy vibriert und zeigt eine WhatsApp von Mimi an: EUER VIDEO IST SCHON SEIT DREI TAGEN ONLINE. WARUM HAST DU ES MIR NICHT GESAGT? ES IST SUPER TOLL, ICH BIN SO STOLZ AUF DICH!

Unser Video ist online? Warum ich es ihr nicht gesagt habe? Warum hat Julius es mir nicht gesagt? Hätte er mir das nicht irgendwie zutragen müssen? Allein aus … persönlichkeitsrechtlichen Gründen, oder so? Nicht dass ich spießig wirken will, aber es wäre mir doch sehr recht gewesen zu wissen, dass meine Visage nun von jedem internetfähigen Computer der Welt aufgerufen werden kann.

Ich kann mich keine Sekunde mehr konzentrieren und verspiele mich ständig. So schief und anfängerhaft, dass mein Sitznachbar Erik mich verwirrt, ja fast angeekelt, anstarrt. Aber ich kann nicht anders, ich achte nur auf Julius und habe die Musik noch nicht genug verinnerlicht, um sie auswendig spielen zu können. Selbst als die versammelte Mannschaft vor Begeisterung in Johlen ausbricht, weil Golo einen unmenschlich hohen Ton aus seiner Kehle herausquetscht, komme ich nicht nach. Erik muss mich erst auf das Bejohlenswerte an der Situation hinweisen.

Einen peinlichen Höhepunkt findet meine Abgelenktheit, als ich mir bei Julius' erstem Stück (einem Duett mit Leander) fast ein Auge aussteche, weil ich bei dem Versuch, das Instrument zwischen die Lippen zu nehmen, meinen Mund um einige Zentimeter verfehle. Ich kann mich beim besten Willen nicht konzentrieren, weil ich mich ständig frage, warum er mir nicht geschrieben oder am Telefon Bescheid gegeben hat. *Hey, Layla, übrigens: Mehrere tausend Menschen werden sich im Laufe der nächsten Wochen dein Solo im Internet anhören. – Ach ja, danke, Julius, für die Information.* Ist das so schwer? Ist das nicht gesunder Anstand? Ist das nicht das, was Freunde tun? Würden Freunde diesen besonderen Moment nicht miteinander teilen wollen?

Hinten in der Aula haben sich ein paar Zuhörer eingefunden. Dozenten, Studenten und Freunde der Protagonisten sitzen auf dem Boden, klatschen und pfeifen nach jedem Lied.

Hecker dreht sich Mal für Mal beschämt um und sagt mit einer Geste des Understatements: »Ist doch noch alles unfertig.«

Julius und Leander beenden den Part, das Orchester verstummt, die Zuschauer klatschen, Jochen Hecker dreht sich um, sagt erneut: »Ist doch noch alles unfertig« und entlässt uns in eine Pause.

Ich spähe zu Julius hinüber und nehme mir vor, ihn auf das Video anzusprechen. Doch er springt von der Bühne und eilt davon. So schnell kann ich gar nicht mein

Saxofon abstellen und ihm folgen, wie er quer durch die Aula rennt und sich vor einem Mädchen niederhockt, das ganz hinten mit dem Rücken gegen die Wand gelehnt sitzt. Sie fasst ihn an der Hand, lässt sich von ihm auf die Füße und schließlich aus dem Saal ziehen.

Mein Herzschlag wird schneller, ein ziemlich schlecht gespieltes, abruptes, holpriges Accelerando, und mein Magen schrumpft zusammen, wirkt gleichzeitig leer und hohl. Ich denke mir einen Vorwand aus, entscheide mich für den einfachsten – auf die Toilette zu gehen – und husche ebenfalls aus dem Raum.

Über den Gang gehe ich Richtung Klo, und kurz bevor ich die Tür zu den Damentoiletten aufdrücke, werfe ich einen Blick durch die geöffnete Eingangstür zur Aula. Da stehen die Raucher, da steht Julius, und da steht das Mädchen ihm gegenüber. Sie zieht ihm die Zigarette, die er im Begriff war anzuzünden, zwischen den Lippen weg, beugt sich zu ihm vor, schlingt die Arme um seinen Hals und küsst ihn.

Das Accelerando endet mit einem Sforzato, und dann macht mein Herzschlag eine kurze, schmerzhafte Generalpause.

Sie hat ihn geküsst.

Auf die Lippen.

Und er küsst sie auch.

Jetzt ist es amtlich: Dieser Freitag ist echt übel. Ein Vorzeige-Terror-Freitag.

ANNA

Ich sehe Anna an und weiß nicht, was ich denken soll. Ich habe sie mir schon unzählige Male vorgestellt. In meiner Fantasie sah sie häufig aus wie eines von diesen beflügelten Mädchen, die Designer-Unterwäsche auf Laufstegen vorstellen. Athletisch und schlank, vollbusig, mit langen blonden Haaren, die in lockeren, seidenglatten Wellen über ihre Schultern fallen und jede Frau dazu bringen, sich zu fragen, warum ihre Haare nie so aussehen, obwohl sie sämtliche Ratschläge aus den Modezeitschriften befolgt. In meiner Phantasie mutierte Anna zu einem dieser Models, die in Interviews immer behaupten, alles zu essen, was ihnen schmecke, denn sich etwas zu verbieten hätte ja keinen Wert.

Es hat für mich bisher überhaupt keinen Sinn ergeben, dass Julius mich sexuell attraktiv findet, wenn er eine derartige Freundin hat. Aber ihr gutes Aussehen war für mein beschränktes Gehirn der einzig denkbare Grund, dass er sie nicht verlässt, obwohl sie weit weg und die Beziehung für ihn nicht erfüllend ist. Komischerweise bin ich nie davon ausgegangen, dass sie durchschnittlich schön, dafür jedoch sehr nett sein könnte.

Natürlich kann ich ihr nicht ansehen, ob sie nett ist, aber ich kann ihr etwas anderes ansehen. Und die Leute, die draußen bei den beiden stehen und rauchen, merken es auch. Sie starren Julius und seine Freundin an, als würden sie eine Fernsehsendung verfolgen.

Anna ist dünn. Viel zu dünn. Ihr Gesicht wirkt fahl. Ihre Beckenknochen kann man selbst durch die Jeans deutlich erkennen, eine Jeans wie von einer Zehnjährigen. Ihre Beine wirken darin beinahe lächerlich kindlich, keine Hüften, keine Rundung, nur Knubbelknie und spitze Gelenke, dazu Oberschenkel wie Streichhölzer. Auch die Arme sehen aus wie die eines Kindes, das schneller gewachsen ist, als es an Gewicht zunehmen konnte.

Sie ist nicht dünn wie die Models mit den Engelflügeln, sie ist anders dünn. Die Engelflügel-Models bezeichne ich oft als magersüchtig, weil ich neidisch auf sie bin. Weil ich sie um ihre flachen Bäuche, schmalen Taillen und großen Brüste beneide, weil sie tolle Haare haben und unglaublich schön sind. Anna ist nicht im attraktiven Sinne schlank. Ihr Körper ist viel zu abgemagert, als dass ich – eine halbwegs erwachsene Frau – ihn schön nennen könnte. Sie wirkt zerbrechlich. Nein, sie wirkt, als wäre sie bereits zerbrochen. Ihre Haut ist farblos, das Haar ist stumpf und von einem glanzlosen undefinierbaren Mausgraubraun. Die Wangenknochen treten hervor wie bei einem Vampir, die Augen wirken absurd groß in dem dünnen Gesichtchen, und ihre Lippen sind spröde und wie vertrocknet. Ihr ganzes Auftreten schreit: Ich bin krank.

Ich verschwinde auf die Toilette, gehe in die einzige freie der drei Kabinen und belausche unfreiwillig ein Gespräch, das direkt neben mir geführt wird.

»Das ist doch nicht normal, oder?«

»Nee, so dünn ist nicht mehr normal. Das sieht ja auch nicht schön aus.«

»Hast du gewusst, dass er eine Freundin hat?«

»Nee. Ehrlich gesagt dachte ich, er bandelt mit dieser

Layla an. Du weißt schon, Heckers Hiwi, spielt zweites Altsaxofon.«

»Das dachte ich auch. Mir hat sogar jemand gesagt, dass sie letzte Woche nach unserem Treffen mit ihm nach Hause gegangen ist.«

»Ja, hab ich auch gehört. Und in seinem neuen Video ist sie auch dabei. Vor der Kamera haben sie eindeutig rumgeturtelt. Das Komische ist: Layla ist ja wohl ein GANZ anderer Typ.«

»Stimmt. Mehr so der gut Genährte.«

Es erklingt ein Hühnerstallgackern, zwei Spülungen werden betätigt, zwei Paar Füße setzen sich in Bewegung, Hände werden gewaschen. Dann bin ich allein.

Rumturteln. Anbandeln. Freundin. Heckers Hiwi, gut genährt, zweites Altsaxofon. Das bin ich also.

Ich muss den Schock erst noch verkraften. Was macht Anna hier? Und mit hier meine ich: Warum ist sie hier bei Julius und nicht in Berlin? Und: Warum ist sie hierhier? Hier in der Aula und nicht beispielsweise bei Julius zu Hause? Woher weiß sie von der Probe? War es ausgemacht, dass sie dieses Wochenende bei Julius und heute Abend bei der Probe dabei sein wird? Was denkt Julius sich bloß? Er wusste, dass ich auch da sein würde. Er wusste, dass es mir wehtun würde. Er wusste, dass die Situation für uns beide unangenehm werden würde. Für uns drei streng genommen, Anna hat nur noch keinen Schimmer von ihrem zweifelhaften Glück. Für mich persönlich macht es die Sache nur noch schlimmer. Dieser kryptische Begriff »Anna«, dieser luftleere Raum, ist plötzlich mit Inhalt gefüllt. Und mit diesem Inhalt weiß ich nicht umzugehen.

Das schlechte Gewissen taucht aus den Tiefen meines

Bewusstseins auf. Im Grunde war es immer da. *Es war da.* Ich habe es nur nicht bemerkt, weil es überschüttet war von all dem vorgetäuschten Glück. Von Wunschdenken. Von dem reinen Gedanken daran, dass es egal ist, wie der Inhalt des luftleeren Raumes namens Anna ist, weil ich den Platz, den sie in Julius nicht mehr auszufüllen vermag, eingenommen habe. Zumindest dachte ich das bisher.

Vielleicht war es Einbildung.

Nein.

Julius hat es selbst gesagt. Nach dem Sex denkt ein Mann selten mehr als *yeah!* Das Gespräch nach dem *Yeah!* scheint nur dazu da zu sein, möglichst zeitnah ein neues *Yeah!* zu erlangen. Dumme Pseudo-Emotionalität.

Julius ist sich meiner Verschwiegenheit offenbar so sicher, dass er mich nicht einmal gebeten hat, Anna nichts von uns zu verraten. Ich werde ihr ja auch nichts verraten. Dabei würde ich mir bloß schmutzig und billig vorkommen. So als würde ich Julius emotional erpressen.

Der luftleere Raum namens Anna hat sich mit Luft gefüllt, die ich nicht atmen kann. Weil sie unbekannt und vielleicht auch bedrohlich ist.

Ich hätte damit umgehen können, dass Anna wunderschön ist.

Nein, hätte ich nicht. Aber ich hätte es verstanden. Weil Julius perfekt ist. Fußballer daten Models, und perfekte Männer haben wunderschöne Freundinnen. Das ist nun mal so. Es wäre zumindest schlüssig gewesen.

Ein echtes Problem hätte ich damit gehabt, wenn sie mehr wie ich wäre: normal. Äußerlich wie Obst zweiter Wahl im Supermarkt: ein paar matschige, unschöne Stellen, trotzdem irgendwie lecker. Vielleicht sogar süßer als der noch nicht ganz reife, strahlend orangefarbene Pfirsich.

Auf einmal sehe ich mich mit der Möglichkeit konfrontiert, dass Julius mit Anna zusammenbleibt, weil er nicht anders kann. Weil sie zerbrochen ist. Und weil man einen Scherbenhaufen nun mal nicht zurücklässt, sofern man Anstand hat.

Mit einem Übermaß an Scheißgedanken im Kopf verlasse ich das Damenklo und finde mich wie ferngesteuert wieder an meinem Platz im Orchestergraben ein. Emel und Golo setzen sich links und rechts auf die noch freien Stühle neben mich.

»Hast du's gewusst?«, fragt Golo.

Ich verstehe sofort, was er meint. Er bezieht sich nicht auf Annas Anwesenheit am heutigen Abend oder auf ihre körperliche Verfassung. Er will einfach nur wissen, ob ich überhaupt von der Nebenbuhlerin wusste. Zögerlich nicke ich.

»Dass es sie gibt oder dass sie nur zwölf Kilo wiegt?«, fragt Emel zynisch mit ihrer unnachahmlichen Direktheit nach. »Ich dachte, wir könnten bald unser erstes *Sweeney-Todd*-Pärchen feiern. Tut mir leid für dich, Layla«, fügt sie hinzu.

»Warum dachte hier denn jeder, dass wir ein Paar werden?«

»Weil ihr so süß wart«, sagt sie. »Ich wollte, dass ihr euer erstes Kind Toby nennt, so wie der Junge im Musical.«

»Das ginge gar nicht. Ich heiße schon Tobi.«

»Nein, du heißt Golo«, korrigiere ich.

Er verdreht die Augen. »Seit wann weißt du es?«, fragt er schließlich.

»Julius hatte es mir, du weißt schon, gleich *danach* gesagt.«

»Danach? Wonach?«, fragt Emel. Dann versteht sie,

reißt die Augen auf und keucht: »Du hast mit ihm geschlafen?«

Ich zucke die Schultern. Ja, soll das heißen.

»Und dieser Arsch wagt es, hier mit seiner Freundin aufzulaufen? Am liebsten würde ich ihm sofort eine knallen. Layla! Wie kannst du hier so ruhig sitzen? Sei laut! Mach ihm eine Szene! Lass alles auffliegen!«

Ich schüttle den Kopf.

»Nein! Du musst etwas tun. Sonst kann er mit dir spielen, wie er will. So etwas machen nur Männer. Ich will wirklich nicht wie eine feministische Kampflesbe klingen, aber so was machen echt nur Männer. Frauen sind dafür viel zu feinfühlig.«

»Ich habe kein Recht, ihm eine Szene zu machen. Schließlich habe ich es gewusst.«

»Jetzt mal im Ernst: Hast du auch gewusst, dass sie magersüchtig ist?«, fragt Golo und erschreckt mich, indem er die unübersehbaren Tatsachen so schroff ausspricht. So als wäre es eine schlichte Eigenschaft wie blond oder klein.

»Sei nicht so … »

Emel lässt mich nicht ausreden: »Nein, er hat recht. Dieses Mädchen hat offensichtlich eine heftige Essstörung. Und – jetzt muss ich doch kurz die feministische Kampflesbe raushängen lassen – es ist die Schuld der Sexsymbol-Industrie, dass es Männer …okay und ein paar Frauen gibt, die das auch noch schön finden. Du, Golo, brauchst gar nicht so großmaulig daherzukommen. Deine bescheuerte Alisa wiegt bestenfalls fünf Kilo mehr.«

Ob Julius Anna schön findet? Ich schiele quer durch den Raum zu ihm hinüber. Wenn ja, warum hat er sich für seinen neuesten Seitensprung ausgerechnet mich ausgesucht? Eine Frau, die sich, drücken wir es mal schmeichelhaft aus, eher weich und kuschelig anfühlt? Die von der Figur her eher in Richtung Marilyn Monroe geht (sehr schmeichelhaft ausgedrückt). Bin ich das provokative Gegenteil? Ein Experiment? Oder eine tief verscharrte Sehnsucht nach etwas anderem, nach etwas besser Genährtem?

Jochen Hecker ruft die Truppe zurück in die Aula und legt Julius, als er mit Anna den Saal betritt, anerkennend die Hand auf die Schulter.

Ich meine zu erkennen, dass Julius mich ansieht. Ich starre hinab auf mein Saxofon und tue so, als müsste ich das Mundstück mit einem neuen Blättchen bespannen. In Wahrheit muss ich runtergucken, weil meine Augen zu schwimmen beginnen.

Das letzte Mal, dass ich in der Öffentlichkeit geheult habe? Da muss ich überlegen. Ich war dreizehn, und meine beste Freundin hatte soeben in der großen Pause verkündet, dass sie jetzt mit dem Typen gehe, in den ich verliebt war. Sie wusste das. Uns beiden war aber auch klar, dass er sie lieber mochte als mich, weil dreizehnjährige Jungs dem Typ Marilyn Monroe noch nichts abgewinnen können.

Das eine Mal in eben dieser Aula, bei dem die Öffentlichkeit aus Golo, mir und einigen betrunkenen *West-Side-Story*-Akteuren bestand, nicht mitgerechnet, war dies mein letzter öffentlicher Heulanfall.

Emel tätschelt meinen Oberschenkel und macht beruhigende Sch-Sch-Laute. Aber die beruhigenden Sch-Sch-Laute können mich nicht beruhigen. Im Gegenteil. Sie bestätigen, dass meine Situation tröstenswert und somit wohl auch zum Heulen ist. Ergo: Mein Tränenfass läuft über.

»Bin gleich zurück«, presse ich hervor und springe auf.

Auf dem Weg nach draußen komme ich an der Gruppe Studenten vorbei, die Jochen Hecker aus der Pause hereingeführt hat.

»Layla, wir … äh … wir wollen weitermachen!«, ruft Hecker.

Ich sehe kurz auf, streife Heckers Blick, Julius' Blick … Annas Blick.

»Jaja«, brumme ich und renne davon.

Annas Blick. Sie hat mich direkt angeguckt. So als wüsste sie, wer ich bin. Als hätte sie mich schon mal gesehen. Als wollte sie mir ins Gesicht schlagen. Oder bilde ich mir das nur ein, weil sie das Recht hätte, mir ins Gesicht zu schlagen?

Nein. Nein, dieses Recht hätte sie nicht. Ihr Freund betrügt sie. Ich betrüge niemanden. Ich darf das. Ich habe nichts von ihr gewusst, als ich zum ersten Mal mit Julius nach Hause gegangen bin. Dass ich es noch ein zweites Mal getan habe … Ich wollte es tun. Ich musste es tun. Ich will Julius. Wenn er sich darauf einlässt, muss sie das mit ihm regeln, nicht mit mir.

Nein, nein, nein, das bringt doch alles nichts. Das täuscht jetzt auch nicht darüber hinweg, dass ich mich schlecht fühle. Schlecht. Beschissen. Grausig. Sie wird Furchtbares von mir denken. Ich tue immer so, als wäre es mir egal, was andere Leute von mir halten. Sie hasst mich? Na und, dann hasse ich sie eben zurück, ist doch ganz leicht. Nein, ist es nicht. Wäre ich an ihrer Stelle, ich würde mich auch verachten.

Zusammengekauert sitze ich in der Umkleidekabine neben dem Bühnenaufgang und wiege mich vor und zurück.

Ich höre, wie das Orchester Alisa Dobnagels Solopart

Green Finch and Linnet Bird anstimmt und ihr Gesang dazu einsetzt.

Die Tür geht auf.

Natürlich ist es Julius. Natürlich. Denn mein Leben ist ein dummer Film, und der dumme Hauptdarsteller des dummen Filmes ist ein pseudoeinfühlsamer Typ, der leider so etwas wie Empathie besitzt.

Eilig wische ich mir mit dem Handrücken die Augen trocken. »Sorry«, sage ich, und meine Stimme bricht.

»Du entschuldigst dich?«

Ich schlucke und verstecke meine Gefühle hinter einer Fassade aus Schroffheit und zynischem Tonfall. »Weil ich heule. Vergiss es einfach. Ich meine, schließlich hab ich gewusst, dass ich mit einem Typen ins Bett gehe, der eine Freundin hat. Ich war nur irgendwie dumm genug … dumm genug, dir zu glauben, als du gesagt hast, du redest mit ihr.«

»Das wollte ich ja auch. Aber sie ist Mitte der Woche unangekündigt vorbeigekommen. Sie wollte mich überraschen. Da … da konnte ich einfach nicht.«

Julius sieht verzweifelt aus, überfordert. Der Gesichtsausdruck macht ihn nur noch attraktiver. Ich will von ihm umarmt werden. Doch das geht jetzt wohl nicht.

Er kommt zu mir, geht vor mir in die Hocke.

»Sie ist hier, weil sie unser Video gesehen hat. Sie hat … Ich glaube, sie hat Lunte gerochen.«

»Lunte gerochen? Was genau ist in diesem Video zu sehen? Du machst Musik, und ich spiele eine unwichtige Nebenrolle. Wie immer.«

Julius berührt mich am Kinn, ich stoße seine Hand weg.

»Nicht hilfreich«, brumme ich.

»Vielleicht hätte ich nicht sagen sollen, dass ich mit ihr reden werde. Tut mir leid.«

»*Das* tut dir leid?« Ich werde wütend. »Es muss dir nicht leidtun. Immerhin hatte es den erwünschten Effekt. Du hast dein *Yeah!* bekommen.«

Julius erinnert sich offenbar nicht mehr an seine Formulierung, denn er guckt mich unverständlich an. Ich schüttle also nur enttäuscht den Kopf und verschwinde.

ANNA DIE ZWEITE

Ich liege die ganze Nacht wach.

Wann immer ich versuche, die Augen zu schließen, fängt das YouTube-Video vor meinen geschlossenen Lidern zu flimmern an. Kaum war ich zu Hause, habe ich es mir angesehen, und seitdem will es nicht mehr aus meinem Kopf raus.

Rocko, den ich aufgrund dummer Vorurteile verächtlich Spielberg genannt habe, hat das Video so geschnitten, dass professionell wirkende Musikszenen von Aufnahmen ganz anderer Art aufgelockert werden. Aufnahmen, die in den Pausen entstanden sind: Julius, der so tut, als würde er eine Wasserflasche über meinem Kopf ausgießen, während ich das Saxofon putze. Julius, der mich an den Händen nimmt und Pirouetten drehen lässt. Julius nach dem Dreh, wie er erst einen erleichterten Schrei ausstößt, dann mich und Leander in den Arm nimmt und uns beiden Küsse auf die Wangen drückt. Ich, wie ich auf dem Flügel liege und eine erotisch anmutende Barsängerin aus einem anderen Jahrzehnt imitiere (ähm, peinlich). Ein Take meines Soloparts, den wir abbrechen mussten, weil Julius durchs Bild läuft und mir auf den Hintern klatscht. Leander und ich, wie wir überdreht herumtänzeln, während Julius am Schlagzeug einen Soundcheck durchzuführen versucht. Jeder Zuschauer kann sehen, wie vertraut wir miteinander sind, dass der Dreh uns unheimlich viel Spaß gemacht hat. Was hat Anna in dem Video gesehen?

Mein Kopfkino spielt immer wieder die letzten paar Sekunden in einer Endlosschleife ab: Der Song ist fertig, man sieht Julius und hört seinen O-Ton. Er hält die Kamera im Selfie-Modus mit ausgestrecktem Arm vor sich, schaut direkt in die Linse, und der vorbeiziehende Hintergrund lässt erahnen, dass er auf etwas zusteuert. Dieses Etwas bin ich. Leise sagt er in die Kamera: »Hallo YouTube! Wollt ihr unsere geniale Saxofonistin noch einmal sehen?« Das Bild erfasst mich von hinten, während ich mit Leander rede. Knackende Geräusche, ein verwackeltes Bild, dann Prostest von mir: »Julius, nein! Bitte!« Schließlich eine Aufnahme von mir und ihm, sein Kinn liegt auf meiner Schulter, unsere Köpfe ganz nah nebeneinander, gemeinsam blicken wir in die ausgestreckte Kamera in seiner Hand. »Sag es, komm, Layla, sag es!« Also sage ich den Satz, den er mir wenige Minuten zuvor erst eingetrichtert hat. Ich gucke direkt ins Objektiv, kichere, weil Julius' Haare in mein Gesicht pieksen, streiche sie weg und lasse die Hand dabei in seinen Nacken gleiten. Dort ruht sie in einer merkwürdig vertrauten Geste, während ich in die Kamera sage: »Julius makes my heart jump.«

Jeder Musiker, der einen Gastauftritt in einem der Videos von Julius macht, sagt diesen Satz. Es ist eine Tradition, eine Feste, ein Muster. Trotzdem – wie muss das auf seine Freundin gewirkt haben?

Wenn es sie zu einem Spontanbesuch oder vielmehr einem Abstecher, um ihr Revier zu markieren, bewegt hat, dann ist sie wohl zu demselben Schluss gekommen wie der YouTube-User, dessen lakonischer Kommentar die meisten positiven Bewertungen erhalten hat. Ganz oben im Kommentarfeld prangt der Satz: »Definitiv seine Freundin!«

Samstag. Ich weiß, dass Julius heute zu uns nach Hause kommt. Er hat die Gitarrenstunde mit Nick von gestern Abend auf heute Vormittag verschoben. Ich warte nur darauf, dass es klingelt. Aber warum? Eigentlich will ich ihn nicht sehen. Obwohl: Natürlich will ich ihn sehen. Ich will ihn aber nicht sehen wollen!

Ich höre die Klingel und kurz darauf, wie Julius mit Nick nach oben geht und sie an ihren Gitarren herumzuzupfen beginnen. Weil mich die Vorstellung von Julius' gitarrezupfenden Fingern merkwürdig nervös macht, ziehe ich nach nur wenigen Minuten meinen Computer zu mir heran, schalte Musik ein und setze Kopfhörer auf. Hätte ich das nicht getan, hätte ich vielleicht gehört, wie Julius an meine Zimmertür klopft und einfach reinkommt, ohne auf meine Antwort zu warten (hält wohl nicht viel von Privatsphäre, der Knabe!). So aber erschrecke ich mich zu Tode, als er mich an der Schulter berührt und ich mir heftig die Stirn an der Wand anstoße, gegen die mein Kopf im Dämmerzustand des Musikhörens gesunken ist.

»Sorry, das wollte ich nicht«, sagt er, nachdem ich die Musik ausgeschaltet habe. »Was hast du gehört?«

Ich zucke die Schultern. Soll heißen: *Ist nicht so wichtig. Bloß eine Wiedergabeliste mit den besten Songs des Musikers, der gerade in Form von dir den Raum betreten hat. Eben lief* Animal. *Die Masse an Erinnerungen, die mit diesem Lied verbunden sind, droht mich zu zerquetschen. Aber das verstehst du wahrscheinlich nicht.*

»Ich wollte noch mal mit dir reden. Ich muss dir etwas erklären.«

Irritiert bemerkt er den Spruch, der hinter mir an der Wand steht und blinzelt verdutzt. Schließlich liest er das Zitat *Das Beste in der Musik steht nicht in den Noten* jeden

Tag auf seinem eigenen Körper. Julius deutet kurz darauf und will etwas sagen, sieht mich aber dann nur an.

Ich setze mich auf und nicke zum Zeichen, dass ich gewillt bin, ihm zuzuhören. Es hat nicht den Anschein, als würden sich meine Stimmbänder und meine Gesichtsmuskulatur heute noch mal dazu überreden lassen, etwas von sich zu geben.

»Ich war ein Arschloch, weil ich behauptet habe, dass ich mit Anna rede. Ich hatte nie ernsthaft vor, es ihr zu sagen. Das tut mir leid. Das … das gehört sich nicht. Ich weiß nicht, wieso ich es behauptet habe, aber ich wollte dich ganz sicher nicht damit verletzen.«

Ich schüttle den Kopf. Sprecht, Stimmbänder, so sagt doch etwas. Wehrt euch, schreit ihn an. Er ist ein Unhold.

»Hör zu …« Er betrachtet wieder den Spruch an der Wand und greift nach meiner Hand.

Von jetzt auf gleich bin ich am ganzen Körper wie eingefroren, kann nichts dagegen tun.

»Ich habe Anna über YouTube kennengelernt, vor ein paar Jahren. Damals war die Szene noch anders. Mittlerweile sind YouTuber als Künstler etabliert, viele sind sogar richtig berühmt. Als Anna und ich uns begegnet sind, hatte ich mit etwas Glück mal tausend Klicks auf ein Video. Sie war immer dabei, hat alles kommentiert und mir immer wieder Privatnachrichten geschrieben. Davon, dass es ihr eine Zeit lang sehr schlecht gegangen sei und dass meine Musik ihr dabei geholfen habe, wieder auf den Damm zu kommen. Na ja, ich war kaum zwanzig, und sie hat mir geschmeichelt. Also habe ich ihr irgendwann eine Mail geschrieben. Es ging ein paar Mal hin und her, ich mochte sie, sie mochte mich. Dann haben wir uns getroffen, sie hat damals noch hier in der Gegend gewohnt.«

»Warum fängst du nicht gleich bei Adam und Eva an?«, melden sich meine Stimmbänder nun doch zu Wort.

»Sei bitte nicht sauer. Ich will doch nur, dass du … Ach, vergiss es.« Er steht von meinem Bett auf, lässt meine Hand fallen.

»Nein, erzähl weiter.« Ich will, nein, ich MUSS wissen, wieso er mit dieser Frau zusammen ist, weshalb er sie liebt und – ja, ich weiß: Klischee – was sie hat, das ich nicht habe.

Er kratzt sich einen Moment hin- und hergerissen am Kopf, setzt sich aber wieder. »Ich denke, sie hat mir einfach gegeben, was man als zwanzigjähriger Möchtegern-Musiker am meisten braucht.«

»Bestätigung«, werfe ich ein.

Er nickt. »Wir sind ein Paar geworden, aber schon kurz darauf ist sie zum Studieren nach Berlin gegangen. Ich wollte das damals nicht, Fernbeziehung und so, und hab ihr gesagt, dass ich darüber nachdenke, unter diesen Umständen Schluss zu machen. Sie war fix und fertig! Kurz danach fing es an, dass sie immer dünner wurde. Sie hatte mir ja erzählt, dass diese Zeit, in der es ihr schlecht ging … Also das, was sie in ihren Nachrichten angedeutet hatte: Sie hatte mit achtzehn eine Essstörung. Es war richtig schlimm, sie war in einer Klinik und alles.« Julius starrt auf seinen Daumen, als er das sagt, und pittelt an einem spröden Hornhäutchen herum. »Verstehst du? Als sie wieder dünner wurde, nur weil ich gesagt hatte, dass ich keine Fernbeziehung will, da hab ich Schiss gekriegt. Ich hatte Angst, dass … dass ich sie umbringe. Also haben wir es versucht, und anfangs lief es sogar ganz gut. Wir haben uns mindestens einmal im Monat gesehen. Aber nach und nach … Oh Mann, wie sag ich das jetzt, ohne dass es mich wie einen Vollarsch dastehen lässt?«

»Sag es einfach. Besonders gut stehst du momentan sowieso nicht da«, bringe ich hervor. Seine Geschichte bestätigt meine schlimmsten Befürchtungen.

»Wir … Anna wollte nicht gerne angefasst werden. Wir waren zwar ein Paar, aber wir hatten … keinen Sex.«

Ich will das eigentlich gar nicht hören. Wann und wie oft der Mann, in den man verliebt ist, mit einer anderen Frau Sex hat, gehört nicht zu den Lieblingsgesprächsthemen einer Frau. Selbst dann nicht, wenn die Antwort »nie« lautet.

Hilfe! Der Schmerz zerfetzt mich. Es ist ein ganz anderer Schmerz als damals, als Ben mir gesagt hat, dass er nach München gehen wolle und nicht vorhabe, mich weiterhin zu treffen.

»Also habe ich sie … ich habe sie betrogen. Vor ungefähr anderthalb Jahren.«

Auch das noch. Jetzt werde ich zusätzlich auch noch eifersüchtig auf Unbekannt, bemitleide mich selbst, weil ich mich so schäme, und schäme mich, weil ich mich bemitleide. Ich schlucke hörbar schwer.

»Ich weiß, ich bin ein Vollidiot. Und ich will dir jetzt nicht erklären, dass ich *Bedürfnisse habe* oder *auch nur ein Mann bin*«, er schnippt Gänsefüßchen in die Luft, »aber so hat es sich damals angefühlt. Es ist nicht schön, wenn jemand immer nein zu dir sagt, obwohl er behauptet, dich zu lieben. Dann kommt da eines Tages ein Mädchen, das sagt ja zu dir, bedingungslos ja.«

Er sieht mir kurz in die Augen. Der Schmerz in meinem Inneren wird sehr heftig. Ich kann Julius verstehen, obwohl ich kein Verständnis habe. Ich leide mit ihm, obwohl Mitleid nicht angebracht ist.

»Ich habe mich echt beschissen gefühlt, also habe ich es Anna gestanden.« Er seufzt. »Daraufhin hat sie so lange nichts mehr gegessen, bis sie wieder in die Klinik musste. Es hat sie damals fast gekillt. Und es war meine Schuld. Nur weil ich gemeint habe, ich müsste *auch nur ein Mann* sein.«

Mit einem Ruck drehe ich mich von ihm weg.

»Sie hat es irgendwie geschafft, aber irgendwie auch nicht. Du hast sie ja gestern gesehen.« Er seufzt erneut. »Ich kann es ihr nicht sagen, Layla. Ich hab solchen Schiss, dass ihr dieses Mal wirklich was passiert. Ich will nicht, dass sie meinetwegen … Sie hat gesagt, wenn es noch einmal vorkommt … Sie hat gesagt, sie hat keine Kontrolle darüber, sie kann einfach nichts in sich haben, wenn es ihr schlecht geht. Und ich kann dafür sorgen, dass es ihr richtig schlecht geht, verstehst du?«

Meine Augen weiten sich. »Julius, das ist Erpressung!«

»Es ist ein psychisches Problem …«

»Es ist Erpressung. Bist du nur mit ihr zusammen, weil sie sich sonst zu Tode hungert?«

»Nein, ich mag sie schon auch. Du musst mich doch auch mal verstehen, ich …« Seine Stimme wird lauter.

»Nee, Julius«, meine Lautstärke gleicht sich seiner an, »ich versteh gar nichts. Du hast zu mir gesagt, dass du wegen der Sache zwischen uns kein schlechtes Gewissen hast. Wie konntest du das behaupten? Wie kannst du kein schlechtes Gewissen haben? Und wieso hast du gesagt, dass du ihr von uns erzählen wirst, wenn du das nie vorhattest? Du hättest es niemals getan, aus Angst, sie macht ihre Drohung wahr. Du bist der komplette Spinner!«

»Layla, ich weiß auch nicht, warum ich das gesagt habe.«

»Aber ich: Weil dir klar war, dass es der einzige Weg ist, damit ich mit dir ins Bett gehe.«

Julius reibt sich die Augen. »Das stimmt doch überhaupt nicht. Verdammt, ich wusste doch gar nicht mehr, was ich da von mir gebe. Mein Hirn war komplett ausgeschaltet. Ich hab so ein Verlangen nach dir, körperlich.«

»Ich will aber nicht, dass jemand ausschließlich körperliches Verlangen nach mir hat. Und das auch nur, weil seine Freundin ihn nicht ranlässt.«

Julius funkelt mich an, als wäre er böse auf mich. »Du willst es gar nicht verstehen, oder? So habe ich das doch nicht gemeint. Vielleicht kannst du dir nicht vorstellen, wie das ist, wenn die eigene Freundin einen immer wieder zurückweist.«

Als er mein entsetztes Gesicht bemerkt, ruft er: »Oh Mann! Ich krieg's heute irgendwie nicht hin. Ich meine das alles gar nicht so. Das verstehst du doch jetzt alles absichtlich falsch. Das zwischen mir und dir hat nichts, aber auch gar nichts mit Anna zu tun. Wenn Anna nicht wäre …«

»Dann wäre ich nicht nur die Zweitbesetzung, schon klar. Dann hätte wahrscheinlich nicht nur dein Schwanz Verlangen nach mir, sondern auch dein Kopf. Davon kann ich mir aber auch nichts kaufen, denn Anna *ist* nun mal.«

»Hast du gerade Schwanz gesagt?«

»Mehr hast du nicht gehört?«

Julius krallt die Hände in die Haare und gibt einen verärgerten Knurrlaut von sich. »Was soll ich denn machen? Sag mir deine Meinung, weil … eine eigene habe ich irgendwie nicht.«

Ich zucke die Schultern.

»Layla, ich habe mir überlegt, dass … vielleicht … Wir könnten uns doch einfach so sehen? Uns treffen, wenn wir wollen. Sie muss es ja nicht wissen.«

Ungläubig, stoßartig atme ich aus. »Du weißt schon, was du da gerade vorschlägst? Nee, nee! Für so eine billige Sexgeschichte bin ich nicht alt und nicht verheiratet genug. So läuft das nicht. Ich will irgendwann mal einen Freund haben, der sich auch mit mir in der Öffentlichkeit zeigt. Der mit auf meine Konzerte kommt und bei dem ich in der ersten Reihe stehe, wenn er irgendwo auftritt. Der sagt, guckt mal, Leute, die da vorne ist meine Freundin. Jemand, mit dem ich auch mal einen Nachmittag zu Hause im Bett liegen, Musik hören und Pancakes essen kann, den ich mitnehme, wenn meine Mutter Geburtstag hat, und der mich mitnimmt, wenn seine Geburtstag hat.«

»Genau so könnte es doch sein! Wir könnten auch solche Sachen unternehmen, sie würde es …«

»Sie würde es nicht mitkriegen? Wenn ich mit auf den Geburtstag deiner Mutter komme? Du willst quasi mit ihr Schluss machen, ohne es ihr zu sagen, und weiterhin einmal im Monat zu ihr nach Berlin fahren und Beziehung spielen? Du hast recht: Alles, was du heute von dir gibst, lässt dich wie einen riesigen Vollarsch dastehen.«

Sein Gesicht verändert sich schlagartig. Vorher war es fragend, so als wüsste er wirklich keinen Ausweg aus der Situation, so als würde er ernsthaft darunter leiden. Doch jetzt starrt er mich fast feindselig an.

»Was hast du gedacht, passiert mit uns?«, fragt er plötzlich in einem ungewohnt scharfen, lauten Ton. »Ich habe dir von Anfang an gesagt, dass ich eine Freundin habe. So viel Ehrlichkeit ist nicht selbstverständlich.«

»Ja genau, du bist ein Heiliger.«

»Nein, im Ernst, Layla. Ich fand dich cool, weil du nicht wie eine von den Tussis warst, die mir gleich ihre Liebe gestehen und mich heiraten wollen, deshalb habe ich's dir gesagt. Anscheinend klammerst du doch. Ich meine, warum zum Geier steht dieser Spruch an deiner Wand? Das ist doch krank. Ich hätte es dir nicht sagen müssen. Ich hatte doch, was ich wollte.«

Und dann tue ich ausnahmsweise mal das einzig Vernünftige. Ich knalle ihm eine.

TROST

Es muss Jahre her sein, seit ich bei meiner Mutter im Bett lag, mit dem Kopf in ihrem Schoß, und bitterlich geheult habe. Sie zwirbelt meine Locken um den Zeigefinger. Das tut sie immer, weil sie es so vermisst.

Für gewöhnlich fällt es mir schwer zuzugeben, dass ich weine. Aber heute lässt es sich wirklich nur schwer verstecken.

Ich bin schon lange nicht mehr mit meinen Problemen zu Mama gegangen. Es hat sich immer falsch angefühlt. Wie schwerwiegend können meine Probleme schon sein, dass ich sie meiner Mutter aufbürden muss? Stress in der Musikschule – na und? Stress in der Uni – was soll's? Stress in der Liebe – wird schon vorübergehen.

Aber jetzt weiß ich einfach nicht, wie es vorübergehen soll. Ich habe noch nie in meinem Leben jemanden geschlagen! Außer Nick vielleicht, und der zählt nicht. Klar, er ist fünf Jahre jünger als ich, und ich sollte klüger sein, trotzdem habe ich ihn schon mal mit der Fernbedienung vermöbelt, weil wir uns nicht auf ein Programm einigen konnten. Und ja, ich war bereits siebzehn, als das passiert ist, was nicht unbedingt für mich spricht. Ich muss zu meiner Verteidigung sagen, dass sich Geschwister eben manchmal prügeln und dass er sich geweigert hat, »Den Superfurzer« bei *Das Supertalent* wegzuschalten. Meine Mutter war sich an dem Tag sicherer denn je, dass Fernsehen schadet.

Mama streichelt mir über die Wange, und ihr scheint es

nicht schlecht zu tun, dass ich sie mit meinen Problemen belaste, sondern gut. Sie lächelt auf beruhigende Weise, während sie auf mich einredet, ihr endlich zu sagen, warum es mir so schlecht geht.

»Es ist wegen Julius«, bringe ich irgendwann hervor, und es macht mich auf dumme, unreife, unfaire Art fertig, seinen Namen auszusprechen.

Über Probleme zu reden ist definitiv nicht mein Ding. Dann kaut man alles nur noch einmal und noch einmal durch. Kann man das nicht einfach alles irgendwo ablegen? In einer Schublade tief unten im Gehirn, die man mit einem Schlüssel verschließt, den man dann wegwirft und nie wieder findet.

»Das dachte ich mir schon«, sagt Mama. »Was ist passiert? Will er nicht mit dir zusammen sein?«

Diese Frage sorgt dafür, dass ich endgültig die Fassung verliere. Ich weineweineweine wie noch nie und drücke mich an meine Mutter wie eine ängstliche Vierjährige. Denn ja, das ist der Grund, warum es mir so schlecht geht. Julius will nicht mit mir zusammen sein.

Eine Auseinandersetzung mit Anna, mit den Problemen, die er mit Anna hat, das ist ihm zu viel. Das bin ich nicht wert. Er hat gesagt, dass er mich mag, aber er mag mich nicht genug, um die wahnwitzige Sache mit Anna zu beenden.

All das erzähle ich meiner Mutter.

»Es war dir also egal, dass er eine Freundin hat?«, fragt sie.

»Nein, überhaupt nicht egal. Aber er hat sich so verhalten, als ob … du weißt schon … als ob ich ein Grund wäre, Schluss zu machen.«

»Und jetzt denkst du, du wärst nicht gut genug?«

Ich nicke.

»Das ist Unfug. Julius fürchtet sich nur davor, sich seiner Angst zu stellen. Er sagt, dass er sie nicht auf dem Gewissen haben will – das verstehe ich. Und du musst es auch verstehen. Trotzdem muss er einsehen, dass er niemals Schuld an irgendetwas hat, das mit dem Gesundheitszustand seiner Freundin zu tun hat. Er kann kein Leben führen, das ihr Gesundheitszustand diktiert.«

Mit großen Augen sehe ich sie an. Dann spricht sie aus, was ich denke: »Du weißt, dass dies der Grund ist, warum ich nicht mehr mit eurem Vater zusammen bin. Er wollte mich verlassen und hat gedacht, er dürfte es aus moralischen Gründen nicht.«

Ich grummle und will das Thema wechseln. Mein Vater ist keins meiner Lieblingsthemen, ebenso wenig die Trennung meiner Eltern und seine Flucht in die Niederlande vor acht Jahren.

Letztlich hat sie recht. Die Situation ist ähnlich. Meine Mutter hat nur genau anders gehandelt als Anna. Sie hat ihren Mann weggeschickt, weil sie gemerkt hat, dass er nur aus Verpflichtung bei ihr bleiben wollte. Das hat ihm genauso wehgetan wie ihr. Meine Mutter spricht häufig davon, dass sie »gerade noch rechtzeitig die Reißleine gezogen« habe.

»Das Mädchen müsste sich mal mehr mit seinem Geist als mit seinem Körper beschäftigen, vermute ich. Dann würde diese Anna merken, dass sie nicht glücklich sein kann, wenn sie ihren Partner zwingt, mit ihr gemeinsam unglücklich zu sein. So lange wird sie auch körperlich nicht gesund werden.«

Ihr Pathos würde mich normalerweise nerven. Heute hingegen beruhigt er mich irgendwie. So wie meine Mutter es darstellt, klingt es, als läge es gar nicht an mir, dass Julius mich nicht will.

»Er ist feige. Das ist jedoch nicht seine Schuld, sie zwingt ihn dazu.«

»Was kann ich da machen?«, frage ich.

»Was hast du gemacht, als er dir gesagt hat, dass er sich nicht von ihr trennen wird?«

Betreten starre ich an die Zimmerdecke. An der Decke im Schlafzimmer meiner Mutter sind die Sternbilder unserer Familie aufgezeichnet. Waage für sie, Widder für Nick, Jungfrau für Lucy und Stier für mich.

»Er hat mich stinkwütend gemacht. Auf einmal hat er mir vorgeworfen, dass ich klammere und gefragt, ob ich wirklich gedacht hätte, dass er Anna für mich verlässt. Da ist es einfach mit mir durchgegangen, und ich … ich hab ihm eine gescheuert.«

Missbilligend sieht Mama auf mich herunter. »Wie bitte?«

»Ja, ich weiß. Sag es ruhig: Gewalt ist auch keine Lösung, blabla. Ich hab's ja nicht gewollt. Mir ist die Hand ausgerutscht.«

Diese Formulierung entzieht meiner Mutter jegliche Argumentationsgrundlage. Mama hat mich in meinem ganzen Leben nur ein einziges Mal geschlagen. Ich war dreizehn, wusste vom Leben recht wenig, vor allem davon, wie es meinen Eltern mit diesem Leben ging. Also sagte ich wenige Wochen, nachdem mein Vater ausgezogen war: »Wie kann man nur seine kranke Frau verlassen? Ich wünschte, er hätte Krebs und nicht du.«

Da hat sie mir mit der flachen Hand eine Ohrfeige verpasst, die ich nie vergessen werde. Meine Mutter ist kein Mensch, der durch Handgreiflichkeiten seine Gefühle ausdrückt. Sie denkt auch nicht, dass Ohrfeigen irgendeinen erzieherischen Effekt haben. Außer vielleicht den, dass man seinen Kindern damit einen Grund gibt, einen zu hassen. Ich war so schockiert, dass ich sie nur anstarrte. Mama war noch schockierter. Sie ging vor mir zu Boden, fing an zu weinen, und ich musste wie schon so oft sie trösten. Sie hat mir erklärt, dass ich niemals jemandem eine Krankheit wünschen dürfe. Erst recht nicht meinem Vater. Das sei schrecklich. Es tue ihr leid, aber ihr sei die Hand ausgerutscht.

»Wie hat er reagiert?«, fragt sie.

Ich erzähle es ihr: Julius hat sich die Wange gehalten und »Wow«, gesagt. Nicht dieses anerkennende, überraschte Wow, sondern ein Scheiße-was-geht-denn-hier-ab-Wow. Dann hat er komischerweise genickt, die Hände in die Hosentaschen gesteckt und nur gemeint: »Wir sehen uns dann in der Uni.« Damit ist er gegangen.

»Das ist doch gut, Schatz. Das heißt, dass er dich trotzdem noch sehen will.«

»Nee, Mama, das heißt gar nix. Das heißt *Verdammte Hacke, die Alte hat mir eine übergebraten, und ich hab keinen Plan, was ich sonst sagen soll.*«

»Rede nicht so.«

»Stimmt doch.«

»Steh auf«, sagt sie plötzlich. »Na, komm schon, steh auf.«

Ich tue, was sie sagt, und sehe zu, wie sie vom Bett hüpft und in der Ecke ihres Schlafzimmers ihre Massageliege aufbaut.

»Du bist innerlich total aufgewühlt und nicht im Gleichgewicht. Du schlägst niemanden, das warst nicht du. Wir sollten deine Körperenergien wieder zum Fließen bringen und deine Probleme dadurch korrigieren. Los, leg dich hin.«

»Mama, du weißt genau, dass ich…« Dass ich nichts mit ihren Körperenergien und Problemkorrekturen anfangen kann. Es kommt mir nicht so vor, als würde das irgendetwas ändern. Mama sagt immer, dass nichts ohne Grund passiert. Also nehme ich an, dass mein Körper seine Gründe hat, unausgeglichen zu sein.

»Ja, aber es ist mir egal«, protestiert sie.

»Was soll es ändern?«

»Es soll vor allem deinen Blick auf dich selbst wieder ins Reine bringen. Dann kannst du eine Freundschaft zu Julius aufbauen, und auf dieser Basis könnt ihr euch neu annähern. Vielleicht gibst du ihm dadurch ja den Mut und die Kraft, seine Beziehung wieder in normale Bahnen zu lenken.«

Ich sehe sie schief an, als hätte sie in der vergangenen Stunde exakt gar nichts von dem verstanden, was ich gesagt habe, und frage sie ungläubig: »Warum sollte ich mich mit ihm anfreunden, um ihm zu helfen, besser mit Anna klarzukommen? Sorry, für so einen Mutter-Teresa-Mist bin ich zu selbstsüchtig.«

»So habe ich das doch gar nicht gemeint. Was ich sagen wollte: Wenn du erst wieder mit dir im Reinen bist, strahlst du genau das Selbstvertrauen aus, das ihn anstecken wird. Vielleicht kann er sich dann für dich entscheiden.«

Ich weiß wirklich nicht, wie das funktionieren soll. Aber Mama schaut so begeistert, als könnte sie das Ergebnis schon vor sich sehen. Als sähe sie in Gedanken, wie Julius und ich zusammen sind. Alle Probleme zu Dunst verpufft, alle glücklich.

So wie am Ende von *Nathan der Weise* alle glücklich sind. Ich frage mich, seit ich das Stück von Ephraim Lessing in der Schule gelesen habe, wer eigentlich glaubt, dass dieser Ausgang auch nur entfernt realistisch ist. Recha liebt Tempelherrn, Tempelherr liebt Recha, doch nein

(Achtung: Spoiler!), sie sind leider Geschwister. Was nun? Klare Sache: Sie entscheiden sich spontan dafür, sich ab sofort nicht mehr wie Männlein und Weiblein, sondern wie Brüderchen und Schwesterchen zu lieben. Problem erkannt, Problem gebannt. Wenn es doch nur so einfach wäre. Seit *Nathan der Weise* weiß ich, dass es praktisch wäre, wenn Gefühle Schalter hätten, die man einfach auf »An« oder »Aus« kippen könnte. Oder Regler, mit denen man sich selbst skalieren kann. Ich bin mir aber auch ziemlich sicher, dass es bereits den Theaterbesuchern im achtzehnten Jahrhundert klar war, dass das eine reine Wunschvorstellung und unmöglich umsetzbar ist.

Während meine Mutter sich über mich beugt und meinen Körper auf der Massageliege nach Ballast und Problemen befragt, indem sie meinen Unterarm in alle Himmelsrichtungen verdreht, wird mir eines klar: Ich will Julius in meinem Leben haben. Es wäre eine ziemlich dumme, *Nathan-der-Weise*-mäßige Lüge, wenn ich sagen würde, dass er mir nur als guter Freund genügt. Gleichzeitig sehe ich ein, dass ich, wenn ich momentan nicht mehr haben kann, darauf aufbauen muss.

Dann fällt mir ein: Moment mal. Ich habe ihn geohrfeigt, vielleicht ist er nicht einmal mehr an meiner Freundschaft interessiert?

Ich beginne zu heulen, was meine Mutter positiv interpretiert und mir erklärt, dass mein Körper meine negativen Emotionen nach außen spüle. Aha.

ICH BIN EPISCH

Donnerstag ist keiner meiner Lieblingstage, aber heute ist echt der Wurm drin. Alles fing bereits damit an, dass ich verschlafen habe, obwohl mir das sonst nie passiert. Es sieht mir gar nicht ähnlich. Es ist mir viel zu unangenehm, unzuverlässig zu sein und zu spät zu Jochen Hecker zu kommen, ihm erklären zu müssen, warum ich verspätet bin und, und, und. Der Instrumentalunterricht am Vormittag ist eigentlich mein Highlight der Woche, weshalb Verschlafen am Donnerstag besonders ungünstig ist.

Aber Jochen Hecker war mehr als verständnisvoll mit mir. Als ich mit einer halben Stunde Verspätung in der Uni ankam, besänftigte er mich und meinte, ich solle mich nicht stressen, es sei schon in Ordnung. »Ich habe schon gehört, dass Sie momentan etwas durcheinander sind«, sagte er dann und erntete dafür einen überraschten Blick.

»Wie bitte?«, fragte ich.

Hecker errötete und sagte dann fast stolz: »Ich habe gestern Abend mit Ihrer Mutter telefoniert.«

Mit meiner Mutter telefoniert.

Jochen Hecker telefoniert mit meiner Mutter.

Mein Professor ist nicht so der Telefonierer. Das erzählt er mir zumindest immer, wenn er mich bittet, private Telefonate für ihn zu erledigen. So kam ich im Laufe des letzten Jahres schon zu der Ehre, mit seiner Schwester zu sprechen, um ihr mitzuteilen, dass er es nicht pünktlich zur Taufe seiner Nichte schafft. Und ich habe auch schon mal bei einem Ticketbüro angerufen, um Konzertkarten für den dreizehnten Geburtstag von Heckers Sohn Sebastian zu bestellen. Wenigstens zwingt er mich nicht dazu, diese Anrufe zu tätigen. Er sagt immer nur: »Also, Layla, das ist mir wirklich unangenehm, und Sie MÜSSEN es ja auch nicht tun …« Natürlich tue ich es. Zum Glück musste ich bisher noch nicht mit seiner Exfrau telefonieren. »Hallo, Frau Hecker, Ihr Exmann lässt ausrichten, dass er die Scheidungspapiere ausgefüllt hat, sie liegen beim Anwalt.« Das wäre eine Farce.

Manchmal fühle ich mich wie eine unterbezahlte Sekretärin. Nur dass nicht ich mit meinem Chef schlafe, sondern offenbar meine Mutter.

Der Nachmittag wird auch nicht besser. Ich bin wieder in meinem Kabuff eingepfercht, telefoniere in der Gegend herum und versuche, weitere Sponsoren für *Sweeney Todd* zu gewinnen. Heute arbeite ich mich durch eine lange Liste von Musikschulen, Musikläden und Instrumentenwerkstätten. Man könnte meinen, die Menschen dort hätten tendenziell Interesse daran, uns zu unterstützen. Doch das haben sie tendenziell eher nicht. Vielleicht liegt es daran, dass ich nicht in der Stimmung bin, eine nette Telefonstimme aufzusetzen, sondern ganz normal rede. Das heißt, so wie ich eben rede, wenn ich miese Laune habe. Die meisten wimmeln mich ab, sobald sie merken, dass ich – *Guten Tag, Layla Woll hier* – weder ihre Dienste in Anspruch nehmen noch ein Instrument erlernen, erwerben oder reparieren lassen möchte, sondern einfach nur ihre Kohle will.

Nach drei Stunden Arbeit kann ich lediglich das Versprechen eines Praktikanten aus einem großen Musikhaus vorweisen, seinen Chef mal zu fragen und mich dann zurückzurufen.

Wer's glaubt.

Mein Tag wird heller, als jemand an die Tür des Hiwi-Büros klopft und ein freundliches Gesicht hereinguckt.

Es ist Leander. »Hallo«, sagt er.

»Hi«, sage ich überrascht.

»Ich wollte nur mal kurz Hallo sagen und …« Er kommt rüber zu mir an den Schreibtisch, zieht sich einen Stuhl heran und setzt sich neben mich. »Darf ich mal?«, fragt er und deutet auf die Maus.

»Nur zu.«

Leander ruft daraufhin YouTube auf. »Hast du dir mal durchgelesen, was die Leute über unser Video schreiben?«

»Unser Video?«, frage ich ein bisschen höhnisch. »Du meinst Julius' Video, wegen dem mir tausend Mädchen den Tod wünschen?« Ich habe es ehrlich gesagt vermieden, mich genauer damit auseinanderzusetzen, seit die ersten Negativstimmen kamen. Ich kann mir echt nur schwer vorstellen, wie richtige Berühmtheiten mit dieser Belastung umgehen. Kaum ist man mal dreieinhalb Minuten im World Wide Web an der Seite eines Mannes mit hübschem Gesicht zu sehen, wird man mit Adjektiven betitelt, denen zufolge ich mindestens hundertachtzig Kilo wiegen und geistig zurückgeblieben sein müsste.

Leander winkt mit belustigter Miene ab und klickt auf das Video. »Sieh dir das an. Fast einhunderttausend Klicks in nur einer Woche. Julius hat gesagt, das ist ihm noch nie passiert.«

Erstaunt starre ich auf den kastenförmigen Neunziger-Jahre-Bildschirm. Mir entschlüpft ein Wow.

Dann lese ich die obersten Kommentare. Mit den meisten Stimmen hält sich wacker »Definitiv seine Freundin!« an der Spitze. Darunter steht sogar ein englischer Kommentar: *»That sax chick is epic. She should get her own channel!«*

Ich blinzle Leander an. *»Epic?«*, frage ich und gucke reichlich dumm aus der Wäsche.

»Episch. Das heißt so viel wie extrem gut.«

»Das weiß ich auch«, brumme ich. Ist ja nicht so, als hätte ich die letzten paar Jahre in einer Höhle in der Mongolei gewohnt. »Nur … warum bin ich episch?« Ich scrolle die Seite herunter, um weitere Kommentare zu lesen.

»Na, die Leute finden dich gut.«

»Interessant. Als ich letzten Freitag reingeschaut habe, fanden mich die ersten vierhundert Leute dick und untalentiert. Wobei: Eine hat sogar geschrieben, ich hätte eine Frisur wie die Nanny. Ich überlege noch, ob das jetzt ein Kompliment oder eine Beleidigung war.«

Leander stößt mich nimm's-nicht-so-ernst-mäßig in die Seite. »Was hältst du davon?«

»Hiervon?« Ich deute auf den Bildschirm. »Weiß nicht.« Dann lese ich die Zeile vor: *»Wer ist der Typ am Klavier? Sooooo süß.* Hey, du hast Fans. Und hier, hab ich's nicht gesagt? *Wenn das seine Freundin ist, will ich nicht mehr leben.* Nett. Die will wenigstens nicht mich töten. Und hier wieder: *Ich will den Pianisten heiraten!* Du scheinst noch epischer zu sein als ich.«

Ich wackle ironisch mit den Augenbrauen.

»Ja.« Leander winkt ab. »Ich habe Julius schon gesagt, dass ich beim nächsten Mal ein T-Shirt tragen werde, auf dem steht: *Sorry, Mädels – bin vergeben.* Meine Freundin war nicht gerade begeistert.«

Sein Kommentar erweckt in mir den Wunsch, jemand

möge über mich als seine Freundin sprechen. Natürlich ist in meiner Fantasie dieser Jemand Julius. Ich stelle mir die Situation anders herum vor: Julius, der Leander erzählt, dass er seiner Freundin zuliebe ein solches T-Shirt tragen würde und dass er mich damit meint.

»Ich wollte dich etwas fragen.« Leander sieht mich mit seinem jungenhaften Gesicht und den blauen Kulleraugen an. »Wie wäre es, wenn wir … ich meine: Hättest du Lust, mit mir zusammen ein Video zu drehen?«

Ich sehe ihn mit schief gelegtem Kopf an. »Wir beide?«

»Ja. Die Leute finden uns gut. Das wäre eine tolle Plattform.«

Aus irgendeinem Grund muss ich nicht lange überlegen. Vielleicht liegt es an dem Selbstvertrauen, das mir ein unbekannter, weit entfernter Mensch gegeben hat, indem er gesagt hat, ich sei episch – ein weiteres Adjektiv, das ich zur Beschreibung meiner selbst bisher nie in Betracht gezogen habe. Vielleicht auch daran, dass ich jetzt weiß, dass das positive Feedback nun überwiegt. Oder weil ich mich freue, dass Leander seine Idee mit mir umsetzen will. Oder auch weil ich will, dass Julius sieht, dass ich es kann. Dass ich eine Erstbesetzung sein kann.

Es wäre sicher nicht ganz schlecht, wenn mir jemand online Heiratsanträge machen würde. Ich halte die Ehe zwar für eine überschätzte und überholte Institution, aber es fühlt sich bestimmt gut an, geehelicht werden zu wollen.

Wir fackeln nicht lange: Nach nur wenigen Proben nehmen wir in der ersten Märzwoche gemeinsam ein Video auf. Die Bildqualität ist furchtbar, wir filmen nur mit einer Webcam, aber der Ton ist super, weil wir das Equipment aus der Uni nutzen.

Am Sonntagabend ist *Take Five* von Paul Desmond online – ein Klassiker, den sowohl Leander als auch ich perfekt beherrschen und schon zu zahlreichen Anlässen gespielt haben.

Ich war in meinem Leben selten so stolz auf etwas. Eigentlich noch nie. Allmählich verstehe ich, warum sich Leute wie Julius und Ben der manchmal grausamen Internetöffentlichkeit aussetzen.

FETTE SACHE, ECHT NETT VON IHM

Ich sitze mit meinen Geschwistern vor dem Fernseher. Nick löffelt Müsli in sich hinein, surft im Internet und achtet gar nicht aufs Programm, das Lucy ausgesucht hat. Ich versuche, es ebenfalls zu ignorieren, indem ich ein Buch lese, aber es will mir nicht so recht gelingen. Lucy weigert sich, die Teleshoppingsendung wegzuschalten. Nachdem die kräftige Dame mittleren Alters, die die Sendung moderiert, eben noch verzweifelt versucht hat, dem Zuschauer Personenwaagen mit Herzchenmotiven zu verkaufen, preist sie nun Gesundheitssandalen an, die allesamt Frauennamen haben. Zunächst einmal: Herzchenmotive auf Personenwaagen sind vollkommen unangebracht und zudem realitätsverherrlichend. Sie sollten Waagen mit Totenkopf-Design verkaufen! Das entspricht schon eher den Gefühlsregungen, die einen zuweilen überkommen, wenn man sich wiegt. Zum anderen: Wer bitte schön kauft ein Paar Sandalen, die nicht nur grottenhässlich sind, sondern auch noch Agnetha, Barbara oder Marina heißt?

»Können wir bitte umschalten, Lucy?« Der pfälzische Dialekt der Moderatorin macht mich wahnsinnig. »Lass uns lieber zum dreiundachtzigtausendsten Mal *König der Löwen* gucken.«

»Nein, ich will das sehen.«

Es ist mir schleierhaft, warum eine Zehnjährige sich so etwas reinziehen will, während nur zwei Sender weiter Zeichentrickserien laufen.

Unsere Mutter ist nicht da, für uns also die einmalige Gelegenheit, schwachsinniges Fernsehen zu schauen. Sie ist ausgegangen. Mit Jochen Hecker. Schlagt die Pauken, blast die Trompeten, meine Mutter hat ein Date mit meinem Uniprofessor!

Ehrlich gesagt habe ich das Schlimmste vom Schlimmen ja schon geahnt, seit ich mitbekam, dass die beiden seit Neuestem nächtliche Telefonate führen und dabei meinen Gefühlszustand diskutieren. Als Mama heute Nachmittag verkündete, sie werde gegen sieben ausgehen, sie sei zum Abendessen verabredet, da war mir alles klar. Es wundert mich fast, dass Jochen Hecker mich am Morgen nicht gebeten hat, telefonisch einen Tisch im Restaurant zu reservieren.

Irgendwie fühle ich mich wie ein kleines Kind. Ich sitze mit meinen Geschwistern auf dem Sofa und streite mich mit ihnen um das Fernsehprogramm, weil Mama nicht da ist. Dabei bin ich fast dreiundzwanzig. Wo soll das nur enden? Ehe man es sich versieht, ist man Mitte sechzig, wohnt trotzdem noch bei Muttern und trägt den flotten Frühjahrsschuh Birthe mit adretter Lochoptik, die noch dazu den Fuß belüftet. Ich hoffe jetzt einfach mal, dass ich nie flotte Frühjahrsschuhe tragen werde. Oder überhaupt irgendetwas, das als »flott« bezeichnet werden kann. Drei Synonyme für flott sind: altbacken, omamäßig und funktionell, aber potthässlich.

»Yeah, ein neues Video von Julius«, Nick klingt enthusiastisch. Er ist selten enthusiastisch. Eigentlich nur wenn es Pizza gibt.

Voller Vorfreude krempelt er die Ärmel seines schwarzen Pullovers hoch, geht in den Schneidersitz, die zerschlissenen Schuhe auf dem Sofa (dafür gibt's sonst Ärger), und stellt den Laptop auf seinen Schenkeln ab.

Ich versuche, nicht hinzusehen. Na und? Dann hat Julius eben ein neues Video aufgenommen. Warum auch nicht? Ist mir so was von egal. Zwischen Julius und mir herrscht nämlich Eiszeit. Nein, stimmt nicht. Etwas viel Schlimmeres als Eiszeit ist zwischen uns ausgebrochen. Ein Beispiel: Diese Woche habe ich ihn zweimal zufällig in der Uni auf dem Flur getroffen. Er hat höflich Hallo gesagt. *Höflich!* Nicht vertraut oder erfreut oder hey-mit-der-Alten-hatte-ich-Sex-mäßig. Sondern schlicht und einfach höflich. Er nickte kurz und sagte Hi, dann drehte er sich zu Golo um, der neben mir lief, und wiederholt es. Er hat Golo gegrüßt wie mich. Da wäre zum einen ich: zweimal Sex, ein intimes Gespräch über Gefühle und darüber, für welche Tonart man den anderen hält, außerdem vorgetäuschte Pläne für eine Zukunft ohne Anna, dadurch suggerierte gemeinsame Zukunft mit mir, nicht zu vergessen eine Fangemeinde, die uns für ein Liebespaar hält und und und. Zum anderen wäre da Golo, mit dem Julius gemeinsam im selben Musical auftritt. Herzlichen Glückwunsch! Wenn Julius Golo und mich vor diesem Hintergrund auf die gleiche Stufe stellt, könnte er mir genauso gut im Vorbeigehen ins Gesicht schlagen.

Huch. Apropos ins Gesicht schlagen. Die Ohrfeige könnte der Grund sein, warum er mich mit etwas bestraft, das viel schlimmer ist als Missachtung: Desinteresse.

Natürlich bin ich viel zu stolz, um mit ihm zu reden. Allerdings bin ich dummerweise auch zu neugierig, um zu ignorieren, dass er eine neue Nachricht für die Internetwelt produziert hat.

»Zeig mal her«, knicke ich ein und rücke meinen zu dicken Hintern näher an Nick heran.

»Hey, Leute. Diesmal habe ich nur 'ne ganz kurze

Nachricht für euch. In meinem letzten Video – *Last Friday Night* – hatte ich Unterstützung. Ähm … ja, zum einen von meinem guten Kumpel Leander, den einige von euch vielleicht schon kennen, und zum anderen von Layla, der Saxofonistin. Viele von euch waren begeistert. Tja, es gibt gute Neuigkeiten: Die beiden haben zusammen ein Video gemacht. Diejenigen von euch, die auf Jazz stehen, sollten auf jeden Fall mal reinklicken. Und … na ja, die anderen auch.«

An dieser Stelle lacht er so süß, dass ich auf der Stelle vor ihm niederknien und ihn um Verzeihung anbetteln möchte. Er kratzt sich am Hinterkopf, zeigt den Link zu unserem Video und verabschiedet sich.

»Wow, wusste gar nicht, dass Julius Werbung für euch macht«, mampft Nick, den Mund voll Müsli, wobei er mich mit zerkautem Getreide besprüht. Er schluckt und wischt sich über die Lippen. »Fette Sache, voll nett von ihm.« Dann trinkt er die restliche Milch aus der Schüssel und rülpst.

Lecker.

»Du bist eklig!« Lucy verzieht das Gesicht.

Recht hat sie. Aber auch Nick hat recht. Denn das ist wirklich voll nett von Julius. Vor allem weil ich ihn zurzeit mehr als unterkühlt behandle und er mich weiterhin mit seinem netten Verhalten bestraft.

Er verhält sich, als sei ich eine flüchtige Bekannte, wenn er mich sieht. So wie man es mit ehemaligen Schulkameraden macht, wenn man sie zufällig in der Bahn trifft. Erst versucht man, geschickt aneinander vorbeizusehen, und wenn die Unterhaltung nicht zu umgehen ist, führt man unangenehme Pseudogespräche. Aaach, naaa, lange nicht gesehen, wie geht's denn so, was machst du jetzt so? Ach ja, Lehramt in Frankfurt/Maschinenbau in

Darmstadt/Jura in Gießen – ist ja 'n Ding. Man tut gut daran, anschließend noch ein bisschen über ehemalige peinliche Lehrer zu reden oder die Jahrgangsbeste, die es noch im Sommer nach dem Abi fertiggebracht hat, sich eine Drogensucht zuzulegen.

Aber Julius und ich haben keine gemeinsamen ehemaligen Lehrer. Wir sind zwar in derselben Stadt aufgewachsen, aber er war in einer anderen Grundschule als ich, nicht im Blockflötenunterricht, in einer anderen Musikschule und einem anderen Turnverein. Er hat nie in Blasorchestern gespielt und war auch nicht auf der ortsansässigen weiterführenden Schule. Dennoch ist es beinahe ein Wunder, dass wir uns in unserem Zwanzigtausend-Seelen-Städtchen nie kennengelernt haben, weil ich so viele Leute kenne, die wiederum Leute kennen, über die man irgendwann jeden kennenlernt. Anstatt mir Julius vorzustellen, zwingen mir meine Bekannten zweiten Grades nur überflüssige Gespräche in öffentlichen Verkehrsmitteln auf. Vielleicht sollte ich mir ein Auto kaufen.

Wenn Julius wenigstens unfreundlich zu mir wäre. Aber nein. Das kann so nicht weitergehen.

Ich muss mit ihm reden. Vielleicht sollte ich mich doch für die Ohrfeige entschuldigen. Ich werde tun, was Mama mir vorgeschlagen hat: eine scheinheilige Freundschaft zu ihm aufbauen. Ich könnte mich dafür verachten. Aber die Vorstellung, dass Julius wieder mit mir spricht, dass er mich vielleicht noch einmal berührt, mit mir scherzt und mit mir diskutiert, ob er jetzt G-Dur oder a-Moll ist, ist einfach zu verlockend.

DANKE SAGEN

Am nächsten Morgen in der Uni habe ich tatsächlich Herzklopfen. Jochen Hecker kommt in mein Büro und fragt mich, wie es um das Programmheft steht.

Vor circa einer Woche habe ich den letzten Anzeigenplatz verkauft und damit eine beachtliche Summe zur Mitfinanzierung des Musicals zusammengesammelt. Ich bin ein wenig stolz auf mich, da am Telefon sympathisch und finanzierungswürdig rüberzukommen wie erwähnt nicht zu meinen Stärken zählt. Um ehrlich zu sein, kommt es auf der Liste meiner Schwächen sogar noch vor Danke sagen. Dummerweise habe ich mir genau das für heute vorgenommen. Ich bin einfach nicht gut darin. Deswegen bekomme ich auch nicht besonders gerne Geschenke. Stattdessen bin ich ein großer Fan von Festtagen, an denen ich etwas verschenken kann. Wenn ich dagegen ein Geschenk erhalte, bin ich mit meiner Schwäche konfrontiert, mich bedanken zu müssen. Ich habe Angst, heuchlerisch und nicht überzeugend zu wirken, wenn ich mich für ein Präsent bedanken muss, das ich in Wahrheit scheußlich finde. Das ist so ähnlich, wie wenn man im Eifer des Gefechts von einer Person nach ihrer offensichtlich neuen Frisur gefragt und dann mit erwartungsvollem Blick angeguckt wird. Obwohl man die neue Frise einfach nur zum Kotzen findet, sagt man automatisch: Sieht gut aus.

Ausgerechnet einen Moment des Dankes habe ich mir

nun zum Vorwand auserkoren, um Julius wieder näherzukommen. Ich will ihm dafür danken, dass er seine Fans auf Leander und mein Video aufmerksam gemacht hat. Das Feedback war unglaublich. Wir haben schon zehntausend Klicks! Der Grund dafür ist sehr deutlich: Die Kommentarspalten sind überschwemmt mit Referenzen zu Julius. Ganze fünfzig Menschen haben ein »Daumen hoch« vergeben, weil ein User sie aufgefordert hat, selbiges zu tun, falls sie via Julius auf unser Video gestoßen sind. Ist an sich ja nichts Schlechtes. Nur haben die vielen Klicks auch viele Diskussionen mitgeschleppt. Zum Beispiel um die Frage, ob ich nun oder ob ich nun nicht die Freundin von Julius sei, ob denn Leander oder Julius süßer ist und was für ein verdammt großer Glückspilz ich doch bin, gleich alle beide zu kennen.

»Ich hätte da noch eine nette Idee«, sagt Hecker und fummelt an dem Ohrstöpsel herum, den er in seiner Hosentasche gefunden hat. »Wie fänden Sie es, wenn wir die Solisten im Programmheft kurz vorstellen, mit einem Foto, einer kleinen Biografie und einer Beschreibung der Rolle?«

»Klingt gut«, stimme ich zu.

»Würden Sie, ich meine, könnten Sie vielleicht ein paar Zeilen zu jedem schreiben?«

»Ja, sicher.«

»Wollen Sie gleich mitkommen?«, fragt er. »Wir proben jetzt die *Johanna-Reprise* und *God, That's Good.* Dabei könnten Sie die Solisten interviewen.«

»Die Solisten interviewen?«

»Na, für das Programmheft«, erinnert er mich.

»Ach so. Sicher. Ja, sicher.«

Und dann gehe ich mit, weil ich mich sowieso bei Julius bedanken will.

Auf dem Weg nach unten in die Aula beginnt Jochen Hecker ein Gespräch, das mir mehr als unangenehm ist. Er dreht den Ohrstöpsel in seinen Fingern und sagt dann: »Gestern war ich mit Ihrer Mutter verabredet.«

»Ja, ich weiß.«

Ich verdrehe beim Gedanken daran innerlich die Augen. Denn neben dem Fernsehabend mit meinen Geschwistern hat mir dieses Date auch jede Menge peinlicher Umstände beschert. Meine Mutter hat sich den ganzen Tag lang fast in die Hose gemacht vor Aufregung. Sie hat meine halbe Jazz-Sammlung durchgehört und die Interpreten im Internet recherchiert, damit sie vor Hecker mit ihrem Fachwissen punkten kann. Ohne Unterlass tigerte sie im Wohnzimmer herum und fragte mich über Coltrane aus, weil mir rausgerutscht ist, dass er Heckers Lieblingssaxofonist ist.

»Ich habe ihr …« Er wirft amüsiert den Kopf in den Nacken. »Ich wollte ihr die Geschichte erzählen von dem … Sie wissen schon, wie damals mal fast jemand …« Er wedelt mit dem Ohrstöpsel.

»Wie jemand Ihren Ohrstöpsel für ein Gummibärchen gehalten hat und ihn aufessen wollte.«

»Ja. Offensichtlich kannte ihre Mutter die Story schon und hat mir die Pointe vorweggenommen.«

»Ja«, ich räuspere mich verlegen, »kann sein, dass ich sie ihr mal erzählt habe. Ist ja auch witzig.«

»Wirklich?«

»Ja. Jedenfalls als Sie sie mir zum ersten Mal erzählt haben. Vor zwei Jahren. Da war sie noch witzig.«

Jochen Hecker guckt mich einen Moment schief an, dann klopft er mir auf die Schulter und fängt an zu strahlen.

Im nächsten Moment drückt er enthusiastisch die Flügeltüren zur Aula auf, und alle starren uns an. Also alle, die an den Szenen, die Hecker proben will, beteiligt sind. Julius und Leander sitzen zusammen auf der Bühne, lassen die Beine baumeln und schauen von ihren Notenheften auf. Sina Leiblich, die die verrückte Lucy spielt und mit ausgestreckten Armen und Beinen auf dem Boden liegt, sieht aus, als hätten wir sie aus einer Art Trance geweckt. Emel dreht sich zu uns um, während sie sich mit einem Jungen unterhält.

Ich kenne den Jungen nur von einem Foto, auf dem er vier Jahre alt ist. Sein Vater hat es als Bildschirmhintergrund auf seinem Computer eingerichtet. Jedes Mal, wenn ich es sehe, werde ich wehmütig. Dass jemand ein Foto von mir als Bildschirmhintergrund wählt, würde mir ähnlich viel bedeuten wie ein T-Shirt, auf dem *Sorry Mädels – bin vergeben* steht.

Es ist Sebastian Hecker, der dreizehnjährige Sohn meines Professors, der wie alle Jungen in seinem Alter drei Jahre jünger wirkt. Ich erinnere mich, dass auch Nick mit dreizehn noch aussah wie zehn und diesen Rückstand erst im letzten Jahr aufholen konnte. Sebastian ist seinem Vater nicht sehr ähnlich, was, denke ich, gut ist für einen Teenager. Jochen Hecker ist nicht wirklich unattraktiv. Er macht sogar den Eindruck, als hätte er einen ganz guten Körperbau. Aber seine Haare sind irgendwie immer zu lang, sein Bart ist immer zu zottelig, und er hat schon dickrandige runde braunmelierte Hornbrillen getragen, bevor sie ihr Revival hatten. Außerdem bügelt er nie seine Hemden und trägt Cordhosen. Ich kann durchaus verstehen, was meine Mutter an ihm gut findet, obwohl wir noch nicht explizit darüber gesprochen haben. Seine Nachlässigkeit in Sachen Aussehen wirkt wie ein Statement. Und meine Mutter liebt Statements.

Was sie vermutlich nicht weiß: Hecker ist wirklich nachlässig, was weltliche Dinge wie bügeln oder eine anständige Rasur angeht.

Sebastian hat eine blonde Justin-Bieber-Frisur (oder vielmehr die Frisur, die Justin Bieber hatte, als er noch eine Justin-Bieber-Frisur hatte) und die größten Füße, die ich je an einem so kleinen Dreizehnjährigen gesehen habe. Also wirklich! Würde der Main über die Ufer treten, könnten wir in Sebastians Schuhen flussaufwärts paddeln.

Jochen Hecker klatscht in die Hände, geht zu seinem Junior, streichelt ihm über die Haare und ruft durch die Aula: »Na, dann fangen wir mal an. Zuerst *God, That's Good,* bitte schön! Alle anderen können sich an Layla wenden wegen der Biografien, von denen ich beim letzten Mal gesprochen habe.«

Nicht auszudenken, was passiert wäre, wenn ich diese Aufgabe ausgeschlagen hätte. Hecker hätte die Steckbriefe wohlmöglich selbst schreiben müssen, und das hätte ihn sicher aus seinem Alltagschaos geworfen.

Als Emel und Sebastian die Bühne erklimmen, wird mir klar, dass Sebastian die Rolle des Jungen Toby singen wird. Hecker spielt die ersten Töne auf dem Klavier, und sein Sohn setzt mit Selbstvertrauen und einer atemberaubenden Knabenstimme an, seinen Solopart zu schmettern.

Ich starre hinauf zur Bühne.

»Er ist der Hammer, oder?«, fragt mich Julius.

Ich bin total erstaunt, dass er mich anspricht, deshalb nicke ich nur schnell verlegen und schlage dann Sina vor, mit ihr über ihre Biografie zu sprechen.

Diese Frau hat in der Tat nicht alle Tassen im Schrank. Alles in allem erinnert sie mich total an Luna Lovegood aus den *Harry-Potter*-Büchern. Ständig fummelt sie an ihren Haaren herum, die ihr bis zum Steiß reichen, guckt in die Luft, während wir miteinander sprechen, erzählt von ihrem Flötenstudium, von ihrem Hobby (Malerei) und ihrem Pony namens Tinky-Winky. Außerdem erwähnt sie, dass ihre Lieblingsfarbe bunt sei und dass sie die Rolle der Lucy mag, weil sie genauso durchgeknallt sei wie sie selbst.

Für gewöhnlich bin ich kein Fan von Menschen, die sich als durchgeknallt bezeichnen, aber in Sinas Fall ist die Diagnose derart treffend, dass ich mir überlege, sie in der Kurzbiografie wörtlich zu zitieren. Tinky-Winky dagegen werde ich wohl außen vor lassen, weil uns sonst kein Leser abnimmt, dass Sina schon einundzwanzig und geistig voll auf der Höhe ist.

Anschließend führe ich ein Gespräch mit Leander, das nicht lange dauert. Dann wende ich mich Julius zu. Leander besitzt die Feinfühligkeit zu spüren, dass ich mich allein mit Julius unterhalten will. Er verwickelt Sina in ein Gespräch über das Pony und schlendert mit ihr in eine andere Ecke des Saals.

Julius lächelt mich an und knetet seine Finger, lässt die Knöchel knacken. Wirklich angenehm scheint ihm meine Anwesenheit nicht zu sein.

»Das macht die Finger lahm«, sage ich und deute auf seine Knöchel.

»Wirklich?«, fragt er und schiebt die Hände zur Ablenkung in die Hosentaschen. »So, was willst du über mich wissen?«

Ich zucke die Schultern. »Ich denke … ich denke, ich weiß schon, was wir über dich schreiben. Ergattert die Hauptrolle, obwohl er kein Gesangsstudent ist, blabla. Fangemeinde im Internet und so weiter.«

»Meinst du, das ist nötig?«

»Ja. Kommt sicher gut an.«

»Findest du?«

»Bei den Zuschauern schon.«

Wieder lässt er die Knöchel knacken. Ich lege meine Hand auf seine geballte Faust, um ihn zu stoppen.

»Hör zu«, starte ich dann meine Dankesrede. »Danke, dass du unser Video promotet hast. Das war voll nett von dir.« Mir fällt auf, dass ich Nicks Worte verwende.

»Ähm, klar. Das ist Ehrensache. Das macht man so.«

Ich nicke nüchtern. Das macht man eben so. Aber ich muss dranbleiben. »Na ja, ich finde nicht, dass das selbstverständlich ist, immerhin habe ich dir nur ein paar Tage vorher eine gescheuert.«

Julius sieht mich an und bemerkt, dass ich grinse. »Ja. Trotzdem Ehrensache. Wobei – das hat echt wehgetan.«

»Es tut mir leid, aber als du … Bei mir ist da irgendwie eine Sicherung durchgebrannt.«

Er boxt mir versöhnlich gegen die Schulter. »Es tut mir ehrlich leid.«

»Ist schon okay. Das mit der Affäre war aber auch eine saublöde Idee.«

Als mich seine olivgrünen Augen fixieren und er vor mir steht mit seinem Atem, der nach Kaugummi riecht, die Hände in den Taschen seiner eng geschnittenen schwarzen Jeans, da bin ich mir auf einmal nicht sicher, ob die Idee wirklich so saublöd war.

»Ich war ziemlich selbstgerecht und überheblich. Und anmaßend. Außerdem habe ich alles irgendwie falsch eingeschätzt. Also: Mir tut's auch leid.«

Ich bewundere seine Art, sich so klar ausdrücken zu können.

»Vielleicht können wir das alles vergessen, und mit

alles meine ich alles, und irgendwie weitermachen. Als Freunde.«

Das sagt Julius. Und so, wie er es sagt, klingt es nicht nach dem, was ich tun möchte. Ich möchte nicht alles vergessen und Freunde sein. Ich will eine Freundschaft aufbauen, aus der Liebe wird, aber das kann ich ihm so natürlich nicht sagen. Jetzt, da Julius es gesagt hat, kommt es mir anders vor, als wenn ich es vorgeschlagen hätte. Nun hat er die Zügel in der Hand und kann bestimmen, in welche Richtung unsere komische Beziehung sich entwickelt. Irgendetwas an seiner Wortwahl sagt mir, dass er nicht in die gleiche Richtung steuert, in die ich gelenkt hätte. Es klingt nach echter Freundschaft. Nach einer Freundschaft ohne knutschen und vollständig bekleidet.

Menno.

Um dem Ganzen die Krone aufzusetzen, drückt er mich an sich und legt sein Gesicht sogar an meinen Hals, aber rubbelt mir dabei albern den Rücken. So als wäre er Onkel Erwin, der mir zum Geburtstag gratuliert.

Danke, Onkel Erwin.

ALS FREUNDE WEITERMACHEN

In den folgenden Wochen beweist mir Julius, was es für ihn bedeutet, als Freunde weiterzumachen.

Er nimmt die Sache bierernst. Was ein gutes Wortspiel ist, denn alles beginnt tatsächlich mit einem Bier. Es läuft so ab, dass Julius mich an einem Donnerstag nach der Uni mit nach Hause nimmt und fragt, ob wir nicht ein Bierchen trinken gehen wollen. Ein Bier*chen.* Im ersten Moment glaube ich, dass ich mich verhört habe. Vor wenigen Wochen noch hat er mich im Auto gefragt, ob ich mit ihm Sex haben will. Der Rückschritt zu »Wollen wir noch ein Bierchen trinken gehen?« ist enorm. Wohl der enormste, den die Menschheit je erlebt hat. Sozusagen die dramatischste Antiklimax aller Zeiten. Das ist, als hätte Gott die gesamte Welt bereits am ersten Tage tutti kompletti erschaffen und dann den Rest der Woche damit zugebracht, alles wieder kaputt zu machen. An einem Tag wird man zum Sex eingeladen, am nächsten zu einem Männergetränk. Fehlt nur, dass er dieses Männergetränk mit mir in einer Sportbar einnehmen will, um dort nebenher Champions League zu gucken. Wobei ich nicht mal weiß, ob momentan Champions-League-Saison ist. Und ob die Spiele donnerstags sind. Und ob Julius überhaupt auf Fußball steht.

Weil ich dumm bin und jede Sekunde mit ihm genieße, selbst wenn es bloß wenige Sekunden in einer Sportbar sind, tue ich so, als hätte ich Lust dazu. »Klar, Bierchen ist gut.«

Gott sei Dank wählt er als Location das Bogey's und gestattet mir, das Bierchen durch ein Weinchen zu ersetzen. Das macht die Sache nur unwesentlich besser, schließlich wurden genau hier die ersten Zeilen unserer gemeinsamen Geschichte geschrieben. *Es war einmal eine Bar, in der trafen sich ein Junge und ein Mädchen, die sich am Vormittag flüchtig in der Uni kennengelernt hatten. Er lud sie auf mehrere alkoholhaltige Getränke ein, die beider Sinne derart vernebelten, dass sie noch am selben Abend das Bett teilten. Und wenn sie nicht gestorben sind, dann sind sie jetzt Freunde und trinken zusammen Bierchen.* In ein Märchenbuch der Gebrüder Grimm würden wir es damit sicher nicht schaffen. Vielleicht aber auf die Liste der unbefriedigendsten Love-Story-Enden aller Zeiten. Gleich nach *Nathan der Weise* und dicht gefolgt von *Stadt der Engel,* dessen tragischen Ausgang ich wahrscheinlich niemals verwinden werde.

Wir trinken also etwas und unterhalten uns über das Musical. Unterhalten im Sinne von *Wir lästern über alles und jeden ab, der sich nicht vor uns retten kann.* Julius kann den Typen, der den Richter spielt, nicht ausstehen und freut sich schon darauf, ihm auf der Bühne die Kehle aufzuschlitzen. Wenn Sina ihm noch einmal von ihrem Pony erzählt, so schwört er, wird er das Vieh gleich mit abmurksen. Alisa nimmt sich seiner Meinung nach viel zu wichtig. Dafür erntet er gut eine halbe Million Pluspunkte bei mir und noch einmal dieselbe Menge, als er mich anlächelt und sagt: »Gut zu wissen, dass du genauso denkst wie ich.«

Ja. Ebenfalls gut, dass er nicht weiß, dass die sexuelle Spannung zwischen uns an diesem Abend aus meiner Sicht so hoch ist, dass man locker alle Kernkraftwerke abschalten könnte.

Ist es wirklich möglich, dass Julius sie gar nicht bemerkt? Oder empfindet er es bloß nicht? Hat er in seinem Sicherungskasten den mit Layla beschrifteten Schalter von »Sexpartnerin« auf »Saufkumpanin« umgeschaltet, und damit ist die Sache für ihn erledigt? Ist es für Männer tatsächlich so leicht?

Es scheint so. Denn auch an dem Sonntag nach unserem Männerausflug in die Bar beweist Julius mir, dass es für ihn ein Kinderspiel ist, Zeit mit mir zu verbringen, ohne in jeder Pore seines Körpers ein Kribbeln und Zerren oder Verbundenheit zu spüren. Er ruft mich ohne Vorankündigung oder ohne offensichtlichen Grund an, um zu fragen, was ich mache. Falls mir so langweilig sei wie ihm, könne ich vorbeikommen und ihm dabei zusehen, wie er ein Video dreht. Ich sage zu und beobachte ihn bis spät in die Nacht dabei, wie er einen Song aufnimmt. Die Coverversion von Radioheads *Fake Plastic Tree,* die er an jenem Nachmittag einsingt, ist umwerfend. Umwerfend, ganz einfach. Das Ganze wirft mich innerlich um. Ihm aus dieser Nähe beim Singen zuzuhören ist anders, als ihm in den Weiten des Internets zu lauschen oder ihn bei den Musical-Proben auf der Bühne zu sehen. Es ist intim, irgendwie, und ich fühle mich, als hätten wir dadurch eine neue Bindung. Vielleicht ist diese neue Bindung der Grund, warum auch ich mich an einem meiner freien Nachmittage traue, ihn einmal anzurufen. Schließlich sind wir Freunde. Und zwar ganz offensichtlich nicht die Art peinlich berührter Freunde, die man beschließt nach unbedeutsamem Sex zu sein, um die Situation irgendwie etwas aufzulockern. Nein! Wir sind ganz offensichtlich Freunde, die ihre freie Zeit miteinander verbringen möchten (vollständig bekleidet), die gerne ihre Langeweile zusammen totschlagen (vollständig bekleidet) und einander Ratschläge geben (in Lebenslagen, die sich außerhalb der Bettlaken abspielen).

Mein Anruf beginnt mit ehrlich erfreuten Begrüßungsfloskeln und führt dazu, dass Julius mich zu sich nach Hause einlädt, um gemeinsam mit ihm seine Textpassagen zu lernen. Der Tag endet damit, dass wir zwei Flaschen Wein killen, uns vor seinem Bett gegenüberstehen und uns die Liedzeilen aus *A Little Priest* entgegenschleudern, ich als Mrs. Lovett, er als Sweeney. Wir driften in Gesang über, und die Stimmung zwischen uns ist so gut, dass es mir nicht mal peinlich ist, vor ihm meine inbrünstigste Sangesstimme auszupacken. Spontan greift er nach meinen Händen, wiegt mich im Dreivierteltakt und führt mich im Walzer um sein Bett. Irritierenderweise endet unsere Zweisamkeit nicht dadurch, dass ich nicht mal ansatzweise Walzer tanzen kann (das scheine ich urplötzlich zu beherrschen), sondern dadurch, dass wir uns nach einer Drehung zu nahe kommen. Julius sieht mich an, als würde er mich erst just in diesem Augenblick erkennen, als wäre ihm erst jetzt aufgefallen, dass wir den ganzen Tag Duette gesungen, Flaschen geleert und einen klassischen Paartanz aufgeführt haben. Mittendrin hört er einfach auf. Obwohl der Rest von hier an so leicht gewesen wäre: ausgelassene Stimmung, Alkohol, Musik, Walzer, Dreivierteltakt, sich berührende Körper und in der Mitte all dessen … sein Bett.

Aber es ist, wie es ist. Julius nutzt die Situation nicht aus, weil er mit dem, was war, abgeschlossen hat. Das mit uns war eine Episode. Die Episode ist abgeschlossen. Der Schalter im Sicherungskasten steht nach wie vor auf »Freundschaft«. Freunde trinken, tanzen und singen miteinander. Aber sie tun es des Spaßes und nicht des Vorspiels wegen.

Also führt er nicht die Fantasie in meinem Kopf aus, packt mich und wirft mich aufs Bett, sondern sagt lediglich: »Du wärst eine total starke Misses Lovett. Du kannst viel besser Walzer tanzen als Emel. Hecker sollte dich zur Zweitbesetzung machen.«

Wir alle wissen, dass die Zweitbesetzung nichts ist, worauf ich scharf bin.

Dieser Nachmittag führt zwar nicht dazu, dass wir uns körperlich wieder näher kommen, wohl aber dazu, dass Julius mich zwei Wochen später in der Uni damit überfällt, dass ich doch bittebittebitte in seinem nächsten Video die Mrs. Lovett singen soll. Emel hätte ihm kurzfristig abgesagt, Halsschmerzen oder so ähnlich, und er hätte den Tonraum in der Uni doch schon dafür gebucht. Es gibt viele Punkte, die dagegen sprechen, das zu tun. Allen voran der, dass ich Saxofonistin bin und keine Sängerin. Ich denke ja nicht mal selbst, dass ich eine herausragende Sängerin bin. Woher soll ich den Mumm nehmen, vor dem gesamten Internet so zu tun, als wäre ich es?

Aber all diesen Kontra-Punkten steht ein einziger Pro-Punkt gegenüber: Julius' flehender Blick. Und das erleichterte, freudige Lächeln, gefolgt von einer festen Umarmung, als ich zusage.

»Ich glaube ehrlich gesagt nicht, dass ihr euch da momentan in eine besonders gesunde Freundschaft hineinmanövriert«, kommentiert Mimi das Geschehen am späten Nachmittag des Tages, an dem ich Julius dieses Versprechen gegeben habe.

Wir schlendern gemeinsam durch das einzige Bekleidungsgeschäft unserer Kleinstadt, in dem die angebotene Ware nicht für Omas oder in Übergrößen oder beides ist.

Damit spricht sie aus, was ich mir bisher nicht zu denken erlaube. Nein. Ich glaube auch nicht, dass das eine besonders gesunde Freundschaft ist. Ob ich dagegen glaube, dass es sich trotzdem ziemlich gut anfühlt, Zeit mit Julius zu verbringen? Verdammt, JA!

»Kann sein«, brumme ich nur. »Aber er ist so toll.« Dummerweise wird Julius mit jedem Treffen immer toller und toller. »Warum läuft hier so bescheuerte Musik?«, frage ich und sehe an die Decke, als wollte ich dort einen Lautsprecher orten, um ihn dann abzuschießen.

»Das soll die Kauflaune steigern, glaube ich.«

Zehn Sekunden lang höre ich aufmerksam zu, aber Kauflaune will sich bei mir nicht einstellen. Im Gegenteil. Der monotone Minimal-Beat geht mir ziemlich auf die Nerven. »Wohl eher die Mordlust, oder?«

Mimi kehrt zurück zum Thema Julius. »Mhm. Glaubst du, er hat die Sache mit euch abgeschrieben?«

Ehrliche Antwort: »Ja. Irgendwie schon. Er will mit Anna zusammen sein. Ich wollte keine Haremsscheich-Affäre, also komme ich für mehr als gute Freundin nicht in Frage.«

»Im Moment klingt es eher so, als wärt ihr so etwas wie allerbeste Freunde.«

»Warum?«

»Weil ihr euch ständig ohne bestimmten Grund trefft. Letztens habt ihr sogar zusammen ferngesehen. Das macht man entweder in einer festen Beziehung oder mit sehr guten Freunden. Langsam werde ich eifersüchtig auf Julius. Ich dachte, ich wäre deine allerbeste Freundin.«

Ich lächle, aber eigentlich ist es nicht zum Lächeln. Ich stecke in der Scheiße. Also sage ich: »Kacke. Ich hab echt keinen Bock darauf, eins von diesen Mädchen zu werden, das in seinen besten Freund verknallt ist.« Ich will nicht mal eins von diesen Mädchen werden, dessen bester Freund ein Kerl ist. Ich bin vollkommen zufrieden damit, keinen männlichen besten Freund zu haben, sondern einen weiblichen. Selbst wenn ich auf der Suche nach testosteronhaltigem BFF-Material wäre, hätte Golo sicher mehr Anspruch auf diesen Titel als Julius.

»Du wolltest es doch so.«

»Ja, aber nur, weil ich gehofft habe, dass er es sich irgendwann anders überlegt und schwach wird. Aber Julius ist entweder erstaunlich stark, oder er hat keinen Bock mehr auf mich.«

»Oder du bist einfach nicht verführerisch genug.« Mimi steuert effektvoll die Wäscheabteilung an.

»Wie soll ich das jetzt bitte verstehen?«

»Vielleicht musst du ihn in Versuchung führen.«

Ich versuche, jeden Vergleich zur Kirchenliturgie zu vermeiden, während sie das sagt, und denke darüber nach. Julius in Versuchung führen … Mein Blick fällt auf die Spitzenunterwäsche, die Mimi gerade inspiziert.

»Du meinst, ich sollte mir ein paar neue Unterhosen kaufen und ihn damit überraschen, oder wie?«

»Sag nicht *Unterhosen.* Das klingt widerlich. Meine Mutter trägt Unterhosen. Ich nicht.«

»Du gehst ohne Unterhosen aus dem Haus?« Ich breche in schallendes Gelächter aus.

»Natürlich nicht«, korrigiert sie sich, »aber die Dinger haben die Bezeichnung Hose nicht verdient.«

»Meine Mutter sagt, Unterhosen, die diese Bezeichnung nicht verdient haben, nehmen den Männern jegliche Fantasie.«

»Hat deine Mutter dabei bedacht, dass Liebestöter mit Snoopy-Motiven die Fantasie auch nicht gerade beflügeln?«

»Bestimmt nicht. Aber Julius wird meine Unterwäsche sowieso nie wieder zu Gesicht bekommen. Und sonst wahrscheinlich auch niemand.« Nicht mal ich, denn ich begutachte mich eher selten in Unterwäsche im Spiegel. »Warum also«, ich schaue auf das Preisschild und zucke schockiert zurück, »siebzehn Euro für so ein bisschen Stoff ausgeben?«

»Na, wegen der Versuchung!« Mimi lässt sich von den siebzehn bitterteuren Euro nicht abschrecken und sucht nach ihrer Größe.

Mein Handy klingelt.

Passend zum Thema Versuchung floskele ich: »Wenn man vom Teufel spricht.«

»Ruft deine beste Freundin an?«, frotzelt Mimi.

Ich bin echt froh, dass ich eine Freundin wie Mimi habe. Eine, die Salz in die Wunden streut und mich damit trotzdem aufheitert. Wieder einmal lässt mich der Witz ignorieren, dass sie den Kern des Problems getroffen hat.

Beim dritten Klingeln gehe ich ans Telefon.

Julius begrüßt mich, indem er »Laylaaaaa« wie im gleichnamigen Clapton-Song ins Handy singt.

Och, Julius, hör auf, so perfekt zu sein. Das wird noch lächerlich. Okaaaay, nein, wird es nicht.

»Was hast du heute Abend vor?«, fragt er.

»Ich? Ähm, nichts, denke ich.«

»Doch, hast du. Du gehst mit mir auf ein Konzert. Ich spiele heute Abend einen Gig.« Julius klingt aufgeregt. »Und du gehst mit.«

»Davon hast du noch gar nichts gesagt.«

»Sorry, habe ich bei dem ganzen Hin und Her mit dem Musical wohl vergessen zu erwähnen. Ich bin auch bloß der Supporting Act. Also, wie sieht's aus? Soll ich dich so in zwei Stunden abholen?«

Ich fühle mich völlig überfahren, aber sage natürlich zu.

Als ich auflege, sieht Mimi mich ein klein wenig tadelnd an.

»Hey! Lass das. Was hätte ich denn sonst tun sollen?«

SUPPORTING ACT

»Hör zu. Denk noch einmal drüber nach. Vielleicht ist die Zeit gekommen, der ganzen Sache ein Ende zu setzen. Ich will nicht, dass er dir wehtut … und dass du dir selbst unnötig wehtust.« Mimi wedelt mit ihrem überteuerten Höschen.

»Mimi! Mit Julius als supergute Freundin zusammen zu sein kann nicht mehr wehtun, als ihn gar nicht mehr zu sehen.« Ich nehme ihr das alberne Wäschestück aus der Hand und knalle es zurück auf den Ständer. »Du musst die nicht kaufen, nur um ein Exempel zu statuieren. Ich hab's kapiert: Unterwäsche ist wichtig und darf teuer sein. Ist okay.«

Bass erstaunt steht sie da.

»In meinem Kopf schwirrt immer noch der Gedanke herum, dass er vielleicht doch nicht alles auf Eis gelegt hat. Dass er mit mir so viel Zeit verbringen will, weil er auf den Moment wartet, in dem er sich traut, einen Schritt nach vorne zu machen.«

Mimi versucht, einen liebevoll-besorgten Gesichtsausdruck aufzusetzen. Aber sie wirkt dabei wie ein Kind, das krampfhaft an seinem Glauben an den Weihnachtsmann festhält. Und ja, sie hat recht, ich bin verzweifelt. Trotzdem kann ich jetzt nicht aufgeben. Ich will, dass Julius mich wieder anfasst wie zuvor. Mich wieder ansieht wie zuvor. Mich küsst und festhält. Ich kann nicht so tun, als würde ich mir nicht sehnlichst wünschen, dass zwischen uns wieder mehr passiert, doch ich kann ihn auch nicht ziehen lassen.

»Ich werde mich heute mit ihm treffen. Sorry, ich muss los. Ich ruf dich morgen an. Oder heute Abend. Je nachdem, wie's läuft.«

Damit lasse ich sie, beschallt von kauflauneweckender Musik, in der Wäscheabteilung stehen und eile nach Hause.

Es gibt da ein paar Dinge, die ich erledigen muss, bevor ich mich mit Julius treffe. Ich muss lange im Bad verschwinden und mich darauf vorbereiten, dass er eventuell doch herausfinden könnte, ob meine Beine frisch rasiert sind. Irgendwie werde ich den Wunsch nicht los, dass es doch wieder passieren könnte. Dass er sagt, er will die Freundschaftsnummer bleiben lassen und mich mit zu sich nach Hause nehmen, um dort mehr zu sein als nur ein Freund. Wenn das wirklich passieren sollte, dann wäre es doch allerhand, wenn mein Körper nicht darauf vorbereitet wäre.

Nach einer Stunde muss ich die Badezimmer-Session beenden, weil Nick gegen die Tür trommelt und Einlass verlangt. Als ich ihm diesen nicht gewähren will, holt er Mama als Verstärkung, die mich mit den Worten »Spinnst du?« hinausscheucht. Nein, ich spinne nicht. Ich will nur so gut und haarlos aussehen wie möglich.

Das sage ich ihr.

»Aber Layla! Du siehst doch nicht besser aus, wenn du dich eine Stunde im Bad verbarrikadierst. Und auch nicht, wenn du besonders viel Schminke benutzt.«

»Jo, man kann aus einer Besenkammer eben kein Wohnzimmer machen«, lautet Nicks hochqualifizierter Kommentar dazu.

»Fresse!«, befehle ich. »Außerdem habe ich gar nicht zu viel Schminke benutzt.«

»Ich sage es ja nur präventiv.«

»Dann gehe ich jetzt mal präventiv in mein Zimmer, sonst verunsichert ihr mich noch komplett mit eurem Gerede.«

»Wo gehst du denn hin?«

»Auf ein Konzert. Mit Julius. Ein Konzert *von* Julius, streng genommen.«

Mama zerreißt es fast vor Glück. »Viel Spaß«, wünscht sie mir.

Ausgelassen hüpfe ich in mein Zimmer und reiße den Kleiderschrank auf.

Mit gemischten Gefühlen quäle ich mich durch die Auswahl. Ziehe einen Jeansrock an, fühle mich darin nackt und werfe ihn wieder weg, ziehe ein Kleid an, fühle mich darin lächerlich und werfe es wieder weg, ziehe Jeans an und fühle mich darin normal und langweilig. Aber es ist wohl nicht der richtige Moment, um das modische Rad neu zu erfinden. Schlussendlich entscheide ich mich für enge graue Jeans, braune Boots, ein weißes T-Shirt und eine blaue Kapuzenjacke. Darin finde ich mich dann fast hübsch. Nein, eigentlich finde ich mich darin hübsch.

Der Club, in dem Julius spielt, veranstaltet heute Abend seine allmonatliche Singer-Songwriter-Nacht, die in den lokalen Insider-Magazinen seit Ewigkeiten hoch gelobt wird. Er ist klein, aber gemütlich und versprüht mit der vollgestopften Bar und den behangenen Wänden genau den ungezwungenen Charme, den ich mag. An Clubs wie an Menschen.

Julius ist nervös, was ich sehr süß finde. Vor der Kamera in seinem Zimmer, selbst vor der Kamera seines Cousins Rocko, ist er so selbstbewusst und professionell, kann rumalbern, ohne die geringsten Selbstzweifel und ohne je überheblich zu wirken.

Jetzt dagegen läuft er in dem kleinen Hinterzimmer des Clubs auf und ab, in das uns der Organisator geführt hat. Ich durfte mit rein, weil ich einen Gitarrenkoffer getragen habe und Julius mir wohlwollend eine Hand auf die Schulter gelegt und mich vorgestellt hat.

Er sieht sehr gut aus. Also wirklich sehr gut. Besser als je zuvor. Zumindest was seine Kleidung betrifft. Sein Stil gefällt mir sowieso außerordentlich, aber heute hat er meinen Geschmack exakt getroffen. So als wäre er mein Anziehpüppchen in einer Umstylingsendung auf Pro7. Seine Haare lugen vorwitzig aus dem grauen Beanie heraus, er trägt ein schwarzes, schlichtes Hemd mit unsauber hochgekrempelten Ärmeln und schiefem Kragen, gerade weit genug zugeknöpft, dass es nicht Latin-Lover-mäßig lächerlich aussieht, aber weit genug offen, dass es nicht spießig wirkt. Ich werde von der Fantasie übermannt, ihm das Hemd vom Leib zu reißen.

Um sein rechtes Handgelenk schlingen sich ein abgewetztes, altes Lederbändchen und das Band, das ihn als Besucher vom letztjährigen Rock am Ring outet. Seine Jeans ist dunkel, eng geschnitten und sitzt tief auf der Hüfte, dazu die altbekannten schmutzig beigefarbenen Asics.

Typen wie Julius machen es gewiss nicht mit Absicht, aber ihr modischer Stil wandelt auf dem schmalen Grat zwischen chic und gammelig. Es ist die Art von Look, der Frauen und Mädchen, die eine Schwäche für Musiker haben, komplett durchdrehen lässt. Ich drehe also stillschweigend durch und erfreue mich daran, dass ich im Gegensatz zu den YouTube-Fan-Mädchen, die heute Abend voraussichtlich erscheinen werden, wenigstens behaupten kann, mit Julius befreundet zu sein. Juhu! *Befreundet.*

Julius läuft in dem Räumchen auf und ab, bindet sich die Schuhe neu, stimmt die Stratocaster und drückt mir dabei Rosanna in die Hand, stimmt Rosanna und drückt mir dabei die Strat in die Hand, stimmt noch einmal die Strat und legt die Gitarren zurück in die Koffer, kratzt sich in der Armbeuge, zieht die Mütze vom Kopf und setzte sie wieder auf, schiebt die Hände in die Hosentaschen und wippt auf den Fußballen. So lange, bis ich aufstehe, mich vor ihn hinstelle und ihn bei den Unterarmen packe.

»Wieso bist du so nervös?«

»Nervös?«

»Ja, nervös.«

»Ach, geht schon. Halb so wild.«

»Du stehst total neben dir, Julius.«

Unsicher fragt er: »So offensichtlich?«

»Nein, nein«, scherze ich.

Er zieht die Hände aus den Taschen und lässt sie in meine gleiten, drückt sie fest.

»Weiß auch nicht. Aber ich trete hier heute nicht alleine auf, und der andere Typ ist eine ziemlich große Nummer. Vielleicht bin ich deshalb so aufgeregt. Ich hoffe einfach, er stellt mich nicht zu sehr in den Schatten. Und … ich bin froh, dass du dabei bist.«

Nicht hilfreich. Solche Sprüche sind alles andere als hilfreich. Vor allem nicht, wenn Julius mich zur Bekräftigung in den Arm nimmt, mit einer Gelassenheit und einem Selbstverständnis, wie man es bei guten Freunden tut, fest drückt und sagt: »Mhm, du riechst gut.« Bevor ich mich über dieses Kompliment ausreichend wundern kann, lässt er mich los und redet übergangslos weiter: »Ich hoffe, ein paar von den Leuten da draußen sind auch wegen mir da.«

»Ganz bestimmt. Wen supportest du überhaupt?«

»So einen Singer-Songwriter. Auch ein YouTuber. Ein absolut durchgedrehter Kerl, aber echt talentiert. Er kommt ursprünglich hier aus der Gegend. Er hat mich schon mal nach einer Kollaboration gefragt, aber es hat sich bisher nicht ergeben. Also hat er mich vor ein paar Wochen angemailt, ob ich heute Abend vor ihm auftreten will. Der hat locker fünfmal so viele Subscriber wie ich. Meine Fresse, fühl mal meinen Puls.« Er drückt meine Finger gegen seinen Hals.

In dem Moment geht die Tür hinter Julius auf, und der Mensch, den ich am wenigsten auf der Welt sehen möchte, erscheint im Türrahmen.

TAUB

Genauso fühle ich mich. Taub. Oder so als hätte ich Druck auf den Ohren, und kein Schlucken und Luftanhalten oder Nasezudrücken könnte helfen, ihn loszuwerden. Für etwa zwanzig Sekunden ist mein Körper einfach nur taub und unfähig zum Druckaustausch.

In diesen zwanzig Sekunden sagt Julius: »Da ist er ja. Hi.« Die beiden schütteln sich die Hände. »Das ist Ben Fassbinder, Layla. Layla? Ja, also, Ben, das ist …«

»… 'ne Ewigkeit her. Layla, verdammte Hacke!«

»Hi«, brumme ich, nachdem die Taubheit verflogen ist.

Fast bin ich erstaunt, dass er mich noch kennt. Nicht dass es nicht selbstverständlich wäre, einen Menschen, mit dem man ein Jahr lang ins Bett gegangen ist, zu erkennen, aber es hätte zu Ben gepasst, so zu tun, als würde er mich nicht sofort, sondern erst auf den zweiten Blick erkennen.

»Ey, ja, 'ne Ewigkeit. Als wir uns das letzte Mal gesehen haben, war ich noch an der Uni.«

»Wir haben uns vor einem Jahr im H&M getroffen.«

»Richtig … ja, richtig.«

Blitzschnell zieht er eine Zigarette aus dem Päckchen in seiner hinteren Hosentasche und steckt sie sich hinter die linke Ohrmuschel. Das macht er also immer noch. Diese Geste fand ich sogar zu der Zeit, als ich ihm noch hörig war, schon albern. Ich wusste, wie avantgarde er sich deshalb fühlte. Ich bin mir ziemlich sicher, dass er sich – *richtig … ja, richtig* – keinen Meter mehr daran erinnern kann, dass wir uns zwischen den Herrenhemden und der Kasse beim Shoppen getroffen haben.

Ein heiß kochendes Brodeln steigt in mir auf. Ich hasse diesen Menschen immer noch. Augenblicklich erinnere ich mich an die vielen Nächte, die ich durchgeheult habe, an Erwartungen, die zu hoch gesteckt waren und enttäuscht wurden, an Träume, die nicht einfach nur zerplatzen, sondern mut- und böswillig mit Maschinengewehren zerballert wurden.

Dass ich derart zornig reagiere, ist wohl eher kein Zeichen dafür, dass ich die Sache mit Ben verarbeitet habe. Natürlich, die Sache liegt bei den Akten, aber ich dachte irgendwie, dass ich mittlerweile so weit sei, diese spezielle Akte durch den Schredder zu jagen.

»Ihr kennt euch?«, schaltet sich Julius ein.

Ich fange seinen Blick auf. Irritiert betrachtet er meine verschränkten Arme, als würde er meine Abwehrpose bemerken, und rückt dann einen Schritt näher an mich heran. Meine Zornesfalten glätten sich ein bisschen.

»Ja klar, wir kennen uns aus der Uni«, antwortet Ben für mich.

»Ja, aus der Uni«, wiederhole ich, nicke und hebe höhnisch eine Augenbraue.

»Das ist ja mal ein Zufall. Ich meine, ich gehe immerhin auf dieselbe Uni, und wir haben uns nie getroffen.« Julius verschränkt nun ebenfalls die Arme.

»Ach, ich hab mich immer aus dem ganzen öffentlichen Kram rausgehalten. Ich hab nie bei irgendwelchen Auftritten oder Vorführungen mitgemacht. Ist nicht so mein Stil. Alles eher kommerzieller Müll, weißt schon. Sie wollten, dass ich bei so 'ner Musical-Sache mitmache. Nee, lass mal.«

Neugierig beobachte ich Julius und erwarte, dass er

die Musical-Sache verteidigt. Und zwar pronto. Aber er tut es nicht. Er steht da und sagt: »Lass uns doch was trinken gehen, ja?«

Dann greift er nach meinem Arm und zieht mich aus dem Raum.

»Hat mich gefreut, Layla«, ruft Ben mir nach. »Wir sehen uns dann bei dem Gig, ich bin übrigens der Typ auf der Bühne, hahaha. Danach quatschen wir noch mal. Bei 'nem Bier oder so.«

Ich bin so perplex, dass ich ja sage.

Julius schleppt mich an die Bar, bestellt Wasser für sich und Wein für mich, ohne zu fragen, was ich trinken möchte.

»Du hättest ruhig vorher sagen können, dass du ihn kennst«, knurrt er und klingt dabei fast vorwurfsvoll.

»Hätte ich, wenn du mir gesagt hättest, dass er heute hier ist.«

»Ich hab's mindestens tausendmal auf Facebook gepostet.«

»Oh, entschuldige bitte, dass ich nicht täglich Juliusmakesyourheartjump stalke, um herauszufinden, wann du mit wem einen Auftritt hast. Und wenn ich es gelesen hätte, wäre ich nicht mitgekommen … Danke«, sage ich, als er mir das Weinglas reicht.

»Layla, was ist denn nur los mit dir?«

»Was soll schon los sein? Nichts ist los. Alles ist gut.« Ich nehme einen etwas zu großzügigen Schluck, an dem ich mich prompt verschlucke.

»Warum bist du dann so zickig?«

»Bin ich gar nicht. Du hast mit diesem Tonfall angefangen.«

Julius lehnt sich mit dem Rücken gegen die Theke und starrt nach vorne. Auf der Bühne werden gerade die Verstärker eingestellt. Ein paar der Besucher drehen die Köpfe nach uns um.

»Ben Fassbinder, du kannst ihn nicht besonders gut leiden, oder?«

»Nein, nicht besonders.«

»Warum? Klar, er ist ein bisschen schräg, aber er …«

Ich unterbreche ihn. »Er ist mir wohl einfach zu schräg drauf, das wird's sein.«

»Woher kennst du ihn überhaupt? Ich meine, wie gut kennst du ihn? Du weißt schon …« Julius trinkt seine Flasche aus und verabschiedet sich dann. »Schätze, das geht mich nichts an. Ich muss eh mal … weg. In fünfzehn Minuten geht's los.« Er setzt zum Gehen an.

»Julius?«

»Mhm?« Er dreht sich zu mir um.

Was zum Henker wollte ich noch mal sagen? Dass ich mir einbilde, dass ich gerade so etwas wie Eifersucht bemerkt habe? Dass mir das gefällt? Dass ich nicht verstehe, warum er sich eben verhalten hat, als wäre er eifersüchtig, obwohl er sonst mit mir super als Freundin umgeht? Dass wir diese Farce endlich bleiben lassen müssen, weil ich sonst beziehungsgestört werde? Dass Ben ihm niemals das Wasser reichen könnte?

»Darf ich dich drücken?«

Er lacht, frei und erleichtert, kommt auf mich zu, und wir umarmen uns. Meine Hände um seinen Hals, seine Hände um meine Taille, wie man sich eben umarmt, kurz bevor man sich küsst. Unsere Wangen aneinander, meine Lippen an seinem Ohr, bereit, etwas Dummes zu sagen oder eine der vielen Fragen nach seiner Eifersucht zu stellen.

Doch dann rutscht mir lediglich heraus: »Hals- und Beinbruch.«

Hals- und Beinbruch? Ich fühle mich wie meine eigene Oma. Die Zieh-ein-Unterhemd-an-sonst-kriegst-du-es-an-die-Nierchen-Oma. So etwas sollte man nicht sagen, wenn man eigentlich etwas ganz anderes mit einer Umarmung ausdrücken will.

Julius legt Zeige- und Mittelfinger an die Stirn und salutiert grinsend, als wollte er sagen: »Aye-Aye, Captain«, und verschwindet.

Aye-Aye, Captain.

PAWLOW

Die nächste Dreiviertelstunde verfalle ich wieder in meine Taubheit. Ich versuche alles auszublenden, außer Julius auf der Bühne, der seine selbstgeschriebenen Songs spielt und dabei so unglaublich charmant, sympathisch, talentiert und natürlich rüberkommt. Eigentlich kann ich es keinem der Mädchen verdenken, die vorne an der Bühne kleben, seine Songs auswendig mitsingen, Fotos schießen und die Hände nach ihm ausstrecken, als wäre er nicht Julius Herzsprung (23), Student und YouTuber, auf dessen Brust ich schon eingeschlafen bin, dessen Hand schon meine nackte Seite gestreichelt hat, der eben noch aufgeregt und unsicher umhergetigert ist und mich zur Beruhigung umarmt hat. Nein, sie benehmen sich, als wäre er regelmäßig auf den Titelseiten irgendwelcher Jugendzeitschriften abgebildet. Als würden die Tickets zu seiner Show ein Vermögen kosten.

Es will mir nicht gelingen, all das auszublenden. Ich bemerke die Mädchen, die sich vor der Bühne drängeln. Mir fällt auf, dass einige von ihnen T-Shirts tragen, auf denen Julius-bezogene Sprüche und Songtextschnipsel stehen. Ich erwische mich dabei, wie ich selbst ein paar Liedzeilen mitsinge, dabei aber nur die Lippen bewege, während ich mich seit einer Stunde an demselben Weinglas festklammere und auf dem drehbaren Barhocker hin und her schwinge. Ich war selten so stolz auf einen Menschen, der ein Teil meines Lebens ist, und gleichzeitig so sehr damit überfordert, ihn auf diese Weise mit anderen teilen zu müssen. Alles in allem fühle ich mich klein, unbedeutend und seltsam ersetzbar.

»So, letzter Song von mir für heute«, kündigt Julius an. »Ich dachte, zum Abschluss bringe ich noch mal ein Cover. Und zwar einen fantastischen Song von den Neon Trees: *Animal.*«

Mein Herz fängt heftig an zu schlagen.

Ich drehe mich nach vorne zur Bühne und starre Julius über die laut rufende, freudige Menge hinweg an. Er sieht mir direkt in die Augen und zuckt die Schultern.

Was hat das nun wieder zu bedeuten?

Er weiß genau, wie ich den Song gedeutet habe, als er ihn im Internet veröffentlicht hat. Und ich weiß genau, dass ich ihn damals richtig gedeutet habe. Wie soll ich die Nummer jetzt interpretieren? Was soll ich tun? Aufspringen, nach vorne hüpfen, seinen Namen kreischen und dem Drängen meines Körpers nachgeben, der irgendwie auf dieses Lied konditioniert ist? Ich kann ja auch nichts dafür. Ich bin ein Pawlow'scher Hund, *Animal* ist mein Glöckchen, und Julius ist das Futter, das mir beim letzten Mal nach dem Erklingen des Glöckchens serviert wurde. Die klassische Konditionierung funktioniert perfekt. Mein Körper hat das Glöckchen gehört – jetzt will er die Belohnung.

Warum ich? Warum hat er damals mich genommen?

Ich verstehe es nicht.

Als Julius den letzten Akkord ausklingen lässt, schwillt das Johlen der Menge zu einem enormen Grölen an, und tosender Beifall bricht los. Im ersten Moment denke ich, die Begeisterung gilt Julius, aber dann merke ich, dass sich Ben auf die Bühne gestohlen hat.

Er umarmt Julius auf typisch männliche Art und

Weise: Hand geben, Schulter an Schulter drücken und kurz gegenseitig den Rücken abklatschen. Dann greift er nach dem Mikro und brüllt hinein: »Der Junge ist klatschnass geschwitzt. Was habt ihr bloß mit ihm angestellt?«

Ben grölt und klopft sich in einer albernen Geste sogar auf den Schenkel, Julius stimmt etwas verlegener, bescheidener ein. Erneut kocht unglaublicher Zorn auf diesen Angeber in mir hoch. Kann er Julius nicht einen einzigen Moment ungeteilten Ruhms gönnen? Nein. Das war Ben schon immer zuwider. Deshalb ist er bisher noch aus jeder Band, in der er je als Gitarrist und Sänger war, hochkant rausgeflogen.

Die Konzertbesucher johlen und kreischen. Beide Stars des Abends zusammen auf der Bühne, noch dazu scherzend – das muss der wahrgewordene Traum all jener Besucherinnen sein, die sich die Namen von Ben *und* Julius auf die Brust ihrer selbst gestalteten T-Shirts gemalt haben. Einer für jede Brust sozusagen. Lächerlich. So was von lächerlich. Beinahe lächerlich genug, um zu überspielen, dass ich unfähig bin, Julius zu teilen. Ben können sie gerne haben. Von mir aus auch geschenkt, aber nicht Julius.

Der Haupt-Act des Abends tritt mit Band auf, deren Mitglieder nun hinter Julius und Ben, die ein hohles Gespräch begonnen haben, die Bühne erklimmen. Ich bin fast beeindruckt, dass neben Bens Ego noch so viele andere Musiker darauf Platz finden. Dann fällt mir jedoch ein, wie das so ist mit geteilter Aufmerksamkeit: Die Musiker im Hintergrund, die nur ihre Instrumente bedienen, bekommen nur sehr wenig davon ab.

Ben gönnt Julius keine einzige weitere Sekunde alleine im Rampenlicht. Aber die Tatsache, dass Julius locker damit umgeht, stimmt mich etwas froher. Es beweist, dass er ganz anders ist als Ben. Das Rampenlicht ist ihm nicht wichtig. Jedenfalls nicht als ein Ort, um von anderen Bewunderung zu erfahren.

»Reißen wir noch einen zusammen ab?«, ruft Ben in ultracooler Musikersprache.

Als der verschwitzte Julius zustimmt, legt Ben wieder einen Arm um ihn und tut anschließend so, als wäre der Ärmel seines karierten Hemdes nun so nass vom Schweiß, dass er ihn auswringen muss. Echt witzig.

Es war nur eine Frage der Zeit, aber prompt schallt der erste Ruf aus dem Publikum durch den Raum: »AUSZIEHEN!«

Bei den Videos von Julius werden regelmäßig Stimmen laut, er solle sein nächstes Video ohne T-Shirt aufnehmen. Dieser Wunsch taucht beinahe genauso häufig auf wie der nach einer baldigen Vermählung.

Nun stachelt Ben ihn auch noch an, er solle sein Hemd ausziehen, die Ladys im Publikum würde das sicher freuen. Jaja, die *Ladys*. Julius wehrt ihn ab und kommt auf den Vorschlag zurück, »noch einen zusammen abzureißen«. Sie besprechen sich kurz, Ben ruft seiner Band etwas zu, und dann spielen sie gemeinsam eine Coverversion von *Light My Fire* von den Doors. Ben singt. Natürlich. Der einzige Ruhm, den er abzugeben bereit ist, besteht in einem langen Gitarrensolo, bei dem erstmals an diesem Abend klar wird, was für ein guter Gitarrist Julius ist. Ich bin selbst komplett überrascht. Überrascht und beflügelt und beeindruckt. Als Ben seinen Gesang unterbricht und das Zepter an Julius abgibt, stellt dieser unter Beweis, was sich bei einem akustischen Singer-Songwriter, bei dem die Gitarre nur begleitet, oft nicht zeigt: Er ist ein begnadeter Gitarrist. Und so viel besser als Ben. Geradezu überirdisch gut.

Wieso habe ich das bisher nicht gemerkt? Wahrscheinlich, weil ich Julius wegen seiner Videos und der Hauptrolle in unserem Musical bislang vorrangig als Sänger wahrgenommen habe. Über seine Fähigkeiten als Gitarrist habe ich nie nachgedacht.

Ich stelle mein Weinglas ab und lausche gebannt. Zum ersten Mal an diesem Abend bin ich wirklich glücklich, dass ich hier bin. Glücklich, dass auch Ben da ist und Julius ihm gleich bei seinem ersten Song eine musikalische Backpfeife verpasst, glücklich, dass ich Julius kennen, ihm zuhören und ein Stück weit zu ihm gehören darf.

Er erfasst den psychedelischen Sound des Liedes, wie es Ben nie vermocht hätte, weil er gar nicht die Musik spürt, sondern nur die Hormone ausschwitzenden Frauenleiber vor ihm. Seine Finger gleiten über das Griffbrett, quietschend, fiepend, dann wieder melodisch, eine kleine zweiunddreißigtaktige Sinfonie mit einem Hauptthema und zahlreichen Variationen.

Als er ein letztes Mal über den Gitarrenhals fährt und in einem zitternden Vibrato auf dem höchsten Bund endet, die Hand fest am Tremolohebel, da kann ich seine Finger förmlich auf meiner Haut spüren. Sein Gesicht wirkt angespannt und zufrieden zugleich. Als wäre er hier und jetzt, auf der Bühne in genau der Welt, in der er leben möchte.

Mir werden drei Dinge bewusst.

Erstens: Julius ist kein Sänger. Er ist ein Gitarrist.

Zweitens: Ich weiß jetzt, was die Leute meinen, wenn sie Musik mit Sex vergleichen.

Drittens: Ich werde niemals mit Julius befreundet sein können.

ERST MAL NOCH WEIN

Rasch bestelle ich mir ein zweites Glas, denn diese Erkenntnis muss ich erst mal herunterspülen.

Klar: Am Anfang dachte ich, ich tue einfach so, als wollte ich mit ihm befreundet sein, damit ich irgendwann wieder etwas mit ihm anfangen kann. Dann habe ich gemerkt, dass Julius mit dem ganzen Freunde-sein-Ding total gut klarkommt. Dass es ihm gefällt, mich zur Freundin zu haben, dass er meine Meinung schätzt und gerne Zeit mit mir verbringt. Da ich nicht die Kraft hatte, um ihn aus meinen Gedanken und meinem Leben zu streichen, habe ich dieses Spiel eben mitgespielt. Aber jetzt weiß ich, dass es nicht geht. Ich weiß, was ich tun muss. Was ich tun möchte. Was ich will.

Und das werde ich jetzt einfordern.

Als die Band nach *Light My Fire* und einem explosionsartigen Applaus pausiert und wieder von der Bühne geht, schlage ich mich zu dem Räumchen hinter der Bühne durch und vergesse dabei vor Nervosität mein halb volles Weinglas an der Theke. Mein Herz schlägt, als wäre ich auf dem Weg zu einer ziemlich schwierigen Prüfung.

Allerdings bin ich nicht die Einzige, die drängelt. Die Hardcore-Mädels aus der ersten Reihe drücken und quetschen sich an mir vorbei. Ich beobachte, wie einige sich Deo unter die Arme und Parfüm aufs Dekolleté sprühen und in kleinen Spiegeln ihr Make-up checken.

Ich fühle mich in die Zeiten von Take That zurückversetzt und komme mir vor, als stünde ich vor der Umkleide von Robbie Williams, hinter mir sämtliche Besucherinnen des ausverkauften Wembley-Stadions. Und damit meine ich jetzt nicht die wiedervereinten Take That. Ich spreche von den Hochzeiten der Band Mitte der Neunziger, zu denen ich und alle anderen hier noch sehr jung, wenn überhaupt schon auf der Welt waren.

Bevor ich mich durch die Mädchenmenge kämpfen kann, kommt mir Julius entgegen. Ich bin erleichtert. Mit einem frischen T-Shirt verlässt er den kleinen Raum hinter der Bühne und hält verdutzt inne. Der Ansturm der vielen weiblichen Fans überfordert ihn offensichtlich. Ben folgt ihm. Julius lächelt und beantwortet hier und da eine Frage, kommt dann aber auf mich zu und nimmt meine Hand. Meine Brust schwillt vor Stolz an.

»Ach, du Scheiße«, ächzt er, lächelt aber dabei.

»Drink?«, frage ich ihn.

»Gin Tonic. Aber nur einen, ich muss noch fahren.«

Er quetscht sich hinter mir zur Bar durch, wo, wie ich positiv überrascht feststelle, mein Weinglas noch auf mich wartet. Da wären wir wieder: Julius und Layla. Gin Tonic und Wein.

Julius lehnt sich gegen die Bar, trinkt das Glas mit dem ersten Zug halb leer und fummelt dann in seiner Hosentasche nach einem Kaugummi.

Die Entscheidung, die ich getroffen habe, liegt mit einer gewissen Schwere in meinem Bauch.

Er sieht mich an, schaut wieder weg, sagt: »Hätte nicht gedacht, dass so viele Leute kommen. Wow.« Als er bemerkt, dass ich kein Wort sage, sondern ihn nur anschaue, lächelt er, ohne meinen Blick zu erwidern.

»Was ist?«, fragt er und lässt das Eis in seinem Glas klirren.

»Nichts«, sage ich leise, stelle mich neben ihn und sehe ebenfalls nach vorne.

Julius dreht sich um, stützt einen Arm auf der Theke ab und fixiert mich eindringlich. »Jetzt sag schon? Woran denkst du?«

Ich wende mich ihm zu und antworte. »Weiß nicht. An deinen Auftritt eben, glaube ich.«

»Glaubst du?«

Ich nicke. »Das war richtig gut, weißt du. Ich meine, das war wirklich so gut wie …« Sex, will ich sagen. Aber ich tue es nicht. Man muss ja nicht immer alles aussprechen. »Warum hattest du Angst davor, mit Ben aufzutreten? Das ist lächerlich. Du bist fantastisch!«

»Du hast sein eigenes Zeug noch nicht gehört, das ist sehr viel besser als meins.«

»Du bist eindeutig der bessere Gitarrist. Und keine Sorge, ich habe sein eigenes Zeug schon gehört, es ist nicht sehr viel besser als deins.«

Julius leert sein Glas mit einem letzten tiefen Zug. »Jetzt sag schon. Woher kennst du ihn so gut?«

»Gut wäre übertrieben.«

»Gut genug, um ihn nicht leiden zu können. Wenn ich es nicht besser wüsste …« Er verstummt.

»Dann was?«

»Dann würde ich denken, du hattest mal was mit ihm.« Julius schaut mich nicht an, als er das sagt, sondern starrt in sein Glas und spielt mit den Eiswürfeln darin.

Ich schlucke. Was soll ich darauf erwidern? Soll ich etwa lügen? Oder, noch schlimmer, soll ich die Wahrheit sagen?

Die Entscheidung wird aufgeschoben, denn gerade als ich den Mund aufmache, entfährt mir statt einer Antwort ein spitzer Schmerzensschrei. Ich greife nach meiner

Hand, die so wehtut, als hätte ich sie über eine Flamme gehalten, und fahre herum.

Hinter mir steht Ben, hebt die Arme, die Zigarette, mit der er mich verbrannt hat, noch in den Fingern, und ruft: »Ist das geil?«

»Alles okay?«, fragt Julius besorgt.

»Mann, Ben, du hast mich voll erwischt!«

Reflexartig nehme ich die verletzte Stelle in den Mund und sauge daran. Ich begutachte den Schaden. Ein kurzer, breiter rosa Streifen zieht sich über den Handrücken.

Julius nimmt meine Hand und drückt sein beschlagenes, eiskaltes Glas auf die Verbrennung. »Was ist passiert?«, fragt er.

»Das war Ben mit seiner Zigarette.«

Anstatt sich zu entschuldigen, gibt der taktlose Penner drei albern hohe Lacher von sich und sagt: »Au Mann, Layla, immer noch das brave Mädchen, oder? Kannst immer noch keine Tüte von 'ner Kippe unterscheiden, was?«

Wütend funkle ich ihn an. »Nee, tut mir leid, dass ich braves Mädchen zu blöd bin, um mir auch nur im Traum auszumalen, dass du dich ganze zehn Minuten vor deinem Auftritt bekiffst. Aber das verstehst du nicht, weil du einen kindischen Proll immer noch nicht von einem Profimusiker unterscheiden kannst.«

»Hahaha, so kenn ich dich. Immer 'nen Spruch drauf.«

»So kennst du mich überhaupt nicht.«

Ben wiehert so ausgelassen, als hätte ich einen ganz ausgezeichneten Witz gerissen. »Wir trinken noch einen zusammen, Layla, versprochen?«

Ich winke ab und nuckele an meiner Verbrennung.

Julius schaut abwechselnd mich und Ben an und zieht die Brauen hoch. Ben sagt, dass er zurück auf die Bühne müsse, und zieht ab.

»Alter«, brummt Julius, »du hast mit ihm geschlafen.«

Ich sehe erst ihn an und dann auf meine Füße. Das ist mit Sicherheit Antwort genug.

»Krass«, entfährt es ihm.

»Warum krass? Darf ich nicht schlafen, mit wem ich will?«

»Doch, klar.« Julius streichelt geistesabwesend meinen Daumen, während er das Glas weiter auf meinen Handrücken presst. »Aber ich dachte irgendwie, dass du es nicht tust.«

»Ist schon ewig her.«

»Du musst dich nicht rechtfertigen. Du hast recht, du darfst schlafen, mit wem du willst. Wahrscheinlich ist es egal.«

»Ja, ist es.«

»Nein, irgendwie nicht.«

»Doch, Julius.«

»Hast recht.«

»Warum ist es nicht egal?«

Er zuckt die Schultern. »Du hast mir erzählt, dass du dein erstes Mal mit einem Typen von der Uni hattest. Daraus habe ich geschlossen, dass du noch nicht so viele Männer hattest. Ich hätte zumindest gedacht, dass ich keinen von ihnen kenne.«

»Eifersüchtig?« Ich stelle mich vor ihn und zupfe an seinem T-Shirt-Bund.

»Nein. Dazu habe ich kein Recht. Oder?«

»Wenn Recht in puncto Gefühle eine Rolle spielen würde, wären wir beide jetzt nicht zusammen hier.« Zu spät merke ich, dass mir das große Wort mit G rausgerutscht ist. Gefühle.

Julius reagiert gelassen. »Ja, wahrscheinlich. Trotzdem bin ich nicht dazu berechtigt.«

»Schon okay. Ich mag es irgendwie.« Meine Laune hebt sich.

»Mir gefällt der Gedanke nicht, dass du Vergleiche zwischen uns ziehen könntest. Zwischen mir und Ben und all den anderen Typen, mit denen du geschlafen hast, weil du es wolltest.« Er erwidert meine Neckerei, spielt mit meinen Haaren, streicht mir eine Strähne hinters Ohr.

»Es gab Ben, und es gab dich, wenn du's genau wissen willst. Meine Statistik ist sicher bescheidener als deine. Und wenn ich Ben und dich vergleichen würde, würde Ben den Kürzeren ziehen.«

Julius grinst, als wäre er sehr zufrieden mit sich. »Du meinst, ich bin der bessere … Gitarrist?« Er zupft ebenfalls an meinem T-Shirt.

»Ist *Gitarrist* jetzt eine Metapher?«, frage ich. »Gute Freunde wie wir sollten so ein Gespräch nicht führen«, füge ich provokant hinzu.

»Da hast du wohl recht«, sagt Julius und lächelt schief. Dann zieht er mich an sich, führt seine Lippen ganz nah an mein Ohr und fragt: »Wie hat dir *Animal* gefallen?«

Wir warten nicht darauf, dass Ben seinen Gig fertig spielt.

Julius trägt sein Equipment ins Auto, während ich an der Bar warte. Ich bemerke, dass mich ein etwa achtzehnjähriges Mädchen mit kurzen knallroten Haaren die ganze Zeit dabei beobachtet, und als ich provokativ zurückglotze, spricht sie mich an.

»Du kennst Julius, oder?«, fragt sie.

»Ja«, antworte ich, nicht ohne Stolz.

»Kennst du ihn gut?«

»Denke schon.«

»Ist er privat genauso cool wie in seinen Videos und auf der Bühne?«

»Wahrscheinlich noch ein bisschen cooler.«

Sie mustert mich abschätzend. »Du bist doch Layla aus dem *Last-Friday-Night*-Video, oder?«

»Ähm … Ja.«

»Kennst du auch Ben?«

»Ein bisschen«, relativiere ich.

»Wie ist der so?«

»Er ist eine echte Rampensau.«

»Ja, stimmt. Julius wollte vorhin sein T-Shirt nicht ausziehen. Ben schon.« Sie nickt zur Bühne, wo Ben die weiblichen Zuschauer durch halbnackte Tatsachen davon zu überzeugen versucht, im Anschluss an das Konzert am Merchandising-Stand ordentlich Geld zu lassen.

»Julius ist nicht der Typ für so etwas.«

»Viele Mädels hätten das bestimmt gut gefunden.«

»Ja, bestimmt.«

»Wie hättest du es gefunden?«

»Haha … ich? Na ja, es ist ja nichts, was ich nicht schon mal gesehen hätte«, sage ich, ohne darüber nachzudenken.

Dabei meine ich lediglich, dass ein Männeroberkörper nichts ist, was ich nicht schon mal gesehen habe. Dem Gesichtsausdruck des Mädchens ist jedoch klar zu entnehmen, dass es glaubt, ich meine damit speziell den Oberkörper von Julius. Was faktisch nicht falsch ist. Dennoch habe ich den Eindruck, dass sie das besser nicht wissen sollte.

Es stellt sich heraus, dass ich sie ebenfalls falsch verstanden habe, als sie sagt: »Ich meinte eigentlich, wie du es findest, dass die Mädchen darauf stehen, wenn er kein Shirt anhat.«

»Das gehört wohl dazu«, versuche ich mich herauszureden.

»Aha. Ja, wahrscheinlich. Ist aber bestimmt auch nicht gerade leicht, kann ich mir vorstellen, oder?«

In diesem Moment dämmert mir, dass sie mich für seine Freundin hält. Allerdings kann ich die Situation nicht aufklären, denn Julius kommt vorbei, lächelt die Kleine kurz an (sie schmilzt dahin und sieht ihn an wie eine Gottheit) und manifestiert ihren Eindruck, indem er zu mir sagt: »Lass uns nach Hause fahren.«

Uns. Nach. Hause.

Es klingt fast, als hätten wir ein gemeinsames Zuhause.

Eine halbe Stunde später stehen wir vor dem Zuhause, das nicht unser gemeinsames ist, sondern das von Julius. Ohne dass wir ein Wort sprechen, ohne dass wir vorher noch einen Blick wechseln, drehen wir, gleich nachdem Julius das Auto geparkt hat, die Köpfe einander zu und küssen uns. Heftig. Fordernd. Eindeutig. Julius zieht mich über den Schaltknüppel zu sich herüber, fasst mir in die Haare und fragt keuchend, ob ich noch mit reinkomme.

Ich nicke, und kurz darauf stolpern wir ineinander verschlungen die Treppe in seinem Elternhaus hoch. Sein Atem ist heiß, und er lässt mich keine Sekunde los, nicht während er seine Schuhe ausschnickt, mir die Jacke aufzieht und mich aufs Bett zieht. Nicht während er sich das T-Shirt über den Kopf streift, nicht während er mich mit seinem Gewicht in die Matratze drückt.

»Julius«, unterbreche ich ihn, als er meinen Hals küsst und mit einer Hand unter mein Shirt fährt.

»Mhm?«

»Wir sind kreuzbeschissene Freunde.« Ich greife nach den Knöpfen seiner Jeans.

»Halt die Klappe«, rügt er mich und zieht mir das T-Shirt aus.

»Ich mein's ernst.« Kurz drücke ich ihn von mir weg. Ein wahrer Kraftakt, denn Julius hat die Arme um mich geschlungen und presst seinen nackten, geradezu hitzigen Oberkörper angenehm fest gegen meinen. »Wir sind keine Freunde und deshalb … deshalb finde ich … sollten wir … Wir sollten das mit der Affäre machen.«

Seine Reaktion überrascht mich.

Keine Ahnung, womit ich gerechnet habe. Wohl damit, dass er einfach weitermacht, stürmisch bleibt oder gar noch euphorischer wird. Stattdessen wird er ruhig, schlingt mein Bein um seine Hüften und streichelt mein Gesicht. Er lächelt.

»Woher der Sinneswandel? Als ich es dir vorgeschlagen habe, hast du mir immerhin eins übergebraten.« Sanft küsst er meine Nasenspitze und fährt mir durch die Haare.

»Ich weiß nicht. Ich kann einfach nicht so tun, als wollte ich nur mit dir befreundet sein.«

»Dabei hast du dich so verhalten, als fändest du das gut.«

»Ich? Nie im Leben! *Du* hast dich so verhalten, als hättest du alles, was zwischen uns war, verdrängt oder vergessen, also … habe ich … mich dir angepasst.« Ich werde von zarten Küssen auf meinen Lippen unterbrochen.

»Dann hast du mich falsch verstanden.« Julius schweigt kurz. Dann fragt er: »Warum heute?«

Ich zucke die Schultern, dabei weiß ich eigentlich genau, was der Auslöser war. »Wahrscheinlich wegen deines Auftritts. Da hat es bei mir klick gemacht.«

Julius verzieht den Mund zu einem süffisanten und gleichzeitig verführerischen Gesichtsausdruck. »Ach so.

Bist du jetzt eins von den Mädchen, die mich heiraten wollen, weil ich einigermaßen akzeptabel vor einer Webcam aussehe?«

»Darauf kam's mir nie an.«

»Weiß ich doch. Deshalb mag ich dich ja auch.«

Ich muss in mich hineingrinsen. Julius mag mich. Er mag mich.

»Es war irgendwie … Sorry, ich kann es dir nicht sagen, das ist mir peinlich.«

»Sag es.«

»Nein. Bitte, lass mich diesen Gedanken in meinem Kopf behalten und mich nicht zum Affen machen, okay?«

»Nein.« Julius knabbert von meinem Ohr zu meinem Nacken herunter an meiner Haut, und mich durchdringt ein Gefühl, als würde ich nach einem anstrengenden, kalten Tag nach Hause kommen und unter die heiße Dusche steigen. »Bitte mach dich zum Affen.«

Ich seufze.

»Bitte.« Er legt seinen nackten, warmen Bauch gegen meinen.

Prompt werde ich weich. »Es war die Situation. Mein Körper hat mir irgendwie gesagt: ›Es reicht jetzt!‹ Wegen allem. Alles hat mich irgendwie daran erinnert, was … du und ich … du weißt schon … was wir schon mal hatten.«

Julius kugelt sich ein wenig selbstgefällig auf den Rücken. »Du musstest an Sex denken?«

»Nicht direkt. Es war nur wegen *Animal* und *Light My Fire* und wegen des Gitarrensolos und … Ach, ich weiß nicht. Ich hab versucht, die Variationen in deinem Solo nachzuvollziehen. Du hast in a-Moll angefangen und zu G-Dur moduliert. Das ist beeindruckend. Das sind unsere Tonarten, weißt du noch?«

»Klar weiß ich das noch.«

»Außerdem mag ich es, wenn du nach Gin Tonic, Zigaretten und Kaugummi riechst. Dann riechst du nach Musik für mich.«

Ich erwarte, dass er lacht. Aber er dreht sich nur wieder auf die Seite, legt eine Hand auf meine Wange und sagt leise: »Das ist das Beste, was jemals ein Mädchen zu mir gesagt hat.«

»Dass du gut riechst, wenn du trinkst und rauchst?«

»Weißt du, was es bei mir war?«, fragt er, statt zu antworten.

Fragend sehe ich ihn an.

»Warum ich *Animal* gespielt habe? Warum wir jetzt hier sind?«

»Nein. Was denn?«

Und dann sagt er nur ein Wort: »Ben.«

Er schließt die Augen und zieht mich an sich, küsst mich. Küsst mich unheimlich schön. Mehrere Minuten, so lange wie noch nie. So lange wie ich bestimmt noch nie geküsst wurde. Ohne abzusetzen. Es fühlt sich ein bisschen an wie tanzen. Oder als würden wir gemeinsam fehlerfrei ein schwieriges Musikstück spielen. Nichts macht mehr Spaß, als ein schwieriges Stück nach mehrmaligem Proben in einem langen gewundenen Bogen durchspielen zu können und dabei auf die Intonation zu achten, piano, forte, decrescendo, Akzente zu setzen, staccato und legato zu spielen. Wir spielen ein harmonisches Duett von einem Notenblatt, das nur wir beide lesen können.

Auch wenn ich mich danach sehne, ist es schön, dass Julius nicht versucht, mich weiter auszuziehen, sondern mich nur küsst. Ich denke, das richtige Wort für dieses Gefühl ist prickelnd.

Das Nächste, was kommt, ist nicht sehr prickelnd. Denn das Nächste, was kommt, ist der Klingelton seines Handys. Und zwar der Ton, der ertönt, wenn Anna anruft. Ich kenne ihn, weil Anna häufig angerufen hat, während Julius und ich gemeinsam Zeit als »Freunde« verbracht haben.

Mein Körper gefriert, meine Muskeln verkrampfen.

»Ich geh nicht ran, ich geh einfach nicht ran«, haucht Julius und versucht, mich zurück in den Kuss zu locken. Sein Lockmittel ist seine rechte Hand, die in meine Hose fährt. Aber das Prickeln ist weg. Ich bin starr.

»Layla«, sagt er und klingt dabei fast flehend.

»Nein. Geh ran. Geh ran, sonst ahnt sie was. Bestimmt will sie nur wissen, wie der Auftritt war. Rede kurz mit ihr. Bitte, Julius, bitte.« Ich verstehe selbst nicht genau, warum ich den Menschen, von dem ich mir sehr sicher bin, dass meine Gefühle für ihn schon nicht mehr unter die Kategorie »verliebt«, sondern eher in die darüber liegende Kategorie »lieben« gehören, geradezu anflehe, mit einer anderen Frau zu telefonieren.

Julius scheint das auch nicht zu verstehen, denn er sieht mich fragend an, geht aber schließlich ran.

»Hey«, sagt er und dreht sich von mir weg, als könnte er das Gespräch dadurch von mir abschotten.

Er setzt sich ganz an den Rand, und ich rutsche, seinen Rücken dem meinen zugedreht, an die gegenüberliegende Bettkante, den Kopf auf die Hände gestützt.

»Ja … ja, nein … Ich bin schon zu Hause … Nein, bin nur ziemlich kaputt. Ich geh pennen, denke ich … Ja, doch, es war ein ziemlich guter Auftritt, ziemlich gut … Ja, das hätte ich auch schön gefunden. Das nächste Mal eben. Vielleicht hat jemand ein Video aufgenommen, du kannst ja die Tage mal im Netz danach suchen … Ja, weiß ich doch … Ja, es … ehrlich gesagt waren die meisten Zuschauer Mädchen … Quatsch … Quatsch, ich bin doch …« Er räuspert sich schuldbewusst und senkt die Stimme noch mehr. »Ja, letztes Wochenende war wirklich … Ja, fand ich auch.«

Er war letztes Wochenende bei ihr.

Er war bei ihr.

Ich weiß es, denn er hat mir davon erzählt. Als wir noch Freunde waren, die sich solche Dinge erzählen.

»Nein, ich bin dir nicht mehr böse. Ich war dir auch nicht böse, ist doch okay … Vielleicht wann anders … Wie du willst.«

Weshalb ist er ihr nicht mehr böse? Weshalb war er überhaupt böse? Was ist vorgefallen, als er in Berlin war? Gab es Streit? Vorwürfe? Oder wieder mal kein Sex?

»Ich gehe jetzt schlafen, okay? Gute Nacht … Mhm … Ja, du auch.« Er verstummt.

Es dauert eine geschlagene halbe Minute, bis Julius übers Bett zurück auf mich zugekrabbelt kommt, mir einen Kuss in den Nacken drückt und mich nicht ohne Kraftaufwand zu sich umdreht. Mein Körper ist immer noch komplett steif.

»Tut mir leid«, sagt er.

»Quatsch«, sage ich mit brüchiger, ungläubiger Stimme. »Ich hab doch gesagt, du sollst rangehen.«

»Ja, aber …«

»Nichts aber. Ich habe ja gesagt, dass … ach, egal.«

Ich lege mich flach auf den Rücken, Julius mit angewinkeltem Arm liegt auf der Seite neben mir.

»Jetzt bist du komisch«, sagt er und klingt fast ängstlich.

»Was war denn am Wochenende in Berlin? Hattet ihr Streit?«

Ich weiß, dass es nicht Teil meiner Rolle ist, solche Fragen zu stellen. Ich bin nicht die Betrogene, ich bin diejenige, die Beihilfe zum Betrug leistet. Daher sollte ich eigentlich ganz leise sein, meinen Part spielen und nicht auch noch kritische Fragen stellen. Ob es Fachliteratur dazu gibt, wie man sich in meiner Situation richtig verhält? Oder wenigstens einen Film? Vielleicht einen mit Cameron Diaz?

»Nein, nicht direkt Streit.«

»Was dann?«

»Layla, das ist wirklich nichts, worüber wir jetzt reden sollten.«

»Hättest du vor einer Woche noch mit mir drüber geredet?«

»Nein.«

»Es ging um Sex, richtig?«

»Layla, bitte lass gut sein. Wollen wir nicht einfach wieder …« Er lächelt, schiebt seine Hand in meine und küsst mich auf den Hals.

»Also hab ich recht.« Ich versuche den Gedanken zu verdrängen, dass er heute nur *Animal* gespielt hat, weil er wusste, dass der Abend zwischen uns dann so endet und er das bekommt, was ihm Anna verwehrt hat. Was wäre passiert, wenn sie es ihm gegeben hätte? Wären wir dann gar nicht hier? Der Gedanke lässt sich nicht verdrängen. Im Gegenteil. Er wird ziemlich aufdringlich und stolpert mir schließlich aus dem Mund: »Musst du deinen Druck jetzt bei mir ablassen, oder wie?«

Verdammt. Dass ich auch noch vulgär werden muss! Vulgäre Zickereien gehören sicher ebenfalls nicht zum Profil einer Affäre.

Aber Julius, der perfekte Julius, drückt einen Kuss auf meine in seine gefaltete Hand und sagt leise: »Druck ablassen? Nein, darum geht es nicht.«

»Okay, dann will ich jetzt schlafen. Hier. Mit dir. Und

mit *mit dir* meine ich natürlich neben dir. Morgen früh will ich aufwachen, weil du mich berührst, und dann will ich mit dir frühstücken. Okay?« Oh Gott, das klang vielleicht mal bescheuert.

»Klingt super.«

»Wirklich? Ich dachte mir eben, dass es sich ziemlich bescheuert angehört hat.«

»Nein, gar nicht. Lass uns schlafen.« Julius springt vom Bett auf, tritt vor seinen Kleiderschrank, zieht sich die Jeans aus und hängt sie hinein, nimmt ein T-Shirt heraus und wirft es mir zu. »Für dich. Ich gehe kurz ins Bad.«

Ich ziehe mich um und krieche unter die Bettdecke. Mein Herz klopft schwer und schuldig.

In Berlin sitzt jetzt Anna und denkt, Julius würde schlafen. Vielleicht glaubt sie ihm aber auch nicht und argwöhnt, dass er sie betrügt, dass er mit einer anderen nach Hause geht und mit ihr schläft, weil sie es am Wochenende nicht konnte. Und was macht er in Wahrheit?

Etwas viel Schlimmeres.

Er kommt aus dem Bad zurück, rutscht unter der Decke ganz nah an mich heran mit seinem Körper, der plötzlich viel kälter ist als meiner, der schon wohlige Nesttemperatur hat, drückt sich an mich, legt einen Arm um mich und drückt mir mit pfefferminzigem Zahnpasta-Atem einen Kuss auf den Nackenwirbel.

»Gute Nacht«, sagt er.

WIE EINE KÖNIGIN

Als ich am nächsten Morgen aufwache, bin ich mir nicht sicher, ob ich ziemlich glücklich oder ziemlich unglücklich bin. Vielleicht, so widersprüchlich das klingen mag, bin ich beides auf einmal.

Ich erwache, weil die Matratze unter einem Gewicht dicht neben mir schlagartig nachgibt, als hätte sich jemand aufs Bett fallen lassen.

Verschlafen ziehe ich mir die Decke bis unters Kinn und zwinge meine Augen auf.

Julius liegt frisch geduscht, mit eingebademanteltem Körper neben mir und lächelt.

»Hi«, sagt er gutgelaunt und zupft an der Decke.

»Mngggmmm«, gähne ich und wehre mich gegen den Bettdeckendiebstahl. »Warum bist du so fit?«, frage ich ihn, während meine Augen gegen das helle Sonnenlicht kämpfen, das in einem breiten Strahl auf unsere Gesichter fällt.

»Es ist schon zehn.«

»Schon? Zehn?«

Er schafft es, mir die Bettdecke wegzureißen, was eine sofortige Umpositionierung in Embryonalstellung meinerseits zur Folge hat.

»Du musst aufstehen«, befiehlt er und wirkt dabei fast kindlich aufgeregt. Als sei heute der Morgen seines Geburtstages und er wolle schleunigst Geschenke auspacken.

Ich befehle meinem Körper, sich aufzusetzen.

»Julius!«, ruft es plötzlich laut aus der unteren Etage. Es ist die Stimme seiner Mutter.

»Ja?«

»Hier ist so weit alles fertig. Ich gehe jetzt zum Sport.«

»Ist gut. Danke.«

»Viel Spaß!«

Julius verkneift sich ein Lachen. »Jo, danke, Mama.«

Irgendetwas an der Art, wie Julius »Mama« sagt, überzeugt mich, dass ich doch eher glücklich als verwirrt und unglücklich bin. Es hat so etwas Unschuldiges.

Er lächelt mich an und fragt: »Willst du ins Bad?«

Ich nicke.

Auf dem Weg in sein Badezimmer, ruft er mir noch hinterher: »Ich gehe schon mal runter. Komm einfach in die Küche, wenn du fertig bist. Und keine Angst, es ist niemand zu Hause.«

Im Badezimmer betrachte ich mich im Spiegel. In der Gegenwart von Mimi und Kara, wenn ich nicht darauf achten muss, was ich sage, weil es mir nicht peinlich ist, wenn sie mich für einen Rüpel halten, würde ich mein Äußeres momentan wohl wie folgt bekritteln: Ich sehe komplett gefickt aus.

Aber wir wissen ja alle, dass dem nicht so ist, also begnüge ich mich mit dem leicht untertriebenen Prädikat verschlafen.

Ich fahre mir mit der Zunge über die Zähne, rieche an mir, versuche, meine Haare mit den Fingern zu kämmen, und entscheide: Bringt alles nix, ich muss duschen.

Das Badezimmer ist ziemlich klein mit einer Dachschräge, aber funktional. Im Schrank unter dem Waschbecken finde ich ein Handtuch und im Schrank darüber stehen Zahnpasta und Zahnbürsten. Ja, Zahnbürsten. Plural. Es sind zwei, die da in dem weißen Zahnputzbecher stehen. Rosa und blau. Wie passend. Wie zwei Schläge mitten ins Gesicht, die Flecken hinterlassen, die sich erst rosa, dann blau verfärben. Vielleicht schwellen sie auch an. Ich bin mir auf jeden Fall sicher, dass sie ziemlich schmerzhaft sind.

Aber gut, damit muss man wohl rechnen, wenn man den Badezimmerschrank seiner Affäre ausspioniert.

Nachdem ich auf Zehenspitzen durchs Haus getapst bin, betrete ich die Küche, mit der ich bereits vertraut bin, weil ich hier vor einem gefühlten Jahrhundert in die Spüle gekotzt habe.

In Boxershorts und T-Shirt sitzt Julius am Tisch, der mit einem derart üppigen Frühstück beladen ist, dass ich fürchte, er kracht gleich zusammen. Er blättert in einem Heft.

»Ich war doch kaum zehn Minuten im Bad«, sage ich, versuche die Zeit meiner Abwesenheit in Relation zum Umfang des Frühstücks zu setzen und scheitere daran.

Julius schlägt das Heft zu und grinst mich an. Dann kratzt er sich verlegen am Hinterkopf und bietet mir den freien Platz an dem für zwei gedeckten Tisch an.

»Das war meine Mutter«, gibt er schließlich zu.

Mir verschlägt es für einen Moment die Sprache. »Deine Mutter?«

»Meine Mama liebt mich und hat ständig Angst, ich könnte zu wenig essen.« Er reibt sich über den Bauch.

Um solche Mütter habe ich schon meine Schulkameraden immer beneidet. Ich wollte auch immer eine Mutter haben, die mich ermahnt, genügend zu essen. Dummerweise habe ich das seit frühester Kindheit ganz gut selbst hinbekommen und es dabei wohl auch das eine oder andere Mal etwas zu gut mit mir gemeint.

»Deine Mama hat offensichtlich auch Angst, dass auch eine zweite Person zu wenig essen könnte«, sage ich und deute auf den Teller vor meiner Nase.

»Ja, du.«

»Ich?«

»Du wolltest doch frühstücken, oder?«

»Ja, aber so habe ich das nicht gemeint.« Ich scanne die Köstlichkeiten und versuche mir die Szenerie vorzustellen, in der Julius' Mutter für ihren fremdgehenden Sohn und das falsche Mädchen in seinem Bett ein üppiges Frühstück zubereitet. Ich scheitere auch daran. Mein Vorstellungsvermögen ist mit den Bildern, die es heute für mich produzieren soll, schlicht überfordert. Vielleicht denkt sie ja, sie hätte dieses Buffet für Julius und Anna errichtet. »Ist das nicht irgendwie … ungewöhnlich?«

»Vielleicht«, sagt er lächelnd und beginnt damit, ein Brötchen aufzuschneiden, »aber sie tut das gerne. Ihr gefällt die Vorstellung, dass du nach Hause gehst und deiner Mutter berichtest, wie toll sie das gemacht hat.«

»Dann weiß sie, dass ich hier auf diesem Platz sitze? Ich, nicht Anna?«

»Ja. Sie weiß von dir. Und allem.«

»Und sie hat dir nicht den Kopf gewaschen?«

»Nein. Sie kann es verstehen, denke ich.«

»Aber sie kennt auch Anna gut, oder?«

»Ja, nur …« Er räuspert sich. »Reden wir echt schon wieder über Anna?«

Ich zucke die Schultern. Eigentlich will ich ja auch nicht über Anna sprechen. Eigentlich sollte ich seelenruhig an diesem royalen Frühstückstisch sitzen und speisen wie eine Königin. Aber dieses gewaltige Thema steckt so tief in meinem Hals, meinem Kopf und irgendwie in meinem ganzen Körper, dass ich nicht anders kann, als es ständig auszupacken. Sonst bringt es mich irgendwann zum Bersten.

»Tut mir leid«, sage ich, weil ich mich fühle, als müsste ich mich entschuldigen. Ich sollte einfach ruhig und glücklich sein. Ich will glücklich sein. Jetzt. Sofort. Verdammt, warum klappt das nicht?

Julius winkt ab und schmiert dick Nutella auf eine Brötchenhälfte. »Ich versteh dich ja«, wirft er dann ein. »Die Sache ist die: Meine Mutter kommt nicht gut mit Anna klar. Wie das halt so ist. Wenn Mütter mitbekommen, dass ein bestimmter Mensch ihr Kind unglücklich macht, dann …«

Er verstummt schlagartig.

»Anna macht dich unglücklich?« Ich kann die Frage nicht zurückhalten.

Julius lächelt nur.

Ich entschuldige mich wieder und sage: »Nein. Ist gut. Themawechsel.«

NICK

Zu Hause herrscht seltsame Stimmung, als ich reinkomme.

Sie ist vor allem deshalb seltsam, weil die Launen der drei Akteure, die die Gesamt-Zuhause-Stimmung bilden, so unterschiedlich sind.

Mama schwebt in irgendwelchen Sphären. Sie hört laut JochenHeckerundBand und tänzelt dabei um eine Leinwand herum, die in der Mitte des Wohnraumes aufgestellt ist. Die Leinwand ist riesig und sieht aus, als würde sie aus einer großen Stichwunde bluten. Über dem grauschwarzen, gruselig anmutenden Grund zieht sich ein gekleckster, zerflossener roter Farbstreifen, der gewaltige Ähnlichkeit mit Blut hat. Immer wieder schwingt sie ihren Pinsel, und weitere rote Tröpfchen gesellen sich zu dem schaurigen Spektakel auf der Leinwand. Mama trägt ihren Malerkittel, darunter ist sie barfuß, und um ihren Kopf schlingt sich etwas, das aussieht wie ein Turban aus einem Küchentuch.

Sie ist hervorragender Laune, singt Melodiefetzen zur Musik mit, die mit dem, was auf der Platte gespielt wird, nur wenig zu tun haben, und schmiert ihr Gesicht mit roter Farbe voll, weil sie im Sekundentakt die große Hornbrille auf ihrer Nase hochschiebt.

Die erste Stimmung entspricht also überbordender Freude.

Lucy steht an der Arbeitsplatte und sticht allen Ernstes tannenbaumförmige Plätzchen aus dem ausgerollten Teig vor ihr aus. Und das im März. Glückwunsch! Sie wirkt dabei konzentriert und beobachtet hin und wieder kritisch unsere Mutter und das Schauspiel, das selbige mit ihren Acrylfarben anstellt. Sie scheint sich zu fragen: Wo zum Geier bin ich hier gelandet?

Lucys Stimmung schwankt demnach zwischen Konzentration und Irritation.

Die dritte Stimmung kündigt sich an, als Nicks Freundin Luna-Franziska die Wendeltreppe herunterkommt und sich sehr leise, praktisch kaum hörbar, verabschiedet und aus der Tür geht.

Ich unterhalte mich zunächst kurz mit Lucy und versuche auch ein Gespräch mit meiner Mutter anzufangen. Unter anderem frage ich sie, ob sie diese Brille schon länger habe, denn das Ding kommt mir vage bekannt vor.

Sie schüttelt den Kopf, schiebt das Gestell mit verrenktem Oberarm den Nasenrücken hinauf und hackt weiter auf ihr Gemälde ein. Ich sehe schon: Konversation ist mit diesem Teil meiner Familie heute nicht möglich.

Oben in meinem Zimmer telefoniere ich erst mal anderthalb Stunden mit Mimi und anschließend noch mal so lange mit Kara, wobei ich praktisch zweimal das Gleiche erzähle und sehr verschiedene Ratschläge bekomme. Mimi sagt, Affären sind pfui und böse und gehören sich nicht und dass ich mich noch unglücklich mache. Kara rät mir, zu tun, was mich glücklich macht.

Wenn ich wenigstens glücklich wäre! Immerhin bin ich es kurzzeitig, als Julius mir eine Nachricht schreibt, in der er fragt, ob er nach der Gitarrenstunde mit Nick noch bei mir bleiben dürfe. Ich bejahe, und danach schwindet das Glücksgefühl auch schon wieder.

Erst nach diesen drei Stunden Telekommunikation

fällt mir auf, dass es um mich herum ziemlich leise ist. JochenHeckerundBand sind verstummt, und auch sonst ist nichts zu hören.

Was ist mit Nick los? Warum läuft bei ihm keine Musik?

Nach dem nächsten Gang ins Badezimmer beschließe ich, nach ihm zu sehen. Wir sind daran gewöhnt, ohne zu klopfen, bei den anderen ins Zimmer zu gehen, also öffne ich Nicks Zimmertür, ohne mich vorher anzukündigen. Vielleicht war das heute das Beste, was ich tun konnte.

»Was machst du da?«, kreische ich schockiert.

Ich stolpere die wenigen Meter auf Nick zu und verpasse ihm reflexartig eine heftige Ohrfeige, dann reiße ich ihm die Rasierklinge aus der Hand, so ruckartig und gewaltsam, dass ich mir selbst daran den Daumen aufschneide.

Dann schüttle ich ihn. »Hast du sie noch alle? Das ist nicht dein Ernst, oder?« Ich bin außer mir. Wirklich außer mir. So als wäre ich nicht mehr in meinem Körper drin, sondern links oder rechts davon, vielleicht auch oben drüber. So als wäre ich aus mir herausgequollen und würde mir selbst dabei zusehen, wie ich Nicks Arme packe, sie in meinen Händen hin und her drehe und betaste.

Als ich erkenne, dass das einzige Blut an seinem rechten Unterarm von meinem eigenen Daumen stammt, sacke ich keuchend in mich zusammen und merke erst, als mir das salzige Nass auf die Lippen tropft, dass mir Tränen aus den Augen rinnen. Tränen, von denen ich nicht genau weiß, ob es ängstliche, besorgte oder zornige sind.

Ich kralle beide Hände in den Haaransatz und keuche: »Verdammt …«

In meinem Kopf macht sich jetzt erst das Bild breit, das ich eben gesehen habe: Nick, der mit angewinkelten

Beinen auf dem Zimmerfußboden sitzt, den linken Unterarm mit der Unterseite nach oben auf das Knie gelegt, in der rechten die Klinge meines eigenen Rasierers, der neben ihm auf dem Boden liegt.

Nick sieht mich an. Überrascht. Erschrocken. Er greift sich an die Wange, wo der Abdruck meiner Ohrfeige sich rosa abzeichnet. Seine Augen werden feucht.

»Sorry, Nick, aber ich dachte, du wolltest … Mann, ich hab gedacht, du wolltest dich ritzen.«

Nick reißt die Augen auf, zieht den Ärmel wieder über den käseweißen Unterarm und antwortet leise: »Ich … ich hab's … nicht hingekriegt.«

Schockiert halte ich inne.

»Ich hatte plötzlich irre Angst, dass es wehtut.«

Ich schlucke schwer und versuche es mit Humor, weil ich mir nicht anders zu helfen weiß: »Das nennt man Selbsterhaltungstrieb.« Ich wische mir die Augen trocken. »Sorry für die Ohrfeige. Du hast mir eine Heidenangst eingejagt. Warum …?« Ich kann die Frage nicht zu Ende stellen.

Nick versteht sie auch so. »Luna hat Schluss gemacht.«

Mit einem Stöhnen lasse ich den Kopf gegen die Wand hinter mir fallen.

»Boah, Nick, das ist echt mies, aber … Mann, warum kommst du denn auf so 'ne bescheuerte Idee?«

Er zuckt die Achseln und scheint sich plötzlich zu schämen, denn er zieht die Beine enger an sich heran und schlingt die Arme um sie. »Ich hab gedacht … keine Ahnung, mehr kann es nicht wehtun.«

»Nick, wenn du … wenn du das jemals tust, dann … Das ist kein Witz oder so, ja? Das macht man nicht, weil's in irgendeiner Szene als cool gilt. Das ist eine Krankheit. Das tun Menschen, denen es beschissen geht.«

»Ja, aber mir geht's beschissen, Mann!«

Seufzend rappele ich mich auf, sammele die Klinge und den Rasierer ein und bitte ihn: »Denk nicht mal an so was.«

»Bitte sag es nicht Mama«, fleht er dann.

»Aber ich…«

»Nein! Die dreht total durch, Layla. Bitte nicht. Mann, die hat doch schon genug am Hals, und jetzt ist gerade mal alles okay bei ihr, also bitte verkneif's dir.«

Ich weiß nicht, was ich als Nächstes tun soll. Ihn allein lassen? Bei ihm bleiben? Mit Mama reden?

»Klopf, klopf«, höre ich auf einmal die tollste Stimme, die ich kenne und die mich zurück in die Welt holt, die ich vor fünf Minuten noch für eine ziemlich gute und beständige gehalten habe.

Julius sieht Nick auf dem Boden kauern und öffnet den Mund, als wolle er fragen, was los sei, doch dann schließt er ihn wieder, ohne einen Ton zu sagen. Er stellt den Gitarrenkoffer im Flur ab.

Ich gehe auf ihn zu, fasse nach seiner Hand und sage zu Nick: »Nur eine Sekunde.« Dann ziehe ich Julius in mein Zimmer, wo ich ihm in die Arme falle und die Nase an seinen Hals drücke.

Er schließt die Arme um mich und fragt leise: »Ist was passiert?«

»Nick hat … keine Ahnung … Seine … Freundin. Sie … hat sich getrennt oder so und er … er ist einfach … Ich weiß auch nicht … Ich bin eben in sein Zimmer gekommen, und er … Ach, das ist alles komplett gestört … Nick ist doch …«

»Schschsch, Layla, ich kann kein Wort verstehen, wenn du so stammelst. Was ist los?«

»Ich glaube, er wollte sich verletzen. Er hat gesagt,

dass er es vorhatte, aber nicht konnte und … Oh Mann, das hat er doch bestimmt nur irgendwo gelesen oder in irgendeinem Song gehört oder so.«

Julius drückt mich auf mein Bett und hält meine Hände zwischen seinen. »Ich rede mit ihm, okay?«

»Ich hab Angst. Was, wenn er es wieder macht, wenn wir alle im Bett sind, oder so?«

»Ich rede mit ihm. Layla, beruhige dich. Schsch, ist schon gut.« Er haucht einen Kuss auf meine Hand. »Ich verstehe, dass du Angst hast, aber Nick ist traurig und kann es wahrscheinlich nicht rauslassen. Mach dir keinen Kopf.«

Wenn das so leicht wäre.

Ich versuche zu verstehen. Nick ist traurig, höre ich Julius wiederholen.

Ein Gemütszustand ist doch keine Sache, die sich mit einer einzigen Zeile oder gar einem einzigen Wort beschreiben lässt. Es kommt mir vielmehr vor wie eine vielstimmige Partitur. Während es in den tiefen Stimmen manchmal brodelt, die Kontrabässe gewitterartige Tremoli spielen, die Pauken wild schlagen und die Posaunen schiefe Töne produzieren, spielen die Geigen, Klarinetten und Flöten dazu eine angenehme, leichte Melodie. Ein anderes Mal sind vielleicht die Geigen verstimmt, von schrillen Trompetenschreien unterbrochen, währenddessen bilden die tiefen Streicher einen sanften Klangteppich, auf dem es sich das Schlagwerk und die tiefen Blechinstrumente mit Liegenoten bequem gemacht haben.

Man muss die gesamte Partitur lesen, nicht einfach nur eine einzelne Stimme. Man muss jeder Stimme lauschen, um die ganze Musik zu hören.

Wie kann Nick nur wegen einer kurzen melancholischen Flötenmelodie so einen Unfug anstellen?

Nach einer Stunde kommt Julius in mein Zimmer, wo ich stocksteif dasitze und nur auf ihn gewartet habe.

»Zerbrich dir nicht den Kopf«, sagt er gleich, »dein Bruder macht schon keinen Mist.«

»Das hat aber vorhin ganz anders ausgesehen«, rufe ich und vergreife mich ein bisschen im Ton.

Gott sei Dank nimmt Julius mir das nicht übel (weil er perfekt ist). Er lächelt nur (weil er perfekt ist), lässt sich neben mir aufs Bett fallen und legt seinen Kopf in meinen Schoß. Dann tippt er auf seine Lippen, eine stumme Aufforderung, ihn zu küssen, und ich tue es, weil er so süß grinst.

Für diese eine Sekunde durchströmt mich wieder ein unbeschreibliches Glücksgefühl. Aber dann fällt mir ein, dass jede andere in meiner Situation vermutlich sofort online gehen und ihren Facebook-Status von *Single* zu *In einer Beziehung* ändern würde und ich das nicht tun kann. Also ich könnte natürlich. Aber das macht man bei Affären nicht. Auch Julius sollte endlich lernen, dass man sich bei Affären nicht zum Küssen auffordert, dass man auch nicht den kleinen Bruder therapiert oder den Kopf in den Schoß legt und Blicke wechselt, als wäre man selbst zum Platzen voll mit Bauchschmetterlingen.

»Als meine erste Freundin mit mir Schluss gemacht hat, war ich so stinkwütend, dass ich eine Gitarre zerschmettert habe.«

»Hast du nicht.«

»Doch! Aber ich wollte es sowieso schon immer mal machen, und als sie mich nicht mal zurückhaben wollte, nachdem ich ihr ein Lied geschrieben und es vor ihrem Fenster vorgespielt hatte, da habe ich das Ding direkt vor ihrem Haus zu Kleinholz verarbeitet. Hab mich ziemlich zum Horst gemacht. Die denkt bestimmt noch heute, dass ich geisteskrank bin.«

»Nein, heute guckt sie bestimmt jedes deiner Videos und denkt, dass sie einen Riesenfehler gemacht hat.«

»Als ich Nick eben die gleiche Story erzählt habe, war er schon wieder viel besser gelaunt. Mir hat das damals gehörig die Laune verdorben. Denn kaum war ich zu Hause, habe ich nicht nur um das Mädchen, sondern auch um die Gitarre geflennt.«

Jetzt muss ich lachen, weil Julius so was von süß ist. Er hat mich ziemlich fest und sicher am Haken, das merke ich ganz genau. Soeben gleite ich ziemlich zielstrebig in den Zustand über, in dem ich alles für das Objekt meiner Begierde tun würde, ohne darüber nachzudenken. Den Ben-Zustand.

»Jaja, die Liebe«, sagt Julius leise und nachdenklich.

JAJA, DIE LIEBE – TEIL EINS: LESEBRILLE

Als Julius am Abend geht, bringe ich ihn zur Tür und spüre einen Druck in meinem Magen, den ich nicht einschätzen kann. Vielleicht so etwas wie vorzeitige Sehnsucht oder so. Vielleicht auch Verliebtheit. Oder die Angst, allein zu sein, denn eigentlich fände ich es schön, wenn er noch hierbliebe. Aber er ist mit Leander verabredet. Die beiden wollen »einen draufmachen«. Das tut dem drückenden Gefühl alles andere als Abbruch.

Verdammte Hacke, wie gerne würde ich zu dem Zeitpunkt zurückspringen, als ich genau wusste, was der Druck in meinem Magen bedeutete. Das war meistens Prüfungsangst oder Lampenfieber, Hunger oder übermäßige Sättigung.

»Ciao, Julius«, sagt Nick, der plötzlich hinter uns aufgetaucht ist und wie ich dabei zusieht, wie Julius seine Jacke anzieht.

Wir drehen uns zu ihm um.

»Mach's gut, Chef«, sagt Julius, schüttelt ihm sogar die Hand und klopft ihm auf die Schulter. »Halt die Ohren steif. Wird schon wieder. Wir sehen nächste Woche, wie weit du mit dieser Akkordabfolge bist, und dann…« Er zwinkert meinem Bruder schelmisch zu.

»Was habt ihr denn geprobt?«, frage ich neugierig.

»Äh«, sagt Nick.

»Nichts Bestimmtes«, antwortet Julius für ihn.

Hinter uns wird nun wieder JochenHeckerundBand

aufgedreht, und Mama und Lucy tanzen dazu. Gut, dass es mir nicht peinlich ist, wie sie da umherspringen, während die fremde Lesebrille bedrohlich auf Mamas Nase auf und ab hüpft.

»Warum trägt Mama diese Brille?«, fragt mich Nick.

Gelangweilt zucke ich die Schultern und mutmaße: »Ich denke mal, ihr Arm ist zu kurz zum Lesen.« Ich imitiere meine Mutter bei dem Versuch zu lesen, wie wir es im letzten halben Jahr häufig gesehen haben: das Buch in der rechten Hand so weit von sich gestreckt, wie es die Länge des Arms erlaubt, und dazu ein nach hinten geneigter Kopf mit halb zugekniffenen Augen und verzerrtem Mund, wie man es oft bei Frauen sieht, wenn sie Wimperntusche auftragen.

»Ich gehe dann mal«, unterbricht Julius unsere Familieninterna.

»Ist gut.« Na ja, gut ist es eigentlich nicht, aber was soll ich schon groß sagen? »Grüß Leander.«

»Wir sehen uns dann spätestens in der Uni, ja?«

»Ist gut.« Auch das ist nicht wirklich gut, denn Morgen ist Sonntag, und wir könnten etwas unternehmen, aber das werden wir vermutlich eher nicht tun.

Dann wendet sich Julius um und denkt überhaupt nicht an einen Abschiedskuss. Menno.

Er öffnet die Tür und steht Jochen Hecker gegenüber. Jochen Hecker?

Kein Zweifel. Da steht mein Prof in einer perplexen Pose, als habe er soeben die Klingel drücken wollen.

Auf der linken Hand balanciert er vier Pizzaschachteln.

Verdutzt reden wir alle gleichzeitig.

Ich sage: »Herr Hecker?«

Hecker sagt: »Julius?«

Und Julius sagt: »Äh, ja, tschüss dann.«

»Sie wollen aber nicht zu mir, oder?«, frage ich. Nicht, dass ich es ihm nicht zutrauen würde, mich am Samstag heimzusuchen, um mich zum nächstbesten Bäcker Marzipanschnecken kaufen zu schicken, oder so. Aber was tut er hier? Hecker wohnt in Frankfurt. Er würde also sehr viel schneller zu seiner Marzipanschnecke kommen, wenn er sie sich selbst holen würde.

»Ich wollte … zu meiner Lesebrille.«

Nick und ich wenden uns gleichzeitig zu unserer Mutter um, die, immer noch in ihrem Malerkittel, mit Lucy Pirouetten dreht.

»MAMA!«, brüllen wir wie aus einem Mund zur Begrenzung unserer Fremdscham.

Sie schaut auf, sieht Hecker, stellt verlegen die Musik aus und kommt auf uns zu. »Huch! Also das nenne ich mal eine Überraschung.«

»Du sprichst mir aus der Seele, Mutter«, werfe ich ein.

»Ach, Layla«, ermahnt sie mich fröhlich und wedelt mit der Hand durch die Luft.

»Christiane«, sagt Hecker und lächelt. Christiane, das ist meine Mutter. »Am Telefon hast du gesagt, dass du hungrig bist.« Er hält ihr die pizzabeschachtelte Hand entgegen.

Fakt 1: Die fremde Brille gehört Jochen Hecker.

Fakt 2: Die beiden haben telefoniert. Schon wieder.

Fakt 3: Hecker besorgt Futter, wenn meine Mutter ihm sagt, sie sei hungrig.

Fakt 4: Er kommt dafür extra aus Frankfurt her.

Was passiert hier? Mein Chef fährt vierzig Kilometer, um Pizza vorbeizubringen, weil meine Mutter am Telefon über Hunger klagt, aber seine bescheuerten Marzipanschnecken vom vierzig Meter entfernten Bäcker kann er sich kein einziges Mal selbst holen?

Das kann nur eins bedeuten: Hecker hat eine romantische Seite, und meine Mutter ist fähig, sie zum Vorschein zu bringen.

»Also habe ich Pizza mitgebracht. Auch für die Kinder.«

Verzückt schlägt meine Mutter die Hände vors Gesicht. *Auch für die Kinder.* Ich ticke gleich aus.

»Das ist unvorstellbar nett von dir, Jochen.«

Oh ja, Jochen, wie unvorstellbar nett.

»Komm rein, komm rein.«

In Windeseile wird der Tisch gedeckt, ein Salat aus den Kühlschrankresten zusammengeschustert, und eine gefühlte Nanosekunde später sitze ich mit meinem Professor an unserem Esstisch, auf dem noch die Acrylfarben stehen, und esse Pizza.

»Hast du eigentlich schon erwähnt, wie genau Herr Heckers Brille auf deine Nase gekommen ist?«, frage ich meine Mutter.

»Layla«, zischt sie und blinzelt böse.

»Ich frag ja nur.«

»Wenn wir jetzt schon zusammen essen, wollen wir dann nicht Du sagen, Layla?«, bietet Hecker mir an.

»Wir haben schon tausend Mal zusammen gegessen.« Die Situation macht mich zugegebenermaßen grantig. Sollten die … müssten die beiden das nicht mit mir absprechen? Klar, ich hab gewusst, dass sie eine Verabredung hatten, und das war ganz allein meine Schuld, weil ich zugelassen habe, dass meine Mutter ohne mich auf dieses Konzert von JochenHeckerundBand gegangen ist – was zugegebenermaßen höchst fahrlässig von mir war. Aber es ist ein großer Schritt von »Sie gehen zusammen was essen« zu »Er bringt das Essen vorbei und speist mit ihren Kindern, während sie seine Lesebrille trägt, die aus bisher ungeklärten Gründen seit heute Morgen auf ihrer Nase thront«.

»Ja, aber …« Hecker scheint verwirrt, dass es nicht mein tiefster Herzenswunsch ist, ihn Jochen zu nennen.

»Layla, jetzt werd nicht schwierig«, mahnt meine Mutter.

»Bin ich gar nicht. Ich bin nur … Ach, egal. Ich will ein Stück Salami. *Jochen,* gibst *du* mir bitte ein Stück von der Salami-Pizza?«

Den Rest des Abends führen wir ein Gespräch über *Jochens* Arbeit. Ein Gespräch über *Jochens* Arbeit ist leider zum Großteil ein Gespräch über meine Arbeit, dabei ist doch Wochenende. Wir reden über *Sweeney Todd* und über Julius, immer wieder über Julius, wir reden über Coltrane und JochenHeckerundBand und über mich. Wie talentiert ich bin, wie sehr Hecker, pardon *Jochen,* auf meine helfende Hand angewiesen ist und wie toll sich das Programmheft entwickelt, an dem ich gerade arbeite.

Als mich Hecker, pardon *Jochen,* fragt: »Ist Julius jetzt dein Freund?«, finde ich, dass er definitiv eine Grenze übertritt, und frage zurück: »Ist meine Mutter jetzt Ihre Freundin?«

»Layla!«

»Du sollst doch Du sagen.«

Weil Mama guckt, als wolle sie mich umbringen, verziehe ich mich auf mein Zimmer und nehme Nick mit nach oben.

»Ich würd's auch gern wissen. Ist Julius nun dein Freund oder nicht?«

Ich sehe ihn schief an.

»Kannst es ruhig sagen. Also musst jetzt keine Rücksicht nehmen wegen mir und Luna, oder so.«

»Nein, er ist nicht mein Freund.«

Diese Erkenntnis trifft mich ganz schön hart. Deswegen habe ich Hecker vorhin so angepflaumt. Deswegen bin ich sauer, weil meine Mutter ohne Erklärung den ganzen Tag gut gelaunt mit seiner Lesebrille zu seiner Musik tanzt.

Weil Julius nicht mein Freund ist, so sehr es sich auch danach anfühlt.

JAJA, DIE LIEBE – TEIL ZWEI: REBELLION

Irgendwann wird einem einfach alles zu viel. Irgendwann hat man es schlicht satt, dass man der Fußabtreter ist.

Dieses Irgendwann ist heute.

Es ist Mittwoch, und hinter mir liegt ein grausiger, wutgeladener Tag.

Der Tag begann heute Morgen um sechs. Frühstück fiel aus. Im Zug war es so voll wie nie. Ich fühlte mich wie in eine japanische U-Bahn gequetscht und stand ausgerechnet neben einer Trulla, mit der ich zur Schule gegangen bin. Wir erlebten diesen ganz tollen Moment, in dem man sich sieht und miteinander zu sprechen beginnt, obwohl beide in den Augen des anderen erkennen können, dass diese Unterhaltung weder erwünscht ist noch irgendeinen Zweck erfüllt. Nach zehn Sekunden Wiegehtswasmachstduso war die Trulla jedoch auf den Geschmack gekommen und fand es plötzlich spannend, mit mir zu reden. Sie quetschte mich aus wie eine saftige Zitrusfrucht. Als sie schließlich fragte, ob ich einen Freund hätte, bekam ich einen gesalzenen Anfall und fragte sie, ob sie das irgendetwas anginge. Sie sagte: »Du bist echt immer noch so miesepetrig wie in der Schule.« Das stimmt zwar so nicht, denn als ich noch zur Schule ging, war ich so elendig frustriert, dass Ausbrüche dieser Art an der Tagesordnung waren. Ich habe mich wirklich gebessert.

Weiter ging es damit, dass ich in der Uni nichts gebacken und zum Dank dafür einen Haufen Arbeit von Jochen aufgedrückt bekam, den unsere neue Duzfreundschaft anscheinend nicht davon abhält, schlicht alles, was ihm nicht in den eigenen chaotischen Kram passt, auf mich abzuwälzen. Layla, kannst du dir bitte einen Entwurf für das Plakat und das Cover des Programmheftes überlegen? Layla, Alisa Dobnagel ist unzufrieden mit ihrer Biografie, würdest du sie bitte überarbeiten? Layla, die Milch in der Kaffeeküche ist leer, könntest du welche besorgen? Layla, sei doch so nett und rufe bei dieser Gruppe an, die das Bühnenbild gestaltet, ja? Layla, Layla, Layla.

Nach dem gefühlt dreihundertsten Layla bekam ich den zweiten Anfall an diesem Tag.

»Herr Hecker, was denken Sie eigentlich, wer ich bin? Mein Name ist nicht Legion, ich bin nicht viele.«

»Layla, du sollst doch Du sagen. Und warum zitierst du aus der Bibel?«

»Keine Ahnung. Vielleicht weil Gott der Einzige ist, der Ihnen, ich meine dir, begreiflich machen kann, dass ich heute eigentlich nicht arbeiten muss. Abgesehen davon kann ich nicht tausend Dinge nebenher erledigen. Ich kann's einfach nicht!«

Mein Prof starrte mich mit riesigen Augen an und fragte: »Hat es etwas mit mir und deiner Mutter zu tun?«

»Nein, es hat damit zu tun, dass ich gerade zu viel kriege. Und jetzt gehe ich, ich muss nämlich noch arbeiten. Wirklich arbeiten«, fügte ich hinzu, schwänzte die letzte Stunde und fuhr in einem leeren Zug nach Hause.

Danach kam der kleine Franz. Der kleine Franz, mein liebster Saxofonschüler, war in den letzten Wochen auffällig unauffällig gewesen. Er hatte nichts und niemanden boykottiert, sich aber auch nicht bemüht. Im Nachhinein muss ich sagen: Ich hätte wissen müssen, dass es nur die Ruhe vor dem Sturm war.

Heute kam besagter Sturm. Leider war er nicht nur so ein kleines Tief, sondern ein ausgewachsener Tornado, der die Ziegel vom Dach holt.

Der kleine Franz war eine Viertelstunde zu spät, was uns gerade mal eine halbe Stunde Unterrichtszeit übrig ließ. Das ist mir prinzipiell schnuppe, denn ich werde bezahlt, egal ob er pünktlich oder zu spät kommt. Aber es provoziert mich. Er kam um Viertel nach zwei statt um zwei in die Musikschule spaziert und lief geradewegs an mir vorbei. Als ich sagte: »Franz, hallo?«, drehte er sich zu mir um und erwiderte: »Krass, hab dich gar nicht gesehen. Muss voll das harte Kompliment für dich sein, weil eigentlich kann man ein Nilpferd ja gar nicht übersehen.«

Das war allerdings nicht voll das harte Kompliment für mich, weshalb ich ihn vorwarnte. »Ich bin heute nicht sonderlich gut drauf. Also benimm dich lieber.«

»Haha, voll aggro drauf, die Alte.«

Er postierte sich in unserem Proberaum, packte lustlos sein Saxofon aus, vertrödelte dabei weitere fünf Minuten und begann dann, die Noten, die ich für ihn herausgesucht hatte, mit Penissen zu bemalen. Ich sah ihn fassungslos an. Die Noten hatte ich in versöhnlicher Stimmung für ihn aus meiner Sammlung hervorgekramt. Letzte Woche hatte er erwähnt, dass er Bon Jovi gut findet. Also hatte ich in meinem Notenarchiv nach *Living on a Prayer* gesucht und den Song extra für ihn mitgebracht. Dass er meine Mühen derartig mit Füßen trat, brachte mich zur Weißglut. Ich knüllte das Papier zusammen und stopfte es vorne in sein Saxofon hinein. Kindisch, ich weiß, aber es überkam mich eben.

»Wenn du glaubst, dass du cool bist, dann irrst du

dich. Hier kann dich niemand sehen, außer mir. Und ich find's nicht cool, was du jede Woche mit mir abziehst. Es ist voll hart, nicht cool, ja? Also versuch bitte mal, dich normal zu benehmen, ja? Zu Hause bist du doch sicher auch nicht so!«

»Ey, zu Hause bin ich so, wie ich will.«

Ich kenne den Vater vom kleinen Franz. Er ist Russe oder Tscheche oder so, zwei Meter groß und gut hundertdreißig Kilo schwer. Ich bin mir ziemlich sicher, dass Franz sich zu Hause respektvoller aufführt als hier bei mir.

»Ja? Du bist hier aber nicht zu Hause. Wenn du willst, rufe ich bei deinen Eltern an und erzähle ihnen, dass sie jeden Monat achtzig Euro für einen Unterricht hinblättern, der gar nicht stattfindet, weil ihr Knirps von einem Sohn zu sehr damit beschäftigt ist, zu furzen oder zu pöbeln oder Penisse zu malen.«

Franz hält das für einen Witz, wie so oft, wenn ich drohe, seine Eltern zu informieren.

»Maaaann, warum rastest du so aus? Du musst glaub ich mal wieder gebumst werden.«

An dieser Stelle reichte es mir dann. Und zwar für alle Zeit. Ich verließ den Raum, fragte mich, wie so viel Schlechtes in einen Elfjährigen hineinpassen konnte, griff zum Telefon, suchte nach der Nummer von Franz und rief seine Eltern an. Glücklicherweise hatte ich direkt den Vater dran.

»Ja, hallo. Hier spricht Layla Woll, ich bin die Saxofonlehrerin von Ihrem Sohn.«

Er begrüßte mich freudig wie eine alte Bekannte. »Ist was mit Franz?«

Dann schilderte ich dem erstaunten Vater, dass der Unterricht seinem Sohn vermutlich keinen Spaß mache und ich ihm daher nahelegen würde, den Jungen abzumelden. Vater Franz verstand die Welt nicht mehr und wollte wissen, wie ich denn nur darauf kam. So etwas wie ein letztes Körnchen Fürsorge für Franz ließ mich die Wahrheit beschönigen: »Er zeigt kein Interesse an dem, was ich sage, oder dem, was von ihm möchte. Er ist abwesend im Unterricht und häufig unfreundlich.«

»Unfreundlich? Ja, mein Sohn ist in schwierige Phase«, sagte der Vater mit leichtem Akzent.

»Ja, das glaube ich auch. Aber ich habe keine Lust mehr, dass er diese schwierige Phase an mir auslässt. Ich werde Franz jetzt nach Hause schicken, dann kann er sich in Ruhe überlegen, ob er noch mal wiederkommen will.«

Nachdem ich aufgelegt hatte, bemerkte ich meinen Chef hinter mir, der mich verdutzt anschaute. Erst in dem Moment wurde mir klar, dass ich wahrscheinlich gar nicht befugt bin, Schüler rauszuwerfen, weil er schließlich Geld mit ihnen verdient. Aber zu meiner Erleichterung war er von meiner Rebellion begeistert und sagte: »Das hättest du längst tun sollen.«

Jetzt sitze ich schon wieder im Zug. Vor gut einer Stunde habe ich eine SMS von Jochen Hecker bekommen, in der stand: »Liebe Layla, es tut mir sehr leid, falls ich dich zu sehr belastet habe. Ich weiß, Mittwoch ist dein stressiger Tag, daher würde es mich sehr freuen, dich heute Abend trotz unserer Auseinandersetzung bei der gemeinsamen Probe zu sehen.« Also fahre ich jetzt zu der Tutti-Probe, die ich eigentlich ausfallen lassen wollte.

Aber es ist nicht Heckers Bitte, wegen der ich dorthin fahre.

In meinem Bauch ist so viel Zorn über den schlechten Tag und auch ein bisschen Wut auf mich selbst, weil ich heute so viele Ausraster hatte. Weil ich gemein zu der ehemaligen Klassenkameradin und zu Jochen war und weil ich den kleinen Franz bestimmt in heftige Schwierigkeiten mit seinem russischen Preisboxer-Vater gebracht habe.

So bin ich. Kaum trete ich einmal für mich selbst ein, schon schäme ich mich dafür. Dabei kann ich mir doch nicht ewig alles gefallen lassen, oder? Irgendwann muss ich doch mal auf die Kacke hauen, um zu bekommen, was mir guttut, und nicht nur so zu handeln, dass es anderen möglichst gut geht.

Ich fühle mich so unwohl in meiner eigenen Haut und so ungeliebt von der Welt, dass ich unbedingt Trost brauche. Trost und Zuneigung und einen Kuss auf die Stirn und eine Umarmung und jemanden, der sagt: »Du machst das schon.« Genau das hat mir meine Mutter vorhin gegeben, nur leider hat es nicht ausgereicht.

Ich brauche Julius.

Julius hatte die ganze Woche keine Zeit für mich. Er hat nicht ein Mal angerufen oder sich anderweitig gemeldet. Gestern haben wir uns in der Uni getroffen und gemeinsam mit Emel und Leander Mittagspause gemacht. Dieses Treffen hat mein Bedürfnis nach seiner Nähe allerdings nicht gestillt. Im Gegenteil. Eine Stunde lang so zu tun, als wären wir nur befreundet, obwohl alle uns ständig angucken, als wüssten sie, dass wir ein Theater aufführen, ist ziemlich anstrengend und weckt nur noch mehr Sehnsüchte.

Momentan ist diese Sehnsucht undenkbar groß. Ich brauche Julius, brauche ihn an einem Ort, an dem ich alles vergessen kann, an dem alles andere nicht mehr da ist, mein Kopf leer ist bis auf Gedanken an ihn und mich und Zärtlichkeit. Ich weiß nicht, ob es einen solchen Ort überhaupt gibt.

Die Aula ist ganz sicher nicht dieser Ort. Hier wimmelt es nur so von Sängern, Musikern und sogar Zuschauern. Ein paar Freunde und Familienangehörige sind da, sitzen auf dem blanken Boden und sehen zur Bühne hinauf, wo sich die Probe anbahnt.

Jochen Hecker kommt auf mich zu, legt einen Arm um mich und zieht mich zum Orchester, wo er verkündet: »Ich will nur, dass es mal alle von euch mitkriegen. Ohne Layla wäre ich komplett aufgeschmissen, und ich bin ihr sehr dankbar für alles, was sie mir abnimmt. Ohne sie würde auch in puncto Musical nichts laufen, daher solltet ihr jetzt bitte einmal für sie applaudieren.«

Ich laufe dunkelrosa an, als tatsächlich das ganze Orchester zu klatschen beginnt. Selten war mir etwas peinlicher. Es ist in etwa so peinlich wie eine Erinnerung aus meiner Schulorchesterzeit: Ich spielte mein erstes Impro-Solo vor Publikum, und der Dirigent geriet darüber derart aus dem Häuschen, dass er mich nach dem Lied zu sich nach vorne holte und vom Publikum verlangte, mir Standing Ovations zu erweisen.

Aber irgendwie ist es auch nett von Hecker.

Vielleicht, macht sich ein Verdacht in mir breit, vielleicht ist es ja ganz gut, hin und wieder auf die Kacke zu hauen, statt immer nur alles hinunterzuschlucken. Man kann auch Anerkennung dafür bekommen und sogar Lob. Es kann die Situation um einiges verbessern. Ich denke an meinen Chef in der Musikschule und an Hecker. Sogar der Ausbruch gegenüber meiner ehemaligen Schulkameradin hatte sein Gutes: Ich musste nicht länger mit ihr ein Gespräch führen, das mich nervte.

Unauffällig versuche ich auf meinem Platz unterzutauchen, aber mein Sitznachbar Erik tätschelt mir gespielt mitleidig den Rücken, und von der Bühne jubeln Golo und Emel mir zu, als hätte Deutschland gerade das Finale in einem wichtigen sportlichen Wettbewerb erreicht.

Das ultimative Peinlichkeitsgefühl verschwindet schlagartig, als Julius durch den Seiteneingang neben dem Bühnenaufgang hereinkommt. Er wirkt gut gelaunt und … und seine Hand hält die von Anna.

Anna.

Hilfe. Nein. Warum? Wieso? Warum heute? Warum ich? Warum er? Warum sie? Warum hier? Warum jetzt? Ich will das nicht.

Ich bin überzeugt, ein Raunen und Flüstern in der Menge wahrzunehmen. Alle zusammen höre ich sie in meinem Kopf flüstern: Da ist er wieder. Da ist er mit seiner Freundin. Wir haben sie schon mal gesehen. Dabei wissen wir es alle. Alle. Er betrügt sie. Mit Layla. Das sieht jeder. Wie die beiden sich anlächeln, wenn sie sich auf dem Flur begegnen. Sie ist mit ihm nach Hause gefahren, letztens. Sie sollen eine Affäre haben. Was will er denn von Layla? Diese Anna, die ist doch ganz anders. Guckt euch die beiden nur mal an. Ganz anders.

Es ist so weit. Ich höre flüsternde Stimmen in meinem Kopf.

Julius und Anna trennen sich in einem schlichten, vertrauten routinierten Kuss.

Ich habe diese Frau nie mehr beneidet als in diesem Moment, um die Gewohnheit, die sie und Julius haben. Was, wenn er sie nicht verlassen will, weil er sie schlicht und einfach noch liebt?, schießt es mir durch den Kopf.

Als Julius sich geschickt die Bühne hochschwingt, erhascht er einen Blick auf mich, und sein Gesichtsausdruck wird merkwürdig schuldbewusst und starr, aber auch überrascht.

Ich habe ihm erzählt, ich würde heute nicht kommen.

Vielleicht sollte ich ihm daher zugestehen, dass er dachte, rücksichtsvoll zu handeln, als er Anna mitgebracht hat.

Was macht sie denn hier? Berlin ist doch so weit weg.

Irgendwie (und irgendwie ist hier wirklich das richtige Wort, denn ich habe keine Ahnung, wie genau es geschieht) gehen die zwei Stunden vorbei, und ich bringe die Probe hinter mich, ohne zu heulen oder sonst wie aufzufallen. Ich liefere einfach nur ab, spiele wie auf Autopilot und versuche, den Gesang und das Publikum auszublenden.

Ich schaffe es ganz gut, denn ich kann es mir nicht erlauben, ein zweites Mal heulend aus der Aula zu rennen. Die Leute könnten das in Verbindung mit Annas Anwesenheit bringen, und ich will ihnen nicht die Genugtuung geben, richtig zu liegen.

Als sich die Probe auflöst, die Musiker ihre Instrumente verpacken und die Gespräche beginnen, sitze ich noch immer stocksteif auf meinem Stuhl, sortiere geistesabwesend meine Noten und lausche angestrengt, was hinter mir auf der Bühne vor sich geht.

Julius und Emel diskutieren über ihr Duett *By the Sea,* stimmen dabei in leisem Singsang kurz einige Passagen an und sprechen miteinander. Julius' Gesangsstimme macht mich glücklich. So lange, bis ich aus dem Augenwinkel bemerke, wie Anna zur Bühne läuft, sie erklimmt und – ich drehe unauffällig den Kopf, um zu verfolgen, was da vor sich geht – sich neben Julius stellt, wo sie erwartungsvoll auf den Fußballen wippt.

»Hey! Na, wie fandest du es?«, fragt Julius, zerwühlt sich dabei die Haare und verlagert sein Gewicht von einem Bein auf das andere und wieder zurück.

Ich sehe, dass sein Blick kurz zu mir herunterhuscht.

»Oh, es war soooo toll! Ihr seid richtig kleine Stars, irgendwie. Als du *Epiphany* gesungen hast, warst du total überzeugend, ich hatte regelrecht Angst vor dir. Wenn ich das gewusst hätte, hätte ich mir vorher überlegt, ob ich dich hierzu anstifte.«

Mir klappt der Mund auf.

Emel nimmt mir die Frage ab: »Anstiften?«

»Ja, als Julius mir erzählt hat, dass ihr *Sweeney Todd* aufführt, hab ich gesagt, er muss unbedingt die Hauptrolle singen. Ich liebe den Film über alles. Also hat er sich dafür beworben, obwohl er anfangs gar nicht wollte. Nur für mich, sozusagen.«

»Aha, das ist ja nett«, brummt Emel und klingt dabei nicht im Entferntesten so, als fände sie es nett, sondern mehr als hielte sie Julius für einen bösartigen Verräter. Sie wirft ihm einen Blick zu, der die Luft zu Eis gefrieren lässt.

Ich halte ihn für … na ja, nicht gerade für einen bösartigen Verräter … obwohl, irgendwie doch.

Ich erinnere mich an den Julius, der wild einen Stuhl durch die Gegend kickte, weil er glaubte, nicht mehr für die Rolle vorsingen zu dürfen. Das hat er alles bloß für Anna gemacht?

Ich beneide Anna noch mehr, blicke in meinen Schoß auf das Saxofon und reibe mit dem Saum meines T-Shirts einen Fingerabdruck vom Messing.

»Das war mehr als nett. Das war ein Liebesbeweis.«

Ich glaube, ich muss kotzen. Mein Gott, was soll dieses Theater? Bist du komplett doof?, will ich sie anbrüllen. Er betrügt dich, er will dich nicht mehr, und du erpresst ihn, bei dir zu bleiben. Er. Liebt. Dich. Nicht.

Aber Julius küsst sie auf den Scheitel, und wieder kommt mir der Gedanke: Vielleicht liebt er sie ja doch.

Dann schießen mir eine Milliarde Bilder durch den Kopf. Bilder von Julius und mir, Bilder des heutigen Tages. Dieser elfjährige Rotzbengel Franz, der mir auf der Nase rumtanzt – so lange, bis es mir schlecht geht. Hecker, der so viel Arbeit auf mich abwälzt – so lange, bis es mir schlecht geht.

Habe ich nicht heute gemerkt, dass niemand außer mir daran etwas ändern kann?

Ich stürze aus der Aula, das Saxofon noch um den Hals, und ziehe den Koffer hinter mir her in den Umkleideraum. Dort versuche ich die Ruhe zu finden, die ich zum Denken brauche.

Zwei oder drei Minuten versuche ich zu denken.

»Es tut mir leid. Ich dachte, du würdest heute nicht kommen«, höre ich die Stimme von Julius hinter mir.

»Es muss dir nicht leidtun. Ich bin nur die Affäre, das weißt du doch. Ich habe kein Recht dazu, deshalb zu meckern.« Meine Stimme klingt ziemlich zornig, während ich beginne, das Saxofon auseinanderzubauen. »Klar. Irgendwelche Vorstellungen von Moral und Anstand hätten dir vermitteln können, dass das hier unser Bereich ist. Meiner und deiner. Nicht ihrer. Das ist praktisch so, als würdest du mich mit zu ihr nach Berlin nehmen. Das hier ist *meine* Welt.«

»Layla, ich …«

»Vergiss es. Ich bin so blöd, das zu glauben, weil … Anstand und Moral bleiben bei solchen Spielchen eben auf der Strecke. So ist das nun mal. Weißt du noch, als ich gesagt habe, dass man nichts für seine Gefühle kann und dass man deshalb auch ein Recht hat, eifersüchtig zu sein? Das war gelogen. Es stimmt nicht. Vielleicht stimmt es für dich, weil du es kannst, aber ich kann es nicht, verstehst du?«

»Sei bitte nicht unfair. Du weiß, dass das hier nicht nur … Du weißt schon. Affäre ist irgendwie das falsche Wort.«

»Warum ist es das falsche Wort? Wahrscheinlich weil wir uns seit Freitag so bezeichnen, aber noch keinen Sex hatten. Da machen wir wohl irgendetwas falsch. Oder vielmehr: Du machst etwas falsch, denn um keinen Sex zu haben, brauchst du schließlich keine Affäre.«

»Du bist unfair!«, ruft Julius aus und zieht die Augenbrauen zusammen.

»Dann bin ich eben unfair. Ich bin gerne unfair. Es fühlt sich nämlich gut an.«

Eigentlich ist das gelogen. Julius anzuschreien fühlt sich falsch, schlecht und … ja, unfair an.

»Ich dachte, du würdest es verstehen, aber offensichtlich …«

»Offensichtlich habe ich gelogen, damit ich dich haben kann, du Dummkopf«, pflaume ich ihn an.

»Aber du hast mich doch.«

»Sie hat dich mehr.«

Julius verdreht die Augen. »Das ist albern.«

»Warum ist das albern? Das ist gar nicht albern. Es stimmt. Du singst *Sweeney Todd* nur für sie. *Das* ist albern.«

»Das verstehst du nicht.«

»Du bist nicht gerade leicht zu verstehen.« Ich lasse mich auf die harte Holzbank sinken. »Vielleicht solltest du einfach einsehen, dass du sie liebst.«

»Aber das …«

Es beruhigt mich ein bisschen, dass er darauf mit einem Aber antwortet, obgleich er es weder zugibt noch abstreitet, sie zu lieben. Es ist so was von frustrierend.

»Wenn es nicht stimmt, warum machst du das dann hier? Nur weil sie es dir eingeredet hat?«

»Nicht nur deshalb. Es macht mir wirklich Spaß. Anna wollte nur, dass ich es mache, weil es ihr Lieblingsmusical ist. Keine Ahnung, sie hat mich überredet.« Julius pittelt an einem Fingernagel herum.

»Besitzt sie überirdische Überredungskünste? Wie es aussieht, machst du alles, was sie will.«

»Layla, das ist … Sie … ich … weißt du, was? Ich muss dir das nicht erzählen. Ich habe gedacht, du verstehst es. Ich habe dir die ganzen Sachen von Anna erzählt, damit du verstehst, warum ich noch mit ihr zusammen bin. Damit es leichter für dich wird.«

»Aber das wird es nicht. Es ist einfach nicht schön mitzubekommen, dass du so etwas für sie tust.« Meine Stimme kippt.

»Ich wollte sie damit nur besänftigen, okay? Weil ich Mist gebaut hatte und nicht wollte, dass … »

»Weil du sie immerzu beschützen musst. Für den Rest ihres Lebens, oder was? Merkt sie denn nicht, dass du sie bescheißt?«

»Sie hat es beim letzten Mal gemerkt, deshalb habe ich ja diese Rolle.«

»Ach ja? Ich dachte, das ist schon anderthalb Jahre her?«

»Das erste Mal ist anderthalb Jahre her.«

»Also bin ich nicht das zweite Mal?«

»Layla … du, ich … Verdammt, das geht dich nichts an. Na schön, ich habe gelogen. Es war nicht nur das eine Mal. Es war häufiger. Und zweimal hat sie es mitbekommen. Vielleicht wollte ich ja nicht, dass du denkst, ich würde meine Freundin ständig betrügen. Ich wollte doch nur, dass du mich leiden kannst.«

Meine Brust beginnt schmerzhaft zu stechen. Sie bläht sich auf wie ein Ballon und sinkt in sich zusammen, wieder und wieder.

»Komm bitte, Layla. Ich wollte nur, dass du und ich … keine Ahnung … Ich würde dir so gerne sagen, wie – ich weiß, das klingt bescheuert – wie verknallt ich in dich bin. Nur irgendwie … einer anderen meine Liebe zu gestehen, das wäre Fremdgehen auf einem ganz anderen Level.«

»Dann trenn dich von ihr.« Meine schmerzende Brust drückt gegen meine Rippen, und ich schwöre, gleich bricht sich mein Körper selbst das Brustbein, so sehr zieht er sich zusammen über Julius' Worten und meiner eigenen Courage, von ihm einzufordern, was ich mir sehnlichst wünsche.

»Das kann ich nicht.«

»Und ob du das kannst. Du willst nur nicht. Weil du Angst hast. Aber deine Angst geht auf meine Kosten. Ich will die Einzige sein, und wenn das mit dir nicht geht, dann muss ich mir selbst den Gefallen tun und …«

Julius sieht mich bitter an. So als wollte er sagen: Tu's nicht, bitte tu's nicht.

Ich habe keinen blassen Schimmer, was ich sagen soll. Ich kann schlecht sagen, dass ich Schluss mache, denn wir sind gar nicht zusammen. Ich kann auch nicht sagen, dass ich ihn nicht mehr sehen will, denn ich werde ihn weiterhin sehen.

»… dann muss ich dich aufgeben und auf jemanden warten, der mich die erste Stimme spielen lässt«, beende ich meinen Satz.

Dann schultere ich das fertig verpackte Saxofon und verlasse leise die Umkleide, wobei ich mich auf unbekannte Art und Weise stark fühle.

Das war er also, der Tag meiner Rebellion.

TONIKA

Wenn ich ehrlich bin, geht es mir in den ersten Tagen nach meiner Rebellion ganz gut.

Ich merke erst, dass etwas nicht stimmt, als ich am Donnerstag früher als sonst aus der Uni komme und den Kuchennachmittag absage, weil ich lieber zu Hause sitzen und an dem Programmheft herumbasteln möchte. Und das, obwohl er heute bei Mimi stattgefunden hätte und eine entsprechend eindrucksvolle konditorische Delikatesse auf der Kaffeetafel gestanden hätte. Und obwohl ich, wie erwähnt, eigentlich frei habe. Früher als sonst.

Hecker hat mir nicht nur gesagt, dass ich nach Hause gehen soll, er hat mich sogar selbst dorthin gebracht. Er und Mama wollen heute gemeinsam in die Sauna gehen. Über diesen Umstand möchte ich hier keine weiteren Worte verlieren, weil ich mir sonst noch ausmale, was genau zwei erwachsene Menschen dazu bewegt, miteinander in die Sauna zu gehen.

Als wir reinkommen, rennt meine Mutter hektisch durch die Wohnung und packt ihre Sachen, die sie noch nicht beisammen hat, weil: »So früh habe ich nun wirklich nicht mit dir gerechnet, Jochen. Aber ich freu mich natürlich.« Natürlich.

Derweil lasse ich mich darüber aus, wie wenig ich es nachempfinden kann, dass man sich zum Vertreib der Freizeit in einen kleinen, kastenförmigen, hölzernen

Raum zwängt, um dort nichts anderes zu tun, als zu schwitzen. Ich packe meinen Laptop aus, setze mich mit Milch und Keksen, die mir meine Mutter nebenbei noch schnell kredenzt, an den Tisch und bereite mich geistig darauf vor, keinen Gedanken zu nah an mein limbisches System zu lassen. Irgendwann habe ich in Bio nämlich mal gelernt, dass das limbische System auch emotionales Gehirn genannt wird und Hormone in den Körper aussendet, die einen dann alle möglichen Gefühle empfinden lassen. Überflüssige Gefühle wie Trauer oder Zorn oder Liebe oder Sehnsucht. Total überschätzter Kram, der meiner Arbeit im Weg stehen könnte.

Ich meine: Ich komme doch auch gut ohne klar. Die ganze Woche war stressfrei. Voller Arbeit, aber stressfrei. Ich habe ein Arrangement von Jamie Cullums *Old Devil Moon* geschrieben, das ich Leander vorgelegt habe, um es demnächst mit ihm einzuüben und ins Internet zu stellen. Seitdem hält er mich für eine Art Mozart, weil ich es so schnell und großartig hinbekommen habe. Da mein emotionales Gehirn jedoch von der Außenwelt abgeriegelt wurde, konnte es dieses Kompliment noch nicht richtig verarbeiten.

Es war schön, das ganze Wochenende an meinem billigen E-Piano zu verbringen, die Melodien aus dem Song rauszuhören und sie für Gesang, Klavier und Saxofon neu zu arrangieren. Ich habe dabei eine Menge Kekse und Milch verdrückt. Und jeden Abend Pizza.

Wenn ich doch wenigstens zu den Menschen gehören würde, bei denen eine Abschottung der Gefühle mit einer Gewichtsabnahme einherginge. Aber nein. Das Gegenteil ist der Fall.

»Wolltest du heute nicht zu Mimi gehen?«, fragt meine Mutter, als sie mit der fertig gepackten Tasche durchs

Zimmer stapft und sich von hinten gegen meinen Stuhl lehnt.

»Nein, keine Lust.«

»Ihr wolltet doch Kuchen essen. Warum hast du keine Lust dazu?« Sie tätschelt mir die Wange.

»Weil ich hier was arbeiten will.«

»Willst du nicht doch langsam mal darüber sprechen?«, flüstert Mama mir ins Ohr.

»Wir haben alles Nötige *darüber* besprochen«, sage ich und schnippte bei dem Wörtchen *darüber* Anführungszeichen in die Luft.

Ich habe ihr wirklich alles Nötige gesagt. Dass das mit Julius und mir nichts wird und basta. Sie wollte dann besprechen, wie ich das empfinde, hat mir erlaubt zu weinen und solche Sachen. Für gewöhnlich frage ich nicht vorher um Erlaubnis, wenn ich weinen möchte, daher tat ich es auch nicht, nur weil sie es mir gestattete. Im Gegenteil: Genau in diesem Moment sperrte ich den ganzen Mist aus mir aus.

Mama wirkt enttäuscht. »Na gut«, sagt sie und wendet sich dann Jochen und der Haustür zu, »dann gehen wir mal.«

»Ja.« Ich werde mich hüten, ihnen viel Spaß zu wünschen.

»Könnt ihr mich mitnehmen?«, ruft Nick, der die Wendeltreppe heruntergestolpert kommt, den Gitarrenrucksack auf den Schultern.

»Wo willst du hin?«, fragt Mama.

»Zu Julius.«

Plötzlich passiert etwas in meinem Gehirn.

Es ist eine Sache, so zu tun, als wäre man ein gefühlskalter Eisberg, aber es ist eine ganz andere, wenn man auf einmal von der Titanic gerammt wird. Nur zur Erläuterung: Ich bin mir nicht sicher, ob die Titanic in dieser Allegorie Nick ist oder Julius. Wahrscheinlich ist die Tatsache, dass Julius erwähnt wird, die Titanic.

»Warum?«, fragt Mama.

»Wir nehmen einen Song auf. So richtig. Der kommt dann auf YouTube, und zwanzigtausend Menschen ziehen ihn sich rein«, singsangt er.

»Was?«, frage ich etwas zu schockiert.

»So schlecht bin ich nicht, klar?«, meckert Nick.

»Das habe ich doch gar nicht gesagt. Nur warum macht ihr das?«

»Weil's cool ist?«

Ja. Das stimmt natürlich.

Das letzte Mal, dass die Julius-Titanic gegen mich geprallt ist, war am Montag. Da hat mir Kara eine Nachricht geschrieben, in der stand: BESTER PÄRCHENNAME ALLER ZEITEN: LAYLIUS!

Nachdem die drei das Haus verlassen haben, rufe ich die YouTube-Seite von Julius auf und klicke spontan auf irgendeines seiner Lieder. Ich will nur seine Stimme hören.

Dabei wird mir eines klar: Die ganze Zeit über habe ich damit gerechnet, dass Julius sich doch noch von Anna trennt. Dass er mich ihr vorzieht, alles hinter sich lässt, auch seine Ängste, weil ich ihm das wert bin. Damit habe ich nicht etwa deshalb gerechnet, weil ich mich für derart wertvoll halte, sondern weil einem das von der Popindustrie so vorgeführt wird. In Filmen und Büchern machen die Männer das ständig, oder? Sie entscheiden sich für die Frau, mit der sie Zeit verbringen, der sie nah sein wollen und so weiter. Ich dachte irgendwie, ich wäre diese Frau.

Es war wie in der klassischen Liedkomposition: Die meisten Musikstücke enden auf dem Grundton, der Tonika. Davor kommt meist eine hübsche Kadenz: Tonika, Subdominante, Dominante, Tonika. Auch wenn man sich nie mit Musiktheorie beschäftigt hat, ist dennoch jeder, der schon einmal Musik gehört hat, innerlich darauf vorbereitet, dass ein Stück auf diese Art oder leicht abgewandelt endet. Zum Schluss kommt zumindest in der kommerziellen Musik fast immer die Tonika. Das verleiht jedem Lied etwas Geschlossenes, Rundes, Vollkommenes. Selbst ungeschulten Ohren gibt es ein Gefühl von Vollendung, man hört: Aha, hier ist etwas vorbei.

Im Jazz ist es anders. Jazzstücke enden fast immer unfertig. Bis zum Schlusston juckt es im ganzen Körper, weil man auf diese letzte Tonika wartet. Nur kommt die meistens nicht. Man bleibt gewissermaßen in der Schwebe. Vielleicht auf einem Dominantseptakkord. Man kann seine Ohren noch so sehr schulen. Der Wunsch nach dieser Tonika bleibt bestehen.

Vielleicht war es genau so: Das Happy End, das ich mir so sehnlich gewünscht habe, Julius und ich, keine Anna, alle Probleme nur noch dunstige Erinnerung und nicht mehr wichtig, alles geklärt – das war die Tonika. Jene Tonika, auf die ich die ganze Zeit gewartet habe, weil man es nun mal so kennt und weil Julius mir Hoffnungen darauf gemacht hat. Ich konnte ja nicht ahnen, dass wir auf D7 hängen bleiben und ich jetzt hier vor mich hin dümple in einem Nirwana, das ich mir nur mit Beispielen aus der Harmonielehre erklären kann.

Laylius ist keine kommerzielle Musik.

Laylius ist ein Jazz-Song.

Am nächsten Morgen wache ich früh auf. Noch vor meinem Wecker, der um sechs klingeln sollte. Es ist Viertel nach fünf. Ich spüre ein Prickeln in der Brust. So als hätte ich etwas Wichtiges vergessen oder müsste noch etwas erledigen, und die Deadline liefe jeden Augenblick ab. Aber ich habe nichts vergessen und auch keine Deadline zu erfüllen. Es ist einfach nur ein neuer Morgen, an dem mir zu allererst bewusst wird, dass ich im Moment alles ziemlich scheiße finde.

Nach einer halben Stunde An-die-Decke-Starren gebe ich es auf, noch einmal in den Schlaf zu finden, und schäle mich aus dem Bett. Die Müdigkeit klebt mir in den Augen, meine Glieder fühlen sich schwer und schläfrig an.

Ich schlurfe aus meinem Zimmer, durch den Gang und sehe, dass derjenige, den ich vor einer Viertelstunde ins Bad habe gehen hören, versäumt hat, das Licht auszumachen. Vermutlich Nick, der sich nach dem Aufwachen meistens nicht mal mehr daran erinnern kann, dass er nachts auf der Toilette war. Früher hatte er große Probleme mit Schlafwandeln.

Ich öffne die Badezimmertür und – ich schwöre feierlich, dass das die Wahrheit ist – erschrecke mich so sehr, dass ich rückwärts stolpere und hinfalle wie ein nasser Sack. Auf meinen Hintern. Mit einem unschmeichelhaften *Ruuuuumms* des Dielenbodens.

Vor dem Badezimmerspiegel steht, nackt bis auf ein viel zu kleines Handtuch um die Hüften, mein Saxofon-Professor Jochen Hecker.

»Heilige Scheiße!«, rufe ich, rapple mich auf und drehe mich sofort von ihm weg, wobei ich sogar die Augen zusammenkneife.

»Layla«, sagt Hecker, als wäre ich der letzte Mensch, den er bei uns zu Hause erwarten würde. Ist ja nicht so, als würde ich hier wohnen.

»WAS TUN SIE DA?«, frage ich, die Augen noch immer fest zusammengekniffen.

»Du sollst doch Du sagen.«

»Ich will aber gerade nicht Du sagen. Verdammt, Sie sind nackt, da kann ich doch nicht Du sagen.«

»Entschuldige, ich wollte nicht, dass du mich so siehst.«

»Das wollte ich auch nicht, glauben Sie mir. Nicht persönlich nehmen«, füge ich noch schnell hinzu. Auf einmal wird mir bewusst, dass auch ich bloß leicht bekleidet bin. Ich trage nur T-Shirt und Unterhose. Und nicht die Art von Unterhose, die vorzeigenswert ist. Wobei ich mich Hecker nicht mal in meinem feinsten Höschen vorzeigen wollte.

»Schon okay«, sagt er und drückt sich an mir vorbei. Als er schon am Treppenabsatz ist, dreht er sich noch mal um und fragt: »Soll ich dich mit zur Uni nehmen?«

»Ähm … wenn Sie … ich meine, wenn *du* schon mal hier bist.«

Als wäre es nicht komisch genug, mit dem eigenen Professor zur Uni zu fahren, auf dem Parkplatz zu parken und ins Gebäude zu gehen, ist der erste Mensch, der uns beide zusammen sieht, ausgerechnet Golo. Er scheint heute selbst das kleinste Fünkchen Anstand zuhause vergessen zu haben und grölt: »Herr Hecker, ist Layla nicht ein bisschen zu jung für Sie?«

Immerhin ist dieser lustig gemeinte Spruch eine erhebliche Verbesserung zum letzten Mal, als er mich morgens mit einem Mann aus dessen Wagen hat steigen sehen und behauptete, diese Szene erinnere ihn an *Twilight*.

Hecker reagiert gut gelaunt, sagt nur: »Ach, der Bernardo, ein echter Witzbold«, und biegt in Richtung seines Büros ab.

»Im Ernst? Bernardo? Das ist doch ewig her. Kann er nicht wenigstens Pirelli sagen?«, brummt Golo mir zu.

»Das hab ich gehört, Pirelli.« Hecker verschwindet bestens gelaunt in einem der Flure.

»Haha, selber Witzbold. Jetzt, also: Warum?«

Fragend sieht er mich an, und ich antworte, wohl wissend, was er mit diesem Warum hinterfragt: »Ich fürchte, er schläft mit meiner Mutter.«

Golo glotzt entgeistert und fängt dann an zu schwafeln, er habe meine Mutter ja schon immer gemocht und würde sich schon lange fragen, warum sie keinen Freund habe, und er würde es ihr so sehr gönnen. Zunächst bin ich geneigt, darüber die Augen zu verdrehen, aber dann wird mir bewusst, dass ich ähnlich empfinde, und grinse nur, während Golo weiter von meiner Mama schwärmt.

»Als ich Geburtstag hatte, hat sie dir ein Stück Kuchen für mich mitgegeben. Sehr nett. Mit 'ner Kerze, weißt du noch? Ich war echt platt. Na ja. Bis heute Abend dann? Kostümbrainstorming, kannst gerne kommen. Ach, komm einfach, wird gut. Bis dann.«

Am Abend gehe ich tatsächlich zu dem Kostümbrainstorming, weil ich wirklich denke, dass es gut wird. Und – ja ich gebe es zu – weil ich Julius nach wie vor gerne sehe. Weil ich es irgendwie total toll zu finden scheine, mir derart selbst wehzutun. Vielleicht sollte ich mich mit zackengespickten Ketten selbst geißeln wie Silas in *Sakrileg*. Hätte vermutlich einen ähnlich schmerzhaften Effekt.

Als ich gegen halb sechs das Uni-Café betrete, haben sich dort schon alle versammelt. Alle außer Julius – ausgerechnet. Jochen Hecker ist bereits in ein Gespräch mit Golo verwickelt und nennt ihn konsequent Pirelli. Er lernt dazu.

»Hey, Layla«, sagt Emel freundlich, als ich mich neben sie setze. »Oh Mann, wie geht's dir? Ich wollte schon die ganze Zeit mal mit dir sprechen. Du weißt schon, wegen Julius und seiner totaaaal sympathischen Freundin und …«

»Ist schon okay.«

»Geht's dir gut? Ich meine, habt ihr mal geredet, oder so?« Sie flüstert.

»Ja, ist alles, alles okay. Wir sind nicht … also wir haben nicht …« Ich weiß nicht genau, was ich sagen soll. Außerdem fällt es mir schwer, den Mund zu bewegen, weil meine Muskeln wie versteinert sind.

Genau in diesem Moment taucht Julius an unserem Tisch auf, wirft seinen Rucksack hin, grüßt nicht, setzt sich nicht, sondern packt mich ohne ein Erklärung fest am Oberarm und knurrt: »Ich muss mit dir reden.«

Ich muss mit dir reden.

Er muss mit mir reden.

Er muss mit mir reden?

Mein erster Gedanke ist: Was habe ich getan? Vermutlich ist dies jedermanns erster Gedanke auf diesen ausreichend negativ konnotierten Ausspruch, auf den bekanntermaßen Schrecklichkeiten wie »Ich empfinde einfach nicht dasselbe«, »Ich bin schwanger« oder »Es tut mir ja so leid, aber ich war betrunken und wusste nicht, was ich tue, ganz ehrlich, ich liebe nur dich« folgen.

Erstaunt sieht Emel ihn an, und ich höre noch, wie sie böse zischt: »Tu ihr nicht weh«, als mich Julius weg von den anderen in eine Ecke zieht.

»Was ist los mit dir, he? Was hab ich getan, Layla? Was?«

»Hä?« Ich sehe ihn verständnislos an.

»Was soll das?« Er fummelt an seiner hinteren Hosentasche herum. »Du. Wolltest. Mich. Nicht. Du hast was gelabert von wegen Erste Stimme sein und so weiter.«

»Ich wollte dich nicht?«, frage ich ungläubig und vermute, dass Julius irgendeinen Teil unserer letzten Unterhaltung ziemlich missverstanden haben muss. War mein Standpunkt nicht genau der, *dass* ich ihn will?

»Layla, das ist einfach so was von kindisch. Ich hätte nicht gedacht, dass du so etwas machst. Was soll das sein? Eine Racheaktion? Na, herzlichen Glückwunsch. Es hat geklappt.«

»Ich habe keine Ahnung, wovon du redest.«

Er verhöhnt mich: »Ja, ist klar. Nee, ist wirklich klar. Ich versteh's schon. Vielleicht wolltest du es einfach selbst in die Hand nehmen. Wenn du jetzt denkst, dass ich irgendwie … dass Anna und ich … Ach, weißt du was, du bist einfach … verdammt, Mann.« Mit diesen letzten Worten zieht er einen zerknickten Zettel aus der Hosentasche, wirft ihn vor mir auf den Tisch und lässt mich stehen. Ich sehe noch, wie er seinen Rucksack holt und verschwindet.

Alle starren mich an. Emels und Golos Gesichter fragen: »Was ist passiert?«, aber das weiß ich selbst nicht. Was habe ich getan? Wenn das die Sache war, über die er mit mir reden wollte, dann habe ich es nicht verstanden. Was ist soeben passiert? Wie meint er das alles?

Meine Lungen atmen so schnell solch große Mengen Luft ein und aus, dass mein Brustkorb schmerzt.

Mit zitternden Händen greife ich nach dem zerknüllten Papier auf dem Tisch und entfalte es.

Ganz oben steht in kleinen Lettern eine URL-Adresse, die die Seite als Ausdruck einer Internetseite entlarvt. Sie stammt von einem Internet-Blog, den ich kenne. Es ist eine Julius gewidmete Fanseite, die von einer Wahnsinnigen verwaltet wird. Julius hat mir schon mehrfach irrwitzige Geschichten von diesem Mädchen erzählt, das es sich zur Lebensaufgabe gemacht hat, alles über ihn herauszufinden, indem es unter anderem seine Videos nach unterschwelligen Botschaften filzt, ihn auf Facebook stalkt und jedes seiner Konzerte im Großraum Frankfurt besucht.

Meine Augen fliegen über die Zeilen. Ich lese die große Überschrift und den Text darunter:

JULIUSMAKESYOURHEARTJUMP – VERGEBEN!

Ehrlich gesagt haben wir es ja alle befürchtet, als dieses Mädchen immer wieder in seinen Videos aufgetreten ist. Ich persönlich war ganz schön entsetzt und – ich geb's zu – habe einen heftigen Stich im Herzen verspürt, als ich sie zum ersten Mal im Video zu *Last Friday Night* gesehen habe. Da ist dieses Mädchen, das Julius uns als Layla vorgestellt hat, zum ersten Mal aufgetreten, und ich war echt eifersüchtig auf sie. Weil sie mit Julius rumhängen durfte, weil er sie angefasst hat und weil sie sich so vertraut waren. Auch weil er sie wohl für eine gute Musikerin hält (und ich weiß nicht mal, ob sie das wirklich ist, ich kenne einen Saxofonisten, und der ist auch so gut wie sie, also ist es wohl nichts Besonderes).

Dann war sie auch noch in einem anderen Video dabei, und Julius hat ein Video von ihr empfohlen und so. Da wurden dann schon ziemlich viele Gerüchte laut. Trotzdem wollte ich es nicht glauben, weil Julius halt einfach so toll ist und ich die ganze Zeit gehofft habe, dass ich ihn mal kennenlernen werde, weil ich echt glaube, dass wir uns voll gut verstehen würden (ich hab euch ja schon erzählt, dass er GENAU WIE ICH gerne mal Urlaub in Irland machen würde und dass er GENAU WIE ICH voll gerne die Beatles hört. Es gibt noch so viele andere Dinge, die wir gemeinsam haben). Diese Layla ist alles in allem nichts Besonderes. Sie sieht nicht unbedingt gut aus, irgendwie so normal, und sie könnte ruhig ein paar Kilos abnehmen.

Doch SIE IST TATSÄCHLICH SEINE FREUNDIN. Ich wollte es nicht wahrhaben, als ich es rausgefunden habe, aber sie hat es mir selbst gesagt. Ich war in Frankfurt auf einem Konzert von Julius, und es war sooooo geil. Sie war auch da, und ich wollte ihr bloß ein paar Fragen stellen, um einen Insider-Bericht für euch schreiben zu können. Doch dann hat sie dabei lauter komische zweideutige Sachen gesagt. Zum Beispiel, dass sie Julius schon mal oben ohne gesehen hat und dass sie es nicht so toll findet, wenn so viele Mädchen im Publikum schreien, dass er sein T-Shirt ausziehen soll (was er leider nicht gemacht hat). Es war ziemlich deutlich, dass da was zwischen den beiden läuft. Während ich sie interviewt habe, kam Julius sogar zu uns, und mir ist fast das Herz stehen geblieben. Dann hat er zu ihr gesagt: »Lass uns nach Hause fahren.« Spätestens da war mir alles klar.
Für alle von euch, die es genau wie ich nicht glauben wollen, habe ich hier noch ein Foto.

Mit offenem Mund starre ich auf das Foto, aufgenommen in dem dunklen Club und ohne Blitz fotografiert. Man sieht Julius und mich, eng beieinander, sein Gesicht nah an meinem, seine Finger an meinem T-Shirt-Saum und meine Hand auf seinem Bauch. Mein Gesichtsausdruck spiegelt Glück, Zufriedenheit, dazu ein Das-hier-ist-richtig-hier-gehöre-ich-hin-Grinsen. Julius lächelt frech und herausfordernd.

Ich weiß genau, was man *auf* diesem Foto sehen kann: Julius, der mir gerade etwas ins Ohr flüstert. Es war der Moment, als er mich gefragt hat, wie mir *Animal* gefallen habe. Ich weiß aber auch, was man *in* diesem Foto sehen kann: zwei Verliebte, die sich nahe sein und ihre Sehnsucht nacheinander nicht vor der Welt verstecken wollen.

WECHSEL IST GUT

»Das ist doch von oben bis unten Müll. Müll in Comic Sans. Inhaltlich Müll, moralisch Müll und vor allem sprachlich Müll. Für wen hält die sich? Karla Kolumna, die rasende Reporterin?« Mimi wirft das Papier mit einem niederträchtigen Blick auf unseren Esszimmertisch.

»Während ich sie interviewt habe«, zitiert sie. »Interviewt? Die hält sich wohl für eine Art *embedded journalist,* unsere gute Rita Kimmkorn.«

Ich bin beeindruckt von den vielen Journalisten-bezogenen Metaphern, die Mimi in so kurzer Zeit aus dem Hut zu zaubern weiß. Zornig rammt sie ihre Gabel in ein Kuchenstück. Das kunstvoll verzierte Backwerk erzittert unter der Gewalt des Stoßes und zerbricht.

»Jetzt hast du's kaputt gemacht«, brummt Kara mit vollem Mund.

»Ich bin wütend. Ich wollte, dass Laylius funktioniert.«

»Das wollte ich auch. Es war ein großartiger Pärchenname.«

»Ja, ich wollte es auch. Leider habe ich dir noch nicht genug Ehre für diesen Pärchennamen erwiesen, Kara, aber er ist dir einfach zum falschen Zeitpunkt eingefallen.« Ich sammle ein paar Kuchenkrümel mit dem Zeigefinger auf.

»Tut mir echt leid, Liebes«, sagt Kara und streichelt mir mitfühlend den Rücken.

»Ist okay. Ich meine, es *war* okay. Ich will nicht, dass

er mich hasst. Wegen dieser blöden Aktion *wird* er mich hassen. Ich will mir gar nicht ausmalen, wie seine Freundin darauf reagiert hat. Ich fürchte, dass …«

»Dass sie sich jetzt fast zu Tode hungert und er dich verantwortlich macht?«, fällt Mimi mir ins Wort und beweist, dass sie mich sehr gut kennt. »Wenn er das tut, gehört ihm links und rechts eine gescheuert. Das darf er nicht. Er kann schlecht die ganze Welt für seine Fehler verantwortlich machen. Ich weiß, Layla, du hältst ihn für ein perfektes Götterwesen, aber das ist er nicht. Er ist verdammt noch mal bis zum Rand voll mit Fehlern! Er ist so voll davon, dass er es nicht mal mehr selbst erkennt und die Schuld ständig bei anderen sucht.« Sie baut ihren Kuchen Schicht um Schicht wieder zusammen.

Vielleicht ist es an der Zeit einzusehen, dass Mimi recht hat. Meine Einsicht wird jedoch verzögert.

Nick schließt die Wohnungstür auf, tritt ein und wirft die Tür hinter sich derart geräuschvoll zu, dass ich mich umdrehe und frage: »Spinnst du?«

»Fuck mich nicht an, ja?«, brüllt er zurück.

»Fuck du mich nicht an.« Ich wende mich wieder meinen Freundinnen zu. »Pubertätsalarm.«

»Wohl eher Zickenalarm«, kontert Nick unkreativ.

Obwohl wir solche Zicken sind, setzt er sich zu uns an die Kaffeetafel und fängt an, mit den Fingern Stücke von unserem Kuchen abzubrechen, dabei bekleckert er sich die schwarzen Pulloverärmel mit Sahne.

»Was ist los?«, fragt Mimi in Pädagogenmanier.

»Die Welt ist scheiße, einfach nur scheiße, und auf ihr leben sechs Milliarden bekloppte Spastis.«

»Mittlerweile sind wir schon fast bei sieben Milliarden bekloppten Spastis«, korrigiere ich ihn automatisch. Mimis Blick tadelt mich. Anscheinend ist momentan kein guter Augenblick für Klugscheißerei. Daher räuspere ich mich und sage freundlicher: »Du warst doch eben bei Julius. Solltest du da nicht gut drauf sein?«

Er brummt nur.

»Wolltet ihr nicht ein Video aufnehmen?«, fragt Mimi interessiert. Ich habe ihr davon erzählt.

»Ja, aber weil die Welt beschissen ist, haben wir es nicht getan. Julius war heute zum Kotzen gelaunt.«

Mimi und Kara werfen mir einen mitleidigen Blick zu.

»Und deswegen verfluchst du hier die Welt?«

»Sag mal, müssen wir über so etwas reden, wenn deine Freundinnen da sind? Mann, Layla, du bist megapeinlich.«

»Vielleicht können wir dir einen Rat geben«, sagt Mimi.

»Ja, falls du Stress mit Mädchen hast – wir sind Mädchen«, fügt Kara hinzu.

»Nee, könnt ihr bestimmt nicht.« Er pustet den fettigen schwarzen Haarvorhang, der ihm in seiner Schulklasse den Spitznamen Professor Snape eingebracht hat, aus dem Gesicht und lutscht die Sahne von seinem Pulloverärmel.

»Mädchen sind manchmal dämlich. Aber meistens nur, weil sie dich eigentlich mögen«, startet Mimi einen Aufmunterungsversuch.

»Ich bin raus aus dem Alter, in dem man mir weismachen kann, dass Mädchen, die mich hauen, mich eigentlich lieb haben, okay? Ich bin nicht bescheuert. Und die Typen, die mir auf der Straße hinterherrufen, dass ich 'ne Schwuchtel bin und in meinem Emo-Loch verrecken soll? Haben die mich in Wahrheit auch lieb und können das nur nicht zeigen?«

Schockiert starren wir ihn an.

»Wer hat das zu dir gesagt?«, frage ich, und in mir

flammt der schwesterliche Beschützerinstinkt auf. Eins ist mal klar: Niemand darf so etwas zu meinem Bruder sagen! Niemand. Erst recht nicht, wenn er erst vor wenigen Tagen in seinem Zimmer saß und versuchte, sich ins eigene Fleisch zu schneiden.

»Ist doch egal.« Ich bemerke die Bitterkeit in seinem Gesicht und bekomme Angst um ihn.

»Nee, das ist absolut nicht egal. So was tut man nicht. Und überhaupt! Schwulsein ist doch keine Beleidigung.«

»Ich bin aber nicht schwul.«

»Selbst wenn, dann wäre es auch egal. Schwul ist keine Beleidigung«, betone ich nochmals.

»Irgendwie schon, oder?«

»Ja, weil du zulässt, dass es dich beleidigt, dabei gibt es viele Gegenbeweise, dass es keine Beleidigung ist.« Ich verschränke die Arme.

»Ach ja? Welche denn?« Nick sieht mich erwartungsvoll an. Oder eher so, als erwarte er, dass ich darauf nichts zu sagen wüsste.

»Neil Patrick Harris«, fällt mir spontan ein.

»Ian McKellen«, ruft Kara.

»Freddy Mercury«, wieder ich, »Jim Parsons. Elton John.«

Mimi räuspert sich. Man muss erwähnen, dass Mimi keinen einzigen Promi kennt. Ständig verwechselt sie ihre Namen, ihre Gesichter, die Filme, in denen sie mitgespielt, und die Platten, die sie aufgenommen haben. Sie weiß nicht, welcher Promi angesagt und welcher out ist. Und sie weiß erst recht nicht, welcher öffentliche schwule Promi eine kleine Legende ist und deshalb aufmunternd auf einen Teenager wirkt. Stolz verkündet sie: »Ricky Martin.«

Wir brechen alle gleichzeitig in Gelächter aus.

»Alter, damit hast du's zerstört«, wiehert Nick durch das Gelächter hindurch.

Später am Abend, als Mimi und Kara weg sind und ich den Esstisch aufräume, legt Nick überraschend einen Arm um mich und sagt: »Ich find's gut, dass du meine Schwester bist, ganz ehrlich.«

Irritiert schaue ich ihn an und sage leise und gerührt: »Ähm, danke. Ich find's auch gut, deine Schwester zu sein.« Und weil ich fürchte, gleich losheulen zu müssen, räuspere ich mich und trage die Kuchenreste in den Kühlschrank.

»Julius ist ein Vollidiot.«

Ich erstarre mitten in der Bewegung, die Hände noch an der Kuchenplatte. Ich schaue Nick bewusst nicht an, als ich langsam den Kühlschrank schließe, mir die Hände abtrockne und frage: »Wieso?«

Als Erstes höre ich das Pusten, das Nick immer von sich gibt, wenn er sich die Haare aus dem Gesicht bläst. Dann sagt er: »Einfach so. Weil er bei irgendso'ner Tussi bleibt, obwohl er mit dir zusammen sein könnte.«

»Woher weißt du das?«

»Weil ich erstens nicht in einer Höhle lebe und zweitens heute mit ihm darüber geredet habe.«

»Was hat er gesagt?«, kann ich mich nicht beherrschen zu fragen.

»Nichts. Nicht wirklich. Ich hab ihn gefragt, warum er so 'ne Fresse zieht, da hat er gesagt, es wär nix, nur Frauenkram, und ich hab gefragt, ob es was mit dir zu tun hat, und da hat er ja gesagt. Dann hab ich gefragt, ob ich dir vielleicht was ausrichten soll, oder so. Er hat voll affig reagiert und bloß ›Nee, lass mal‹ gesagt. Da wollte ich wissen, was du ihm denn getan hast, und er hat gemeint, dass er wegen dir Stress mit seiner Freundin hat. Ich hab dann gesagt, dass er die Fresse halten soll, weil es ja wohl seine Schuld ist, wenn er mit dir ins Bett geht, während er noch mit 'ner anderen zusammen ist. Dann hab ich ihm noch gesagt, dass das ja wohl die übelste Aktion aller Zeiten war und er dafür, dass er dich in so 'ne beschissene Situation gebracht hat, jeden Stress der Welt mehr als verdient hat.«

Überrascht drehe ich mich zu Nick um. Ich weiß nicht, wann er zuletzt so viel mit mir geredet hat oder ob er überhaupt jemals so viel geredet hat. Deshalb brauche ich einen Moment, um seine Worte zu entwirren und zu verstehen.

»Du hast ihm echt gesagt, er soll die Fresse halten?«

»Jop. Dann bin ich gegangen und musste mich auf dem Heimweg als Emo-Schwuchtel beschimpfen lassen.« Mittlerweile kann er sich darüber lustig machen. Wahrscheinlich weil er gerade, genauso wie ich, an Mimi und ihren unbrauchbaren Ricky-Martin-Beitrag denken muss.

»Wie auch immer. Ich geh pennen.«

Ich nicke nur, merke, dass ich immer noch das Handtuch in den Händen halte, und hänge es wieder an seinen Platz.

Als ich am nächsten Tag von der Uni nach Hause komme, kann ich meinen Augen nur sehr schwer trauen. Ich stehe noch in der Eingangstür, da kommt Nick auf mich zu und drängelt sich an mir vorbei. »Hi«, sagt er mit einem Grinsen, das so breit ist, dass ihm sicherlich gleich die Mundwinkel einreißen.

»Was, äh, Nick?«

Er lacht bloß und zieht seine Jacke an.

Ich starre ihn unverfroren an. Es kommt mir vor, als

würde ich sein fein geschnittenes, schmales Gesicht, das gerade wie sein restlicher Körper in einer schwierigen Phase zwischen Kindlichkeit und Männlichkeit steckt, zum ersten Mal seit langer, langer Zeit wirklich sehen. Wenn ich so darüber nachdenke, kann ich mich nicht mal erinnern, wann ich zuletzt Nicks Augenbrauen wahrgenommen habe. Oder seine Ohren, die meinen exakt gleichen. Oder die blasse Narbe rechts in seinem Haaransatz, die er sich zugezogen hat, als er mit sieben die Treppe heruntergefallen ist. Seine Augen wirken wach und aufgeregt, stechend hellgrün mit katzenartigen gelben Sprenkeln.

Seine Haare sind kurz. Sie wurden so radikal abgeschnitten, dass keine schwarze Farbe mehr darin ist. Die etwa einen Zentimeter langen Strubbelhaare, die ihm vom Kopf abstehen, sind so goldblond wie Lucys Korkenzieherlocken.

»Was ist passiert?«

»Nichts. Ich dachte nur, es ist Zeit für einen Wechsel.«

»Was genau hast du gewechselt?«

»Keine Ahnung. Ich bin jetzt ein blonder, kurzhaariger Typ, der zwar keine Freundin mehr hat, aber auf der Straße auch nicht mehr angepöbelt wird, und der jetzt mit Julius ein Video aufnimmt.«

»Jetzt? Hast du ihm nicht gestern noch gesagt, er solle die Fresse halten?«

»Ja, aber eben hat er angerufen und gefragt, ob alles im Grünen ist und dann, ob wir … halt dich fest: Ob. Wir. Das. Video. Aufnehmen.« Bei jedem Wort versetzt er mir einen Piks mit dem Zeigefinger. »Tja, manchmal muss man nur noch mal miteinander reden.« Er spricht mit philosophischem Pathos und sieht mir dabei vorwurfsvoll in die Augen.

Oben in meinem Zimmer, entzünde ich die Universumskerze und sehe der Flamme beim Flackern zu. Ich denke.

Ob das berüchtigte Miteinander-Reden in dieser Situation etwas bringt?

Die Wahrheit ist doch: Die meisten Menschen, bei denen miteinander reden zur Besserung der Lage führen kann, streiten über irgendwelchen dummen Mist. Ich gebe zu: Die literarischen Blog-Ergüsse eines eifersüchtigen Fans gehören definitiv in die Kategorie dummer Mist. Das hätte auch Julius erkennen können – erkennen müssen, wenn er wirklich wollte, dass das mit uns funktioniert, wenn er nur wollte, dass der Jazz-Song Laylius doch noch mit einer klassischen Kadenz endet.

Wie kann er nur ernsthaft glauben, ich hätte dieser Bloggerin ein Interview gegeben, um mich an ihm zu rächen? Wenn Julius so wütend darüber wird, dann liegt das Problem ja wohl sehr viel tiefer. Wahrscheinlich zu tief, als dass ich die Energie aufbringen könnte, danach zu graben. Außerdem bin ich es leid, es zu versuchen.

Ich kann Julius nicht aus dem Schlamassel freischaufeln, in dem er steckt. Viel zu lange habe ich geglaubt, dass ich diejenige wäre, die ihn dazu verleiten könnte, seine verkorkste Beziehung hinter sich zu lassen. Ich habe geglaubt, er brauche einfach nur einen Grund, ein Sprungbrett, eine helfende Hand mit einem kräftigen Spaten.

Aber vielleicht will Julius gar keine Hilfe. Vielleicht will er auch nichts hinter sich lassen. Er hatte die Wahl zwischen dem leichten und dem schwierigen Weg, und er hat den gewählt, der ihm wie der leichtere vorkam. Den Preis dafür muss er selbst zahlen.

Ich weine zwar schon wieder, als ich das denke, aber bin mir sicher, dass ich es endlich begriffen habe: Diesen Preis kann ich nicht auf meine Kappe nehmen.

Es ist wohl an der Zeit, eine erwachsene, selbstbestimmte Frau zu werden.

Als es schon fast elf ist, höre ich unten die Haustür zuschlagen und kurz darauf ein Gespräch zwischen meiner Mutter und Nick, der völlig aus dem Häuschen ist und ihr erzählt, dass Julius eben ihr gemeinsames Video hochgeladen hat.

Bevor ich darüber nachdenke, ziehe ich meinen Computer zu mir heran, fahre ihn hoch und klicke auf das Youtube-Lesezeichen, das sich in meinem Browser mittlerweile bewährt hat. Ganz oben in der Leiste meiner Abonnements steht: *JULIUSmakesyourHEARTJUMP hat ein neues Video hochgeladen. Nick und Julius* heißt das Video. Ich klicke darauf und lasse *Nick und Julius* auf Fullscreen erscheinen.

Nick sitzt glücklich mit den ungewohnt kurzen Haaren neben Julius und strahlt ihn an. Der militärische Haarschnitt lässt seinen Kopf merkwürdig winzig wirken. Julius wirkt müde, er hat Schatten unter den Augen, und der Vier- oder Fünf- oder Sechstagebart vermittelt den Eindruck, als hätte er sich in letzter Zeit vernachlässigt.

»Bereit?«, fragt Julius mit einem bescheidenen Lächeln.

Nick sagt: »Jop.«

Und dann fangen die beiden gleichzeitig an, einen Akkord über die Saiten ihrer Gitarren zu streichen, dann einen nächsten, und ich erkenne den Song, noch ehe Julius zu singen beginnt. Die Zeilen aus *Uncomfortably Slow* von Newton Faulkner, aus dem Album, das wir beide für großartig halten, bleiben in meinem Kopf hängen:

»I know it should be simple but it's not. So don't take my photograph cause I don't wanna know how it looks to feel like

this… It feels like standing still but I know I'm just moving uncomfortably slow.«

Der Rest des Songs und das kurze Gespräch, das Nick und Julius am Ende der Aufnahme führen, zieht an mir vorüber wie ein viel zu schneller Film, von dem man hofft, er möge langsamer abgespielt werden, damit man länger etwas davon hat. Wie ein wirklich gutes Buch, an dessen Ende man sich wünscht, man hätte es nie gelesen, hätte es nie gekauft, könnte morgen in den Laden gehen, es neu entdecken, die erste Seite aufschlagen und die Geschichte unvoreingenommen noch einmal genießen.

»Das war echt gut, Mann«, sagt Julius mit leiser, erschöpfter Stimme.

»Yeah«, sagt Nick.

»Hi Leute«, sagt Julius in die Kamera und reibt sich dabei die Augen. »Der junge Mann hier heißt Nick Woll. Nick ist einer meiner Schüler, sechzehn, gutaussehend, Single.« Er zwinkert ihm zu und ergänzt leise: »Morgen kannst du dich vor Facebook-Anfragen nicht mehr retten, Alter. Das hier sehen ziemlich viele Mädels.« Und dann wieder in die Kamera: »Wir hoffen, es hat euch gefallen. Das war *Uncomfortably Slow* von Newton Faulkner. Nick und ich trinken jetzt ein Bierchen.« Er hebt zwei Flaschen ins Sichtfeld der Kamera, reicht Nick eine und stößt mit ihm an. »Wolltest du noch was sagen, Nick?«

»Ja, äh. Julius makes my heart jump.«

»Exakt. Gute Nacht.«

Während Julius die Kamera ausschaltet, sagt er leise, aber deutlich hörbar zu Nick: »Puh, Alter, das Leben ist echt anstrengend.«

Während bereits die ersten Kommentare mit einem fast hörbaren Rattern unter dem Video erscheinen, sind die Gedanken in meinem Kopf alles andere als *Uncom-*

fortably Slow. Ich denke über meinen eigenen Entschluss nach, eine erwachsene Frau zu werden.

Ich war immer der Ansicht, dass es sich großartig anfühlen wird, wenn ich eines Tages diese Erkenntnis habe. Aber jetzt empfinde ich einfach nur … Na ja, ich muss an das Wort denken, das Nick für seine Veränderung benutzt hat: Wechsel. Dann kommt mir eine Stelle aus *König der Löwen* in den Sinn, an der Simba als erwachsener Löwe ins geweihte Land zurückkehrt und der Affe Rafiki zu ihm sagt: »Wechsel ist gut.«

»Ja«, erwidert Simba, »aber nicht so einfach.«

DAS ENDE DER BEN-GESCHICHTE

Vielleicht ist es wirklich unmöglich, etwas abzuschließen, dessen Ende nie geschrieben wurde. So wie man ein Buch nicht zuklappen kann, ehe man wenigstens noch die letzte verbleibende Seite gelesen hat. Genau das denke ich, als zwei Wochen nach meiner Erkenntnis, dass Wechsel eine verdammt schwierige Angelegenheit ist, eine SMS auf meinem Handy eingeht. Eine SMS von einer Nummer, die ich vor über einem Jahr gelöscht habe. Die letzte Nachricht, die ich von dieser Nummer empfangen habe, lautete in etwa: *Habe Lust auf dich heute Abend. Halb zwölf bei mir?*

Dass ich das noch so genau weiß, ist ein starkes Argument für die These, dass diese Geschichte unbedingt zu Ende geschrieben werden muss, damit ich den Buchdeckel ein für alle Mal zuschlagen kann. An diesem Abend, der mir vorkommt, als wäre er ein Leben lang her, hat mich Ben zu sich bestellt, um mit mir zu schlafen, und mir anschließend von seinen Plänen erzählt, nach München zu ziehen. Um mir anschließend zu sagen, dass wir uns nie wieder sehen würden. Wir alle wissen, *dass* wir uns seither noch mal wiedergesehen haben. Allerdings haben wir uns nie wieder *so* gesehen. Nackt und so weiter.

Heute steht in der SMS: *Layla. Hatte deine Nummer noch. Bin in Frankfurt. Du schuldest mir ein Bier.*

Eine Sekunde lang bin ich perplex. Ich schulde ihm ein Bier? Na und? Ben schuldet mir ein Selbstwertgefühl, eine Jungfräulichkeit und mindestens siebzig schlaflose, verheulte Nächte.

Dann dämmert mir, dass er damit auf unser Treffen bei seinem gemeinsamen Konzert mit Julius anspielt, bei dem ich ihm versprochen habe, etwas mit ihm trinken zu gehen.

Ich antworte: *Ben. Hatte deine Nummer gelöscht. Bin zu Hause. Ich hoffe, du sprichst nicht von finanziellen Schulden. Ich schulde dir bestenfalls meine Anwesenheit.*

Zu der Zeit, als ich mich regelmäßig mit Ben via SMS verständigte, dauerte es oft Stunden, wenn nicht Tage, bis er auf meine Nachrichten antwortete. Diesmal muss ich keine zwei Minuten warten.

Diese Schlagfertigkeit steht dir. Macht dich echt sexy. Bin ab neun in der Havanna-Bar.

Sexy? Havanna-Bar? Das ist typisch Ben. Er fragt nicht mal, ob ich Zeit, geschweige denn Lust habe.

Das Komische ist: Ich habe Lust.

Mit Mamas klapprigem Auto fahre ich nach Frankfurt und komme geplant provokativ erst um halb zehn in der Havanna-Bar an. Ich entdecke Ben an der Theke. Alleine. Er hat den Arm neben einem leeren Weizenbierglas abgestützt und saugt an einer Zigarette.

Ich stelle mich neben ihn und räuspere mich.

»Wow«, sagt er, die Zigarette im Mundwinkel, »Kleines, ich dachte, du kommst nicht mehr.«

»Kleines? Du bist nicht Mister Big, also was soll das, Ben?«

»Du mochtest das mal.«

»Ich mochte auch mal die Backstreet Boys.«

Ben lacht, winkt die Kellnerin zu sich, deutet auf sein Glas, dreht sich mir zu und fragt: »Und für dich?«

»Eine Johannisbeerschorle, bitte«, sage ich an die Kellnerin gewandt.

»Layla, ich bitte dich. Wir sind auf ein Bier verabredet.«

»Ich möchte aber kein Bier. Ich möchte eine Johannisbeerschorle.«

Ben muss wieder lachen. »Was ist mit dir passiert, Layla? Ich habe dich irgendwie anders in Erinnerung.«

Ich habe Rückgrat entwickelt, denke ich.

Dankend nehme ich der Kellnerin mein Glas ab und folge Ben, der mir eine Hand auf den Rücken legt und mich zu einem Tisch in der Ecke führt.

»Du bist ein sehr zorniges Mädchen geworden.«

»Ich versuche momentan, eine Frau zu werden.« Das klingt ausgesprochen ja noch bescheuerter als in meinem Kopf! Gleichzeitig merke ich, wie ich bei diesen Worten plötzlich irgendwie gerader sitze, den Rücken durchdrücke und die Brust vorstrecke. Tatsache: Ich habe Rückgrat entwickelt.

»Na, dann eben zornige *Frau,* wenn du darauf bestehst.«

Ich sehe ihn schief an und muss schmunzeln. »Warum bin ich hier, Ben?«

»Das musst du wissen. Ich kann dir nur sagen, warum ich dich eingeladen habe.« Er hebt eine Augenbraue.

»Dann verrate es mir. Und lass diesen flirtenden Blick, der zieht bei mir nicht.«

Er lacht schon wieder, so ausgelassen, als wäre ich unheimlich witzig. Normalerweise mag ich es, wenn andere mich witzig finden, aber bei Ben habe ich immer das Gefühl, dass er sich über mich lustig macht. Er fährt sich durch die langen aschblonden Haare und kratzt sich anschließend die Wangen, auf der fleckenartig helle Barthaare zu sehen sind.

»Ich hab ernst gemeint, was ich dir getextet hab. Die neue Layla ist sehr viel interessanter als die, die ich in Erinnerung hatte.«

»Das könnte daran liegen, dass die neue Layla nicht mehr alles tut, um dir zu gefallen«, sage ich und verknote meine Finger. Ich habe mich noch nicht entschieden, ob ich mich unwohl oder unglaublich dominant fühle. Wahrscheinlich ist die Situation einfach zu abstrus. Ich habe nie ein derartiges Gespräch mit Ben geführt. Ich habe ihm nie gesagt, wie ich mich fühle. Wenn ich es mir recht überlege, haben wir uns überhaupt nie richtig unterhalten. Meist habe ich geschwiegen, um zu gefallen. Dass mich das für ihn eher uninteressant gemacht hat, ist mir nie in den Sinn gekommen. Aber irgendwie klingt es schlüssig.

»Puh!« Ben seufzt erhitzt. »Genau das meine ich. Deshalb wollte ich dich sehen. Wahrscheinlich hast du recht mit dem Frauwerden und so. Die Frau Layla ist um einiges sexyer als das Mädchen Layla.«

»Hör zu, Ben. Das ist wirklich sehr schmeichelhaft und alles. Aber ich bin nicht hergekommen, um wieder die Layla von vor zwei Jahren zu werden. Also lass das Geflirte bitte.«

»Wirkt es?«

Ich weiß nicht, ob ich amüsiert oder genervt sein soll. »Nein, es wirkt nicht. Es ist überflüssig. Du hattest nie wirklich Interesse an mir. Warum jetzt?«

Er lehnt sich auf seinem Stuhl zurück. »Keine Ahnung. Als wir noch zusammen waren, warst du so … keine Ahnung. Neulich bei meinem Gig warst du auf jeden Fall anders. Ich wollte dich einfach mal wieder treffen. Quatschen.«

»Erstens: Wir waren nie zusammen. Zweitens: Wir

können gerne quatschen, nur deshalb bin ich hier. Und drittens: Es war auch Julius' Gig.«

Er schmunzelt. »Es geht um ihn, oder? Das hier hat alles was mit dem großartigen Julius Herzsprung zu tun. Das ganze Gerede vom Frauwerden und so.«

Mein eiserner Abwehrmechanismus will im ersten Moment dementieren, lügen, ihn anfauchen, zickig werden, ihm eine klatschen, weglaufen. Nur was würde das bringen? Ben hat mich in weiß Gott verletzlicheren Momenten erlebt – es kann nicht so schwer sein, ihm einmal die Wahrheit zu sagen. Er ist praktisch ein Fremder. Komischerweise fällt es mir leichter, vor Fremden über meine Gefühle zu reden. Es ist wie Tagebuchschreiben, das auch erst Konsequenzen hat, wenn jemand das Geschriebene liest.

»Es hat gewissermaßen mit Julius zu tun.«

»Seid ihr ein Paar?«

»Nein.« Ich lächle meine Finger an, doch meine Mundwinkel sind zu schwach, um die falsche Geste lang aufrechtzuerhalten.

»Der Abend nimmt eine erfreuliche Wende.« Ben faltet die Hände, sieht mich an.

»Nein! Bist du schwer von Begriff? Ich will absolut gar nichts von dir. Ich habe dich zwei Jahre lang voller Inbrunst gehasst, falls du es wissen willst. Und du hast das verdient. Du bist ein selbstverliebter Mistkerl. Wegen dir wollte ich nie wieder einen Mann treffen, der auch nur das Geringste mit Musik zu tun hat.«

Bens Gesichtszüge verändern sich. Das gebleckte Aufreißergrinsen weicht einem sanfteren und freundlicheren. »Was hat das mit Musik zu tun?«

»Viel! Es hat sehr viel mit Musik zu tun.«

»Das verstehe ich nicht.«

»Genau genommen hat alles mit Musik zu tun. Jemand, der gerne auf der Bühne steht, der Videos dreht, der diesen riesigen Raum einnehmen kann, zehntausend, fünfzigtausend, keine Ahnung wie viele Zuschauer – so jemand braucht unendlich viel Bestätigung. Irgendwann geht es gar nicht mehr um die Musik, sondern nur noch darum, wie viele Leute dich toll finden. Viel zu viele Mädchen werden von dieser Musikeraura geblendet und sehen nur noch Gitarren und Mikrofone und was weiß ich. Denen ist doch völlig egal, wer und wie du bist. Die wollen doch nur deine Berühmtheit.«

Ben hört mir aufmerksam zu. Das ist total merkwürdig. Irgendwann, nachdem er mich angeguckt, mit einem Armband gespielt und einen Schluck Bier getrunken hat, schüttelt er ganz langsam den Kopf. »Du kannst doch nicht meinen Charakter mit dem von Julius vergleichen.«

»Hab ich doch gar nicht!«, bricht der Abwehrmechanismus wieder durch.

Ben ignoriert das. »Du musst wissen, Julius und ich haben eine ganze Menge gemeinsamer Fans. Wir sind so etwas wie die aufstrebenden deutschen YouTube-Singer-Songwriter.«

Zynisch blinzele ich ihn an.

»Ich sag's ja nur.« Er hält die Hände in einer rechtfertigenden, abwehrenden Geste von sich. »Aber die Sache ist die: Julius ist der Nice Guy. Julius bekommt die Heiratsanträge von dreizehnjährigen Mädchen, die ihn einfach nur toll finden. Die ihn mögen. Ihn, nicht seine Gitarre oder sein Mikrofon. Ich dagegen – und es wäre geheuchelt, so zu tun, als würde mich das nicht stolz machen –, ich bekomme die älteren, reiferen Mädels ab, die etwas indiskretere Andeutungen machen.« Er schwenkt dazu philosophisch seine rechte Hand.

»Wo soll diese Erklärung hinführen? Du beschreibst genau das, was ich gerade gesagt habe. Da sind Mädels, die euch nicht kennen und euch trotzdem anhimmeln.«

»Es mag sein, dass sie uns nicht kennen. Aber sie himmeln nicht die Gitarre oder die Aura an, sondern, wie soll ich sagen? Sie erschaffen sich ein eigenes Bild von uns, von Julius wahrscheinlich noch mehr als von mir, weil er sehr viel persönlichere Videos macht, mehr von sich erzählt und so weiter. Die Musik ist der Grund, warum sie ihm zuhören, aber nicht unbedingt der Grund, warum sie ihn sympathisch finden. Es ist ziemlich oberflächlich, dass du das glaubst.«

»Oberflächlich? Ganz im Gegenteil, ich…«

Er lässt mich nicht ausreden: »Nein, Mädchen, hör zu: Das Bild, das diese Girls von Julius, mir oder sonst wem haben, ist nicht perfekt. Wahrscheinlich sind wir in Wirklichkeit ganz anders, aber sie lieben dieses Bild, das sie selbst kreiert haben. Musik zu machen gibt stinknormalen Typen wie mir – denn seien wir mal ehrlich, der schönste Mann bin ich nicht gerade – sie gibt uns eine Chance, die Leute da draußen zu erreichen. Sie mögen unser Talent. Das ist alles andere als oberflächlich. Aussehen ist plötzlich nicht mehr so wichtig, weil unser Talent sie davon überzeugt, dass sie uns näher kennenlernen wollen.«

Ich sehe Ben mit offenem Mund an, will etwas erwidern, widersprechen, einwenden, aber mir fällt nichts ein. In seiner Rede gibt es keinen einzigen Anknüpfungspunkt. Ich wusste nicht, dass Ben sich so ausdrücken kann, dass er sich derartige Gedanken macht. Denn offenbar hat er schon häufig über all das nachgedacht.

»Ja, gelobt zu werden ist geil. Ich persönlich bekomme auch gerne Lob, das nicht nur meine Musik betrifft, warum sollte ich mich dafür schämen? Ich mag es, wenn andere mich geil finden.«

Ich lege den Kopf schief und muss plötzlich ehrlich lachen. »Das magst du allerdings.«

»Ja«, sagt Ben, »aber das ist mein persönliches Ego. Auch nicht das von Julius.« Er trinkt von seinem Bier. »Außerdem hast du selbst mit dem Videodrehen begonnen, wie ich gehört habe.«

»Das ist etwas anderes.«

»Hahaha, diese Doppelmoral! Nein, es ist nichts anderes. Dir gefällt es doch bestimmt auch, wenn du positive Kommentare bekommst. Aber das bedeutet nicht, dass du denkst, zwischen dir und dem Kommentator würde was laufen. Es ist doch so: Wenn man merkt, dass man gut ist, reicht es irgendwann nicht mehr, dass Mami und Papi einen loben. Irgendwann will man mehr, irgendwann will man Publikum. Bei dir hat es bloß ein bisschen länger gedauert, Layla. Aber es hat sich gelohnt. Du bist verdammt gut geworden.«

»Korrektur: Ich war schon immer so gut.« Ich schmunzle. Zuerst denke ich, mein Mund hätte gerade einen sarkastischen Witz ausgesprochen, aber dann wird mir klar, dass es stimmt.

»Das habe ich nie bemerkt.«

»Wie auch? Es hat dich nie interessiert.«

»Sind wir jetzt wieder bei Vorwürfen angekommen?«

Ich nehme einen tiefen Schluck aus meinem Glas und antworte: »Nein. Nein, es ist okay, dass es dich nicht interessiert hat. Wahrscheinlich hast du recht, und ich war damals nicht besonders interessant. Ich war eher ziemlich fertig. Ich hatte praktisch gar kein Selbstbewusstsein. Ich habe immer gedacht, dass Leute wie du es mir genommen hätten, aber in Wahrheit hatte ich schon vorher keins. Du hast es nur – und da hilft leider kein Beschönigen – ausgenutzt.«

Er streckt die Hände von sich und sagt: »Sorry!«

Auf einmal wird mir eines bewusst: Es braucht nicht nur einen Ausnutzer, sondern auch einen, der sich ausnutzen lässt. Wäre ich damals auch nur ein Mal für mich eingestanden, hätte es mich bestimmt nicht so fertiggemacht. Vor lauter Panik, Ben könnte mich nur mögen, weil ich unterwürfig, schweigsam und jungfräulich war, habe ich diese Rolle angenommen und nicht gezeigt, dass ich in Wahrheit ganz anders bin. Damit habe ich selbst einen guten Teil dazu beigetragen, dass er mich wie eine kleines, braves Mädchen behandelt hat.

Noch vor ein paar Monaten, vielleicht sogar noch heute Vormittag hätte ich geschworen, dass ich Ben, sollte er je alles, was zwischen uns war, mit einem banalen *Sorry!* abtun, eine gescheuert hätte. Aber jetzt ist der Zorn irgendwie verpufft. Ich bin erleichtert. Einfach nur erleichtert, und ich spüre, wie meine innere Schreibmaschine Wort um Wort die Ben-Geschichte zu Ende schreibt.

PLÖTZLICH MAI

Am Morgen des 21. Mai sitze ich am Frühstückstisch und werde besungen. Jochen hat mein billiges E-Piano neben dem Esstisch aufgebaut, haut in die Tasten, und meine Mutter und Lucy singen dazu eine leicht umgedichtete Version eines Liedes aus *Sweeney Todd*.

»Nothing's gonna harm you, Layla, not while we're around«, singen sie und ersetzen die letzte Liedzeile durch ein langgezogenes, schrilles HERZLICHEN GLÜCKWUNSCH ZUM GEBURTSTAG.

Auf dem Vollkornkuchen vor mir warten dreiundzwanzig bunte Kerzen darauf, von mir ausgepustet zu werden. Genau das fordert Lucy nun lautstark von mir ein, während sie um mich herum hüpft und dabei ihr Geschenk schwenkt. »Meins zuerst!«, schreit sie.

Mama hat Jochen eine Hand auf die Schulter gelegt, mit der anderen streicht sie ihm beiläufig durchs Haar. Nick sitzt, ein Bein angewinkelt, morgenmuffelig, aber lächelnd, auf dem Stuhl mir gegenüber und drückt sich die Haare in die Stirn. Für den Popstar-Look, den er damit wohl anstrebt, sind sie noch etwas zu kurz.

Ich puste die Kerzen aus, schaffe zweiundzwanzig auf einmal und muss die letzte einzeln ausblasen. Nachdem auch der Rauch der dreiundzwanzigsten Kerze aufsteigt, fühle ich mich, als hätte ich mich nun sprichwörtlich ins neue Lebensjahr hineingepustet. Wie gewünscht packe ich als Erstes Lucys Geschenk aus.

»Nick hat es ausgesucht«, sagt sie, als ich eine CD auswickle und Lucy an mich drücke. Meinem Bruder werfe ich über den Tisch hinweg eine Kusshand zu, woraufhin er verlegen abwinkt. Mama und Jochen schenken mir zwei Konzertkarten für die Funk-Band Tower of Power, wofür sie begeistertes Quietschen und dicke Umarmungen ernten.

»Wen nimmst du denn mit auf das Konzert?«, fragt Jochen und zuckt mit der linken Augenbraue, als wüsste er die Antwort schon.

Meine Mutter haut ihm ihren Ellenbogen in die Seite und zischt: »Jochen!«

Ich lege den Kopf schief und brumme: »Das sehen wir dann. Im Notfall darfst du mitkommen.«

»Yesssss!«, sagt er und reckt die Faust zum Strike.

»Vielleicht ergibt sich ja bis dahin etwas, und du möchtest wen anders mitnehmen«, wirft meine Mutter ein.

»Klar, ich kenne eine Menge Leute, die da gerne mit mir hingehen würden. Erik, die Leute aus dem Quartett, das gesamte Jazz-Orchester wahrscheinlich, vielleicht sogar Kara.«

Mama schaut mich kritisch an. »Du hast mich falsch verstanden. Ich meine …«

»Ich meine, dass es Zeit wird, in die Uni zu fahren«, sage ich mit einem Blick auf meine Armbanduhr und dann auf Jochen, der daraufhin fahrig beginnt, sein Zeug zusammenzusuchen, ehe er mehrere mit Kuchen bepackten Brotboxen von Mama entgegennimmt und seinen Kaffee eilig hinunterschüttet.

Es ist Samstag, es ist mein Geburtstag, und das Wetter lässt sich durchaus als wunderbar bezeichnen. Ich hätte also ausschlafen, gemütlich im Freien frühstücken und feiern und danach Kara und Mimi treffen können. *Hätte, hätte, Fahrradkette,* sagt meine Oma immer. Stattdessen betrete ich mit Jochen Hecker die ausgestorbene Uni, laufe hinter ihm her durch das Foyer in die Aula, deren Flügeltüren schon weit offen stehen und breite Lichtstreifen in das Foyer werfen. Drinnen ist es laut. Menschen lachen, Instrumente werden eingespielt.

Kaum habe ich einen Schritt in den Saal gesetzt, werde ich förmlich von Golo und Emel überrannt, die mich in die Arme nehmen und ein derart voluminöses *Happy Birthday* anstimmen, dass alle meine Hoffnungen, sie würden ein nicht allzu großes Tamtam darum machen, auf der Stelle sterben.

Einige andere stimmen in ihr Ständchen ein, kommen auf mich zu, geben mir die Hand oder umarmen mich. Golo schenkt mir eine Flasche Sekt, deren Größe mich überfordert. Einen Moment lang fühle ich mich wie ein Zwerg, der eine normalgroße Flasche hält, dabei bin ich noch genauso groß wie immer, halte aber zweieinhalb Liter Blubberwasser in Händen. Ich bin geneigt, sie zu schütteln, den Korken knallen zu lassen und Sebastian Vettel zu spielen.

Der nächste Gratulant, der mir nicht bloß aus Höflichkeit die Hand schüttelt, ist Leander. Er kommt gut gelaunt auf mich zu, umarmt mich fest, streichelt mir über den Rücken und übergibt mir ein Geschenk.

»Das musst du doch nicht«, sage ich peinlich berührt.

»Es ist nur eine Kleinigkeit.«

Doch diese Kleinigkeit ist ziemlich groß. Ich packe sie aus. Es ist ein viergeteilter Bilderrahmen, in jedem der vier Fenster ein Bild, alles Screenshots unserer gemeinsamen Videos. Oben sind *Take Five* und *Old Devil Moon* zu sehen, darunter unsere beiden neuesten Aufnahmen,

Summertime von Ella Fitzgerald und *Feeling Good* von Nina Simone, bei denen ich jeweils den Gesangspart auf dem Saxofon übernehme und Leander am Klavier kleine Wunder vollbringt.

»Wow! Das ist so toll! Das häng ich mir übers Bett, dann sehe ich jeden Morgen als Erstes, wie unglaublich cool wir sind.«

Leander, Golo und Emel begleiten mich zur Bühne, vor der ich mich im Orchester niederlasse.

Zehn Minuten nach dem vereinbarten Probenbeginn fehlen zwei Menschen unentschuldigt: Erik und Julius. Als Jochen bittet, jemand möge die beiden anrufen, versuche ich, nicht von meinen Noten aufzublicken, in die ich mir gerade vollkommen unwichtige Notizen mache. Ich kringele Tonartwechsel und Intonationszeichen darauf – dabei mache ich bei solchen Formalitäten schon lange keine Fehler mehr. Leander springt auf, um bei Julius durchzuklingeln. Eine Klarinettistin ruft Erik an, spricht einige Zeit in ihr Handy, tuschelt dann mit bleichem Gesichtsausdruck mit ihrer Sitznachbarin und reicht schließlich ihr Handy an Jochen weiter, der die Aula damit verlässt. Als er an Leander vorbeikommt, ruft der ihm zu: »Julius ist schon auf dem Weg.«

Jochen geht nicht weiter darauf ein. Er verschwindet für ein paar Minuten, und als er wieder auftaucht, gibt er der Klarinettistin das Handy zurück, rauft sich prustend die Haare und ruft: »Layla!«

Ich schaue auf.

»Sorry«, ertönt genau in dem Moment Julius' Stimme vom Seiteneingang. Er stiehlt sich am Orchestergraben vorbei auf die Bühne, zieht sich im Gehen die Jacke aus und sagt entschuldigend: »Riesiger Unfall auf der Autobahn.«

Aus dem Augenwinkel werfe ich ihm einen Blick zu und denke: *Du lügst. Da war gar nichts auf der Autobahn. Jochen und ich haben auf derselben Strecke die üblichen zwanzig Minuten gebraucht.*

Zu merken, dass Julius nicht die Wahrheit sagt, löst in mir sofort den Wunsch aus, wissen zu wollen, was wirklich passiert ist und warum er es verheimlicht. Dann fällt mir ein, dass mich das nichts angeht.

»Ist schon gut«, sagt Jochen und klingt dabei, als würde es ihn nicht im Geringsten interessieren. Dann sagt er wieder: »Layla, komm mal her und hol dir die Ersatznoten für die erste Stimme ab. Erik ist raus.«

»Was? Warum?«, frage ich und gehe ahnungslos nach vorne.

»Der Junge hat … Heiland, wenn ich daran denke, zieht sich mir alles zusammen. Ich hatte eben seine Mutter an der Strippe. Erik ist gestern Nacht ziemlich betrunken Fahrrad gefahren und dabei schwer gestürzt. Er hat sich«, Jochen räuspert sich und greift sich schockiert an den Mund, »beide Schneidezähne ausgeschlagen.«

Oh Mein Gott. Ich fasse mir selbst reflexartig an den Mund.

»Ach du …«, ächze ich. Geistesabwesend nehme ich die Noten entgegen, die Jochen mir reicht, und gehe mit einem drückenden Gefühl in Brust und Kiefer zurück an meinen Platz.

Die oberen Schneidezähne sind unersetzlich für die Tonbildung beim Saxofon. Und Erik ist über die Maßen talentiert. Bekommt er jetzt Prothesen? Wird er sich je daran gewöhnen?

Ich darf gar nicht daran denken, versuche das entsetzte Flüstern zu überhören und schlage die erste Seite der neuen Noten auf.

In der Mittagspause sitze ich mit Emel und Golo im Freien auf dem Rasen, futtere Mamas Kuchen und lasse mich dabei von der Sonne bescheinen.

»Stimmt es, dass Erik letztens mit dir ausgehen wollte?«, fragt mich Emel aus heiterem Himmel.

Ich werfe Golo einen bösen Du-solltest-es-nicht-weitererzählen-Blick zu.

Sofort rechtfertigt er sich. »Ich fand es so aufregend. Ihr kennt euch seit drei Jahren, und plötzlich will er mit dir was trinken gehen. Mir passiert so was nie. Lass mich halt wenigstens darüber tratschen.«

»Du müsstest dich vielleicht nur mal nach etwas anderem umschauen, dann würde dir das auch passieren«, wirft Emel ein und tätschelt Golo mitfühlend das Knie. Sie sagt bewusst nicht, dass er sich nach *einer* anderen umschauen soll. Emel ist, wie sie mir erzählt hat, felsenfest davon überzeugt, dass Golo seine sexuelle Orientierung früher oder später überdenken und in ihr Team wechseln wird.

»Hast du nein gesagt, als er dich gefragt hat?«, fragt sie mich.

Ich seufze. Genau deshalb sollte Golo nichts davon erzählen. Es war mir selbst ziemlich unangenehm, auf einmal in der Position derjenigen zu sein, die jemandem eine Abfuhr erteilen muss. »Ich mag Erik, klar, aber er ist überhaupt nicht mein Typ. Ich finde, wenn man sich schon mehrere Jahre kennt, sollte da wenigstens ein gewisses Kribbeln sein, wenn man nach einem Date gefragt wird, oder? Aber bei mir war da gar nichts. Es war mir eher peinlich, irgendwie. Außerdem: Irgendwann muss ich meinen Grundsatz, keine Musiker mehr zu treffen, ja auch mal durchziehen.« Ich zwinkere. Diesen Grundsatz habe ich eigentlich seit meinem Gespräch mit Ben über Bord geworfen. Ich bin jetzt wieder davon überzeugt, dass Musiker auch nur Menschen sind.

»Du meinst wohl eher: Erik ist der falsche Musiker.«

Golo erntet den zweiten bösen Blick des Tages.

»War nur ein Witz«, werfe ich ein.

»Das ist der wahre Grund, oder?«, fragt Emel. »Dir steckt das Ganze noch in den Knochen.«

»Es war nur ein Wihitz!«

»Oha, Alarmstufe Julius«, zischt Golo, und weil ich denke, er macht nur einen dummen Spruch, bekommt er den bösen Blick Nummer drei gratis obendrauf.

Aber dann nickt er zum Hinterausgang der Aula, aus dem tatsächlich gerade Julius kommt und direkt auf uns zusteuert. Auf mich, um genauer zu sein, denn er sieht mich an, schnippt seine Zigarette weg und schiebt sich im Gehen die Hände in die Hosentaschen.

»Ich muss mal zur Toilette«, verkündet Emel, als Julius nur noch einen Meter von uns entfernt ist, und steht auf.

Flehend sehe ich sie an und versuche sie telepathisch darum zu bitten, mich jetzt nicht alleine zu lassen. Mich nicht in diese peinliche Situation zu bringen. Mich dieser Sache nicht auszusetzen.

»Ich könnte auch mal aufs Klo«, sagt Golo, als wäre ein Toilettengang eine Laune, die einen spontan überkommt.

Als die beiden an Julius vorbeigehen, grüßt er sie mit einem leisen »Hi« und legt dabei verlegen seine Hand in den Nacken.

Gott, er ist so sexy, schießt es mir durch den Kopf. Mir ist klar, dass solche Gedanken alles andere als nützlich sind, wenn man im Begriff ist, ein Gespräch mit seinem So-etwas-Ähnliches-wie-Exfreund zu führen.

»Na?«, sagt er, ohne mich anzusehen, als er sich neben

mich ins Gras fallen lässt, und beginnt an seinen Schnürsenkeln zu spielen.

»Na.«

»Ich wollte dir zum … Alles Gute zum Geburtstag.« Er lässt von seinen Schnürsenkeln ab und sieht mir endlich ins Gesicht.

Mein Körper reagiert sofort auf diesen Blick, auf die leicht verkniffenen Augen, die er gegen die Sonne mit der flachen Hand abschirmt. Mein Herz schlägt schneller, meine Knie werden weicher, und die Innenflächen meiner Hände kribbeln. Mein Magen verspürt so etwas wie Hunger, obwohl ich gerade gegessen habe, gleichzeitig kann ich mir nicht vorstellen, jetzt auch nur einen einzigen Bissen zu schlucken. Meine Kehle wird staubtrocken, und mir ist, als würde mich eine unsichtbare Hand an der Gürtelschnalle packen und zu Julius hinziehen.

Er sieht unglaublich müde aus. Als hätte er die ganze Nacht nicht geschlafen oder viel gefeiert oder getrunken oder alles drei zusammen. Auf seiner Stirn glänzt Schweiß, und ich bin mir nicht sicher, ob er von der Sonne, vom Singen oder sonst wo herkommt.

Leise bedanke ich mich.

»Bitte«, sagt Julius und macht die Situation damit noch seltsamer, als sie ohnehin schon ist.

Dann stolpert mir etwas aus meinem trockenen Mund, das ich nicht schnell genug aufhalten kann: »Als Hecker und ich nach Frankfurt gefahren sind, war da irgendwie noch kein Unfall.«

Julius reibt sich die Augen. »Im Ernst? Wir haben seit zwei Monaten kaum ein Wort miteinander gesprochen, und das Erste, was dir einfällt, ist, nach dem Verkehr zu fragen?«

»Dir fällt ja auch nichts Besseres ein als *Alles Gute zum Geburtstag.*«

»Heute ist nun mal dein Geburtstag!«

Ich verschränke die Arme, um zu verstecken, dass ich darauf nichts zu erwidern weiß.

»Du darfst beim Konzert die erste Stimme spielen, das ist cool, oder? Freust du dich?«

Zwar bin ich mir sicher, dass Julius es wirklich freundlich meint, aber ich kann es nicht so empfinden. »Der Preis, den Erik dafür zahlt, ist viel zu hoch. Da fällt es mir ziemlich schwer, mich darüber zu freuen.«

»Ja, da hast du … natürlich recht. Mit dem … Preis.« Er reibt sich mit den Händen über die Oberschenkel und sagt: »Na dann, ich geh mal wieder rein.«

DER PREIS

Als ich abends im Bett liege, mache ich mir über diesen neuen Rang, den ich so unfreiwillig eingenommen habe, Gedanken. Wenn ich ehrlich bin, ist es mir nie wirklich darum gegangen, in diesem blöden Uni-Orchester die erste Stimme zu spielen. Mir war es auch egal, dass ich in dem Quartett nur die zweite spielte und in der Jazz-Combo und im Musikverein. Es war mir immer recht, wenn ich im Hintergrund bleiben konnte. Es ging um etwas ganz anderes.

Um die Tatsache, dass alle ganz selbstverständlich davon ausgegangen sind, ich sei damit einverstanden, dass ich nie gefragt wurde und andere, die nach mir kamen, automatisch einen höheren Rang bekamen als ich. Dass sich nie jemand dafür eingesetzt hat, dass ich diese erste Stimme spielen darf, von der ich, seit ich Musik mache, immer dachte, sie sei erstrebenswert und besser und dass ich sie verdiene.

Nicht mal ich selbst habe mich je dafür starkgemacht. Ich dachte, das wäre die Aufgabe der anderen. Vielleicht von Jochen. Vielleicht wartete ich unbewusst auf den Tag, an dem ich in die Orchesterprobe gehen und Jochen mich zur ersten Stimme befördern oder dass Erik sagen würde, er trete mir diesen Posten ab, weil er finde, dass ich es nach all den Jahren verdient hätte.

Ich weiß nicht, warum ich nie darauf gekommen bin, einfach mal nachzufragen.

Erik hat nie darauf bestanden, die erste zu spielen. Wahrscheinlich hätte er gesagt: »Klar, komm, wir tauschen.« Und Jochen hätte sich darüber gefreut.

Vielleicht ist das der Grund, warum so viele Leute nicht wissen, wie gut ich wirklich bin.

Julius zum Beispiel hat mich erst gefragt, ob ich in seinem Video auftreten will, nachdem er mich in einem unbeobachteten Moment gehört hat, in diesem Video, das mich kurz vor der Premiere von *West Side Story* zeigte.

Ich erinnere mich an einen Begriff, den Julius verwendet hat: Rampensautitis. Ehrlich gesagt habe ich Rampensautitis nicht nur stets für etwas Schlechtes gehalten, sondern mir auch etwas darauf eingebildet, nicht daran zu leiden. Die raren Dinge sind bekanntlich immer die, auf die man sich etwas bildet. Ich habe gedacht, meine mangelnde Fähigkeit, aus mir herauszugehen und mich selbst auch mal zu feiern, wäre sozusagen mein Fabergé-Ei – eine Kostbarkeit, die nur sehr wenige besitzen.

Irgendwie hat mich dieses Fabergé-Ei in den Hintergrund gedrängt.

Das soll jetzt kein Plädoyer dafür sein, egoistisch und selbstverliebt zu werden. Ich werde nie so sein wie Ben, der sich selbst für den Größten hält und damit etwaige Fehler auf den ersten Blick nahezu perfekt kaschiert. Ich werde aber auch nie so sein wie Julius, der das alles mit natürlicher Leichtigkeit macht, oder wie Emel, vor deren charmanter divenhafter Aura man niederknien möchte, oder wie Golo, dem die Bühne so viel Kraft gibt, dass er all seine Sorgen, er könnte sich lächerlich machen, vergisst und genau deshalb niemals lächerlich wirkt.

Ben hatte recht, als er zu mir gesagt hat, dass es bei mir wohl etwas länger gedauert habe, ehe ich Lust auf Lob bekommen habe. Ich dachte, dafür müsste man sich schämen. Warum kann ich nicht einfach stolz auf mich sein? Ich schiele zu dem Geschenk, das Leander mir gemacht hat. Ich habe es wie angekündigt über meinem Bett angebracht, wo es nun neben dem Zitat von Gustav Mahler hängt, und bin plötzlich doch stolz. Stolz auf etwas, das ich durch eigenen Einsatz erlangt habe, nicht auf etwas, zu dem jemand mich ernannt hat.

Ich drehe mich auf den Bauch, greife nach dem Notenheft auf dem Nachttisch und breite es auf meinem Kopfkissen aus. Wenn ich jetzt auf diese Mappe mit den Noten für das erste Altsaxofon schaue, fühle ich mich kindisch. Und zwar nicht wie eine Dreizehnjährige, sondern in etwa wie eine Achtjährige. Denn so alt war ich, als ich dem Musikverein beigetreten bin und der Traum davon, die erste Stimme spielen zu dürfen, in mir gereift ist. Genau das fühlt sich jetzt so doof an. Wegen des Preises.

Ich muss an Erik denken, dann an Julius. Und wenn ich einmal angefangen habe, an Julius zu denken, kann ich an nichts anderes mehr denken.

Plötzlich sind alle Sorgen und Gedanken wie weggefegt, weil überraschend und unangekündigt Kara und Mimi laut grölend in mein Zimmer platzen und mich daran erinnern, dass heute immer noch mein Geburtstag ist und ich deshalb jetzt Spaß haben muss.

LAYLA

»Du hast keine gute Hautfarbe in letzter Zeit«, krittelt meine Mutter.

»Danke.«

»Sollte kein Kompliment sein.«

»Sag bloß.«

»Du musst mehr auf dich achten.« Sie sieht mich mit hochgezogenen Augenbrauen an. Ich ignoriere sie und versenke meine Beißer in dem Schokoriegel, den sie mir durch ihre Meckerei höchstwahrscheinlich madig reden wollte.

»Warum guckst du so? Schokolade macht doch glücklich.«

»Nein, glücklich denken macht glücklich.«

»Konfuzius?«

»Nein, deine Mutter.« Sie strahlt selbstzufrieden und lehnt sich in dem Beifahrersitz von Jochens Volvo zurück.

Jochen, Nick und Jochens Sohn Sebastian erscheinen auf der anderen Straßenseite, jeder bepackt mit drei rechteckigen Kartons. Sie laden die Pakete in den Kofferraum und steigen dann zu uns in den Wagen.

»Hier, guckt mal«, sagt Jochen und drückt Mama und mir je eins der frisch gedruckten Programmhefte in die Hand.

»Ich fühle mich in der Tat wie ein Star«, sagt Mama und wirft Jochen einen verliebten dankbaren Blick zu.

Diesen Blick sollte sie eigentlich mir zuwerfen, denn es war meine überragende Idee, ihr Gemälde, das aussieht wie eine abgestochene, blutende graue Leinwand, als Titelbild für unser Musical zu verwenden. Mit Leanders Hilfe – er hat sich als echter Crack auf dem Gebiet des digitalen Designs erwiesen – habe ich es abfotografiert und in bluttropfender Gruselschrift *Sweeney Todd – der dämonische Barbier aus der Fleet Street* darüber gephotoshopt. Die Schrifttype ist so abgedroschen und klischeehaft, dass ich sie im ersten Moment gehasst und im zweiten Moment geliebt habe. Es ist wichtig, hin und wieder Klischees zu erfüllen, sie geben Sicherheit. Wenn unsere Zuschauer Extravaganz und Experimente sehen wollten, sollten sie sich kein Musical Marke Uni-Produktion reinziehen, sondern ein kleines Frankfurter Kellertheater besuchen, in dem sich grün angemalte Schauspieler mit Ravioli bewerfen.

Jochen fährt einmal quer durch Frankfurt von der Druckerei zur Uni, wo in einer halben Stunde die Generalprobe beginnt. Heute ist Freitag, morgen ist Premiere.

Ich bin aufgeregt, wenn ich nur daran denke. Nicht weil ich fürchte, einen Fehler zu machen, oder weil ich glaube, dass das Ensemble nicht gut genug sei – ich mache mir Gedanken um die Rahmenbedingungen. Noch vor ein paar Monaten, ungefähr im Februar, hat sich der Abend der Premiere wie eine wolkige, luftige Wunschvorstellung in meinem Kopf ganz wunderbar abgespielt. Ich hatte mir vorgestellt, dass Julius auf der Bühne einfach toll und zwischen uns alles geklärt sein würde. Im Publikum würde seine Familie sitzen, vielleicht sogar nahe an meiner, weil sie sich mittlerweile kennengelernt hätten. Unsere Mütter hätten kurz darüber geschwatzt, wie aufregend es sei, musisch begabte Kinder zu haben, und dass man ja jedes Mal so viel aufgeregter sei als die musisch begabten Kinder selbst. In meiner Vorstellung hätte Julius nicht im Zuschauerraum nach seiner Freundin suchen müssen, sondern in der Umkleidekabine, wo ich gesessen und vor Stolz auf ihn geheult hätte.

Doch jetzt wird das Ganze eher so ablaufen: Ich werde ihn nach dem Finale kurz hinter der Bühne treffen, verlegen sein und nicht die richtigen Worte finden. Alle anderen werden ihn unbekümmert umarmen und ihn beglückwünschen. Dann wird er zu seiner Familie gehen, die ihn ebenfalls loben wird – seine Mutter mit feuchten Augen, Anna mit einem überschwänglichen Kuss. Unterdessen werde ich zu meiner Familie gehen, meine Mutter wird in Tränen aufgelöst sein vor Stolz auf mich, auf Jochen, auf ihr Gemälde auf dem Programmheft, einfach auf alles. Lucy wird heulen, weil Mama heult und weil so viele Schauspieler sterben mussten. Nick wird bedröppelt herumschlurfen und unsicher seine Finger kneten, weil er genauso wie ich und im Gegensatz zu unserer Mutter unfähig ist, in der Öffentlichkeit Gefühle zu zeigen. Er wird bestenfalls ein bisschen grinsen und »cool« sagen.

Mama und Nick setzen sich hinten in die bereits bestuhlte Aula. Mamas Gesicht glüht vor Aufregung und von dem Gefühl, ein Insider zu sein. Eine Privilegierte, deren Kontakte zur Theaterleitung derart ausgezeichnet sind, dass sie an der wichtigen Generalprobe teilhaben darf. Meine Mutter steht auf so etwas. Aus demselben Grund unterhält sie sich auf Ausstellungen auch gerne mit Künstlern, deren Sprache sie nicht spricht. Aus demselben Grund hat sie sich Jochen Hecker angenähert – weil ihr der Gedanke gefiel, sich durch eine Masse an Konzertbesuchern zu quetschen und an der Bar den Star des Abends mit »Hallo, ich bin Laylas Mutter« anzusprechen.

»Layla«, zischt mir jemand zu, als ich mich auf meinem Platz niederlasse. Und dann noch einmal, zweistimmig, eindringlicher: »Layla!«

Ich drehe mich um. Es sind Golo und Emel, die auf der Bühne hocken und nach mir rufen.

»Wir müssen mal mit dir reden.«

»Ja, was ist denn?«, frage ich und werde sofort von Jochen unterbrochen.

»Hier wird jetzt nicht geredet, hier wird jetzt generalgeprobt!« Seine Stand-up-Comedy Nummer eins.

Aus dem Augenwinkel sehe ich, dass Julius sich elegant wie immer auf die Bühne schwingt, sich dort weniger elegant auf eine Requisite fallen lässt und sich über die Augen reibt.

»Julius, eins sag ich Ihnen: Morgen erscheinen Sie mir hier mit einem Gesicht, so glatt rasiert wie ein Babypo. Sie sind ein Barbier, kein obdachloser Weihnachtsmann-Imitator!« Jochens Stand-up-Comedy Nummer zwei.

Er erntet ein paar Lacher (den lautesten von meiner Mutter), klatscht dann in die Hände und brüllt: »So, aufgepasst! Die Sänger: rein in die Kostüme. Das hier ist eine Generalprobe. Orchester: Wir beginnen mit der Ouvertüre.«

Fünfzehn Minuten später – Jochen hat soeben zum achten Mal abgebrochen, und mein Geduldsfaden ist aufs Äußerste gespannt – tritt ein Darsteller nach dem anderen in die Aula. Ich sehe ihre Verkleidungen heute zum ersten Mal.

Die bekloppte Sina geht voraus. Sie trägt eine Haube, eine Sammeldose und bordeauxfarbene Lumpen, die schwer danach aussehen, als wären sie ursprünglich mal ein Vorhang gewesen. Ich könnte schwören, dass ein ähnlicher Stoff die Wohnzimmerfenster meiner Oma ziert. Leander, Golo und Emel folgen ihr wild schwatzend. Leander ist in einen Seefahrermantel und dicke Schals gehüllt, auf seinem Kopf sitzt eine etwas alberne Oliver-Twist-Mütze. Golo sieht aus wie eine noch exzentrischere Version seiner selbst. Er trägt ein fliederfarbenes Jackett mit rosa Seideneinstecktuch und eine – mir fällt kein besseres Wort dafür ein – Halsschleife aus demselben Stoff. Dazu eine gelbe Hose und Reiterstiefel. Emels Haare ballen sich über ihren freien Schultern. Ihr Kleid ist eine Mischung aus Erotik und Pragmatismus, würde ich sagen. Sie hat mir erzählt, dass sie unter diesem schwarzen, berüschten Kleid, das irgendwie angefressen aussieht, einen Dirndl-BH anhat, von dessen opulentem Ergebnis die schmutzige Schürze nur geringfügig ablenkt. Als Nächstes hüpft Alisa Dobnagel in den Saal. Sie trägt ein strahlend weißes Sommerkleidchen, das bei ungünstigem Lichteinfall durchsichtig wird. Das hätte im ausgehenden neunzehnten Jahrhundert ganz sicher keine Tochter aus feinem Hause so getragen. Sie läuft barfuß, weil alle der Meinung waren, dass das schön unschuldig aussähe. Später im Stück wird sie Anthonys (Leanders) Schnürstiefel tragen, und er wird auf Socken laufen, was zugegebenermaßen ein sehr romantischer Einfall der Regie war.

Alisa kichert, während sie eintritt. Der Grund dafür ist, dass sie an Julius herumdoktert. Sie zieht seinen hohen Vatermörderkragen zurecht und zupft an der breiten Krawatte herum, von der ich glaube, dass man sie Lavallière nennt. Ich will natürlich nicht, dass Alisa an ihm herumzupft, und verspüre deshalb sofort den Drang aufzuspringen, mich wie eine Wolfsmutter vor Julius zu werfen und sie anzufauchen.

Freundlich schiebt Julius ihre Hand weg, und dann, für weniger als eine Sekunde, treffen sich unsere Blicke. Er dehnt scherzend mit einer Grimasse seine Hosenträger, krempelt sich die Ärmel des weißen Hemds hoch und knöpft seine graue Weste zu.

Ich grinse nur kurz zurück. Dann gefriert mein Gesicht, und in meiner Brust breitet sich wieder dieses watteähnliche Gefühl von Bringt-doch-alles-nix aus.

»Layla«, zischt Emel erneut, und ich sehe ihr dabei zu, wie sie versucht, sich zwischen einem Hornisten und einer Posaunistin durchzuquetschen. Sie bleibt stecken, in ihrem Kleid ist sie stark bewegungseingeschränkt. Die Musiker wollen ihre Stühle verrücken, um einen Durchgang für sie frei zu machen, doch weil das Geräusch der rückenden Stühle in der akustikfreundlichen Aula zu der Lautstärke eines Militärangriffes anschwillt, horcht Jochen auf.

Er bekommt einen formvollendeten Wutanfall. »Jetzt reicht's aber! Wenn Sie unbedingt etwas Wichtiges mit Layla besprechen müssen, dann machen Sie es jetzt hier laut vor uns allen. Ich glaube jedoch nicht, dass es momentan irgendetwas Wichtigeres gibt als diese Probe, also schwingen Sie sich auf die Bühne und HALTEN Sie den Mund.« Er rauft sich die Haare, dann korrigiert er sich. »Das meine ich natürlich im übertragenen Sinne.«

»Natürlich«, sagt Emel schnippisch, wirft mir einen entschuldigenden Blick zu und drängelt sich erneut an den Blechbläsern vorbei.

Was wollen sie denn heute nur alle?

Nach vierstündiger Probe entlässt uns Jochen um sieben Uhr. Zu den Top Ten der Dinge, die ich jetzt am liebsten machen würde, zählen:

1) Nach Hause fahren.
2) Eine fette Pizza essen.
3) Fünf Gläser Wein trinken.
4) Gesichtsmuskulaturentspannungsübungen durchführen.
5) Ein Bad nehmen.
6) Einen auf Klischee machen und eine Gesichtsmaske auftragen.
7) Musik hören, die nicht aus einem Musical stammt.
8) Den ganzen Abend kein Wort mehr reden.
9) Alleine sein.
10) Alles auf einmal oder vielmehr nur durch kurze zeitliche Abstände voneinander getrennt.

Obwohl Emel mir zugerufen hat, ich solle mich ja nicht vom Fleck bewegen, ehe sie sich umgezogen hat, ist es Leander, der mich als Erster aufgabelt. Nun wieder in Jeans und T-Shirt, legt er einen Arm um mich, nimmt mir meinen Saxofonkoffer ab, schwingt ihn sich über die Schulter und fragt: »Was genau sind deine Pläne für heute Abend?«

»Ich werde mir zu Hause eine Pizza reinschieben, sie mit einer Flasche Wein runterspülen und hoffen, dass das Kauen und Schlucken meine Backenmuskeln auflockert. Danach gehe ich in die Badewanne, lege mir Gurkenscheibchen auf die Augen und höre 'ne Runde Free Jazz. Wenn dann noch Zeit ist, werde ich sie alleine und schweigend verbringen.«

»Naa«, Leander schüttelt den Kopf. »Pizza und Wein, einverstanden. Den Rest lass mal gut sein. Ersetze die Badewanne durch eine gemütliche Kneipe, den Free Jazz durch säuselnde Hintergrundmusik, und wir haben einen Deal.«

»Und was wird aus alleine und schweigend?«

»Alleine kommt nicht in Frage und schweigend … Ist mir egal, ob du redest oder nicht.«

Das Herrliche an Leander ist, dass das sogar stimmt. Ich habe in den letzten Wochen viel Zeit mit ihm schweigend verbracht. Schweigend im Sinne von Wir-beide-zusammen-am-Klavier-uns-nur-durch-Töne-unterhaltend.

»Ich bin heute wirklich nicht in der Stimmung. Außerdem, wenn Hecker mitbekommt, dass wir heute Abend feiern gehen, dreht er uns den Hals um. Und mit uns meine ich mir, denn nur meine Mutter ist seine Freundin.«

»Ach, das kriegt er gar nicht mit. Golo und Emel wollen sich heute Abend ausruhen, ich glaube, Alisa und noch ein paar aus dem Orchester gehen auch mit. Wenn sie uns nerven, dann setzen wir uns einfach ein Stück weg.«

Ich knete meine Knöchel und stimme schließlich zu. Warum, weiß ich auch nicht recht. Leander strahlt und zieht mich voran.

»Warte kurz, Emel wollte noch mit mir …« In diesem Moment sehe ich sie mit Golo am Ausgang stehen.

»Hey!«, rufe ich den beiden zu, und sie drehen sich um. »Was ist denn jetzt? Was gab's denn so Wichtiges?«

Emel winkt ab. »Ach, hat sich erledigt. Wir sehen uns morgen.«

Golo winkt mir, und dann verschwinden sie einfach.

»Die wollen sich bestimmt bloß ausruhen.«

Misstrauisch ziehe ich die Augenbrauen zusammen, lasse mich jedoch von Leander zur Straßenbahnhaltestelle bugsieren, wo wir mit Alisa und ein paar anderen Musikern in die nächste Tram steigen.

Was Leander mir als gemütliche Kneipe angepriesen hat, entpuppt sich als riesiger, amerikanisch angehauchter Diner-Schuppen. Ich werfe ihm einen vorwurfsvollen Blick zu, den er mit einem unschuldigen Gesichtsausdruck kontert.

Drinnen ist es unglaublich voll. Kein Besucher scheint älter zu sein als Anfang zwanzig, alle halten sich an Drinks fest und warten in einer Schlange darauf, dass ein Tisch frei wird.

Leander hat auf den Namen *Sweeney-Todd*-Crew reserviert, obwohl wir mit unseren zehn Mann nur einen sehr geringen Teil der gesamten Crew darstellen.

Neben der verspiegelten und mit allen erdenklichen Spirituosen ausgestatteten Bar ist eine kleine Bühne aufgebaut. Dafür erntet Leander einen weiteren vorwurfsvollen Blick.

»Du hattest säuselnde Hintergrundmusik versprochen. Ich habe fest mit dem Besten aus den Siebzigern und Achtzigern gerechnet.«

»Eric Clapton?«

»Von mir aus.«

»Wann warst du das letzte Mal auf YouTube?«, fragt er und setzt sich in die hinterste Ecke auf eine Art Ecksofa, das mit Stars-and-Stripes-Muster bedruckt ist.

»Keine Ahnung. Glaube, bei dir neulich.« Er nickt nachdenklich. Dieses *bei dir neulich* ist ungefähr drei Wochen her. »Warum? Haben wir einen Klickrekord gebrochen?«

»Mit *Feeling Good* sind wir mittlerweile bei zehntausend.«

»Wahnsinn.«

Wir werden von einer Kellnerin unterbrochen, die nach unserer Bestellung fragt. Wir ordern zwei Pitcher Bier für den gesamten Tisch und Pizza American Style, deren Käse-im-Rand-Kalorienatombombe mich ein wenig über Leanders nicht eingehaltene Versprechungen hinwegtröstet.

»Julius hat letzte Woche mit *Last Friday Night* die zweihundertfünfzigtausend geknackt.«

»Zweihundert was?«, frage ich, und mir klappt der Mund auf. »Himmel …«

Ich weiß nicht, ob es daran liegt, dass er Julius erwähnt hat oder das Video. Aber in derselben Sekunde bilde ich mir ein, dass eines der Mädchen, die vorne in Reih und Glied stehen, die rasende rothaarige Reporterin ist, die an dem ganzen riesigen Schlamassel zwischen Julius und mir schuld ist.

Kopfschüttelnd sehe ich zu Leander.

»Wie geht's dir so?«, fragt er mich und bringt mich damit vollends aus der Fassung.

»Wie soll's mir gehen? Gut. Wie immer.«

Die Kellnerin stellt einen Pitcher mit Bier vor unsere Nasen und schenkt uns ein.

»Wann hast du das letzte Mal mit Julius geredet?«, fragt Leander weiter.

»Ich? Warum quetschst du mich so aus?« Mir fällt mein Misstrauen von vorhin wieder ein. »Ist irgendwas passiert, oder so?«

Leander ist für gewöhnlich überhaupt nicht an Klatsch- und Tratschgeschichten interessiert. Deshalb mag ich ihn ja.

In dem Moment will Alisa zu uns aufrücken, doch Leander weist sie ab.

»Sorry, Vier-Augen-Gespräch.«

Ich hebe eine Augenbraue, ungläubig. Vieraugengespräch?

Unterdessen bedient die Kellnerin den Nachbartisch, an dem eine große Gruppe Berufsjugendlicher sitzt. Von den zwanzig Leuten sind gut sieben mit Videokameras bewaffnet und filmen sich gegenseitig. Ein paar der Typen kommen mir unwillkürlich bekannt vor.

»Ich dachte nur, ich frag dich einfach mal. Julius ist einer meiner besten Kumpel, und ihm geht es in letzter Zeit eher bescheiden.«

Es versetzt mir einen leichten Stich, das zu hören. Meine Intuition verlangt, sofort nach den Hintergründen zu fragen, aber ich halte mich zurück.

»An meinem Geburtstag haben wir kurz miteinander gesprochen. War aber kein besonders glückliches Gespräch. Aber das ist vermutlich normal. Wenn man mal, du weißt schon, was am Laufen hatte, dann kann man nicht einfach zurück auf Anfang gehen.« Ich komme mir wegen dem, was ich da sage, selbst lächerlich vor. *Wenn man mal was am Laufen hatte …*

Die Jungs am Nebentisch brechen in schallendes Gelächter aus. Ich blicke zu ihnen hinüber und bin mir auf einmal ziemlich sicher, dass ich mindestens drei von ihnen schon mal gesehen habe. Ich wühle in meinem Gehirn nach einer Antwort, die ich wie immer so dringend brauche, wenn mir etwas nicht einfällt.

Dann fällt es mir ein. Ich habe sie sehr wohl schon einmal gesehen, und zwar im Internet. In einem Parodievideo, das Nick ungefähr seit fünf Wochen dauerhaft zum Lachen bringt.

»Ja, aber vielleicht wäre auf Anfang gehen das Klügste«, fachsimpelt Leander weiter.

Ich höre ihn jedoch nur beiläufig, als wäre er ein Radio, das ich vor Stunden zu meiner Unterhaltung eingeschaltet und dann vergessen habe.

»Leander …«, beginne ich, aber dann kann ich nicht weitersprechen, weil neben mir eine große, aschblonde

Gestalt auftaucht. Die Gestalt trägt eine abgewetzte braune Lederjacke und stützt sich mit den Handballen auf der Tischkante ab.

»Na, das hätte ich mir ja denken können, dass ihr auch hier seid. Ist immer wieder schön, aufgehende YouTube-Sternchen zu treffen.«

Es ist Ben. Er grinst frech und streicht mir tatsächlich eine Haarsträhne aus dem Gesicht. Ich bin überrascht, ihn zu sehen. Einfach nur überrascht im wörtlichen Sinne. Ich verspüre kein bisschen alten, in mich hineingefressenen Zorn. Auch nicht die Scham, die automatisch mit der Erinnerung einhergeht, mal miteinander geschlafen zu haben. Die einzige Emotion, die ich Ben gegenüber habe, ist Überraschung. Dass das so ist, bedeutet wohl, dass ich wirklich mit ihm abgeschlossen habe. Unser Treffen vor knapp zwei Monaten hat offenbar seinen Zweck erfüllt.

Ich wende mich Leander zu. »Sag mal, ist das … Hat das hier irgendetwas mit YouTube zu tun?«

Er trinkt von seinem Bier, blinzelt scheinheilig und fragt: »Wieso?«

»Da vorne steht das Mädchen, das Julius stalkt. Ben ist hier. Außerdem bin ich mir ziemlich sicher, dass mir mein Bruder vor Kurzem ein Video gezeigt hat, in dem drei der Typen hinter uns als Angela Merkel verkleidet sind.«

Ben amüsiert sich prächtig. »In Frankfurt wurde heute ein Webvideopreis verliehen. Hier findet eine kleine halboffizielle After-Show-Party statt. Deswegen bin ich da: Ich spiel gleich 'nen Gig. Ich bin nach Julius dran.«

»Julius?« Meine Unterlippe beginnt zu zittern, als würde ich das Saxofonsolo in einem besonders schmierigen Phil-Collins-Song mit einer Extraportion Vibratoschmalz spielen. »Wie gut, dass ich das wusste«, werfe ich ein und funkle Leander vorwurfsvoll an.

»Was, wenn du es gewusst hättest?«, fragt er.

»Dann würde ich jetzt in der Badewanne liegen.«

»Ich hab felsenfest damit gerechnet, dich in der ersten Reihe zu sehen. Voller Liebe und so.« Ben fuchtelt albern mit den Armen und erinnert mich dabei an Udo Lindenberg.

Auch wenn meine Gefühle für ihn offenbar von der Vergangenheit bereinigt wurden, finde ich ihn in diesem Moment total affig. *Voller Liebe und so.* Was soll das?

Ich werfe ihm einen mahnenden Blick zu. »Sehr witzig, Ben. Du weißt genau, dass dem nicht so ist.« Dann stehe ich auf und entschuldige mich. »Ich gehe mal kurz an die frische Luft.«

»Warum pisst du mich an?«, fragt Ben mich, und als ich nicht antworte, sagt er es noch mal an Leander gewandt. »Warum pisst sie mich an? Ich dachte, die wären jetzt ein Paar?«

Diese Frage tut mir weh. Ich weiß nicht, wie er darauf kommt.

Leander folgt mir nach draußen.

»Warum hast du mich hierhergeschleppt?«, frage ich ihn wütend, während ich mich an der Schlange mit den Teenies ohne Reservierung vorbeidrücke, um ins Freie zu gelangen.

»Das kannst du dir jetzt ja wohl denken, oder?«

»Nee, kann ich nicht. Ich versuche das ganze Juliuszeugs zu vergessen. Da hilft es nicht, ihn auch noch außerhalb der Uni auf der Bühne zu sehen.«

Das ist nicht die Art von Gespräch, die ich sonst mit Leander führe. Tiefe Gefühle, Liebe, Schmerz, Sehn- und Eifersucht gehören definitiv nicht in unser Repertoire.

Unsere Freundschaft hat sich in den letzten Wochen auf einer musikalischen Kompatibilität aufgebaut. Natürlich, wir mögen uns. Wir mögen uns vor allem auf musikalischer Grundlage. Die gleichen künstlerischen Wertvorstellungen zu haben mag den Sockel für eine solide Freundschaft bilden, aber es garantiert noch lange nicht, dass sie Gefühlsduselei und große Reden aushält. Dafür muss das Fundament schon in etwas Festeres gegossen sein als in Musik.

»Ich dachte, es kann nichts schaden, wenn du ihn noch mal live hörst.«

»DAS GEHT DICH DOCH ÜBERHAUPT NICHTS AN!«

Leander holt sein Handy aus der Hosentasche hervor, navigiert schnell über das Touchdisplay und hält mir das Gerät dann unter die Nase.

Auf dem kleinen Bildschirm erkenne ich Julius. Er sitzt auf seinem Bett und guckt direkt in die Kamera, die dieses Video aufzeichnet. Weder Mikro noch Gitarre. Er sitzt einfach nur da, die Ellenbogen auf die Knie gestützt, der Blick ist müde und erschöpft.

Ohne eine Begrüßung beginnt er zu reden, und ich höre seine Stimme deutlich, aber verzerrt durch den schwachen Handylautsprecher. »Ich habe das Bedürfnis, ein paar Dinge klarzustellen. Ich mache dieses ganze YouTube-Ding jetzt seit fast vier Jahren, und ich liebe es, keine Frage. Die Sache ist nur: Manchmal überfordert mich das alles. Ich weiß, dass die meisten von euch Mädchen sind, und ich meine, hey, das ist okay. Aber dieser ganze Rummel um meine Person ist mir manchmal echt zu viel. Ich bin nur ein kleiner Student, der zufällig gerne Musik macht. Es fühlt sich irgendwie falsch an, wenn ihr mir Liebeserklärungen und Heiratsanträge macht. Ich weiß, na ja, ich hoffe zumindest, dass manche von euch das nur schreiben, weil sie mir damit ihre Wertschätzung zeigen wollen, und ich weiß das auch echt zu schätzen. Wahrscheinlich liegt es an diesem Format. Ich rede mit euch direkt aus meinem Schlafzimmer, erzähle euch private Dinge und so weiter. Vielleicht baut man dann schneller eine emotionale Bindung zu jemandem auf, ich weiß es nicht. Ehrlich gesagt weiß ich auch nicht, warum ich euch das hier erzähle. Ich glaube, dass einem das ziemlich schnell zu Kopfe steigen kann. Egal. Ich will hier nicht rumheulen oder so. Ich will nur etwas klarstellen: Ich habe, was Mädchen betrifft, schon eine Menge Scheiße gebaut, aber es ist *meine* Scheiße. Wenn ich dann irgendwelche Blogs oder Kommentare oder Social-Network-Müll über mich lese, der mein Liebesleben betrifft, dann macht es das alles nur total kompliziert. Ich bin ein ganz normaler Typ, und als ganz normaler Typ verliebt man sich nun mal. Das sollte doch eigentlich 'ne starke Sache sein, oder?«

Dann guckt er auf den Boden, und das Video wird schwarz.

Mein Herz klopft so schnell, dass es jeden Moment meinen Brustkorb aufzusprengen droht.

Ich verstehe dieses Video nicht. Ich verstehe es so über die Maßen gar nicht, dass ich vermute, es sei gar nicht zum Verstehen gedacht. Wohlmöglich hat nicht mal Julius selbst den Sinn dahinter erkannt. Wovon spricht er da? Von *wem* spricht er da?

»Hey«, höre ich wie aus einer anderen Welt seine Stimme hinter mir.

Mein Brustkorb ist wohl stabiler als gedacht, denn wenn er selbst diesem Druck standhalten kann, wird er allein durch die Schlagkraft meiner Pumpe niemals aufbrechen. Mir wird schlecht, und meine Augen brennen so komisch. Leander nimmt mir das Handy ab, das ich ihm wie in Trance hinhalte.

»Ich wusste gar nicht, dass ihr hier seid«, sagt Julius und fährt sich durch die feucht aussehenden Haare. Er hat sich umgezogen, trägt jetzt eine schmale dunkelgrüne Jeans, ein graues Shirt und seine Gitarrentasche auf dem Rücken.

»Ja, also …«, brummelt Leander, setzt einen Fuß zurück ins Diner und nuschelt dann eine unverständliche Erklärung.

Julius sieht ihn fragend an und folgt ihm zurück ins Restaurant.

Was passiert hier gerade?

»Layla«, es ist so schön, wie Julius meinen Namen sagt, immer mit dieser kleinen Melodie, so als würde er ihn singen, »kommst du?«

Innerhalb weniger Minuten sitzt Julius auf der Bühne, singt und spielt Lieder, die ich nicht kenne, die keiner kennt, weil er sie, wie er dem Publikum erklärt, erst in den vergangenen Wochen geschrieben hat. Ich nehme kein einziges seiner Worte auf und auch sonst nichts. Ich sitze nur auf dem doofen Stars-and-Stripes-Sofa, kriege keinen Bissen von meiner Pizza herunter und bemerke nicht mal die anderen Mädchen und Alisa. Es ist mir sogar zu anstrengend, sie beim Vor- und Nachnamen zu nennen; sie ist diese Anstrengung auch gar nicht wert. Im Grunde versucht sie doch nur, das Beste draus zu machen. Woraus? Keine Ahnung. Ich denke Unfug.

Wenn Leander nicht darauf bestehen würde, näher an die Bühne zu gehen und mich auf dem Weg dorthin nicht durch eine Umarmung unterstützen würde, dann wäre ich für den Rest des Tages, des Monats, des Jahres auf den Sternen und Streifen hocken geblieben. Doch dank ihm stehe ich mitten im Getümmel und erleide ein Déjà-vu. Alles fühlt sich an wie an dem Abend im Februar, als ich Julius schon einmal zu einem Auftritt begleitet habe.

Alles bis auf dieses eine Detail.

»Hast du mittlerweile eigentlich gecheckt, dass er nicht mehr mit Anna zusammen ist?«

»Was?«

»Ja!«

»Aber …« Ich weiß nicht weiter. Ich weiß nicht, warum. Ich weiß nicht, ob das etwas ändert. Ich weiß gar nichts. »Aber dieses Video eben …«

Leander verdreht die Augen. »Golo und Emel wollten es dir den ganzen Tag schon erzählen. Golo hat das Video gesehen und Julius vor der letzten Sängerprobe gestern darauf angesprochen. Angeschrien trifft es besser. Golo hat ihn gefragt, ob er sich toll fühlt, wenn er dir in einer Videobotschaft übermittelt, dass er ja so verliebt in seine Freundin ist, die er mit dir betrogen hat, und so weiter. Da hat Julius zurückgebrüllt, er soll gefälligst nicht von Dingen reden, von denen er keine Ahnung hat. Dann hat er gesagt, damit hätte er gar nicht Anna gemeint.«

»Seit wann denn? Warum? Und warum jetzt und … hä?«

»Ich weiß es nicht genau. Er hat nicht darüber gesprochen.«

Mit beiden Händen fahre ich mir durch die Haare und massiere meine Kopfhaut, um einen klaren Gedanken fassen zu können. Doch die klaren Gedanken schweben wie silberner Rauch durch meinen Schädel, unfassbar. Ich verschränke die Hände im Nacken und blicke vor zur Bühne mit Eins-A-Tunnelblick – ich sehe nur ihn.

»Okay, zum Abschied würde ich gerne noch ein Cover spielen.« Julius streicht sich die Haare aus der Stirn und setzt die Finger fest ans Griffbrett.

Ich brauche drei Noten, bis ich das Lied erkenne. Drei Noten, bis der Moment eintritt, auf den ich gewartet habe, seit ich zum ersten Mal richtig verstand, was meine Mutter meinte, als sie zu den Klängen eines gewissen Eric Clapton mit mir durch die Wohnung tanzte und sagte: »Dieses Lied heißt Layla. So wie du.«

Plötzlich heiße ich nicht mehr nur so wie das Lied. Das Lied heißt wie ich. Als wäre es mein Lied. Über mich. Für mich.

Julius singt den Refrain zu häufig. Zweimal zu viel *»Layla, you got me on my knees. Layla, I'm begging, darling, please.«*

Das Publikum klatscht. Mein Herz muss auf die Größe eines Ballons angewachsen sein, denn ich kann es sogar in meinem Hals spüren. Ich fühle mich von allen im Raum beobachtet, aber es ist mir egal. Ich will nur von einer Person beobachtet werden, doch diese eine Person hält den Kopf gesenkt und schaut kein einziges Mal mehr auf, sondern nimmt die Gitarre vom Hals und verlässt die Bühne.

»Guter Song, findest du nicht?«, fragt Leander mich.

Ich glaube, er erwartet nicht, dass ich etwas dazu sage. Ganz sicher hat er jedoch nicht damit gerechnet, dass ich weinen muss. Davon bin ich selbst etwas überrascht.

Die zwei Tränen, die mir aus den Augen rollen, sind jedoch nur Zeugen meiner Überwältigung.

Dreiundzwanzig Jahre musste ich darauf warten, dass jemand einen Song für mich singt. Für mich, die ich der Überzeugung bin, dass Musik da anfängt, wo Unterhaltung aufhört. Ich, die ich diesen prädestinierten Vornamen habe.

Hastig reibe ich mir die Wangen trocken und sage: »Oh Gott. Sorry.«

Leander winkt ab. »Schon okay. Manchmal passiert das bei guten Songs.«

»Ich gehe noch mal kurz an die frische Luft, okay?«

ENTSCHEIDUNG

Es ist dunkel geworden. Ich sitze auf dem Absatz des Haussockels, die Ellenbogen auf den Knien, der Kopf in den Händen.

Was ist da gerade passiert?

Keinen halben Meter neben mir tritt Julius aus dem Diner und zündet sich eine Zigarette an. Nachdem er nur einmal daran gezogen hat, kommen hinter ihm vier oder fünf Mädchen aus der Tür, das vorderste ist die rothaarige Bloggerin. Im selben Moment fällt sein Blick auf mich. Er lässt die Zigarette sinken.

»Hey, Julius, saucooler Auftritt. Hättest du Lust mit uns …«

»Sorry, ich …« Seine verwirrte, überforderte Miene ist zum Anbeißen. »Ich kann gerade nicht. Nachher vielleicht. Ich muss nur kurz in Ruhe …« Dann kommt er auf mich zu und fragt: »Gehen wir eine Runde?«

Ich nicke stumm.

Wir laufen nur ein paar Schritte um die Ecke, bis der Diner und die Mädchen außer Sicht sind, dann lehne ich mich wieder gegen die Häuserwand und sehe Julius mit großen Augen an. Er hingegen starrt auf seine Finger.

»Ich weiß echt nicht, was ich sagen soll«, gesteht er nach einer Zeitspanne, die zehn Sekunden oder fünf Minuten betragen haben könnte.

»Ich auch nicht«, flüstere ich. Nur zu gerne würde ich in Worte fassen können, was mir dieses Lied bedeutet hat, aber dies ist ganz klar eine der Thematiken, die nicht zum Ausformulieren geschaffen wurde.

»Was denkst du?«, fragt Julius.

»Weiß nicht. Das ist alles gerade ein bisschen … Ich glaube, ich bin überfordert.«

Er macht einen Schritt auf mich zu, schiebt die Hände in die Hosentaschen und beißt sich auf die Unterlippe. Gott, er ist so sexy.

»Leander hat mir das mit Anna erzählt.«

Er nickt.

»Wann ist das passiert? Warum hast du nichts gesagt?«

»Es war … Weißt du noch, als ich an deinem Geburtstag zu spät in die Probe gekommen bin? Da bin ich aus Berlin zurückgekommen.«

»Der Unfall auf der Autobahn?«, erinnere ich mich.

»Ja, genau. Ich bin um vier Uhr morgens los und in einen riesigen Stau gekommen.«

»Warum bist du mitten in der Nacht gefahren?«

»Ich war bei Anna, weil … Ich wollte ihr alles sagen. Wegen diesem Blogeintrag hatte ich ihr irgendeine Story aufgetischt, um sie zu besänftigen. Sie hat es willig geschluckt. Sie wollte sich keine Gedanken machen, hat die Sache verdrängt. Aber an dem Tag hatte ich plötzlich keinen Bock mehr auf die ganze Nummer. Ich hab endlich drüber nachgedacht, was du gesagt hast. Du hattest recht: Diese Beziehung hat uns beide kaputt gemacht.«

Ein weiterer kleiner Schritt auf mich zu.

»Aber dann, als ich bei ihr war, ist sie mir zuvorgekommen.«

Ich kneife die Augen zusammen.

»Sie hat gesagt, es wär okay und es täte ihr leid, dass sie mich so lange festgehalten hätte. Es war echt ein krasser Abend. Aber wir haben drüber geredet, und jetzt ist alles gut.«

»Schön«, sage ich und spüre, dass es gleichzeitig das Richtige und Allerbescheuertste ist, was ich in dieser Situation hätte sagen können.

»Ich wollte es dir sagen. Deshalb bin ich zu dir gegangen an deinem Geburtstag, aber dann … Du hast nicht so gut auf mich reagiert. Da hatte ich Angst, dass ich dich damit unter Druck setze.«

»Unter Druck?«

»Ja. Dass du denkst, dass ich … Och, du weißt doch, dass ich nicht gut in solchen Gesprächen bin. Ich geb dann immer Sachen von mir, die genau falsch ankommen, und am Ende stehe ich da wie ein Arschloch.«

Ich muss lachen, und diesmal bin ich es, die einen kleinen Schritt auf ihn zumacht.

»Sag es einfach. Ich versuche es so aufzufassen, dass es zu deinen Gunsten ausfällt.«

»Ich wollte nicht, dass du denkst, es wäre nur wegen dir. Ich hab mich echt mies gefühlt. Ich wollte zu dir, aber ich hab mir gedacht, dass ich wenigstens … ein bisschen Zeit vergehen lassen muss, bevor … Aus Respekt, oder so. Ich wollte nicht, dass du dich noch mehr in diese Ich-bin-bloß-die-zweite-Wahl-Nummer reinsteigerst.«

»Was sollte dieses planlose Video?«

»Du hast es gesehen?«

»Leander hat es mir kurz vor deinem Auftritt auf seinem Handy gezeigt.«

Ein kleines Lachen erscheint auf seinem Gesicht. »Mir ist auch nicht ganz klar, was mich da geritten hat. Die Leute sollten wissen, dass sie das nichts angeht, und wenn ich ehrlich bin, habe ich gehofft, dass du es siehst und merkst, was abgeht.«

»Ich hab gedacht, du sprichst von Anna.«

»Das dachte Golo auch.«

Eine Welle von Zuneigung für Golo überrollt mich. Ich schwöre mir, ihm bei nächster Gelegenheit etwas zurückzugeben. Ich könnte endlich mal einen Kaffee mit ihm trinken gehen und ihn zwei Stunden lang darüber philosophieren lassen, ob er bei einem romantischen Abendessen mit Alisa lieber die *Nocturnes* von Chopin oder Mozarts *Don Giovanni* auflegen sollte (er würde sich für Mozart entscheiden, um damit zu brillieren, dass er jede einzelne Arie auswendig mitsingen kann).

»Vielleicht hätte ich mich deutlicher ausdrücken sollen. Mein erste Gedanke war, einfach die Gitarre zu nehmen und *Layla* zu spielen, aber das kam mir zu plump vor.«

»Es wäre nicht plump gewesen«, sage ich ganz leise und gehe so nah an ihn ran, dass unsere Oberkörper sich fast berühren.

»Nein?«

Ich schüttle den Kopf. Aus dem Augenwinkel kann ich sehen, dass die Mädchengruppe verstohlen um die Ecke späht und in wildes Getuschel verfällt. Ich will Julius darauf hinweisen, aber er redet einfach weiter.

»Ach, übrigens, es hat mich gefreut, dass du heute bei mir in der ersten Reihe standest. Ich habe gehört, du hast morgen selbst einen Auftritt. Ich würde nur zu gerne auch bei dir in der ersten Reihe stehen, aber ich bin leider verhindert. Dafür werde ich direkt hinter dir sein. Ich bin der mit der albernen Krawatte, der alle abmurkst. Und am nächsten Donnerstag hat meine Oma Geburtstag. Ich will ja nichts überstürzen, aber wenn du möchtest, kannst du gerne mitkommen.«

»Ist das dein Ernst?«

Julius verzieht das Gesicht. »Nee, ich habe keine Ahnung, wann meine Oma Geburtstag hat. Ich glaube, erst im November.«

Er streichelt mir erst über die Wange, dann über die Haare und nimmt meine Hand. »Aber wenn November ist und sie wirklich im November Geburtstag hat, dann will ich, dass du mitkommst. Außerdem will ich, dass du heute mit mir nach Hause kommst, wo wir nur auf dem Bett liegen und Musik hören. Und ich will den Mädchen da vorne um die Ecke sagen, dass du meine Freundin bist.«

»Warum hast du dir diesen ganzen Blödsinn gemerkt?«, frage ich flüsternd und strahle.

»Weil es kein Blödsinn ist. Du hattest recht, so sollte eine Beziehung aussehen. Wenn nicht beide stolz auf den anderen sind, dann … »

»Ich bin furchtbar stolz auf dich.«

»Und ich auf dich.«

Ich seufze wohlig. Julius legt die Arme um mich, zieht mich an sich und küsst mich auf den Mund. Er küsst mich einfach so. Unverkrampft, frei, als wäre alles egal, und irgendwie *ist* auch alles egal. Die Mädchen um die Ecke spielen keine Rolle, und die Passanten interessieren mich nicht.

»Wir sollten zu dir nach Hause fahren«, sage ich nach einer Weile.

Mein Kopf liegt auf seiner Schulter, seine Hände fahren über meinen Rücken, über die Schultern und die Haare. Julius räuspert sich, als wollte er mich auf eine Doppeldeutigkeit hinweisen.

»Musik hören«, ergänze ich rechtfertigend. Julius nickt nachdrücklich. »Morgen wird schließlich ein harter Tag.«

»Natürlich«, betont Julius und nickt immer noch.

»Wir müssen nur noch schnell drinnen unsere Sachen holen.« Ich nehme ihn an der Hand, und wir gehen zurück zum Diner.

»Auf jeden Fall«, sagt er sarkastisch.

»Hör auf, dich lustig zu machen«, ermahne ich.

»Ich mache mich nicht lustig. Ich will jetzt auch Musik hören. Irgendwas, zu dem man total gut einschlafen kann.«

Ich werfe ihm einen ironischen Blick zu. Er fängt an zu lachen und kann erst damit aufhören, als wir an der Horde Mädchen vorbeikommen.

»Geh schon mal vor«, sagt er zu mir.

Ich lasse seine Hand los, und bevor ich das Restaurant betrete, bekomme ich mit, wie er der Rothaarigen eine Frage stellt, die sie selbst überrascht.

»Was willst du wissen? Frag lieber gleich, damit dein Blog nicht wieder mein ganzes Privatleben auf den Kopf stellt.«

Als ich mit seiner Jacke, der Gitarre und meinen eigenen Sachen wieder auf die Straße trete, schießt er gerade ein Foto mit einem der Mädchen (was sich zugegebenermaßen echt komisch anfühlt – nicht, weil ich eifersüchtig bin, sondern weil er für mich nicht diesen unnahbaren Promistatus hat).

Zum Abschied tätschelt er den Girls kurz die Schultern, wünscht ihnen einen schönen Abend und gibt jeder von ihnen eine Karte, die er aus seiner Gesäßtasche zieht.

»Ich wollte sie eigentlich verlosen, habe es aber vergessen. Vielleicht habt ihr ja Zeit. Viel Spaß noch.«

Die Mädchen starren ungläubig die Premierenkarten für *Sweeney Todd* an, die Julius ihnen gerade geschenkt hat. Natürlich sind sie bestens über seine Beteiligung an dem Stück informiert und dementsprechend überwältigt von diesem Geschenk. Als wir ihnen den Rücken zudrehen, ticken sie vollkommen aus. Ich höre, wie sie kreischen und nach Atem ringen.

»Daran muss ich mich erst noch gewöhnen«, sage ich.

»Mach dir nichts draus, ich muss auch damit klarkommen, dass mir so ein Typ seit Monaten täglich auf Facebook schreibt, dass ich mal deine Telefonnummer rausrücken soll.«

»Wirklich?«, frage ich und fühle mich tatsächlich geschmeichelt. »Wer ist er? Woher kennt er mich?«

»Er ist seit *Last Friday Night* unsterblich in dich verliebt.«

»Ist ja 'n Ding.«

»Das ist allerdings 'n Ding. Er ist ziemlich penetrant.«

»Was schreibt er denn so?«

»Nur Unanständiges.« Julius nimmt meine Hand ein bisschen zu fest in seine.

»Wirklich? Was denn? Warum hast du mir nie was gesagt?«

»Hey! Du bist ja ganz schön beeindruckt von deinem Ruhm. Ich werde dir ganz sicher nichts erzählen. Nicht dass du es dir noch anders überlegst.«

Mitten auf der Straße bleibe ich stehen. Julius' Hand gleitet aus meiner, er sieht sich fragend nach mir um.

»Nein, ich glaube nicht. Ich bleibe bei meiner Entscheidung.«

DANKSAGUNG

Ganz egal, ob du wie ich einer von diesen Menschen bist, der die Dankesworte des Autors in einem Buch stets zu allererst liest, oder ob du chronologisch verfahren bist und diese Zeilen erst zu Gesicht bekommst, nachdem du *Tage zum Sternepflücken* beendet hast – ich bin dir gleichermaßen dankbar, dass du diesen Roman in den Händen hältst. Und ich möchte, dass du weißt, ich bin keineswegs allein dafür verantwortlich, dass es diese Geschichte aus meinem Kopf auf Papier geschafft hat.

Für Management, Dirigat und musikalischen Feinschliff danke ich meiner Agentin Leonie Schöbel, meinen Lektorinnen Eléonore Delair und Angela Troni sowie dem ganzen Orchester bei Blanvalet und allen Beteiligten im Background.

Ein Tusch an das vielstimmigste Ensemble in meinem Leben: meine Familie (wobei wir eher eine coole Bigband sind). Vor allem natürlich an das Trio, das meinen Rhythmus am besten kennt: mein Bruder Gianluca, meine Mutter Heike und mein Vater Gerald.

Ich mache Standing Ovations für meine Freunde, die mich mit spontanen Soli und Improvisationen immer wieder inspirieren. Das gilt auch für meine virtuellen Bandmitglieder, die auf Facebook.de/kyragrohautorin oder auf Instagram unter @kyraschreibt immer wieder »einen mit mir abreißen«. Ihr seid der Hammer! Außerdem möchte ich allen Starbucks-Mitarbeitern einen kleinen Applaus spenden, die mir in den vergangenen Monaten – »aber nur ausnahmsweise« – einen Refill gegeben haben, obwohl ich immer noch keine Kundenkarte habe.

Zu guter Letzt, als Zugabe, danke ich Lukas. Weil er mir jeden Tag zeigt, was diese Liebe, von der ich da schreibe, eigentlich bedeutet. Du bist die schönste Melodie der Welt.

LESEPROBE

aus »Pinguine lieben nur einmal«
von Kyra Groh

Erschienen im September 2013
im Blanvalet Verlag.

PROLOG

Natürlich weiß ich, dass Beziehungen nie so sind wie im Fernsehen. Das nur mal vorweg.

Ich muss gestehen, dass ich sehr gerne fernsehe. Und ich schaue viel zu oft ziemlich großen Mist. Eines habe ich dabei aber gelernt: Produzenten und Drehbuchautoren jubeln uns immer wieder solche Beziehungen unter, von denen wir hoffen, dass wir sie eines Tages erleben werden.

Besonders der Anfang dieser Beziehungen läuft in romantischen Komödien stets nach Schema F ab. Die Erforschung besagten Schemas beschäftigt mich mehr oder weniger bewusst seit etlichen Jahren. Na ja. So etlich, wie Jahre eben sein können, wenn man zwanzig ist.

Besonders gerne gucke ich Sendungen und Filme, die ich mit grausamem Humor Bildungsfernsehen zu nennen pflege und die dem menschlichen Hirn alles zufügen, nur keine Bildung. Die Privatsender zeigen sie am liebsten zur Prime Time, damit möglichst viele kitschverwöhnte Frauenherzen zusehen, mit den falschen Idealen gefüttert werden und sich Hoffnungen darauf machen, dass auch ihnen eines Tages eine formvollendete Liebesgeschichte widerfährt. Sat.1 ist ein wahrer Spezialist in Sachen Kitschfrauenverwöhnung. Jeden Dienstag läuft ein sogenannter Family Movie, der an Klischees und Schnulz und – ja, ich gebe es zu – an neidischen Seufzern meinerseits kaum zu überbieten ist.

Darin halsüberkopfen sich Zimmermädchen und Millionäre, oder alleinerziehende Mütter von Samenbankzwillingen vergucken sich mit einer zeitlichen Verspätung von sechzehn Jahren in die Erzeuger ihrer Kinder. Die Filme haben dann poetische Namen wie Noch ein Wort und ich heirate dich! und jagen mir grausige und wohlige Schauer zugleich über den Rücken.

So gerne ich diese Formate auch schaue, sie regen mich dermaßen auf, dass ich regelmäßig vor dem Fernseher sitze und Selbstgespräche führe. Aber Unterhaltungen mit mir selbst sind oft unausweichlich, weil mein Mitteilungsbedürfnis nun mal sehr groß und nicht immer ein Gesprächspartner in Reichweite ist.

Natürlich sorgen die Filme dafür, dass meine Anforderungen an Männer, Beziehungen und romantische Taten ins Unermessliche wachsen. Allein deshalb sollte ich sie lieber nicht gucken. Aber ich mag sie. Sie sind so schön … berechenbar. Trivial und berechenbar – aber mir gefällt es nun mal, wenn alles so läuft, wie ich es haben will.

Schon um 20.13 Uhr weiß ich, wie mein Dienstagabendfilm verlaufen und ausgehen wird. Das erspart mir böse Überraschungen. Mal ehrlich: Würde das blöde Kindermädchen den seitengescheitelten Millionär nicht bekommen, dann würde ich es in Betracht ziehen, den Sat.1-Pro7-Konzern wegen seelischer Grausamkeit zu verklagen oder den Programmdirektor mit einer Axt zu bedrohen.

Ich brauche die Gewissheit, dass trotz vorhersehbarer Schwierigkeiten, unlogischer Handlungsstränge und trivialer Streitigkeiten am Ende alles gut wird.

Ich weiß, wie diese Filme funktionieren, das lässt in mir eine innere Ruhe entstehen, die verhindert, dass ich beim Fernsehgucken in Tränen ausbreche. Denn das passiert mir oft. Ich muss weinen, wenn ein deutscher Gewichtheber seiner verstorbenen Frau eine olympische Goldmedaille widmet, wenn Kai Pflaume indische Mütter und amerikanische Väter aus der Versenkung holt oder wenn Thomas J. in My girl – Meine erste Liebe stirbt, obwohl er doch Artist werden wollte.

Alles nur, weil ich nicht schon vorher wusste, wie es endet. Ich konnte ja nicht ahnen, dass dieser Sportler Gold holt. Ich konnte nicht sicher wissen, dass das verschollene Familienmitglied vom Nur-die-Liebe-zählt-Karavan gefunden wird, und ich verlange von einem Jugendfilm, dass alles mit einer großen Party und Kerzen und Torten und Einhörnern endet – und nicht mit einem toten Macaulay Culkin.

Beim Sat.1-Family-Movie bin ich vor solchen televisionären Überraschungen sicher.

Der Grund ist folgender: Alle Filme laufen nach demselben Schema ab. Dabei sind die Macher nicht wirklich innovativ, denn das Sat.1-Prinzip hat sich ein alter Grieche namens Aristoteles ausgedacht, und seit jeher sind Dramatiker von der Wirkung dieses Prinzips überzeugt.

Der Aufbau des klassischen Dramas lässt sich fast ohne Umschweife auf Liebesschnulzen übertragen.

Es fängt an mit dem ersten Akt. Der EXPOSITION. Meister Aristoteles, Schiller und Konsorten wollen, dass darin alle Figuren, Konflikte und Beziehungsstrukturen vorgestellt werden. Fein. Wird auch beim Fernsehfilm so gemacht. Von Viertel nach acht bis circa zwanzig vor neun werden wir in die Handlung eingeführt, lernen die Hauptpersonen kennen und erfahren, wie sie zueinander stehen. Wir lernen den Protagonisten kennen, von dem wir wissen, dass er am Ende des Films mit der zweiten Hauptperson zusammen sein wird, und wir werden seinem oder ihrem Widersacher vorgestellt, von dem wir zwischenzeitlich denken werden, dass er eventuell doch das Rennen um das Herz des Protagonisten machen wird.

Im zweiten Akt, der circa bis halb zehn geht, steigt die HANDLUNG. Wir erfahren, wie die Personen so miteinander umgehen, wir bekommen mal lustige, mal dramatische Konfrontationen zwischen den baldigen Lebensgefährten mit, wir amüsieren uns zwischenzeitig, können aber auch erahnen, was früher oder später zu Streit führen wird: Wir sehen dabei zu, wie der Millionär dem Zimmermädchen seinen Reichtum verschweigt, oder bemerken, dass der Zwillingserzeuger krumme Dinger am Laufen hat.

Im unausweichlichen dritten Akt kommt nach dem klassischen Ideal der HÖHEPUNKT. Im Film ist das jetzt ganz körperlich zu nehmen. Gegen halb zehn kommt es nämlich zu ersten körperlichen Annäherungen, und je nach Wagemut des Regisseurs erwartet uns eine mehr oder weniger große Portion Sex.

Akt vier beginnt zwischen zwanzig und zehn vor zehn. Alle Seifenblasen zerplatzen, Ungesagtes fliegt auf, sämtliche Karten kommen auf den Tisch. Aus gegebenem Anlass wird gestritten. Ein bisschen Eifersucht, ein bisschen Fremdgehen – die Palette an Gestaltungsmöglichkeiten für den vierten Akt, für die PERIPETIE inklusive RETARDIERENDEM MOMENT (der Verzögerung der Handlung), ist unendlich groß.

Zu Beginn des fünften Aktes macht es dann kräftig Knallbumm. Die Liebenden wollen sich nie wiedersehen und leiden darunter, denn eigentlich wollen sie es doch. Die klassische KATASTROPHE sieht normalerweise den absoluten Showdown vor, das Grande Finale, den Tod einer Hauptperson, aber zugleich die seelische und moralische Überlegenheit des Protagonisten. Beim Family Movie gestaltet sich die KATASTROPHE ein wenig optimistischer, es gibt ein bisschen mehr Kuchen, dazu lustige Hüte, rosa Blümchen und vielleicht sogar Ponys. Die Verliebten vertragen sich am Ende nämlich immer, verzichten für den Partner auf geile Jobs, große Geldsummen oder etwas ähnlich Lukratives.

Am Ende, um Viertel nach zehn, haben sich dann alle lieb. Als Zuschauer redet man sich ein, dass sie augenblicklich, noch während man selbst die paar Minuten bis zur ersten Werbepause der anschließenden Sendung Akte guckt, Kinder machen, Golden Retriever züchten, Ferienhäuser kaufen, Bäume pflanzen und sich ewig lieben werden.

Ich mag meine Sat.1-Idylle, weil ich immer vorhersagen kann, was geschehen wird. Denn leider kommt es nicht oft vor, dass die Dinge so passieren, wie ich das gerne hätte. Ich mag diese Harmonie, ich mag Märchenwelten.

Eigentlich dachte ich, dieser Startschuss in ein Und-wenn-sie-nicht-gestorben-sind-dann-leben-sie-noch-heute-Leben, in eine Prinzessinnen-und-Prinz-auf-weißem-Ross-Beziehung existiere nur im Fernsehen.

Bevor ich Janosch kennengelernt habe, war ich vollkommen zufrieden damit, einmal die Woche zwei Stunden lang die Zeit vor dem Zubettgehen mit ein wenig stumpfsinniger Zauberstaubidylle zu überbrücken. Denn ich wusste, dass die schönen, nicht unbedingt bildenden Hundertzwanzigminüter in meiner Flimmerkiste eingesperrt sind und auch drinbleiben. Ich wusste, dass Beziehungsanfänge nicht in diesen fünfaktigen aristotelischen Rahmen zu pressen sind. Ich wünschte es mir, wie jede Zuschauerin, aber ich glaubte nicht wirklich daran.

Doch dann stolperte ich in Janoschs Leben – und zwar buchstäblich, ich bin nämlich furchtbar trottelig – und stellte fest, dass auch das echte Leben aristotelisch sein kann. Mit der Ausnahme, dass sich das echte Leben nicht in einen Rahmen pressen lässt.

I. Akt: Exposition

Wer auftritt … in order of appearance, damit keiner traurig ist.

Ich erdreiste mich jedoch, mich selbst zuerst zu nennen.

FELICITAS GRÜN	Das bin ich. Eine zwanghafte Chaotin.
CEM DEMIREL	Mein Mitbewohner. Ein hungriger Saftdieb.
SOPHIE	Meine beste Freundin. Eine alleswissende Schuhfetischistin.
SIMON	Simon eben. Ein Zahnpastamodel mit Helfersyndrom.
JANOSCH WINTER	Mehr als bloß ein Gegenüber. Ein genervter Nasenbrecher.
MAMA	Ähm … ja. Man glaubt es kaum: meine Mutter.
KIRSTEN	Meine andere beste Freundin. Eine Stimme der Vernunft, aber nicht immer.
STEFFI	Die von nebenan. Eine paarungswillige Gastgeberin.

AUSSERDEM:

HMB – ein verkleidetes Skelett; ein italienischer Eisverkäufer mit akzentfreiem Deutsch; Zylindermännchen und Wahrheitsmännchen; Mirko – der neue Mitbewohner; ein kahlgeschorener Gangsterrapper; mein Papa, mein Bruder und meine Oma.

SPECIAL GUESTS:
Rufus Beck – das beste Schlafmittel der Welt; Harry Potter, Ron Weasley, Neville Longbottom und Mad-Eye Moody, außerdem eine Spinne; Brad Pitt und die eine oder andere Angelina; Charles Darwin; Tine Wittler; Ray Charles; Janis Joplin; Deichkind – und sie machen gewaltig Remmidemmi; Hape Kerkeling; Benjamin Lebert mit Tom Schilling und Robert Stadlober im Schlepptau; der Tigerenten-Janosch; Arnold Schwarzenegger; sublustige Menschen; Winnie Puh; Katja Epstein, Freddie Prinze Junior; Daredevil.

CEM FINDET RAMADAN DOOF

»Ich hasse dich«, lässt mich Cem zum wiederholten Male wissen.

»Ich weiß«, sage ich ihm. Ich habe es im vergangenen Jahr ertragen, dass mich Cem eine Mondsichel lang gehasst hat, also werde ich es auch dieses Jahr verkraften.

»Ich meine, ernsthaft, Feli, ich hasse dich. Heute besonders doll!«

»Ja, ich weiß. Ich komm damit klar.« Auch gestern hat er mich besonders doll gehasst. Ich beiße herzhaft in meinen Chickenburger.

»Ist es schon dunkel?«

»Cem, es ist erst sechs.«

»Um sechs ist es dunkel.«

»Ja, im November vielleicht, aber nicht Ende August.«

»Ich sterbe.«

»Du bist theatralisch.«

»Nein, wirklich. Ich. Sterbe.«

Cem stirbt seit letzter Woche jeden Tag. Oft auch mehrfach täglich. Und wenn er nicht gerade stirbt, dann schaut er auf die Uhr oder aus dem Fenster. Cems Definition von Dunkelheit hat sich seitdem drastisch verändert.

»Ich finde, es ist ziemlich dunkel.« Er zieht die Küchenvorhänge ganz auf, um den zartblauen Himmel zu kontrollieren. »Wirklich. Ziemlich dunkel. Es ist echt erst sechs? Du musst dich irren.«

Ich schüttle den Kopf und wickele den halb aufgegessenen Burger wieder in das Papier. »Ich lass dir das übrig, okay?«, frage ich ihn.

Er kniet vor mir nieder, küsst meine Hände und preist: »Oh, oh Feli, ich liebe dich.«

Auch das weiß ich. Cem hat es sehr gerne, wenn ich ihm etwas zu essen übrig lasse, weil das nicht oft vorkommt. Ich esse nämlich gerne (auch gerne mal zu viel) und fürchte deswegen immer, man könnte mir etwas wegfuttern.

Ich steige über Cem hinweg, der auf dem Boden kauernd die eingepackte Kalorienbombe fixiert und auf die Dämmerung wartet, und durchforste den Kühlschrank. Irgendwie habe ich ein gespaltenes Verhältnis zu Kühlschränken. Ich mag sie, weil sie meine Leidenschaft fürs Essen unterstützen, gleichzeitig hasse ich sie aus ebendiesem Grund. Außerdem hasse ich, dass man darin nie etwas findet, das zu einem gewissen Zeitpunkt eine gewisse Lust befriedigt. Noch mehr hasse ich sie, wenn sie leer sind.

»Haaalloo«, rufe ich in den Kühlschrank und erwarte ein Echo. »Das kann doch nicht wahr sein. Wo ist denn mein Saft?« Ich krieche fast in den Kühlschrank. Hinter mir höre ich Cem »Ich war's nicht« murmeln.

Wütend drehe ich mich zu ihm um und explodiere. »Du hast meinen Saft getrunken! Dabei weißt du genau, dass ich das nicht ausstehen kann. Das bringt alles durcheinander. Ich kaufe immer so viel Saft, dass es für eine Woche reicht. Jetzt geht das Konzept nicht auf. Was soll ich denn jetzt machen? Soll ich etwa schon am Donnerstag einkaufen gehen?«

Cem sieht mich schuldbewusst an und grummelt: »Ich hab mir extra heute den Wecker auf fünf gestellt, weißt du, und dann hatte ich solche Lust auf deinen Saft. Ich kauf dir neuen, ehrlich.«

»Nein«, bocke ich und lasse mich mit einer doofen Flasche Wasser auf meinen Stuhl plumpsen.

Cem betrachtet abwechselnd den Burger und die Farbe des Himmels.

»Iss ihn halt, verdammt noch mal!«

»Nein.«

»Warum nicht?«

Ich werde mit dem Weil-Ramadan-ist-Blick beäugelt, den ich dieser Tage sehr häufig auf mir spüre.

Zu Beginn wollte ich Cem unterstützen und habe ihm versprochen, mit ihm zusammen zu ramadanen. Aber es war einfach zu schwierig für mich, da ich sehr gerne Nahrung zu mir nehme, ohne mir den Wecker stellen zu müssen, und weil ich tagtäglich den kompletten Sündenkalender abklappere: Ich lüge, ich fluche, ich trinke viel Koffein und hin und wieder Alkohol.

Kurzum: Ich habe keine fünf Stunden durchgehalten. An meinem ersten Ramadan-Tag war ich mittags um zwei so unausstehlich, dass mich Cem zum Essen eingeladen hat. Das heißt, ich habe gegessen und getrunken, als gäbe es kein Morgen. Er hat mir dabei zugesehen und sich fremdgeschämt.

»Okay, Cem, warum machst du überhaupt beim Ramadan mit? Kann doch eh kein kontrollieren. Du gehst ja nicht mal in die Moschee, warum quälst du dich dann so?«

»Es ist eine religiöse Pflicht für alle Muslime. Und ich bin Moslem, Feli.«

»Na und? Ich bin katholisch und mache auch keinen Katholikenquatsch mit.«

»Du feierst doch Ostern, oder?«

»JA«, sage ich mit Nachdruck, »Ostern ist auch total super.«

»Ist aber eine christliche Tradition, und du machst sie mit, obwohl du das letzte Mal in der Kirche warst, als du behauptet hast, dass du dich traust, einen Becher voll Weihwasser zu stehlen.«

»Das hab ich auch gemacht!«, betone ich meinen Heldenmut. Allerdings hat mich eine sehr gläubig aussehende Omi kritisch dabei beobachtet, weshalb ich mich damit gerechtfertigt habe, dass ich gerne einen kleinen Vorrat daheim habe. Schließlich wisse man nie, wann man mal eine Nottaufe durchführen müsse. »Außerdem ist das was ganz anderes. An Ostern gibt es hasenweise Schokolade.« Ein triftiger Grund, dieses Fest gebührend zu feiern!

Cem verzieht die südländerbraune Stirn. »Ja, weil ihr Christen eure Feste immer sehr frei interpretiert.«

»Dann interpretiere deinen Ramadan auch frei und iss den Burger. Ist doch sowieso egal. Allah hat dich längst auf dem Kieker.«

»Allah? Mich auf dem Kieker? Warum?«

»Ich weiß auch nicht so recht, aber ich glaube, mit Sex vor der Ehe hat der Gute es eher nicht, oder?«

»Das gilt nur für Frauen.«

Ich hebe die Augenbrauen und spare mir einen Kommentar zum Thema Emanzipation.

»Aber Homosexualität ist voll sein Ding, oder wie?«

»Ich … äh … nein. Sei still. Meine Sexualität und meine Religion sind zwei verschiedene Dinge. Ich ziehe den Ramadan durch, ob dir das passt oder nicht.«

»Es passt mir super. Nur wage es, dich noch ein Mal an meinem Saft zu vergreifen. Dann gnade dir Gott. Ich meine Allah.«

Ich lasse ihn mit dem verführerisch duftenden Chickenburger in der Küche alleine und gehe in mein Zimmer. »Ich finde es ja auch doof«, höre ich Cem noch sagen, ehe ich die Tür hinter mir zuziehe.

ICH BIN KOMPLIZIERT

Das bin ich wirklich.

Ich bin bestimmt der einzige Mensch, bei dem zwanghaftes Verhalten mit einem unglaublichen Hang zum Chaos kollidiert.

Es ist ein kleines Waterloo, wenn Cem meinen Saft leertrinkt, bevor ich neuen besorgen kann, weil es meine Routine unterbricht. Ich bin ein Gewohnheitstier, deshalb gehe ich jeden Samstag in den Supermarkt und kaufe immer nur den Saft, von dem ich weiß, dass er mir schmeckt. Ich möchte kein Geld für ein anderes Produkt ausgeben, bei dem die Gefahr besteht, dass es meinem Geschmack nur halb oder gar überhaupt nicht entspricht.

Nicht, dass ich Finanzpläne oder so hätte, nein. Ich plane nicht mit meinem Geld. Am Ende meines BAföGs ist meistens noch erschreckend viel Monat übrig, und das beunruhigt mich dann doch hin und wieder.

Anfang Juli – es war schrecklich – war plötzlich überhaupt kein Geld mehr da. Mein Konto war bis auf dreizehn Euro und vierundzwanzig Cent leergefegt. Ich habe mich nicht getraut, meine Eltern anzupumpen, weil das zu einer Grundsatzdiskussion geführt hätte, der ich nur ein Ende hätte setzen können, wenn ich mir mein Versagen eingestanden hätte. Der Grund für die Ebbe war, dass ich vergessen hatte, beim BAföG-Amt eine Verlängerung zu beantragen. Dessen war ich mir allerdings gar nicht bewusst, also rief ich dort an und regte mich auf. Am Apparat hatte ich den unsympathischsten Menschen dieses Sonnensystems. Der hielt es in keiner Weise für nötig, mich freundlich über mein Säumnis aufzuklären, sondern hackte so lange auf mir herum, bis ich in Tränen ausbrach. Mein Heulanfall brachte ihn derart aus dem Konzept, dass er ganz vergaß, unfreundlich zu sein, und mich prompt zu einem persönlichen Gespräch einlud, bei dem er den Verlängerungsantrag mit mir gemeinsam auszufüllen versprach.

Ich bin extrem unordentlich. Nicht auf die Art unordentlich wie andere Mädchen, die behaupten, es zu sein, sondern wirklich extrem. Ich bin einfach ziemlich faul und bequem, was Sauberkeit betrifft. Ich räume bloß auf, wenn hoher Besuch kommt.

Ich habe sehr viele Bücher, aber nur sehr wenige stehen in Regalen. Sie türmen sich, nach persönlicher Präferenz und Themen sortiert, in meinem ganzen Zimmer, die vielen Favoriten schlafen mit in meinem Bett, um bei Gelegenheit aufgeschlagen und angelesen zu werden.

Außerdem sammle ich CDs und DVDs. Im Gegensatz zu den Büchern sind die Hüllen der Film- und Musiksammlung fein säuberlich nebeneinander in Schuhkartons alphabetisch sortiert. Nichts hasse ich mehr, als wenn das System durcheinander oder gar eine CD in die falsche Hülle gerät. Das ist ein guter Grund für mich, einen Wutanfall zu bekommen, in dem ich Mütter und Ideologien beleidige.

Außerdem schreibe ich oft und viel. Tagebuch und andere Textchen – alles, was mir so einfällt, möchte ich immer und überall aufschreiben, was dazu führt, dass mein Zimmer mit Post-its beklebt und mit Papierfetzen gepflastert ist. Ich räume diese Wörtersammlungen nicht gerne weg, weil ich Angst habe, sie dann nicht wiederzufinden.

Ordnung macht mir Angst. Meine gut sortierte Bücher- und CD-Sammlung ist dabei die regelbestätigende Ausnahme. Deren Ordnung ist ungemein wichtig für meine Lebensqualität!

Wenn ich etwas mag, will ich davon so viel haben, dass es mir fast zum Hals raushängt.

Seien es Kissen oder Pflanzen oder Bilderrahmen. Ich kaufe, kaufe, kaufe, und wenn etwas kaputtgeht, dann kaufe ich neu, ohne mir darüber Gedanken zu machen. Ich neige dazu, meine Wohnaccessoireskaufsucht und meine Pflanzenmordlust wegzuignorieren.

Ich habe keinen Freund. Nicht mehr. Ich wurde schon zweimal verlassen, aber verlassen habe ich bisher nie. Mein erster Freund wartete bei der Trennung mit dem schlagkräftigen Argument auf, dass ich ihm zu kompliziert sei. Auch dem zweiten wurde ich nach drei Jahren zu anstrengend. Um sich von mir zu erholen, flüchtete er nach dem Abitur nach Kanada, um Französisch zu lernen und Holz zu hacken.

Letztlich brauche ich einen Partner, der die Kompromissbereitschaft besitzt, meine Kompromissunfähigkeit kompromisslos zu akzeptieren, und mir alles durchgehen lässt. Ich weiß, dass das egoistisch ist und natürlich nicht geht. Deshalb bin ich ja auch mein eigenes Ganzes und nicht Teil eines Doppels.

Dass Cem es mit mir aushält, ist bestimmt sein beeindruckendster Charakterzug.

Cem habe ich kennengelernt, als ich letztes Jahr kurz nach der Einschreibung zu meinem ersten Semester ein WG-Zimmer besichtigte. Damals sah ich mir ein Zehn-Quadratmeter-Pupsi-Zimmer an, war frisch getrennt von meinem flüchtigen Kanada-Exfreund, und Cem war einer der drei weiteren Interessenten. Die Anbieter nahmen uns in eine Art Kreuzverhör, das Cem und mir das Genick brach. Seitdem hegen wir Verschwörungstheorien, warum wir für die rein männliche Sportstudenten-WG nicht gut genug waren.

Meine Theorie: Ich bin nicht schön genug.

Cems Theorie: Er ist ein schwuler Türke.

Cem meckerte vor der Haustür fürchterlich über Rassismus und sexuelle Diskriminierung, ich stimmte ein und schimpfte wie der sprichwörtliche Rohrspatz. So fanden wir uns und kurz darauf eine Zweizimmerwohnung in einem von Studenten bevölkerten Mehrparteienhaus, in dem sich alle sehr lieb haben.

Mein Mitbewohner ist dreiundzwanzig und studiert Medizin, was ich abgefahren finde. Mediziner sind tolle Menschen, die machen alles heil. Noch macht Cem nicht so viel heil, weil er erst ins fünfte Semester kommt. Er möchte sich auf Gynäkologie spezialisieren. Ja. Ich habe das anfangs auch für einen dummen Mediziner-Insider gehalten, aber es ist ihm todernst. Man verzeiht es ihm, weil er es ja nicht tut, um ein bisschen zu gucken und zu grabschen, sondern weil er (Zitat) Leben nicht nur retten, sondern auch schenken möchte. Das finde ich wunderbar und wunderschön, und es macht ihn noch liebenswerter.

Cem Demirel ist ein sehr gutaussehender schwuler Türke. Mein Typ ist er nicht, ich stehe nicht so auf Südländer, doch er könnte locker der männliche Hauptdarsteller in einer Verwechslungskomödie sein, in der sich eine süße Modedesignstudentin in ihn verliebt, um dann rauszufinden, dass er sie nicht will, weil sie eine Frau ist. Er ist ungefähr so groß wie ich, also knapp einen Meter siebzig, mit einer schlanken Normalo-Figur und einem an Spießigkeit grenzenden schicken Klamotten- und Frisurenstil (einer Mischung aus korrekter Seitenscheitel-Gel-Frisur und gezügeltem Durcheinander). Seine Lippen sind voll, die Augen von einem leckeren Schokobraun, Wimpern und Augenbrauen dicht und die Gesichtskonturen zart, wie bei einem Sechzehnjährigen. Deshalb sieht es auch komisch aus, wenn er sich mal nicht rasiert. Die Bartstoppeln wollen so gar nicht dazupassen.

Ich für meinen Teil studiere Anglistik, und – nur um eventuelle Fragen vorwegzunehmen – was ich damit machen will, weiß ich noch nicht.

Im Übrigen heiße ich Felicitas Grün, aber nur meine Mutter nennt mich Felicitas. Mein Vater nennt mich Fee, und meine Freunde nennen mich Feli. Ich selbst nenne mich auch Feli, weil ich zumindest die meiste Zeit ein Freund von mir bin.

Jetzt muss ich mich allerdings um Cem kümmern, weil er nach eigener Aussage im Augenblick lautstark an Ramadan stirbt.

BESTE FREUNDIN

Ich höre, wie es an der Tür klingelt. Meine Freundin Sophie ist da.

Sie besucht mich und Cem sehr oft, und ich bin mir sicher, dass Cem verliebt in sie wäre, wenn er Brüste aus mehr als nur anatomischen Gründen interessant finden würde. Besonders seit er an Ramadan leidet, hat er ein Faible für Sophie, weil sie in den Semesterferien beim Cateringservice ihrer Eltern arbeitet und sehr oft nach Anbruch der Dunkelheit leckere Sachen vorbeibringt.

Sie balanciert eine weiße Pappschachtel in die Küche und präsentiert gefüllte Leckerchen und eingelegte Schmeckerchen.

»Oh! OH! Essen. Es ist dunkel, oder, Feli? Ist es dunkel?«

»Stockdunkel«, versichere ich ihm und sehe, dass es sowieso schon zu spät ist. Das Burgerpapier lugt schon aus dem überfüllten Papierkorb heraus.

Sophie deckt den Tisch für uns, zaubert von irgendwo eine Flasche Wein herbei, entkorkt sie und schenkt mir und sich ein. Cem trinkt keinen Wein, denn er will seinen Magen nicht mit so etwas Unsinnigem wie Flüssigkeit füllen. Außerdem sei ja Ramadan, betont er. Als wüsste ich das nicht so langsam.

»Oh, ist das gut«, stöhnt Cem und schiebt sich etwas gefülltes Pilzähnliches zwischen die Zähne.

Sophie ist aus vielen Gründen eine meiner besten Freundinnen. Ein wichtiger Grund ist, dass ich ihre bin. Weil wir uns voll und ganz akzeptieren, wie wir sind, und noch nie versucht haben, uns zu ändern. Sie ist ziemlich klug. Zwischen den Leckereien erzählt sie zum Beispiel eine halbe Stunde von Charles Darwin und von irgendwelchen Finken, die nach ihm benannt sind. Wenn ich mir so etwas merken müsste, würde mein Kopf platzen. Außerdem ist sie sehr lustig und in der Lage, ihre Intelligenz und ihren Humor zu kombinieren. Sie kann aber nicht nur intellektuelle Witze reißen, sie hat auch einen ausgezeichneten Sinn für Fäkalhumor, und das schätze ich sehr.

Unsere Freundschaft zeigt sich in kleinen, unbedeutenden Situationen. Wir können uns zum Beispiel sagen, dass wir mal ein Deo benutzen sollten, oder ohne nachzufragen, vom Teller der anderen naschen, wenn wir essen sind. Wir können miteinander viele Flaschen Sekt trinken, um dann aus dem Sexnähkästchen zu plaudern, wir können uns ins Gesicht sagen, dass wir heute schlecht angezogen sind, genauso wie wir uns Komplimente machen können.

Sophie ist einundzwanzig und studiert Lehramt. Sie weiß, dass ich deswegen von ihr denke, sie hätte sie nicht mehr alle, weil ich die Vorstellung, mein ganzes Berufsleben mit verpickelten Bushido-Fans zu verbringen, furchtbar frustrierend finde. Wenn ich Lehrerin wäre, wäre es eine beiderseitige Zumutung.

»Ich hab gesehen, ihr bekommt neue Nachbarn«, bemerkt sie, während sie über den Rand ihres Weinglases reibt und dadurch einen Ton erzeugt.

»Tatsächlich?«, fragt Cem. »Welche Wohnung ist denn frei?«

»Die im Erdgeschoss, direkt neben der Eingangstür links.«

»Warum weißt du das?«, frage ich und scheitere bei dem Versuch, ihren Weinglastrick nachzumachen.

»Ein Kerl trägt Kisten in die Wohnung. Es sah aus wie ein Einzug.«

»Ein Kerl? Also ein Mann?«, will Cem wissen.

Sophie nickt. »Mitte zwanzig. Blond. Ganz schnuckelig.«

Cem wirkt interessiert.

»He, es ist Ramadan. Kein Geschlechtsverkehr.«

»Woher weißt du das alles?«, fragt er mich zischend mit verengten Augen.

»Hat mir Tante Google erzählt. Wenn ich drauf achten soll, dass du keine Regeln brichst, muss ich die Regeln kennen. Kein Essen und Trinken bei Tageslicht, kein Fluchen, kein Sex.« Ja, ich habe mich informiert, schließlich wollte ich das Ganze zusammen mit ihm durchziehen. Fünf Stunden lang.

»Ich halte morgen mal die Augen offen. Neue Nachbarn müssen wir willkommen heißen«, verkündet er.

Fein.

Cem plant bereits, die neuen Nachbarn mit Brot und Salz in die Hausgemeinschaft aufzunehmen.

HOLTERDIPOLTER

Während der Semesterferien ist mir ein bisschen langweilig. Aber mir ist nicht so langweilig, dass ich mir einen Job suchen würde. Ich habe noch genügend Beschäftigungsmöglichkeiten. Lesen zum Beispiel. Ich versuche mich immer damit rauszureden, dass Lesen zu meinem Studium dazugehört, aber eigentlich dient es doch eher meiner persönlichen Unterhaltung.

Cem hingegen ist ein großes Stück eifriger als ich. Er lernt den ganzen Tag. Es lenkt ihn davon ab, hungrig und durstig zu sein. Beispielsweise lernt er zum wiederholten Mal die Namen sämtlicher Knochen und unterhält sich mit dem lebensgroßen Skelett, das mangels Platz in seinem Zimmer die Küche bewohnt. Anfangs wollte ich mich mit dem Ding nicht anfreunden, weil es mich bei jedem Griff in den Kühlschrank daran erinnerte, dass irgendwo Menschen hungern und ich nicht. Zugleich bin ich aber auch neidisch auf das Skelett, weil es aus gegebenem Anlass sehr schlank ist.

Cem hat es dann verkleidet und ihm einen Namen gegeben, damit ich es als drittes WG-Mitglied akzeptieren kann. Seitdem heißt es Horst-Muhammed Beckham. Horst, weil das sehr deutsch klingt, Muhammed, weil das sehr türkisch klingt, und Beckham, weil es dünn wie Spielergattin Victoria ist. Es trägt eine blinkende Weihnachtsmannmütze, eine Blumenkette und eine herzförmige Sonnenbrille, die wir mit Tesa festkleben mussten, weil Horst-Muhammed Beckham weder Nase noch Ohren hat. Außerdem ist eine Lichterkette um ihn herum drapiert, weshalb er gleichzeitig als indirekte Beleuchtung fungiert. Die RTL-Einrichtungsspezialistin Tine Wittler wäre sicher stolz auf unsere innenarchitektonische Kreativität.

Cem hat Horst-Muhammed Beckham oder kurz HMB (sprich: Äitsch-Äm-Bi – das Aufsagen des kompletten Namens hat sich nach kurzer Zeit als zu zeitaufwendig erwiesen) in die Küchenmitte verfrachtet, wo er an ihm herumdoktert und klug klingende lateinische Wortbrocken murmelt.

Es ist Samstag, also Einkaufstag.

Ich unterbreche Cem beim Klugklingen und bestehe auf unsere allwöchentliche Aldi-Lidl-Edeka-Tour. In genau dieser Reihenfolge und nicht anders. Wir können nicht alles in einem Supermarkt besorgen, weil das nicht geht. Aldi ist am günstigsten, also wird bei Aldi der Großteil des Einkaufs erledigt. Meinen Saft gibt es aber bei Lidl, also muss ich zu Lidl. Tütensuppen von Maggi gibt es bei Edeka, also muss ich zu Edeka. Für Tütensuppen von Maggi würde ich zwar nicht alles, aber auf jeden Fall sehr viel geben.

Unsere Einkaufstouren nehmen manchmal mehrere Stunden in Anspruch, weil wir oft darüber streiten, was wir brauchen und was nicht. Wenn es Schnäppchen gibt (dickminige Buntstifte, Dampfgarer oder gar Donutmaschinen – wie super ist das denn, eine Donutmaschine!!!), möchte ich die nämlich gerne alle haben. Obwohl ich weiß, dass es weitaus vernünftiger wäre, darauf zu verzichten, bedarf es Woche um Woche des diplomatischen Geschicks meines Sparfuchsmitbewohners, um mich davon abzuhalten.

Nach anstrengenden zwei Stunden Shoppingkampf

kommen wir gegen drei Uhr nachmittags zurück nach Hause, und ich bin immer noch etwas miesepetrig, weil mir Cem verboten hat, uns von meinem Geld eine automatische Zitrusfruchtpresse zu kaufen. Er dagegen quengelt, weil ich ihn davon abgehalten habe, mitten im Aldi eine Fressorgie mit noch unbezahlten Schokokeksen zu starten. Wir fauchen uns an, bis wir die Eingangstür passieren.

Dann wird Cem plötzlich aufgeregt. »Duhuuu«, sagt er langgezogen, »ist jetzt schon ein paar Tage her, dass Sophie von dem Einzug hier gesprochen hat.« Er deutet auf die Wohnung links neben der Haustür.

Ich nicke. Cem war sehr enttäuscht, dass bisher niemand bei uns geklingelt hat, um sich persönlich vorzustellen.

Er lässt die properen Einkaufstüten mit einer Vielzahl verschiedener Supermarktlogos auf den Boden plumpsen, rollt die Pulloverärmel bis zu den Ellenbogen hoch und drückt ein Ohr gegen die geschlossene Wohnungstür.

»CEM«, ermahne ich ihn, »das ist ja wohl total unhöflich, komm weg da!« Ich zerre an seinem Pulli, aber er rührt sich nicht vom Fleck.

Wie ein kleines Kind lauscht er an der Wohnungstür und fängt an zu kichern. Mist. Ich linse das Treppenhaus hoch und luge in alle Winkel. Keiner da. Alles völlig ausgestorben.

»Was hörst du?«, flüstere ich.

Dieses Haus ist nämlich furchtbar hellhörig und hat sich deshalb schon mehrfach als studentenuntauglich erwiesen. Steffi zum Beispiel, die neben uns wohnt, hat ein reges Sexualleben, und Kai, der über uns wohnt, ist leidenschaftlicher Rammstein-Fan. Viel Gestöhne und viel Musik sind äußerst störend und frustrierend, wenn es weder das eigene Stöhnen noch die eigene Musik ist.

»Sei nicht so albern!«

»Pssst, das ist total spannend.«

»Was hörst du denn, verdammt?«, zische ich und verfehle den geplanten Flüstertonfall um mehrere Dezibel. »Das ist nicht fair!«

Ich ziehe weiter an Cems Pullover und erkämpfe schließlich einen Platz für mein Ohr an der Tür. Was wir hier machen, ist absolut nicht in Ordnung, dessen bin ich mir bewusst, aber Neugierde und moralische Korrektheit haben wirklich nur eine kleine Schnittmenge.

»Ich hör gar nix«, beschwere ich mich. Da ist nichts. Hinter dieser Tür findet kein Leben statt. Zumindest nicht so eines, wie Cem und ich oder Steffi oder Kai es führen. Kein lateinisches Gemurmel, kein Kulikratzen, keine Lust, keine Musik, nicht mal Stimmen.

Cem fängt doll an zu lachen. Er hat mich reingelegt, der gemeine Saftdieb! Trotzdem drücke ich noch mal das Ohr an die Tür, presse es fest dagegen. Vielleicht ist ja doch Leben in der Bude? Die schweren Einkaufstaschen schneiden mir in die Handfläche, als ich mich nach vorne lehne, um ja kein Geräusch zu verpassen.

»Komm weiter, Feli, ich hab dich bloß verarscht. Da tut sich kein Mucks.«

»Doch, warte!« Wir sind unkollegial und lauschen an fremden Türen. Wir sind böse!

Ich höre Füße. »Da ist doch jemand!« Ich kralle mich an den Einkäufen fest.

Erst ein Ruck, dann ein Knarren, ein entsetzlicher Schlag und eine schmerzhafte Bruchlandung mit dem Gesicht vorweg. Überall umherkullernde Äpfel, Nudelverpackungen und auch ein paar kaputte Eier.

Ich rapple mich auf die Knie auf, rücke meine Brille gerade und mache mich daran, ohgottohmeingottmurmelnd und tutmirleidsosehrleidentschuldigend meine Tüten wieder zu bepacken. Ich zaubere sogar Tempos aus der Tasche und wische über die Eiermatschepatsche, was natürlich rein gar nichts bringt. Ich möchte nicht aufschauen, weil ich dann den Mieter dieser Wohnung ansehen muss, der vor mir steht und mich bestimmt nicht nur für sehr unfreundlich und unverschämt, sondern auch noch für den verdammten Obertrottel hält.

Fettnapf, ich komme! Ja, Fettnapf. Die Verniedlichungsform ist an dieser Stelle nämlich so was von unangebracht! An mir gibt es im Allgemeinen wenig zu verniedlichen. Aber dieses Verhalten … ich möchte sterben. Von mir aus auch grausam. Hauptsache, mir bleibt die Peinlichkeit erspart, das Gesicht, das zu diesen Adidas-Schuhen gehört, ansehen zu müssen.

»Feli«, zischt Cem plötzlich mit ernster Stimme, »jetzt steh schon auf!«

Mühsam rapple ich mich hoch und gucke beschämt an mir herunter. Ich habe in einem explodierten Joghurtbecher gekniet. Oh mein Gott. Eier, Joghurt und etwas Undefinierbares geben sich auf dem Parkettboden ein matschiges Stelldichein.

»Das tut mir sooo leid! Wirklich!« Nie im Leben war mir etwas so peinlich. Endlich traue ich mich, mein Gegenüber anzusehen. Er starrt ungläubig vor sich hin und sieht ziemlich gut dabei aus. Der große, dunkelhaarige Besitzer der Adidas-Schuhe sieht blöderweise alles in allem ziemlich gut aus. Ist schon klar, dass man sich immer nur vor den hübschen Männern blamiert.

»Ich weiß auch nicht, wie das passieren konnte. Wir haben hier geredet, und ich hab mich gegen die Tür gelehnt und da …«, blablabla, lüglüglüg. »Ich helfe dir natürlich, alles sauber zu machen.«

»Danke. Ist nicht nötig.«

Die Stimme irritiert mich. Ein Bariton. Sehr weich. Und sehr genervt. Fast aggressiv.

»Doch, doch. Ich kann ja sehen, was ich angerichtet habe.«

»Ich weiß. Nur weil ich es nicht sehe, heißt das nicht, dass ich es nicht alleine sauber machen kann.«

Die Tür knallt vor meiner Nase zu.

Ich gucke Cem an. Cem guckt zurück.

»Oh nein«, sage ich flüsternd.

»Oh doch«, murmelt Cem, legt mir einen Arm um die Schultern und geht mit mir die Treppe hoch.

Wenn Sie wissen möchten,
wie es weitergeht, lesen Sie

Kyra Groh
Pinguine lieben nur einmal
Roman
ISBN 978-3-442-38044-2
Blanvalet Verlag

Auch als E-Book erhältlich 978-3-641-08943-6

Die erste große Liebe gibt es nur einmal – oder?

480 Seiten. ISBN 978-3-442-38076-3

Die Zwillingsschwestern Max und Jo sind sich gar nicht ähnlich. Max hat nur die Gene abbekommen, die keinen interessieren … Sie ist rothaarig, klein – und ihre BHs sind von der Marke Zauberflöte: Zieht man sie aus, geht der ganze Zauber flöten. Sie ist auch klug und musikalisch – aber wen interessiert's? Auch Moritz hat sein Päckchen zu tragen. Er ist klug, aber ohne Ausbildung, wäre gerne Fotograf, versauert aber als Fahrradkurier. Und er ist für jemanden verantwortlich – seinen vierjährigen Sohn … Doch als sich Max und Moritz um halb drei bei den Elefanten im Opel Zoo treffen, ändert sich ihr Leben für immer …